Für Mark und Ben.

Mit besonderem Dank an:
Walter B. Gibson,
Michael A. Stackpole,
Roger E. Moore und Barbara G. Young,
jene fabelhaften Menschen, die
auf meine Kindheit dunkle Schatten warfen.

Und ein ganz besonderes Dankeschön an
Mr. Jonathan Frid.

NOSFERATU

BAND 2

In dieser Reihe bereits erschienen:

1401	P. N. Elrod	*Der rote Tod*
1402	P. N. Elrod	*Vampirdetektiv Jack Fleming*
1403	Chelsea Quinn Yarbro	*Hotel Transylvania*
1404	HR Giger (Hg.)	*HR Gigers Vampirric*
1405	Nancy Kilpatrick	*Todessehnsucht*

In Vorbereitung:

1406	P. N. Elrod	*Der endlose Tod*

P. N. Elrod

Vampirdetektiv Jack Fleming

Ein Vampir-Krimi

Aus dem Amerikanischen von Heiko Langhans

FESTA

1. Auflage November 2002
2. Auflage Juni 2003

Originaltitel: *Blood List*

www.Festa-Verlag.de
Titelbild und Umschlaggestaltung: Dieter Rottermund
Dieses Werk wurde vermittelt durch die Literarische Agentur
Thomas Schlück GmbH, 30827 Garbsen
Druck und Bindung: Fuldaer Verlagsagentur, Fulda

ISBN 3-93822-56-1

In der gesamten gewaltigen, schattenhaften Welt der Geister und Dämonen ist keine Gestalt so schrecklich, so entsetzlich und grauenhaft und dennoch mit solcherlei furchtsamer Faszination versehen wie der Vampir, der selbst weder Geist noch Dämon ist, der aber dennoch ihre finstere Eigenart teilt und beider geheimnisvolle und schreckliche Eigenschaften besitzt.

—*Montague Summers*
The Vampire: His Kith and Kin

1

Der Wagen hatte mindestens vierzig Meilen drauf, als der vordere rechte Kotflügel mir gegen die linke Hüfte drosch, mich von der Straße schleuderte und als schlaffen Haufen auf einen Busch aus dicken windzerzausten Gräsern beförderte.

Der Unfall war gut arrangiert; dafür brauchte man einen geschickten Fahrer. Es kommt natürlich auf die Größe und das Gewicht eines Körpers im Verhältnis zur Geschwindigkeit und dem Anfahrwinkel des Wagens an, aber meistens macht besagter Körper eines von zwei Dingen: entweder wird er überfahren, oder er wird in die Höhe und über den Wagen hinweg geschleudert. Unter dem Wagen verfängt er sich leicht, wird über das Pflaster geschleift und hinterlässt eine Menge blutiger Spuren auf der Straße und am Fahrzeug. Wenn er abprallt und in die Luft geschleudert wird, riskiert der Fahrer Dellen in der Motorhaube und im Dach oder eine kaputte Windschutzscheibe oder auch alle drei Schäden. Der routinierte Autounfallkünstler weiß, wie man solche Risiken vermeidet, und wird immer versuchen, dem Zielobjekt eins mit der Stoßstange oder dem Kotflügel zu verpassen; dann muss er höchstens ein paar Kratzer im Lack ausbessern oder einen kaputten Scheinwerfer auswechseln.

Und genau so ein Experte hatte mich angefahren. Allerdings hatte ich nur geringe Schmerzen, und auch die ließen bereits nach. Die Vorstellung, dass ich mir das Rückgrat gebrochen hatte, war der erste echte Gedanke, der die Spinnweben in meinem Gehirn durchdrang, seit ich auf dem Strand aufgewacht war. Da war ich noch benommen gewesen, und in meinem Schädel hatte gerade so viel funktioniert, dass ich mit zittrigen Beinen aufstehen und an meinen klatschnassen Klamotten herunterblinzeln konnte. Mir fiel es gar nicht ein, darüber nachzudenken, wieso ich mich in diesem Zustand an einem Strand aufhielt, und als ich eine kurze sandige Böschung hinaufkrabbelte und die Straße entdeckte, stand ich immer noch unter einem betäubenden Schock. Es gab auch keine vernünftige Entscheidung, in welche Richtung ich gehen wollte; meine Beine bogen nach links ab und nahmen mich mit. Als ich hinter mir einen Wagenmotor heranbrummen hörte, streckte ich den Daumen raus und ging seitwärts weiter.

Der kleine Klecks weiter unten auf der Straße wuchs zu einem dunkelgrünen Ford, an dessen Steuer wie eine dicke Beule ein großer Mann saß. Als das Auto noch ein Stück entfernt war, wurde es plötzlich langsamer, und die Scheinwerferstrahlen stachen mir in die Augen. Ich schirmte sie ab und blinzelte verdutzt, als der Motor aufjaulte, Gänge knirschten und das Ding auf mich zuschoss. Der Fahrer fuhr geradeaus, als wolle er nun doch keinen Anhalter mitnehmen, dann riss er im letztmöglichen Augenblick das Steuer herum. Wenn mein Hirn auf mehr als einem Zylinder gelaufen wäre, hätte ich noch rechtzeitig aus dem Weg springen können.

Endlich hörte die Landschaft auf, sich zu drehen. Ich lag auf dem Rücken, starrte auf eine unnatürlich helle Milchstraße, die ein paar Fuß vor meiner Nase hing, und fragte mich, was zum Teufel eigentlich los sei. Ich versuchte mich etwas zu bewegen, der erste Schmerz vom Aufprall war verschwunden, aber ich befürchtete Knochenbrüche. Trotzdem funktionierte alles einwandfrei – ich hatte unglaubliches Glück gehabt. Ich rollte mich auf den Bauch und starrte die Straße hinunter.

Der Ford hielt an, der Motor erstarb, und der Klumpen hinter dem Steuer schob sich gerade aus der Tür.

Langes Gras war meine einzige Deckung auf fünfzig Yards. Der Strand befand sich gleich auf der anderen Straßenseite, aber dieser Abschnitt wies keine Verstecke in Felsenform auf. Mit Ausnahme des Wagens bestand die einzige Möglichkeit auf meiner Straßenseite in einer Baumgruppe, die viel zu weit weg lag.

Der Mann kam rasch näher und hielt eine Waffe in der Hand.

Alles war besser als hier abzuwarten. Meine Füße bohrten sich in den Boden, und ich wetzte wie ein verängstigter Hase auf die Bäume zu. Er entdeckte mich, änderte die Richtung und brüllte mir zu, ich solle stehen bleiben. Nachdem er mich mit dem Wagen angefahren hatte, konnte er eigentlich nicht erwarten, dass ich ihm noch irgendeinen Gefallen tun wollte.

Auf freiem Gelände klingt ein Schuss gar nicht wie ein Schuss, jedenfalls nicht wie die aus den Filmen. Ich hörte bloß ein flaches leises Krachen, dann riss mich der Einschlag von den Beinen.

Er hatte Glück gehabt; wir befanden uns leicht schräg zueinander, und ich hatte ihm meine schmale Seite zugewandt. Die Kugel traf mich unten rechts am Rücken, gerade über dem Beckenknochen, fuhr mir durch die Weichteile und trat über der Gürtelschnalle wieder aus. Ich krümmte mich zusammen und versuchte instinktiv, meine Organe an ihren angestammten Platz zurückzustopfen, aber da war nichts. Der scharfe heiße Schmerz ließ bereits nach, und meine Hände lösten sich rein und sauber von der Stelle, an der eine blutige Schweinerei hätte klaffen sollen.

Mein Möchtegern-Mörder trabte heran, drehte mich um und erstarrte mit verdatterter Miene, als ich ihn vorwurfsvoll ansah. Er schnaufte schwer und schien etwas sagen zu wollen, schluckte es jedoch hinunter. Mit einer raschen Bewegung brachte er die Waffe auf meine Augenhöhe. Die Mündung kam mir so groß vor wie ein offener Gully. Sein Finger wollte sich schon um den Abzug krümmen; sein Hirn sandte Befehle zu den kleinen Muskeln und befahl ihnen, sich zusammenzuziehen. Bevor sie darauf eingehen konnten, packte ich die Waffe und wand sie ihm aus der Hand. Sein Finger blieb im Abzugsbügel hängen, ein leises Knacken erklang, und er schrie vor Überraschung und Schmerz auf, als in seiner Hand ein Knochen brach.

Er wich zurück, versuchte zu fliehen, und ich packte ihn am Knöchel, riss daran und zerrte ihn zu Boden. Seine linke Faust schwang herum und schlug mir ins Gesicht, jedoch ohne großen Erfolg. Ich brachte einen schwachen Rückhandschwinger zustande, der ihn halb betäubt zusammensacken ließ. Eine Sekunde später hatte ich ihm die Arme am Boden festgenagelt, und er konnte sich nicht mehr rühren. Ich hielt ihn ganz bequem fest, obwohl er die Figur und die Muskeln eines Preisringers hatte und wohl gute achtzig Pfund schwerer war als ich. Er blickte zu meinem Gesicht hoch, das nur wenige Zoll über seinem schwebte, und wimmerte auf.

Das Herz und die Lungen des Mannes donnerten wie ein Eisenbahnzug in meinen Ohren. Meine gesamten Sinne waren geschärft, waren wie neu und fühlten sich wundervoll an. Ich konnte sogar das Blut riechen, ein erregender Geruch, wenn er mit dem sauren Aroma der Furcht durchtränkt war. Die Haut an seinem dicken rauen Hals schien dort, wo die große Ader pulsierte, sonderbar durchscheinend zu sein. Zuerst störte, dann verlockte es mich. Mein trockener Mund klaffte auf; er schmerzte vor Durst. Ich fühlte mich davon angezogen wie eine Katze von Milch.

Er würgte, und seine Blase entleerte sich, als meine Lippen seine Kehle streiften; dann wurde er ohnmächtig.

Ich zuckte zurück und fragte mich, was zur Hölle ich hier eigentlich mache. Ich wich noch weiter zurück, bis ich ihn nicht mehr berührte, lag mit dem Gesicht im stacheligen Gras und zitterte wie im Schüttelfrost, bis der Durst verging.

Ich hatte ihn unter den Armen gepackt und zerrte ihn im Rückwärtsgang über die unregelmäßigen Grasbüschel und Sandflecken zu seinem Wagen. Ich fühlte mich kräftig genug, um ihn zu tragen, legte jedoch wenig Wert darauf, mit seinen nassen Hosen in Berührung zu kommen. Glücklicherweise steckte der Schlüssel in der Zündung, und so blieb mir eine Durchsuchung seiner Hosentaschen erspart. Ich machte die Beifahrertür auf und stopfte ihn auf den Sitz.

Mein Verstand lief wieder einigermaßen und stellte eine Menge Fragen: wer der Fremde sei und warum er mich umbringen wollte. Das reichte für den Anfang, also leerte ich ihm die Manteltasche aus und filzte seine Brieftasche.

Der Führerschein war auf einen gewissen Fred Sanderson aus Cicero ausgestellt. Der Name konnte genauso gut falsch sein, er sagte mir nichts, aber die Stadt ließ eine säuerliche Erinnerung in meinem Gedächtnis anklingen. Es war erst elf Jahre her, seit die Capone-Bande in die Stadt eingefallen war und sie übernommen hatte. Big Al saß jetzt im Knast, fort, aber unvergessen, wenn Sanderson als Beispiel herhalten konnte.

Bis auf fünf Dollar und die Telefonnummer einer gewissen Elsie fand sich nichts Aufschlussreiches in der Tasche. Ich öffnete Sandersons Gürtel und zog ihn von seinem muskulösen Bauch herunter. Er war schwer, aber gut in Form. Wie ich es mir schon gedacht hatte, war der Lederstreifen so verarbeitet worden, dass er sich innen überlappte. Ich fummelte ihn auf, zählte alles sorgfältig nach und steckte die fünfhundert Dollar in meine eigene Hosentasche, ohne dass sich mein Gewissen auch nur leise regte. Nach dem, was er mich hatte durchmachen lassen, war er mir etwas schuldig, und ich brauchte das Haushaltsgeld.

Ich sah ihn lange an. Das schwere Kinn und die dicken Lippen kamen mir frustrierend bekannt vor, aber in meinem Gedächtnis regte sich nichts.

Mittlerweile war es ziemlich hell, und komischerweise standen die Sonne und die Sterne gleichzeitig am Himmel. Das brachte mich etwas durcheinander, bis ich begriff, dass es der Mond war, der die Gegend mit diesem Schein überflutete. Wie Eiswasser breitete sich die Furcht in meinem Magen aus, und ich zitterte. Die Nacht war zu hell, das war verkehrt, das war *ganz und gar* verkehrt.

Ablenkung. Ich musste mich ablenken. Wo war ich eigentlich?

Im Osten ragten hohe Gebäude in den Himmel auf. Ich befand mich immer noch mehr oder weniger in Chicago. Das Letzte, woran ich mich erinnerte, war ein Telefonanruf, der mich aus dem Hotel scheuchte, in dem ich gerade erst abgestiegen war. Ich war am Spätnachmittag losgezogen, um irgendetwas zu erledigen, endete in der gleichen Nacht klatschnass an einem abgelegenen Uferstreifen des Lake Michigan, und irgendein Verrückter hatte gerade versucht, mich umzulegen. Großartig.

Ich befühlte meinen Kopf nach Beulen und entdeckte hinter einem Ohr eine Schwellung, was mich zu einem erleichterten Grinsen veranlasste. Eine Art Gehirnerschütterung also. Das erklärte meine anfängliche Desorientierung, den Gedächtnisverlust, vielleicht sogar die Überempfindlichkeit meiner Augen. Den Schuss hatte ich mir nur eingebildet, und Sanderson hatte ich mit schierem Adrenalin erledigt.

Ich suchte etwas verspätet nach meinem Portemonnaie und stellte überrascht fest, dass es an Ort und Stelle sowie unbeschädigt war. Ich hatte gedacht, dass man mich überfallen habe. Die Papiere waren in Unordnung und angefeuchtet, aber es war alles da, sogar die Scheine und das Wechselkleingeld von meinem kostbaren Zwanziger, mit dem ich das Hotelzimmer bezahlt hatte. Erst als ich die Brieftasche wieder in die Jacke zurücksteckte, fiel mir der Zustand meines Hemdes auf. Über meinem Herzen klaffte ein großes Brandloch, das von verwaschenen roten Flecken gesäumt wurde. Weiter unten, gleich über meiner Gürtelschnalle, war ein kleineres Loch zu sehen.

Ich riss das Hemd auf und entdeckte gleich neben dem Brustbein eine hässliche runde Narbe. Sie war groß, schien aber frisch verheilt zu sein.

Das Plätschern des Wassers am Ufer klang mir laut in den Ohren. Weit draußen auf dem silbernen See glitt die Jacht irgendeines reichen Mannes langsam gen Osten und verschwand hinter einer Landspitze. Meine linke Hand zuckte und ballte sich. Ich zwang sie wieder auf. Auf der Handfläche prangten über ein Dutzend angeschwollene rote Kreise. Noch mehr Narben, und ich konnte mir nicht vorstellen, wo ich sie mir zugezogen hatte, oder wodurch sie verursacht worden waren. Wenigstens taten sie nicht weh. Meine rechte Hand war ebenfalls durch eine dünne rosige Schwellung über den Knöcheln in Mitleidenschaft gezogen worden, als ob dort ein Schnitt fast verheilt sei. Auch diese Stelle schmerzte nicht. Vorsichtig legte ich eine Hand über mein Herz. Es hätte wie ein gefangener Vogel flattern müssen, aber da war nichts, gar nichts außer der Narbe und meinem Fleisch, das kalt war in der Abendkühle.

Ich knöpfte das Hemd wieder zu. Ich wollte nicht mehr nachsehen, wollte auch nicht mehr raten und starrte hilflos auf den See. Von dort kamen weder Antworten noch Trost, also machte ich die Fahrertür auf und setzte mich hinter das Steuer. Ich fuhr mir über das Gesicht, und die Dichte meiner Bartstoppeln überraschte mich. Ich fasste nach dem Rückspiegel, schwenkte ihn herum, starrte in das leere Glas, und während mich ein eisiger Schock durchfuhr, begriff ich endlich.

Nein.

Oh Gott, bitte *nein!*

Unerwartet und unfair war in dieser Nacht der Tod zu mir gekommen. Der Tod hatte mich verwandelt, war fortgegangen und hatte die Erinnerung an jenen letzten Augenblick, dem wir alle uns stellen müssen, mit sich genommen. Mit zusammengekniffenen Augen hing ich über dem Steuer und versuchte vergeblich, gefühlsmäßig das zu akzeptieren, was für mich einst eine ferne und rein intellektuelle Vorstellung gewesen war. In gewisser Hinsicht ängstigte mich der Gedanke, dass jemand mich hatte töten wollen, mehr als die Tatsache, dass es ihnen gelungen war. Es war zu viel auf einmal; am besten war es, die Gefühle erst einmal abzuschalten. Ich würde mich bald schon daran gewöhnen – nicht dass ich eine große Wahl gehabt hätte. In einem allgemeinen Sinn war dies doch genau das, was Tiere und Menschen seit Adams Rausschmiss aus dem Garten hatten einsehen müssen: Pass dich an oder stirb.

Nachdem ich nun bereits gestorben war, blieb mir also nur noch eins übrig, auch wenn es mich verstörte.

Damit ich etwas zu tun hatte, fesselte ich Sanderson mit dem Gürtel die Arme auf den Rücken und verwandte seine geblümte Krawatte für die Füße. Das Durchwühlen des Handschuhfachs förderte mehrere Straßenkarten zutage, und ich konnte mir eine ungefähre Vorstellung von unserem Standort sowie von der Rückfahrtroute zu meinem Hotel verschaffen.

Hinter dem Steuer war es ziemlich eng; wir waren zwar gleich groß, aber meine Beine waren länger. Ich versuchte gar nicht erst, den Sitz zu verstellen; das gab immer mehr Ärger, als es die Sache wert war. Der Starter zündete, der Motor rülpste und sprang an, und ich legte den ersten Gang ein. Dreißig Minuten später hielt ich an einer Stelle, die ich für sicher und entlegen genug hielt, und stellte den Motor ab. Laut der Karten war ich etwa eine Meile von meinem Hotel entfernt; ein gemütlicher Spaziergang durch die schlafenden Straßen. Wir befanden uns in einem ausgestorben wirkenden Geschäftsviertel mit ein paar heruntergekommenen Läden, einigen staubigen Lagerhäusern und leer stehenden Flächen, die mit Unkraut und Glasscherben verziert waren. So wie es hier aussah, war die Rezession mit diesem Ort nicht gut umgegangen.

Sanderson war wach, stellte sich aber tot, wobei der veränderte Rhythmus seines Herzens und seiner Lungen ihn jedoch verrieten. Entweder war er sehr beherrscht oder hatte zu viel Angst, um zusammenzuzucken, als ich ihm sein gelbes Seidentaschentuch aus der Brusttasche zog. Ich wischte damit meine Fingerabdrücke vom Steuer, den Armaturen und der Gangschaltung ab und stopfte es ihm wieder in die Tasche. Seine Waffe zog mir die Tasche nach unten, als ich mich vorbeugte und ihm einen festen Klaps versetzte.

»Du kannst die Augen jetzt aufmachen, ich weiß, dass du wach bist.« Meine Zunge spielte über Zähne, die sich auf ihre normale Länge zurückgezogen hatten. Wenigstens konnte ich reden, ohne zu lispeln. »Ich sagte, du kannst die Augen jetzt aufmachen.« Ich schüttelte ihn heftig.

Er riss die Augen auf.

»Name?«

»F-Fred Sanderson.«

»Na klar doch. Was machst du denn in dieser Stadt, Fred?«

»Freunde besuchen.«

»Haben sie ein Boot?«

Er schwieg, bis ich ihn wieder schüttelte. »Yeah, na und?«

»Warum hast du mich überfahren?«

»Wa...«

»Du hast mich schon verstanden, wieso hast du versucht, mich umzubringen?«

Der dicke Kiefer klappte wieder zu, sein Blick wanderte zur Tür, und er stemmte sich gegen die Fesseln. Da verlor ich die Geduld und genoss es zum ersten Mal in vollen Zügen, einen Mann zu schlagen. Allerdings bremste ich die Schläge. Ich wollte ihn überzeugen, nicht totschlagen, und es bedurfte überraschend weniger Hiebe, um ihn weich zu klopfen. Trotz seines harten Aussehens konnte er keine Schmerzen vertragen.

»Frank Paco hat gesagt ... ich ... nur ein Job ...«, blubberte er durch eine blutige Nase.

»Dein Boss?«

»Yeah.« Schnief.

»Er wollte mich tot sehen? Wieso?«

Er hustete klebrig.

»Warum?«

»Sie wollten nicht reden.«

Ich nahm mir wieder das Taschentuch und wischte ihm die Nase ab. »Du wohl auch nicht.«

»Er wollte die Liste haben, Sie sagten ihm nicht, wo sie ist, also hat er ...« Er erstarrte. »Wie haben Sie ... es ging doch genau ins Herz ...«

»Ich hatte eine kugelsichere Weste. Komm schon, rede weiter.«

Sanderson sah keineswegs überzeugt aus. »Das wissen Sie doch alles.« Seine Stimme wurde lauter, als die Panik einsetzte. »Warum fragen Sie mich das, Sie *wissen* doch alles ...«

»Wie heißt das Boot?«

»Elvira.«

»Was ist das für eine Liste? Was steht da drauf?«

»Ich weiß nich – ehrlich, ich weiß es nicht. Sie haben sie doch, Sie wissen, was ...«

»Woher bekam ich sie?«

»Weiß ich nich.«

»Raus mit der Sprache!«

»Von Benny Galligar. Von dem haben Sie sie. Sie haben sie! Ich weiß gar nix, ich schwöre es! Lassen Sie mich bloß laufen!« Er schrie jetzt, und die Panik schüttelte ihn hin und her, als er sich loszureißen versuchte. Ich klebte ihm wieder eine, machte es zu heftig und beendete damit die Fragestunde für diesen Abend. Ich schob meine Verbitterung beiseite, suchte den Wagen wieder nach Fingerabdrücken ab und entdeckte, dass er auf die International Freshwater Transport, Inc. eingetragen war. Vielleicht nützte der Name nicht viel, aber ich merkte ihn mir erst einmal.

Ich stieg aus, wischte den Türgriff mit dem Saum meines Mantels ab und tat auf der Beifahrerseite das gleiche. Sandersons Kopf war nach hinten gesackt, und sein Hals war straff und verwundbar freigelegt. Von seinem Körper stieg der Blutgeruch wie ein Parfüm in meine Nase. Ich trat rasch zurück, bevor etwas Bedauerliches geschah, und hastete die Straße hinunter.

Gott helfe mir, früher oder später musste ich mir Nahrung verschaffen.

* * *

Der Nachtportier des Hotels schlief schon fast, als ich um meinen Schlüssel bat. »Die zwo-null-zwo, ja?«, nuschelte er und griff nach dem Haken, aber neben der Nummer baumelte kein Schlüssel. »He, Sie sind ja gar nicht Mr. Ross.«

»Nein, ich bin Jack Fleming, und ich will meinen Schlüssel haben.«

»Fleming? Ach ja, wir mussten Ihre Sachen rausnehmen. Keine Sorge, ich habe sie dort hinten verwahrt.«

Es kam wirklich eins zum anderen. »Warum mussten Sie meine Sachen aus dem Zimmer schaffen?«

»Na ja, Sie hatten nur für die eine Nacht bezahlt, und als Sie nicht zurückkamen, konnten wir das Zimmer doch nicht leer stehen lassen. In der Stadt findet ein Kongress statt, und wir müssen das Zimmer vermieten, solange der Laden läuft. Sie wissen ja, wie das ist.«

»Yeah, weiß ich. Kann ich mein Zeug haben?«

»Sicher, kein Problem.« Er holte einen zerbeulten Koffer und eine kleinere, aber nicht weniger mitgenommene Kiste hervor, in der sich mein Lebensunterhalt befand, eine Schreibmaschine. Meine Kleider waren alle da, allerdings schlampig zusammengelegt, und meine Reiseklapper schien noch zu funktionieren. Während ich meine Sachen genauer besah, wachte der Clerk richtig auf und sah mich genauer an.

»Hatten Sie irgendwie Ärger?«, fragte er vorsichtig. Sein neugieriger Blick wanderte von meinem unrasierten Gesicht über meine feuchte, verdreckte Kleidung.

»So in der Art, ja.« Ich holte einen neuen Mantel aus dem Koffer, drehte dem Clerk den Rücken zu und tauschte alt gegen neu.

»Herr Jesses, ist mit Ihnen alles in Ordnung? Da ist ein großes Loch hinten und jede Menge Blut!«

Wirklich schlau von mir. Ich hatte ihm den Anblick meiner durchlöcherten Hemdbrust ersparen wollen und ihm dafür einen Prachtblick auf den Rücken gewährt, wo die Kugel ausgetreten war, die mich getötet hatte.

Ich knöpfte den sauberen Mantel zu und versuchte die Sache herunterzuspielen. »Hey, Sie sollten erst mal den anderen Kerl sehen.«

»Nein, wirklich wahr, da ist ...!«

»Hab's begriffen, zerbrechen Sie sich nicht den Kopf, ja?«,

blaffte ich. »Je weniger Sie wissen, desto besser für uns beide, wenn Sie wissen, was ich meine.«

»Ja, schon gut.« Er trat unsicher zurück. Als langjähriger Einwohner von Chicago wusste er wohl genau, was ich meinte.

»Bin ich noch etwas schuldig?«

»Nur noch für einen weiteren Tag.«

»Ihr hättet die Sachen nicht noch einen Tag drin lassen können, oder?«

»Hä?«

»Hättet ihr mein Zeug nicht noch einen weiteren Tag im Zimmer lassen können?«

»Mr. Fleming, Sie waren *verschwunden* ...«

Der Ton des Mannes machte mich wachsam. »Wie lange verschwunden?«

Er sah in seinem Buch nach. »Hier steht es, Sie schrieben sich am Montag ein, ließen dann den Schlüssel bei dem Mann von der Tagschicht ...«

»Bekam ich irgendwelche Anrufe?«

»Weiß ich nicht, darüber führen wir nicht Buch. Vielleicht weiß die Telefonistin Bescheid. Jedenfalls, als Sie zur Auszugszeit am Mittwoch noch nicht wieder da waren, packten wir Ihre Sachen zusammen. Jetzt haben wir Freitag, und wir konnten das Zimmer nicht freihalten, solange wir nicht wussten, ob Sie zurückkommen würden, jedenfalls nicht für drei Tage, das konnten wir nicht.«

Freitagmorgen.

Ich bezahlte und verließ mit zitternden Knien das Hotel.

Unglücklich und von meinem Gedächtnisausfall frustriert wanderte ich ein paar Stunden umher. Vielleicht lag es am Schock des Umgebrachtwerdens. Einige Menschen konnten auf diese Weise schreckliche Erfahrungen verdrängen, und ermordet zu werden musste auf der Liste der schrecklichen Erfahrungen ziemlich weit oben stehen.

Liste. Welche verdammte Liste das auch sein mochte.

Benny Galligar. Vielleicht hatte ich ihn in New York gekannt.

Allmählich wurde es heller; das zusätzliche Licht tat mir weh. Der Mond war schon lange verschwunden, die Sterne verblassten, und mittlerweile war alles derart hell, dass mir wahrscheinlich die Augen in den Höhlen brutzeln würden, wenn ich beim Aufgang der Sonne noch draußen war. Am Ende des Blocks entdeckte ich ein handgemaltes Hotelschild und hastete darauf zu.

Für den Preis von fünfzig Cents – und das war mächtig überbezahlt – bekam ich eine Mönchszelle mit einem schmutzigen Fenster, das auf eine schmale Gasse hinaus zeigte. Ich verschloss die Tür, wobei das Schloss aus einem verbogenen Draht bestand, der durch eine Metallöse im Türrahmen gefädelt wurde. Die Tür schloss dadurch immer noch nicht richtig, also schob ich einen wackeligen Stuhl unter den Knauf, aber die Wetten standen pari, dass das Ganze auseinander fliegen würde, sobald jemand im falschen Winkel dagegen atmete.

Trotz des eingeschränkten Ausblicks konnte das Sonnenlicht noch irgendwo eine Ritze im Dreck finden und ins Zimmer fallen. Ich dachte daran, unter dem Bett zu schlafen, aber ein Blick auf den Fußboden reichte aus, dass ich meine Meinung änderte. Ich hatte mich zwar unfreiwillig den Reihen der Untoten angeschlossen, mir aber gewisse grundsätzliche Vorstellungen über Hygiene bewahrt. Eine dünne Decke, die ich über das Fenster hängte, schwächte das Licht ab, allerdings nicht besonders gut.

Ich zerrte mir die Kleider herunter, goss Wasser in die Schüssel und wusch mir Gesicht und Hals. Rasieren würde bis morgen warten müssen, heute Nacht war dafür keine Zeit mehr. Es war schon komisch, dass ich mich nicht mehr im Spiegel sehen konnte. Ich überprüfte mich also ohne Spiegelbild. Mein Bauch und meine Seiten waren mit purpurnen und schwarz anlaufenden Quetschungen übersät, und viele kurze Reihen von kleinen halbmondförmigen Abdrücken waren in der Haut sichtbar. Vermutlich stammten sie von Schlagringen. Um meine Handgelenke zogen sich aufgeraute Schwellungen; offenbar hatte man mich gefesselt. Größere Halbmonde überlagerten die kleineren, wahrscheinlich die Ergebnisse einiger wohlgezielter Tritte.

Solche Verzierungen hatte ich schon gesehen, aber nur in der Leichenhalle, wenn ich über einen Bandenmord geschrieben hatte. Der Anblick bereitete mir immer Übelkeit. In Anbetracht des Schadens, den ich eingefangen hatte, war der Schuss ins Herz vermutlich ein Gnadenakt gewesen. Die Schusswunde war immer noch da, sah aber nicht mehr so hässlich aus wie zuvor. Ich fasste nach der Austrittswunde und ertastete eine raue große Einbuchtung in meinem Rücken. Keine der Wunden schmerzte. Die kleinen Kreise auf meiner linken Handfläche gaben mir zwar noch Rätsel auf, aber sie heilten ebenfalls rasch, und das entzündete Rot wurde schon rosig.

Die bloße Gewalt, die man mir auf diese persönliche Weise angetan hatte, war mehr als genug, um mich gefühlsmäßig zu betäuben. Warum sie ausgeübt worden war, blieb ein völliges Geheimnis, das mich zutiefst verstörte.

Ich rieb mich mit einem feuchten Tuch ab, zog mir neue Unterwäsche über und warf die alte weg. Von Sandersons Kugel war bis auf die Löcher in meiner Kleidung nichts zu sehen. Aus irgendeinem Grund musste ich daran denken, was meine Mutter mir über Unterwäsche und Unfälle gesagt hatte, und lächelte. Dann wurden meine Glieder steif und schwer. Die Sonne war gerade aufgegangen.

Ich zog das Kissen und die Decke vom Bett, stieg in den Schrank und machte die Tür zu. Das Laken breitete ich über den Boden, um irgendwelchen Lichtritzen vorzubeugen und um ein Bollwerk zwischen mir und dem Dreck zu errichten, dann tauchte ich senkrecht in das Kissen und kam nicht wieder hoch.

Vielleicht hatte ich so etwas wie Schlaf oder tiefschwarzes Vergessen erwartet, aber dieses Glück hatte ich nicht. Der Körper lag während des Tages erstarrt und reglos, aber ab und zu sandte er eine Sinnesbotschaft an das Gehirn.

Harter Boden.

Schritte irgendwo im Haus.

Etwas krabbelte über die rechte Hand.

Das Gehirn registrierte alles, wollte oder konnte aber nicht reagieren. Es träumte emsig.

Wasser, Treiben, Dunkelheit, Druck, blendend helles Licht. Abgedroschene Geburtssymbolik, aber die Hebamme hatte einen Schlagring und eine Knarre. Sie hatte das grinsende Gesicht von Sanderson und trat beiseite, damit der Doktor seine

Waffe auf mich richten und mich in die ewige Finsternis schießen konnte.

Hitze, schlechte Luft, die Kleider nass von tausendjährigem Schweiß. Stimmen brüllen, wollen etwas. Wo ist sie? Wo hast du sie?

Kämpfe, aber kann nicht.

Ihr Haar war eine dunkle Wolke auf dem Kissen, glitt weich und dick durch meine Finger. Himmelblaue Augen blitzten dunkelrot, als ich ihr Blut gab und sie mir dafür den Himmel auf Erden schenkte. Wo bist du? Wo ...

... hast du sie?

Lügner, hab's vergessen. Ich weiß es nicht. Ich sterbe.

Ich brachte ihr immer Blumen. Sie aß keine Bonbons. Sie aß überhaupt nie etwas. Unser Insiderwitz.

Lasst mich in Ruhe, ich habe sie nicht, aber sie gingen immer wieder auf mich los, brachten mich zollweise um.

Bücher stürzten offen herunter, die Worte waren klar und deutlich und völlig falsch. Tausende von Büchern, in unregelmäßigen Reihen aufgestellt, wie ein Heer vor der Ausgabe der Uniformen. Ein dickes schwarzes Buch, fast, aber nicht ganz. Ihr dichtes dunkles Haar ... vergiss die Bücher, liebe sie nur, das ist alles, was sie wirklich will. Gib ihr ...

... die Liste, wohin hast du sie getan?

Wohin bist du gegangen? Warum hast du mich verlassen?

Ein Boot, ein großes Boot, aber das Wasser schlägt immer noch über uns zusammen, zieht uns hinab in die Kälte ...

... und so steif, ich muss mich bewegen. Wenn ich mich bloß bewegen kann, höre ich auf zu träumen. Gott, lass mich schlafen oder wachen, aber dies nicht.

Keine Kontrolle.

Ein Mann schreit.

Falle.

Sterbe.

Keine Kontrolle.

Die Sonne geht unter.

Erlösung.

2

Ich stieß das Kissen beiseite und zwang meine trägen Lungen zum Luftholen. Der Traumtanz wirbelte ins Nichts und hinterließ einen kalten, steifen, verängstigten Mann mit seiner Erinnerung. Warum hatte sie mir nichts von den Träumen erzählt? Sie hatte mir eingeschärft, was ich nach meinem Tod zu tun hatte, aber von dieser Sache hatte sie nichts erwähnt. Vielleicht war es nur der Schock, vielleicht verging es irgendwann von selbst. Jetzt konnte ich jedenfalls nichts tun, außer es von mir zu schütteln und mich anzuziehen.

Ohne hinsehen zu können war es mit der Rasur nicht ganz einfach, aber falls ich mich geschnitten hatte, fühlte ich nichts. Wenn es Zeit für einen Haarschnitt wurde, konnte es interessant werden. Einen Friseurladen ohne Spiegel musste ich erst noch betreten.

Mein zweiter Anzug war für das Wetter eigentlich zu warm, aber die Hitze schien mir nichts auszumachen. Irgendwie störte es mich, dass ich nicht schwitzte. Ich nahm das Laken ab, warf es auf das Bett und machte das Fenster auf. Decke und Kissen gesellten sich zum Laken, und ich schloss den Schrank zu.

Beim Hinabsteigen knarrten meine Schuhe. Das Bad im See hatte ihnen nicht gut getan. Ich ließ den nutzlosen Zimmerschlüssel am Empfang liegen und trat hinaus.

Der erste Mülleimer, dem ich begegnete, wurde eine neue Heimat für meine zerschossene und blutbefleckte Kleidung. Ein paar Schritte weiter warf ich die Etiketten und die Wäschereizettel in einen Abfluss.

Ein Straßenbengel wies mir den Weg zu einer Gegend mit zahlreichen Pfandleihen und nahm mir dafür einen Nickel ab. Die meisten hatten schon geschlossen, und diejenigen, die noch offen waren, hatten nicht das, was ich suchte. Müde und ruhelos lehnte ich mich gegen einen Hauseingang. Meine Sinne waren schmerzhaft geschärft, ebenso wie meine Zähne. Mit zitternden Fingern schob ich die Augenzähne wieder in ihre Höhlen zurück. Entweder speiste ich bald, oder ich kippte aus den Latschen.

Der letzte offene Laden wirkte nicht verheißungsvoller als die anderen, aber ich bemerkte schon beim Eintreten den großen Schiffskoffer im Mittelgang. Er war gute drei mal fünf Fuß groß und machte einen soliden Eindruck. Von ein paar Aufklebern und einer dünnen Staubschicht abgesehen war er so gut wie neu. Meine Zufriedenheit fiel dem scharfäugigen Ladenbesitzer auf, und ich brauchte zehn Minuten, um den Preis auf ein vernünftiges Maß herunterzufeilschen. Als wir uns einig waren, wechselte etwas Geld den Besitzer, und ich schleppte den Koffer auf die Straße.

Taxen waren nicht zu sehen, also musste ich wohl oder übel die sechs Blocks zum Hotel zurücklaufen. Der Koffer war wegen seiner Größe unhandlich, aber aufgrund meiner neu gewonnenen Kraft auch sonderbar leicht. Ich ging so rasch, wie ich mich traute, und hoffte, dass die anderen Fußgänger aufmerksam genug waren, um mir rechtzeitig aus dem Weg zu gehen.

»Hey, Kumpel, komm mal kurz her.«

Erschrocken blieb ich stehen, weil ich so unvermutet angesprochen worden war, doch dann schimpfte ich mich innerlich einen Idioten. Ich sollte wie ein Landei frisch von der Farm ausgenommen werden. Der Mann in der Gasse hielt sich im Schatten, aus dem nur seine Pistole herausragte. Was ihm bei meiner Nachtsicht nicht das Geringste nützte.

»Komm schon, stell die Kiste ab und beweg dich hierher. Los.« Er winkte mit der Waffe.

Ich stellte den Koffer auf dem Pflaster ab. Ich war mittlerweile schnell genug, um mit dem Burschen fertig zu werden, aber vielleicht ging die Waffe los und brachte die Cops auf den Plan. Außerdem hatte ich kein Verlangen danach, dass mein letzter Anzug auch noch durchlöchert wurde. Ich wünschte mir sehr, dass ich woanders sei, und machte ein paar Schritte auf ihn zu.

Der Mann waberte, wurde grau und verschwand. Genau wie die Gasse.

Wie aus weiter Ferne hörte ich seinen überraschten Aufschrei und klatschende Schuhe, als er davonrannte. Das war allerdings meine geringste Sorge; ich hatte mal wieder Schwierigkeiten mit meinen Wahrnehmungen. Kein Gewicht, keine Gestalt und nur so gerade eben keine totale Panik. Ich konnte nichts sehen, war mir aber naher Schemen und großer Gegenstände bewusst.

Ich spürte, wie mich der Wind durch eine Hauswand drückte, mein Körper (?) sickerte durch die Ritzen zwischen den Ziegeln. Ich stieß mich heftig ab, schoss durch die Wand des Gebäudes auf der anderen Gassenseite und kam in einem Damenbekleidungsgeschäft stolpernd auf die Beine.

Es war einfach fabelhaft, wieder Füße zu haben und Beine und all die anderen Dinge, die üblicherweise mit einem festen Körper einhergehen. Ich stützte mich auf einen Tisch und war entzückt, wieder Hände zu besitzen. Realität war doch wirklich etwas Feines.

Ich musterte meine Umgebung und fragte mich, wie ich hier wieder hinauskommen sollte.

Alles in allem ging Entstofflichung mir schon ziemlich auf die Nerven, sie war aber eine prächtige Methode, nicht ausgeraubt zu werden.

Meine Flucht aus dem Kleiderladen war eine zögerliche Angelegenheit. Wenn ich auf die übliche Weise durch die Tür gehen wollte, musste ich ein Schloss knacken, was vielleicht einen Alarm auslöste. Wenigstens hatte der Laden schon geschlossen. Mein plötzliches Auftauchen aus dem Nichts hätte dem Besitzer wahrscheinlich das Geschäft verdorben, allerdings wäre mir dann der Ausgang leichter gefallen. Ich wusste nicht, ob ich den Trick ein zweites Mal fertig brachte. Im Rückblick betrachtet schien er eher instinktiv als bewusst erfolgt zu sein, wie ein Schwimmversuch, wenn man zum ersten Mal ins Wasser geworfen wird. Nicht in Panik geraten, dann macht der Körper den Rest schon selbst.

Beim dritten Versuch klappte es.

In einer Sekunde stand ich noch im Laden, in der nächsten auf der Straße neben meinem Schrankkoffer und überzeugte mich davon, dass noch alles an mir dran war. Es fehlte nichts, aber ich war sehr müde, und mein Hals schmerzte vor Durst.

Aus reiner Gewohnheit drehte ich das Licht im Zimmer an und quetschte dann den Koffer durch die Tür. Im Zusammenwirken mit dem Bett und meinen Habseligkeiten ließ er den Raum wie den Set eines Films mit den Marx Brothers aussehen. Ich ließ mich auf den knarrenden Stuhl sinken und dachte missmutig über Essen nach. Um meinen Zustand kam ich nicht herum. Der bloße Gedanke, loszuziehen und mir auch nur ein richtig blutiges Steak zu verschaffen, bereitete mir Übelkeit, aber dabei fiel mir etwas ein.

Ich hastete hinunter und pfiff ein Taxi heran. Als der Wagen anhielt, zuckte ich schon unruhig. Beim Einsteigen zwang ich mich zu gelassenen Bewegungen und blieb dicht an der Tür sitzen, um aus dem Sichtfeld des Rückspiegels zu bleiben.

»Wohin soll's gehen, Mister?«

»Zu den Schlachthöfen«, lispelte ich um meine Zähne herum.

Auf der Fahrt überquerten wir zweimal Wasserläufe, und die widrigen Naturkräfte drückten mich heftig in den Sitz. Der Druck war unangenehm, jedoch erträglich. Die brüllende Leere in mir war viel schlimmer.

»Alles in Ordnung mit Ihnen, Mister?«, fragte der Fahrer, als ich die Tour bezahlte.

Ich nickte schweigend und sah ihn nicht an; ich wollte ihn nicht erschrecken. Ich fühlte mich merkwürdig und sah zweifellos auch merkwürdig aus. Als ich mich das letzte Mal in diesem Zustand befand, hatte ein Mann das Bewusstsein verloren, und so etwas konnte ich gerade jetzt nicht gebrauchen.

Die Luft war von Blutgeruch durchdrungen. Es gab noch andere Gerüche, aber dieser eine übertraf alle anderen und wies mir die Richtung, der ich zu folgen hatte.

Der Ort war voll von Menschen und Lärm, Lokpfeifen gellten, Rinder muhten und brüllten, Männer riefen und fluchten – überall waren Menschen, auch dort, wohin ich wollte.

Ich ging trotzdem hinein.

Mir trat dann auch nur noch ein besonders großes Mannsbild entgegen; seiner Schulterbreite nach zu urteilen schwang er wohl jene Vorschlaghämmer, welche die Tiere zu ihrer letzten Reise auf die Mittagstische schickte. Ich verstand nicht, was er zu mir sagte, nur dass es irgendwie feindselig klang. Er war nichts anderes als ein lästiges Hindernis, doch als ich an ihm vorbeigehen wollte, streckte er eine schinkengroße Hand aus und hielt mich fest.

So ein Benehmen geht mir schon bei guter Laune auf die Nerven, aber mittlerweile entwickelte ich ein echtes Schmerzgefühl. Ich schlug seine Hand beiseite und fauchte ihn drohend an – in Anbetracht meines Zustandes eine wahrlich zurückhaltende Reaktion. Zornig sahen wir uns in die Augen, und zum ersten Mal wurde mir ein anderer menschlicher Verstand bewusst.

Ich sagte ihm, dass er gehen solle, und von meinem kurzen Kontakt mit ihm wusste ich, dass er es für seine eigene Idee hielt. Ich wollte darüber nachdenken, es überprüfen und sichergehen, dass ich es mir nicht nur einbildete, aber mittlerweile hatte mich etwas Stärkeres und Beharrlicheres im Griff, und dieses Etwas wollte nur noch der verzweifelten hohlen Qual ein Ende bereiten, die mein Innerstes nach außen kehrte. Klare Gedanken verschwammen und erloschen, der Körper übernahm die Kontrolle, um zu überleben. Er brauchte Abgeschiedenheit, damit andere nicht störten, suchte und fand sie bei den entlegeneren Viehpferchen. Er brauchte ein gefügiges Opfer und suchte sich das Tier aus, das von dem knappen Dutzend in der Einfriedung noch am ruhigsten war.

Hier war ein weiteres Bewusstsein; es war nicht von meiner Art, und seine einfachen, stumpfen Triebe konnte ich leicht überlagern. Als ich näher kam, blieb das Tier wie angewurzelt stehen, weil ich es so wollte. Ich trat heran, berührte eine große Ader direkt unter der Haut und schluchzte fast vor Erleichterung. Für das, was ich tun musste, brauchte ich keinen bewussten Gedanken, und nicht der geringste Ekel regte sich. Wenn ich am Leben bleiben wollte, war dies jetzt die Normalität. Ich beugte mich vor, wusste intuitiv, was ich zu tun hatte, durchbiss die dicke Haut und öffnete die Ader.

Warm und voll pulsierenden Lebens schoss das Blut in meinen Mund.

In nicht mal einer Minute hatte ich alles, was ich brauchte. Ich ließ das Tier wieder frei: körperlich, geistig und dankbar. Aus der Wunde sickerte noch etwas Blut, das jedoch bald versiegte, und das Tier gesellte sich wieder zu den anderen und hatte offenbar keinen Schaden genommen. Ich lehnte mich gegen die Einzäunung und wischte mir mit einem Taschentuch über den Mund. Die Qualen und der Tunnelblick hatten aufgehört, und ich fühlte mich, als sei ich gerade aus den bösen Träumen des Tages erwacht. Ich musste nur noch die Erinnerung abstreifen, und dann lief wieder alles. Zuerst sollte ich mich so diskret wie möglich aus dem Schlachthofgelände absetzen. Mein neuer Auflösungstrick war dafür sicher recht nützlich, aber mit der Vorstellung musste ich mich erst einmal anfreunden.

Mit der verlässlichen, wenngleich banalen Hilfe meiner guten alten Beine ließ ich das Gelände hinter mir, fand ein Taxi, das mich zum Hotel brachte, und ließ es dort warten. Oben angekommen warf ich mein Zeug in den Schrankkoffer, schleppte ihn nach unten und zog aus. Mit vereinten Kräften brachten der Fahrer und ich das Ding im Wagen unter. Es ragte aus dem Kofferraum heraus, war aber wenigstens nicht in Gefahr, nach den ersten Metern über die Straße zu kollern.

Ich kauerte mich auf dem Rücksitz zusammen und ließ mich zu jenem Bahnhof bringen, an dem ich vor zwei Tagen in dieser Stadt eingetroffen war. Halt, vor sechs Tagen, aber über die Amnesie wollte ich später nachdenken. Im Augenblick fühlte ich mich wie ein Finalist auf einem Tanzmarathon. Nahrungsaufnahme und Schutz vor dem Sonnenlicht reichten nicht aus. Ich musste Erde um den Körper haben, und das bald. Ich musste nach Hause fahren.

Beim Bahnhof angekommen, gab ich den Koffer für den nächsten Zug nach Cincinnati auf. Als ihn jemand abholte, war ich schon drin. Zu meinem Entzücken konnte ich mich mühelos auflösen und neu entstehen lassen, ohne das Schloss oder die dicken Lederriemen zu beeinträchtigen. Ich hockte auf der Reiseschreibmaschinentasche, stemmte die Arme gegen die Wände und hielt die Tasche zwischen den Knien fest; auf diese Weise hielt sich das Gepolter in Grenzen, als ich von einem Bahnhofsende zum anderen geschleift wurde. Eingepackt wie eine lebendige Brezel kam mir der Koffer gar nicht mehr so groß vor, aber dem Schnaufen und Geschimpfe des Trägers nach zu urteilen, war er anderer Ansicht.

Die Fahrt war zumindest während der Nacht ziemlich langweilig. Am Anfang durchlebte ich ein paar milde Platzangstanfälle, aber ich war viel zu müde, um mich von meiner beengten Unterkunft stören zu lassen. Ich bewegte mich möglichst wenig, um den Gepäckschaffner nicht aufzuschrecken, aber trotzdem rutschte ich herum und versuchte vergeblich, es mir etwas bequemer zu machen. Ich geriet in Versuchung, hinauszusickern und mir etwas die Beine zu vertreten, aber ich war ungewöhnlich erschöpft und nicht sicher, ob ich es wieder in den Koffer schaffen würde. Wenigstens brauchte ich keine Luft.

Irgendwann erreichte der Zug Cincinnati, aber vorher ging die Sonne auf, und ich war während des gesamten Tages mit sinnlosen Erinnerungsfetzen im Dunklen gefangen. Dieser Traumanfall war genauso schlimm wie der letzte, dauerte jedoch nicht ganz so lange, und als der Zug zum Stehen kam, befand ich mich halb bei Bewusstsein in einer Art Trance, die mir keine Erholung bescherte, aber die Zeit rascher verstreichen ließ. Als die Nacht anbrach, stand ich irgendwo herum und schloss aus den Geräuschen, die bis zu mir vordrangen, dass mein Koffer ausgeladen worden war und nun darauf wartete, dass ihn jemand abholte.

Ich fühlte mich schon deshalb etwas besser, weil ich in Cincinnati war. Mühelos entschwebte ich dem Koffer und bildete mich in kauernder Haltung zwischen anderen Gepäckstücken neu. Als gerade niemand hinsah, setzte ich mich ab, zog mir den Hut tief in die Stirn und mischte mich unter die anderen Reisenden. Dies war meine Heimatstadt, in der ich eine Menge Freunde hatte; im Augenblick lag mir allerdings am wenigsten daran, alte Bekanntschaften aufzufrischen. Vor dem Bahnhof tauchte ich in ein Taxi und gab dem Fahrer Anweisungen, die uns gen Norden aus der Stadt und auf eine enge unbeleuchtete Landstraße führten. Nach einer Weile wurde der Fahrer etwas unruhig und fragte mich, ob ich ganz sicher wisse, wohin ich eigentlich wollte. Ich war mir so sicher wie ein Eisenspan, der einen Magneten spürt.

Ich ließ ihn anhalten und fragte, ob es ihm etwas ausmache, zu warten.

»Worauf warten? Hier draußen ist nichts.«

Ich holte eine Dollarnote hervor, deklarierte sie als sein Trinkgeld, riss sie in der Mitte durch und gab ihm die eine Hälfte.

Er machte immer noch ein zweifelndes Gesicht: »Ich muss die Uhr laufen lassen.«

War mir recht. Ich verließ die Straße und ging einen überwachsenen Privatweg hinauf. Großvaters Farm war mittlerweile verlassen, und der Ort kam mir kleiner vor, als ich ihn in Erinnerung hatte. Tatsächlich war das umliegende Land im Laufe der Jahre geschrumpft; es war ein Hektar um den anderen verkauft worden, um die Steuern überhaupt noch bezahlen zu können. Allerdings weigerte mein Vater sich, das Haus oder das umliegende Grundstück zu verkaufen – nicht dass es derzeit allzu viele Interessenten gegeben hätte. Hier waren Großvater und Urgroßvater Fleming, ihre Familien, sowie viele alte Erinnerungen begraben worden. So heruntergekommen der Ort auch sein mochte, aber ich war doch froh, dass er noch uns gehörte.

Meine Eltern lebten in einem kleineren moderneren Haus in der Stadt. Mama liebte ihren Gasofen und das fließende Wasser; hier draußen wohnte niemand mehr. Ich sah zu einem Eckfenster im Obergeschoß hinauf. In dem Zimmer war ich geboren worden. Dies war meine Heimat auf eine Weise, wie ich sie nie zuvor gekannt hatte, dieses Haus, das auf der lebendigen Erde errichtet war, die ich zum Überleben brauchte.

Ich durchstöberte die Scheune und förderte ein paar alte Futtersäcke zutage, die noch ganz gut zu gebrauchen waren, nachdem ich erst einmal den Staub und die Feldmäuse herausgeschüttelt hatte. Vier davon legte ich paarweise ineinander und hatte damit zwei Säcke, die einiges aushielten. Eine weitere Suche ergab ein Bandknäuel und eine rostige Schaufel mit abgebrochenem Griff. Damit würde ich zurechtkommen. Was mir an Hebelwirkung fehlte, konnte ich durch bloße Kraft wettmachen.

Der Familienfriedhof machte einen gepflegten Eindruck, also war Dad ab und zu hier gewesen. Ich befreite ein Rechteck unter der alten Eiche von Blättern und Eichelschalen und schaufelte Erde in die Säcke. Ich trug sie über eine größere Fläche ab, damit die Vertiefung nicht so sehr auffiel. Als die Säcke zu drei Vierteln gefüllt waren, verdrehte ich die Enden und verschnürte die Beutel mit dem Bindfaden.

Trotz der schweren Arbeit war ich nicht müde.

Ein großer Stein, der bei meinem letzten Besuch vor ein paar Jahren noch nicht da gewesen war, kennzeichnete Großvaters Grab. Ich trat heran und strich über den kühlen grauen Granit.

Auf dem Holzkreuz, das zuvor hier gestanden hatte, hatten die gleichen tief eingemeißelten Buchstaben gestanden, die meinen eigenen Namen trugen.

Im Gedenken an
JONATHAN RUSSELL FLEMING
1820-1908

Ich war froh, dass unter den Lebensdaten keine sentimentalen Zeilen standen; sie wären allesamt unpassend gewesen. Einen Mann wie Großvater oder die Gefühle, die ihm seine Familie entgegenbrachte, hätte man nicht einfach so zusammenfassen können.

Als ich acht Jahre alt war, starb mein kleiner Hund. Genau wie ich war er der Letzte in einem Siebenerwurf gewesen, und deshalb war er mein Liebling. Mit dem schrecklichen Wirklichkeitssinn, der mit dem Leben auf einer Farm einhergeht, war der Kadaver zum Brennmüll geworfen worden. Das konnte ich nicht hinnehmen, also versteckte ich mich den ganzen Tag unter der Veranda, hielt den kleinen schlaffen Pelzball in der Hand und wünschte ihn zum Leben zurück. Als die Familie mich vermisste, ignorierte ich ihr Rufen. Schließlich hatte man mich vorher ja auch ignoriert, also war es nur gerecht.

Schließlich wurde ich von Mom entdeckt und hervorgezerrt. Sie kündete meinem Hintern den Weltuntergang an, sobald ich die Hosen herunterließ. Aber selbst in meinen Kindertagen war ich schon störrisch wie ein Esel, fügte mich keinesfalls in meine Strafe und widerstand allen Bemühungen, mich von dem Hündchen trennen zu lassen.

Da mischte sich Großvater ein. »Dieses Mal nicht«, sagte er zu Mom, »Ich kümmere mich um ihn. Ich bin nicht so wütend wie du.« Er nahm mich an der Hand, und wir gingen zum Friedhof und setzten uns unter die Eiche.

»Du hättest dich nicht verstecken sollen, Jack«, sagte er schließlich.

Kartenzahlung

*** Zahlung erfolgt ***

zuteilen, damit das Unternehmen seinen Anspruch gegen mich geltend machen kann.

....

Unterschrift (Betrag siehe Vorderseite)

Ermächtigung zum Lastschrifteinzug

Ich ermächtige hiermit das umseitig genannte Unternehmen, umseitig ausgewiesenen Rechnungsbetrag von meinem durch Konto-Nummer und Bankleitzahl bezeichneten Konto durch Lastschrift einzuziehen.

Ermächtigung zur Adressenweitergabe

Ich ermächtige mein Kreditinstitut, das durch die umseitig angegebene Bankleitzahl bezeichnet ist, bei Nichteinlösung der Lastschrift oder bei Widerspruch gegen die Lastschrift dem Unternehmen auf Anforderung meinen Namen und meine Anschrift mitzuteilen, damit das Unternehmen seinen Anspruch gegen mich geltend machen kann.

....

Unterschrift (Betrag siehe Vorderseite)

Ermächtigung zum Lastschrifteinzug

Ich ermächtige hiermit das umseitig genannte Unternehmen, umseitig ausgewiesenen Rechnungsbetrag von meinem durch Konto-Nummer und Bankleitzahl bezeichneten Konto durch Lastschrift einzuziehen.

Ermächtigung zur Adressenweitergabe

Ich ermächtige mein Kreditinstitut, das durch die umseitig angegebene Bankleitzahl bezeichnet ist, bei

»Nein, Sir. Aber sie wollten Pete verbrennen, und ich will nicht, dass er in die Hölle kommt.« Mir stockte der Atem; das war das erste Mal, dass ich ein böses Wort benutzt hatte.

Unglaublicherweise nickte mein Großvater. »Ich weiß, was du meinst. Würdest du dich besser fühlen, wenn wir ihn anständig begraben?«

»Ja, Sir, aber ich will nicht, dass er tot ist.«

»Das will ich auch nicht, aber es gibt eine Menge Dinge, bei denen wir nichts machen können, und zu denen gehört der Tod.«

»Warum?«

Der alte Mann dachte lange über die Frage nach und versuchte die Antwort dem Verstand eines Achtjährigen anzupassen. »Du magst doch den Sommer, nicht wahr?«

»Ja, Sir, dann muss ich nicht zur Schule.«

»Aber wenn es immer nur Sommer wäre, hättest du ihn nicht vielleicht irgendwann satt, was meinst du?«

»Weiß nicht.«

»Wenn im Herbst die Schule wieder anfängt und du deine Freunde wieder siehst, freust du dich doch über diese Veränderung, oder?«

»Denke schon.«

»Und wenn der Winter kommt, machst du wegen des Schnees wieder andere Sachen, und das ist doch auch eine schöne Veränderung.«

»Ja, Sir.«

»Nun – und jetzt wird es interessant, Jack – das Sterben ist genau so eine Veränderung wie die Jahreszeiten. Die Menschen leben im Frühling wie du und deine Brüder und Schwestern, sie werden in einem langen Sommer und Herbst groß wie deine Eltern und ich, und früher oder später sterben sie, und das ist dann wie der Winter. Das ist nichts Schlechtes – es ist nur eine Veränderung.«

»Aber kommen denn die Leute nicht in den Himmel?«

»Natürlich kommen sie dorthin, aber sie müssen sich verändern, sie müssen sterben, um dorthin zu kommen. Einige Leute freuen sich sogar auf die Veränderung, denn sie bedeutet, dass sie keine Sorgen mehr haben und etwas anderes tun können.

Als vor Jahren deine Großmama starb, tat ihr alles weh, und sie war müde; sie war bereit für eine Veränderung. Als sie fort war, da waren wir traurig, aber wir wussten auch, dass sie keine Schmerzen mehr hatte. Wir wussten, dass sie im Himmel war, und glücklich.«

Großvaters Stimme war heiser geworden. Erschrocken sah ich, dass Tränen über sein zerfurchtes Gesicht liefen. Er zog ein Schnupftuch hervor und wischte sie ab. »Nun ja, ich weiß sicher nicht alles, aber ich möchte wetten, dass Pete irgendwie Schmerzen hatte und wusste, dass er sterben musste, und als er starb, hatte er keine Schmerzen mehr. Er wollte nicht, dass du traurig bist, aber das konnte er nicht verhindern.«

»Er hat sich also verändert?«

»Ja.«

»Also ist er im Himmel?«

»Ich wüsste nichts, was dagegen spricht, aber es ist eigentlich nicht wichtig, was mit seinem kleinen Körper nun geschieht; ihm ist es jetzt gleich. Der Teil von ihm, den du lieb hattest, ist nicht mehr da – er hat sich verändert. Wichtig ist, dass du darüber Bescheid weißt und dass man ruhig traurig sein darf. Du darfst auch glücklich sein, wenn du daran denkst, wie glücklich er dich machte, als er noch hier war.«

Ich dachte lange darüber nach, als wir das Hündchen neben der Eiche begruben und die Stelle mit kleinen Steinen umringten. Als wir halb fertig waren, fing ich an zu weinen, und Großvater lieh mir schweigend sein Schnupftuch und machte alleine weiter. Als er fertig war, sah er nach Norden und sog tief die saubere Luft in die Lungen.

»Ich glaube, der Winter kommt«, sagte er und zwinkerte mir zu. Wir hatten erst September; ich verstand ihn nicht. Am Morgen danach verstand ich es, als wir entdeckten, dass er im Schlaf gestorben war. Ich war der einzige, der bei seiner Beerdigung nicht weinte.

Wie unter einem Zwang musste ich an meine eigene Verwandlung denken. »Was würdest du jetzt von mir denken, Großpapa?«, sagte ich leise zu dem Stein. Ich konnte fast spüren, wie die großen schweren Knochen in ihrer Holzkiste lagen und geduldig auf die Wiederauferstehung warteten.

Ich warf die abgebrochene Schaufel wieder in die Scheune und stapfte den Feldweg hinab. Die beiden Dreißigpfundsäcke schwangen leicht in meinen Händen.

Die Rückfahrt nach Chicago war langweilig, aber mit der Erde bei mir in meinem Koffer leichter durchzustehen. Ich war ausgeruht, kam mit dem Auflösungstrick mittlerweile besser zurecht und verbrachte den größten Teil der Fahrt auf meinem Gepäck sitzend mit dem Schmökern eines Groschenheftes. Flussübergänge konnte ich nahezu ignorieren, und als der Tag anbrach, vermochte ich tatsächlich zu schlafen – oder wie auch immer man das nennen wollte. Ich hatte keine Albträume mehr. Die Nähe der Erde stumpfte sogar den nächtlichen Hunger zu einem leichten Ziehen ab.

Ich brauchte eine gute halbe Stunde, um an meinen Schrankkoffer heranzukommen. Der Chicagoer Bahnhof war genauso überfüllt wie bei meiner Abreise. Die Spur, der ich zu folgen hatte, war mittlerweile eine gute Woche alt, aber ich hatte schon eine Idee, wie ich die Sache anpacken wollte.

Mühsam wurde der Schrankkoffer in einem Taxi verstaut, und der Wagen brachte mich zu einem kleinen Hotel, das laut dem Fahrer in Spaziernähe zu den Schlachthöfen lag. Es war in einer etwas höheren Klasse als die verlauste Bude, in der ich zuletzt gewohnt hatte. Für zehn Dollar pro Woche bekam ich dickere Vorhänge, einen funktionierenden Ventilator, ein Radio und ein Bad für mich alleine. Die Nähe zu den Höfen mochte sich vielleicht auf den Preis und die Komfortextras auswirken.

Ohne auszupacken oder auch nur den Schlüssel abzugeben, verließ ich das Hotel, um ein Abendessen einzunehmen. Mein Besuch verlief diesmal etwas diskreter; ich kannte die Gegend besser und vertraute darauf, dass mich mein Verschwindibus-Trick vor Schwierigkeiten bewahrte. Ich musste etwas üben, um die Sache richtig hinzukriegen, aber ich lernte schnell. Ich hatte als Kind viel länger gebraucht, um rauszukriegen, wie man mit den Ohren wackelt.

Auf dem Rückweg machte ich an einem Zeitungsstand halt und kaufte ein paar Lokalblätter sowie eine Ausgabe der Zeitung, für die ich in New York gearbeitet hatte, und eine

Straßenkarte. Der Verkäufer wies mir den Weg zur nächsten Western Union-Filiale. Sie hatten noch geöffnet, und zwei rotwangige junge Angestellte kümmerten sich um mich. Ich füllte ein Telegramm an meine Eltern aus, in dem stand, dass ich in der Stadt der Winde angekommen sei und einen fabelhaften Job in einer Werbeagentur gefunden habe, und man habe mir Geld für eine Werbeidee angezahlt. Mit der Nachricht gab ich gleich fünfundzwanzig Dollar auf. Seit dem Börsenkrach, dem »Schwarzen Freitag«, hatten sie es schwer gehabt, und es war kaum ein Zahltag verstrichen, an denen ich ihnen nicht fünf Dollar oder so zugeschickt hätte, aber dieses Mal war der Betrag auffällig hoch. Vielleicht wären sie auf die Idee gekommen, dass ich eine Bank ausgeraubt hatte, womit sie nicht allzu sehr daneben gelegen hätten. Aber die Wahrheit konnte ich ihnen wohl kaum sagen.

Ich kehrte wieder in das Hotel zurück. Während die Wanne voll lief, überflog ich die Schlagzeilen und die Zeitungscomics. Ich schrieb mir die Preise für die Privatanzeigen heraus. Auf das Briefpapier des Hotels schrieb ich in Blockbuchstaben die sieben Worte, aus denen meine übliche Nachricht bestand, drehte dann die Wasserhähne zu und ging nach unten.

Der Laden hatte sogar einen Pagen auf Schicht. Er saß in einer Nische auf einem nach hinten gekippelten Hocker, machte weitere Dellen in den Fußboden und las in einem Comicheft. Ich fragte ihn, ob er gerne vier Eier verdienen wolle. Er legte das Heft beiseite. Wir brauchten etwas Zeit, um uns zu verständigen. Normalerweise verschaffte er den interessierten Gästen entweder weibliche Gesellschaft oder eine Flasche Fusel oder auch beides, und im Augenblick konnte ich weder das eine noch das andere gebrauchen. Ich gab ihm die vier Eier und genug Geld, um meine Nachricht in all den Zeitungen erscheinen zu lassen, die ich gekauft hatte. Sie würde zwei Wochen lang laufen. Er versprach, die Sache gleich am nächsten Morgen zu erledigen. Ich sagte ihm, dass er mir abends die Quittungen bringen solle, dann gäbe es noch mal etwas Knete.

Im oberen Stockwerk war mein Zimmer vom Badewasser leicht zugedampft; also machte ich das Fenster auf und schaltete den Ventilator ein, den die gewitzte Hotelleitung am Tisch festgeschraubt hatte. Er verrührte die Luft und wehte mir angenehm über die Haut, als ich mich auszog.

Mittlerweile war die Quetschung fast verschwunden, und die Narbe über meinem Herzen war kaum noch zu sehen. Mein Körper machte aus dem frischen Blut, das ich mir zu Gemüte geführt hatte, das Beste.

Bevor ich hinein stieg, beäugte ich argwöhnisch die Wanne. Sie bereitete mir kurzes Unbehagen, und ich verzog das Gesicht. Ich musste mir doch wirklich nur um frei fließendes Wasser Sorgen machen. Als ich hinein stieg und mich einseifte, geschah natürlich nichts. Ich hatte bloß das Gefühl, dass etwas passieren sollte. Ich lehnte mich zurück und dachte an das Seeufer ... vielleicht fiel mir mit dem Wasser um mich herum wieder etwas ein ... die Sterne waren so hell gewesen, und der See erstreckte sich in die Unendlichkeit .... silbern und schwarz. Vor dem friedlichen Strand hatte erdrückende Finsternis geherrscht ... ein schlimmer Druck, der von allen Seiten auf mich eindrang, ein Gewicht, das mich hinabzerrte ... der erstickende Druck wurde immer schlimmer —

Ich lag rücklings mit einer Menge Wasser auf dem Fußboden. Der Druck war verschwunden, aber meine linke Hand zuckte, als ob elektrische Ströme sie durchfuhren. Ich zitterte unkontrolliert. Das dauerte noch einen Moment und ängstigte mich fast zu Tode; dann hörte es plötzlich auf.

Wenn das meine Reaktion darauf war, war ich mir nicht mehr so sicher, dass ich mich an meinen Tod erinnern wollte. Ich zog mich an, versuchte den Zwischenfall mit flatternden Nerven zu verdrängen, und schwor, mich nie wieder in der Badewanne auszuruhen.

Mitternacht war schon vorbei, als ich in die feuchte Luft hinaustrat und mich nach rechts wandte. Die Adresse, die ich aufsuchen wollte, hatte im Telefonbuch gestanden, und laut Stadtplan lag sie auf der gleichen Seite des Chicago River wie mein Hotel. Nachdem ich mich die letzten zwei Nächte in einem Schrankkoffer zusammengerollt hatte, war mir nach einem langen Spaziergang. Dabei sparte ich wenigstens das Taxigeld.

Vierzig Minuten später erreichte ich das Lagerhaus der International Freshwater Transport, Inc. Es stand kein dunkelgrüner Ford auf der Straße, und ich wusste nicht, ob ich nun erleichtert oder enttäuscht sein sollte.

Die Vordertür bestand aus Stahl und machte einen ernüchternden Eindruck. Ich versuchte durch das Metall zu sickern, stellte jedoch fest, dass es dichter war als Hausziegel oder mein Schrankkoffer. Ich kam nicht durch, bis ich durch die schmale Lücke zwischen Schwelle und Tür hindurch glitt. Ich fühlte mich wie der Sand, der durch das schmale Stück einer Eieruhr rieselt.

Im Etat dieses Ladens war für Bequemlichkeiten nichts vorgesehen. Das Empfangsbüro bestand aus einem kleinen Raum, der vom Lagerhaus durch einen Bretterverschlag abgetrennt war. Ein eiserner Schreibtisch stand darin, außerdem ein paar durchgesessene Stühle und zwei Aktenschränke, die verdächtigerweise unverschlossen waren. Der Papierkram in den Schränken war Routinezeug und daher für mich nutzlos.

Der Schreibtisch wies eine viel versprechend verschlossene Schublade auf, die ich mit Hilfe eines Brieföffners knackte. Zwei Geschäftsbücher vom vorigen und vom jetzigen Jahr und ein halbvoller Whiskey-Flachmann lagen darin. Bei Durchsicht der Bücher erwies sich, dass die Schublade wegen des Whiskeys abgeschlossen worden war. IFT Inc. war genau das, was man dem Namen schon entnehmen konnte: Lieferungen trafen ein, wurden im Lagerhaus verwahrt und dann an ihre Bestimmungsorte weitergeleitet. Der Großteil des Verkehrs fand zwischen den Staaten und Kanada statt, daher das »International« in der Firmenbezeichnung. Machte sich wohl gut auf dem Briefkopf. Vielleicht hatte Sanderson seinen Wagen gestohlen; in diesem Fall verschwendete ich hier meine Zeit.

Ich blätterte einige Papiere auf der Schreibtischplatte durch. Nichts. Die Schreibtischunterlage war ein riesiger Kalender, der die letzte Woche des Monats anzeigte und mit alten Kritzeleien und rätselhaften Notizen übersät war. Der erste Montag war rot eingekreist, und eine Anmerkung war unterstrichen. Irgendetwas Nasses hatte die Tinte verschmiert, und ich konnte nichts Genaues erkennen, aber in der Schweinerei war ein Name deutlich zu lesen: Mr. Paco. Noch etwas daneben – dann: Mr. Paco.

Sandersons Boss. Hier tat sich zumindest eine Verbindung auf, also ging ich die Blätter noch einmal sorgfältiger durch, musste jedoch aufgeben. Von der einzigen Erwähnung auf der Unterlage mal abgesehen tauchte der Name nicht mehr auf, aber ich zog die erprobte Routine durch. Ich schrieb mir Namen und Adressen auf, alles, was mir später vielleicht nützlich werden konnte. Ich ging kein Risiko ein und wischte meine Fingerabdrücke ab, obwohl es wenig wahrscheinlich war, dass man wegen einer aufgebrochenen Schublade die Cops rufen würde. Als ich mit dem Büro fertig war, erforschte ich das Lagerhaus.

Natürlich war es ziemlich groß und kam mir trotz meiner ausgezeichneten Nachtsicht düster vor, aber das war lediglich ein Gefühlseindruck. Wie bereits erwartet, standen mehrere hundert Holzkisten darin, allesamt beschriftet und ordentlich gestapelt. Einige waren als landwirtschaftliches Gerät ausgezeichnet, andere als Ersatzteile; verderbliche Güter gab es nicht. Ich stemmte eine Kiste auf, durchwühlte das Verpackungsmaterial und entdeckte Metallstücke, die ganz gut irgendwelche Ersatzteile sein mochten. Der Laden sah gut durchorganisiert und gesetzestreu aus, und nichts, rein gar nichts, kam mir vertraut vor.

Als ich wieder in meinem Zimmer ankam, war es Viertel vor vier. Eigentlich hätte ich mich müde fühlen müssen, aber ich war es nicht. Außerdem hätte ich hungrig sein sollen, aber in meinem Magen regte sich nichts. Alles, was man nach einer ausgiebigen Besorgung eigentlich fühlen musste, war nicht da, und das fehlte mir. Ich vermisste das Gefühl meiner Menschlichkeit und hätte sogar die kleinen Unbequemlichkeiten willkommen geheißen. Ich war niedergeschlagen und konnte mir nicht einmal einen antrinken, um zu vergessen.

Die Schlösser meines Schrankkoffers standen offen.

Ich hörte mit den Depressionen auf und entwickelte dafür Angstgefühle.

Der Deckel flog auf. Ich wusste kaum, was ich tat. Mein Blick suchte krampfhaft und vergeblich nach dem, was sich im Koffer hätte befinden müssen, nun aber verschwunden war.

Meine kostbaren Erdsäcke waren weg.

An ihrer Stelle lag ein zusammengefaltetes Blatt vom Brief'-papier des Hotels. Ich riss es an mich. Auf dem Blatt standen enge präzise Schriftzeichen, von Hand geschrieben:

Sehr geehrter Herr,
Sie kennen mich nicht, aber wie Sie vielleicht bemerken, weiß ich etwas über Sie. Wenn Sie mehr erfahren wollen, suchen Sie mich an der unten angegebenen Adresse auf. Dort werde ich bis zum Tagesanbruch anzutreffen sein. Eigentlich sollte es Ihnen keine Mühe bereiten, die Straße zu finden: Sie läuft zu den Schlachthöfen auf.
Wie ich hoffe,
Ein Freund.

3

Langsam und sorgfältig faltete ich den Zettel wieder zusammen, während meine Gedanken sich überschlugen. Von Fred Sanderson einmal abgesehen kannte ich niemanden in der Stadt, und die Nachricht klang für Typen seiner Art zu hochgestochen. Der Verfasser war sich über meine Eigenarten offenbar im Klaren, da er meine Erde mitgenommen hatte. Außerdem musste er verrückt sein. Wer außer einem komplett Durchgedrehten würde sich schon mit einem Vampir anfreunden wollen?

Die Straßenkarte bestätigte mir, dass der Treffpunkt tatsächlich nur ein paar Straßenzüge von den Schlachthöfen entfernt lag, kaum länger als zehn Minuten zu laufen.

Ich schaffte es in vier.

Mir war klar, dass es genauso gut eine Falle sein konnte. Also zögerte ich ein wenig, hin und her gerissen zwischen Neugier und Vorsicht. Natürlich konnte ich mir auch den Schrankkoffer unter den Arm klemmen und wieder nach Cincinnati verduften, aber dann blieb die Identität meines Briefeschreibers ein Geheimnis, das mich wahrscheinlich teuer zu stehen käme. Irgendwo und irgendwann war ich sehr unvorsichtig gewesen.

Die Neugier und das Bedürfnis, meine Erde wieder zu kriegen, trugen den Sieg davon, aber trotzdem musterte ich die Gegend, bevor ich mich hineinwagte. Es war ein Geschäftsviertel mit kleinen Läden in den Parterreräumen und vereinzelten Büros in den oberen Stockwerken. Viele standen leer, und der Rest gab sich heftig Mühe, den Wohlstand zu erreichen, der laut des Wahlkampfmottos von Franklin Delano Roosevelt angeblich schon »an der Ecke wartete«. Langsam umkreiste ich den gesamten Häuserblock und stellte sicher, dass in den Schatten keine unangenehmen Überraschungen lauerten. Mit Ausnahme einiger geparkter Autos mit kalten Motoren war der Ort verlassen und schlief den Schlaf der Gerechten.

In dem Haus, das mein Ziel war, drang Licht aus einem Fenster im ersten Stock. Rollos hingen hinter den Scheiben herab. Von der Straße aus konnte ich nichts erkennen.

Drinnen versuchte ich die Stufen so leise wie möglich zu erklimmen, die Vorsicht war jedoch verschwendet. Die Knarrgeräusche der einen oder anderen losen Bodendiele und meiner Schuhe waren für mich ohrenbetäubend laut. Zwei Türen führten auf den Treppenabsatz. Auf den Milchglasscheiben waren Nummern aufgemalt, und die linke war von innen erleuchtet. Ich blieb stehen und lauschte; in dem Zimmer dahinter arbeitete ein Lungenpaar.

Ich drückte mich an die Wand, um ein schmaleres Ziel abzugeben, drehte den Türknauf und versetzte ihm einen Stoß. Die Tür schwang leicht und ohne Knarren auf. Jetzt konnte ich ein Herz hören, das seine Schlagzahl erhöhte. Die Lungen arbeiteten schneller, um mit dem Herzen Schritt zu halten. Unter den Umständen hätten das meine auch getan, wenn sie noch normal funktioniert hätten.

Die Stimme des Mannes klang trügerisch ruhig. »Ich vermute, Sie haben meine Nachricht gefunden. Guten Abend, Sir. Würden Sie bitte ins Licht treten, damit wir uns gegenseitig besser sehen können?« Er sprach mit einem deutlichen britischen Akzent.

Mir fiel auch nichts Besseres ein, also löste ich mich langsam von der Wand. Ich erblickte ein kleines einfaches Zimmer mit einem hölzernen Schreibtisch, der zur Tür ausgerichtet stand. Hinter ihm stand ein Mann, der etwa Mitte Dreißig war, hochaufgeschossen und eher mager, mit einem knochigen Gesicht und einer schnabelkrummen Nase. Seine munteren grauen Augen sahen mich an und funkelten vor Erregung.

Auf dem Boden neben dem Schreibtisch standen meine beiden Erdsäcke. Er folgte meinem Blick und legte einen entschuldigenden Tonfall in seine Stimme: »Ich hoffe, dass meine Theatralik Sie nicht gekränkt hat, aber das war das Einzige, was mir einfiel, um Ihr Herkommen zu garantieren.«

Ich war wütend und verbarg es nicht. Er versteifte sich und griff nach einem Gegenstand auf seinem Schreibtisch. Ich konnte nicht sehen, was es war; er lag unter einer aufgeschlagenen Zeitung. Für eine Knarre war das Ding zu groß, und für ein Gewehr hatte es nicht die richtige Form. Ich zwang mich zur Ruhe. Er hatte beträchtlichen Aufwand und Gefahren auf sich genommen, um mich hierher zu locken, also wollte ich zumindest hören, was er zu sagen hatte. Einige Augenblicke verstrichen, in denen wir beide darauf warteten, dass der andere sich rührte. Sein Atem wurde wieder ruhiger, und ich entspannte mich.

»Sie scheinen zu wissen, wer ich bin«, wagte ich einen Vorstoß.

»Ich kenne nur den Namen, den Sie im Gästebuch des Hotels angegeben haben. Allerdings weiß ich, *was* Sie sind.«

»Und was wollen Sie diesbezüglich unternehmen?«

»Das hängt allein von Ihnen ab.« Mit der freien Hand deutete er auf einen Sessel in der Nähe des Schreibtisches. »Vielleicht möchten Sie es sich etwas bequemer machen, Mister ... sagen Sie, heißen Sie wirklich Robinson?«

»Für den Augenblick reicht Jack völlig aus, und hier, wo ich stehe, gefällt es mir ganz gut.« Der durchdringende Blick des Mannes wurde mir bewusst, als ob er auf eine bestimmte Handlung meinerseits warte.

»Dann stimmt es also?«

»Was soll stimmen?

»Dass Sie eine Behausung nicht ohne Einladung betreten können. Ich wohne hier nämlich ab und zu, wissen Sie.«

Allmählich gefiel mir die Sache immer weniger. »Sagen Sie mir einfach, was Sie von mir wollen.«

»Nun ja, ich sehe ein, dass es etwas unfair von mir ist, aber ich kenne Sie nicht und habe keinen Anlass, Ihnen zu vertrauen.«

»Ich könnte wohl dasselbe behaupten.« Es war keine unsichtbare Gewalt wie eine fehlende Einladung, die mich zurückhielt, nur natürliche Vorsicht. Ich wollte zuerst erfahren, was er unter der Zeitung versteckt hatte, und es konnte nicht schaden, wenn er meine Fähigkeiten unterschätzte.

»In der Tat, aber Sie sind eine weitaus gefährlichere Person, als ich es bin, wenn die Geschichten alle zutreffen.«

Na prima, der Knabe war tatsächlich verrückt. »Und wie gefährlich sind Sie?«

»Für Sie könnte ich mich zumindest tagsüber als tödlich erweisen.«

Da hatte er vollkommen recht. Er kannte mein Hotel und verfügte vielleicht über Mittel und Wege, um herauszufinden, wohin ich mich wenden würde, sollte ich Reißaus nehmen. Ich konnte auch reinmarschieren, mir meine Erde schnappen und auf die harte Tour feststellen, was er unter der Zeitung hatte.

Er sah mir zu, wie ich es mir durch den Kopf gehen ließ. »Ich sagte das nur, um Sie zum Bleiben zu bewegen; ich hoffe, Sie begreifen, dass ich nicht Ihr Feind sein muss.«

»Was sind Sie eigentlich, so eine Art – Van Helsing?« Beinahe hätte ich Renfield gesagt, ich hatte es gerade noch verschluckt.

Das erheiterte ihn. »Sie haben also *Dracula* gelesen?«

»Jawohl, und den Film habe ich auch gesehen.«

»Wie gefiel er Ihnen?«

»Er hätte schlimmer sein können.«

»War er zutreffend?«

»In welcher Hinsicht?«

»Natürlich was Sie betrifft.«

»Noch schleiche ich nicht in Frack und Umhang durch die Landschaft oder lechze nach Frauenhälsen.«

»Aber Sie müssen doch Blut trinken?«

Dieses Eingeständnis fiel mir ziemlich schwer.

»Warum bereitet diese Vorstellung Ihnen solches Unbehagen?«

»Warum sind Sie so verflixt neugierig? Was wollen Sie eigentlich?«

»Ich entschuldige mich. Wirklich sehr rüpelhaft von mir, Sie wie ein Labortier zu behandeln. Nehmen Sie es mir bitte nicht übel; ich habe mich hinreißen lassen.«

Der Mann schien es ernst zu meinen. Ich zuckte die Achseln. »Ich bin Journalist, ich weiß, wie das ist.«

»Danke. Für welche Zeitung arbeiten Sie?«

»Für keine. Ich kündigte bei dem Blatt, für das ich in New York arbeitete, und kam hierher.«

»Und?«

»Nichts und. Ich war noch dabei, mir einen Job zu suchen.«

»Sonderbar, dass Sie das nötig haben. Ich hätte angenommen, dass Sie im Laufe der Jahre genügend Mittel angesammelt hätten, um ein sehr bequemes Leben zu führen.«

»Sie sehen da etwas nicht ganz richtig, was mich betrifft.«

»Was meinen Sie damit?«

»Damit meine ich, dass ich hierin noch neu bin; ich bin erst vier Tage alt.«

Das musste er erst einmal verdauen. »Sie sind erst seit vier Tagen ein Vampir?«

»Seit vier Nächten, wenn man's genau nehmen will.«

»Ausgesprochen faszinierend.«

»Wenn Sie meinen.«

»Können Sie mir sagen, wie Sie dazu gekommen sind? Wurden Sie von einem Vampir angegriffen?«

Die dramatische Frage brachte mich zum Lächeln. Ich schüttelte den Kopf. »Das ist eine ziemlich lange Geschichte ...«

Er nahm den Ball auf. »Kann ich Ihr Wort haben, dass Sie mich nicht in Stücke reißen werden, wenn ich Sie hereinbitte?«

»Das wäre nicht viel wert, da Sie mich nicht kennen.«

Er zuckte mit den Schultern. »Sie gingen ein Wagnis ein, als Sie hierher kamen. Ich riskiere es.«

Ein verrückter oder ein tapferer Mann. »Also, dann haben Sie mein Wort. Außerdem ist das mein letzter guter Anzug, den will ich nicht ruinieren.«

Falls der Witz ein guter war, lachte er jedenfalls nicht. »Nun gut, Jack, treten Sie ohne Zwang und aus freien Stücken ein.«

»Meinen Sie nicht, dass das ein wenig abgedroschen klingt?«

»Das ist wohl so, aber funktioniert es auch?«

Langsam und auf Show bedacht trat ich ein. Sein Herz schlug wie ein Hammer, aber seine Miene blieb unbewegt; ein Mann, der Angst hatte und sie gut zu verbergen verstand. Die Vorstellung, dass ich diese Angst in ihm hervorrief, bereitete mir Unbehagen und machte mich nervös; daher musste ich uns beide beruhigen. Ich streckte die Hand aus: »Jack Fleming.«

Vorsichtig wechselte er unter der Zeitung die Hand und ergriff kurz die meine: »Charles Escott.«

»Freut mich, Sie kennen zu lernen.«

»Setzen Sie sich doch bitte.« Wieder deutete er auf den Sessel neben dem Schreibtisch. Gott, was waren wir nett und höflich zueinander.

Ich setzte mich und versuchte harmlos auszusehen. Nach einem kurzen Moment ließ er sich in seinem Sessel nieder, wobei er mich nicht aus den Augen ließ. Welche Erwartungen er auch gehegt hatte, ganz offensichtlich hatte er meine Blutrünstigkeit überschätzt. Ich bin vor Jahren das letzte Mal blutrünstig gewesen. Escotts Herzschlag wurde allmählich langsamer, und innerlich atmete ich erleichtert auf.

»Es ist gewiss offensichtlich, dass Sie mich immens neugierig machen«, sagte er. »Falls es Ihnen nichts ausmacht, würde ich sehr gerne Ihre Geschichte hören.«

Ich knabberte an der Unterlippe und musterte ihn ebenso intensiv wie er mich; zugleich achtete ich erstmals auf unsere Umgebung. Es gab zwei Türen, diejenige, durch die ich getreten war, und eine weitere hinter Escott. Bis auf einen weißen Anstrich wiesen die Wände keinerlei Dekor auf. Der Raum gab keinen Hinweis auf die Persönlichkeit des Mannes vor mir; er selbst war der einzige Hinweis. Ein durchdringender wacher Blick, schmale Lippen, unruhige Hände; er erinnerte mich an einen meiner ehemaligen College-Professoren. Seine Kleidung war ordentlich und unauffällig; nicht teuer, auch nicht billig, ganz normal und daher gewissermaßen unsichtbar. Ich hatte mir schon zusammengereimt, dass er mir gefolgt war. Da ich mich den ganzen Abend umgesehen hatte, musste er das sehr gut beherrschen.

»Wollen Sie mich mit dem Ding erschießen, das Sie da unter der Zeitung haben?«

»Entschuldigung, ich bin lediglich von Natur aus vorsichtig.« Er zog die Zeitung beiseite und enthüllte eine gespannte Armbrust.

Diesmal lag der Mann richtig. Der Holzschaft, der abschussbereit in der Vorrichtung lag, konnte mich in der Tat verletzen. Ich betrachtete ihn mit Respekt. »Falls es Ihnen lieber ist, können Sie ihn behalten, aber schießen Sie damit nicht auf mich.«

Escotts Brauen ruckten nach oben. Meine Freigabe überraschte ihn. Sie bedeutete, dass ich ihm das Ding wegnehmen konnte, falls ich es wollte. Davon war ich zwar überzeugt, aber ich wollte es nicht unbedingt darauf ankommen lassen. Er nahm die Hand vom Abzug, ließ die Waffe jedoch in Reichweite liegen.

Nachdem wir nun eine Art gegenseitigen Waffenstillstand erreicht hatten, war mir mehr nach Reden zumute. »Es fing vor ein paar Jahren in New York an. Der Film *Dracula* machte damals ziemlich von sich reden. War eine tolle Sache, Frauen fielen in den Kinos in Ohnmacht, Sie wissen schon. Mein Redakteur schickte mich los, damit ich Leute interviewte, die den Film gesehen hatten, und etwas über ihre Todesängste schrieb. Alles ziemlich vorhersehbar, aber dann traf ich dieses Mädchen. Sie fand die ganze Sache schrecklich komisch. Sie war einfach wunderschön. Irgendwann kamen wir auf das Übernatürliche zu sprechen. Zuerst dachte ich, dass sie auf Geisterbeschwörung, Astrologie oder ähnliches Zeug heiß sei, aber das war sie nicht. Sie erinnerte mich an einen Schmetterlingssammler, den ich mal kannte.«

Escott machte ein Gesicht, das mich zu einer Erklärung veranlasste.

»Er besaß Hunderte von Schmetterlingen, er wusste alles über sie und wollte noch mehr erfahren, aber er wollte niemals selbst einer sein. So war es auch bei ihr. Sie kannte sich aus, sprach auch gerne darüber, aber sie glaubte nicht eine Minute lang daran.«

»Ich verstehe. Sie scheinen sie sehr gemocht zu haben.«

»Ich verliebte mich in dem Augenblick in sie, als ich sie das erste Mal sah.« Dabei beließ ich es; ich wusste nicht, ob Escott so etwas verstand. »Wir verabredeten uns ein paar Mal wie zwei Heranwachsende, und eines Abends lud sie mich zu sich nach Hause ein. Wir aßen zu Abend, jedenfalls tat ich es. Wenn wir ausgingen, aß sie nie etwas. Ich dachte, sie wolle mich wegen des Filmes auf den Arm nehmen. Das war so eine Art Privatscherz zwischen uns beiden, wissen Sie? Nach dem Abendessen hörten wir Radio, tanzten ein wenig ...« Meine Stimme versagte, ohne dass ich etwas dagegen tun konnte.

»Mr. Fleming, wenn Ihnen das zu persönlich ist, müssen Sie es nicht weiter ausführen.«

Ich riss mich zusammen. »Danke. Sie können sich denken, wohin das führte, und die Einzelheiten ...«

»Ich verstehe.« Er klang so, als verstehe er es tatsächlich.

»Danach waren wir immer zusammen, wenigstens nachts. Es war kein Witz, sie war wirklich eine Vampirin, aber das schien nicht viel auszumachen. Ich war auch im vollen Besitz meiner geistigen Fähigkeiten. Ich stellte natürlich Nachforschungen an und sprach mit ihr darüber. Keines der Bücher, die ich zu dem Thema Vampirismus fand, erwähnte auch nur im Entferntesten, was wir füreinander empfanden. Sie waren voller Geschichten über hilflose Opfer und blutrünstige Schänder; eigentlich ziemlich krankes Zeug. Wenn man es psychologisch sehen will, kann man es vielleicht symbolische Vergewaltigung nennen. Vom Freudianischen Ansatz aus gesehen ist es wirklich seltsam, aber nichts davon hatte etwas mit dem zu tun, was wir miteinander teilten.«

»Haben Sie während dieser Beziehung je ... wurde dabei zu irgendeinem Zeitpunkt Blut ausgetauscht?« Seine Stimme wahrte in auffälliger Weise ihren gleichmütigen Klang.

»Ja«, erwiderte ich knapp.

»Der Zweck dieses Austausches bestand darin, Sie letztlich zu ihresgleichen zu machen?«

»Falls es klappte.«

»Klappte?«

»Sie sagte, dass es nicht immer funktioniere, anderenfalls würde die Welt vor Vampiren nur so wimmeln. Verstehen, Sie, fast jeder ist immun dagegen. Es ist wie eine sehr seltene Krankheit: Manche können sie nicht einmal bekommen, wenn sie es darauf anlegen.«

»Aber Sie wollten sie bekommen?«

»Ich wollte, dass wir für immer zusammenbleiben, ja, und sie tat, was sie konnte, damit es dazu kam, aber wir wussten es nicht mit Sicherheit. Bis zu dem Tag, an dem ich starb, würden wir es nicht wissen, aber wenigstens würden wir bis dahin stets zusammen sein.«

»Aber dann passierte etwas?«

Die Worte blieben mir im Hals stecken. »Wir hatten uns verabredet. Ich kam zu ihrem Haus, um sie abzuholen, und sie war nicht mehr da. Sie hatte nicht viel, aber ein paar Kleider und Toilettenartikel waren verschwunden, und den Rest hatte sie zurückgelassen, als ob sie wiederkommen wolle. Später erhielt ich eine Karte von ihr. Sie schrieb, dass sie Schwierigkeiten habe, dass einige Leute wegen ihrer Besonderheit hinter ihr her seien, und dass ich mich vor ihnen in Acht nehmen solle. Sie wolle zurückkommen, wenn es wieder sicher sei. Das war vor fünf Jahren.« Die wochenlange Sorge, Angst und Frustration und die monatelange Suche nach ihr ließ ich aus. Nach fünf Jahren war die Pein nicht geringer geworden, und die Wunde schmerzte noch unter jeder Berührung.

Er sah es meiner Miene an. »Es tut mir sehr Leid.«

»Ich glaube ... *sie* haben sie gefunden.« Ruckartig stand ich auf, lief im Zimmer auf und ab und versuchte meine Gefühlsanspannung abzubauen. Ich drehte ihm den Rücken zu und spähte durch die Fensterläden auf die menschenleere Straße hinunter. »Sie sind der Einzige, dem ich die Geschichte je erzählt habe.«

»Es tut mir Leid, dass ich Ihr Vertrauen erzwungen habe. Ich werde sie an niemanden weitergeben.«

Das glaubte ich ihm. »Danke.« Nach einer Weile bekam ich mich in den Griff und setzte mich wieder. »Man kann wohl sagen, dass das Leben weiterging. Irgendwann beschloss ich, New York Lebewohl zu sagen. Vorigen Montag kam ich in Chicago an, fand eine Bude für die Nacht, bekam einen Anruf und machte mich auf den Weg. Irgendwann Donnerstagnachts oder am Freitagmorgen wachte ich tot am Strand westlich der Stadt auf.«

Das verdaute er einen Augenblick lang. »Wer rief Sie an?«

»Das weiß ich nicht; es könnte ein gewisser Benny Galligar gewesen sein.«

»Wie sind Sie gestorben?« Aus seinem Mund klang die Frage ganz alltäglich.

»Man hat mich erschossen. Vorher hat man mich schlimm zusammengeschlagen.«

»Wer tat das? Und warum?«

»Ich weiß es nicht!«

»Sie wissen nicht ...«

»Zwischen Montagnachmittag und Freitagmorgen kann ich mich an Nullkommanix erinnern.«

»Wie außergewöhnlich.«

»Wenn Sie so sagen.« Dann erzählte ich den Rest meiner Geschichte.

»Wie ausgesprochen ungewöhnlich.«

»Sie wiederholen sich.«

»Ihr Fall ist wirklich faszinierend.«

»Sie klingen wie ein Arzt. Was sind Sie überhaupt? Jetzt sind Sie mal dran.«

»Das bin ich Ihnen gewiss schuldig. Ich bin Privatagent; man bringt mir Probleme, und ich versuche sie zu lösen. Hier würde man das landläufig wohl als Privatdetektiv bezeichnen, aber ich habe festgestellt, dass diese Bezeichnung und die damit einhergehenden Vorstellungen gelegentlich einen falschen Eindruck von meiner Arbeit vermitteln.«

»Sie meinen damit, dass Sie keine Scheidungsfälle übernehmen.«

Er unterdrückte ein Lächeln, beugte sich vor und verschränkte die Hände ineinander. »Mr. Fleming, falls Sie keine Einwände erheben, wäre ich Ihnen gerne dabei behilflich, herauszufinden, was Ihnen in jenen fehlenden Tagen zugestoßen ist ... Ihnen gewissermaßen bei der Aufklärung Ihres eigenen Mordes zu helfen.«

»Nun ja, ich weiß nicht so recht ...«

»Wir könnten einander von großem Nutzen sein.«

»Ich höre.«

»Zum einen sind Sie neu in der Stadt, ich dagegen kenne mich hier sehr gut aus. Ich kenne die Leute, welche die Fäden ziehen, und jene Leute, die wiederum sie kontrollieren. Capone ist vielleicht nicht mehr im Spiel, aber die Banden sind immer noch aktiv, und sie sind sehr mächtig. Eine davon wird von Frank Paco angeführt. Wenn er Sie hat töten lassen, muss er dafür einen sehr guten Grund gehabt haben.«

Er richtete sich auf und griff nach der Armbrust. Ich spannte mich an und ließ mich wieder zurücksinken. Er hatte nach einer Pfeife gesucht, die unter der Zeitung vergraben war. »Macht es Ihnen etwas aus?«

»Nein, schon recht.«

»Es hilft mir manchmal beim Nachdenken, meistens hält es mich wach.« Als die Pfeife zog, kippelte er mit dem Stuhl nach hinten und starrte an die Decke. Ich blickte auf meine Schuhe und dachte daran, mir in der kommenden Nacht ein paar neue zu besorgen. Die hier sahen aus, als hätte ich sie einem Penner abgenommen, nur noch schlimmer. Die Pfeife verlieh der Luft einen immer stärkeren Duft, aber aus irgendeinem Grund behagte er mir nicht, und ich dachte schon daran, die Rollos hochzuziehen, um der Luftzirkulation auf die Sprünge zu helfen.

Er starrte mich mit offener Neugier an, und allmählich glaubte ich, dass es sein bevorzugter Gesichtsausdruck sei.

»Entschuldigen, Sie, aber atmen Sie überhaupt?«

»Nur wenn ich rede. Ich fürchte, das ist zustandsbedingt.«

»Im Winter werden Sie darauf achten müssen, einen Schal vor dem Mund zu tragen, sonst fällt das den Leuten auf.«

»Daran hatte ich noch nicht gedacht. Sagen Sie, macht es Ihnen was aus, mir jetzt auch ein paar Fragen zu beantworten?«

»Aber keineswegs.«

»Wie haben Sie mich gefunden, und woher wussten Sie, was ich bin?«

»Ich gestehe ein lebenslanges Interesse am Absonderlichen ein, hatte jedoch nie erwartet, einmal einem sozusagen lebenden Beispiel gegenüberzustehen. Zuerst habe ich Sie am Bahnhof gesehen und war sofort von dem Umstand fasziniert, dass wir uns körperlich ähnlich sehen, obgleich Sie natürlich etwas jünger sind.«

»Da bin ich anderer Meinung. Wie alt sehe ich denn aus?«

»Nicht älter als dreiundzwanzig oder vierundzwanzig.«

»Aber ich bin sechsunddreißig«, protestierte ich.

»Vielleicht geht das mit Ihrem neuen Zustand einher. Das ist *sehr* interessant. Aber um mit meiner Erzählung fortzufahren: Ich beobachte gerne Leute. Ich achte auf ihre Gestik, ihren Gang, ihre Gesichter, aber ich werde dabei nicht gerne erwischt, das verdirbt mir den Spaß. Die Leute ziehen die falschen Schlüsse oder fühlen sich belästigt oder beides, also praktiziere ich verdeckte Beobachtung.«

»Wie war das?«

»Ich lasse mich bei meinen Beobachtungen nicht erwischen. Ich folge ihnen, drehe mich in eine Richtung und blicke in eine andere, und ich studiere die Reflexionen in Spiegeln.«

»Mir sind keine Spiegel aufgefallen.«

»Wohl wahr, aber es waren etliche Glassscheiben zur Hand, die genauso gut geeignet waren. Sogar das Türfenster an Ihrem Taxi war nützlich. Ich sah Ihren Schrankkoffer und Ihren Fahrer, aber Sie konnte ich nicht sehen. So etwas Ungewöhnliches konnte ich nicht ignorieren, also folgte ich Ihnen in einem anderen Taxi zu Ihrem Hotel. Ich belauschte Sie beim Einschreiben und erfuhr so Ihre Zimmernummer und den von Ihnen benutzten Namen. Als Sie wieder herunterkamen und sich zu den Schlachthöfen aufmachten, verlor ich Sie irgendwie aus den Augen, aber dann entdeckte ich Sie glücklicherweise wieder bei einem Zeitungsstand, der auf Ihrem Nachhauseweg lag. Dann verbrachten Sie eine gewisse Zeit in einer Filiale von Western Union, und als Sie diese verließen, versuchte ich etwas über die von Ihnen verschickten Telegramme herauszufinden. Empfehlenswerterweise waren die Angestellten sehr verschwiegen, allerdings erwähnte eine von ihnen, dass Sie Geld an Ihre Mutter geschickt hätten. Dann musste ich wieder gehen, sonst hätte ich Sie verloren. Ich begann Ihr Hotel zu überwachen und wollte Sie tagsüber besuchen, um festzustellen, ob mein Verdacht zutraf. Kurze Zeit später verließen Sie das Hotel wieder, also ergriff ich die Gelegenheit, um Ihr Zimmer zu durchsuchen.

Dort nahm ich mir die Freiheit, Ihr Gepäck zu überprüfen und fand diese beiden Säcke mit Erde. Das war ein ziemlicher Schock, denn bis dahin hatte ich nur zur Hälfte geglaubt, was ich mit eigenen Augen gesehen hatte. Natürlich hätten Sie die auch aus ganz anderen Gründen mit sich führen können, aber damit wäre Ihr fehlendes Spiegelbild immer noch nicht erklärt gewesen. Ich wollte mich mit Ihnen zu einem Gespräch treffen, mich jedoch nicht in unnötige Gefahr begeben. Das Gespräch musste also unter beherrschbaren Bedingungen stattfinden. Gegenwärtig stammen meine Kenntnisse über Vampire ausschließlich aus Stokers Buch und jenem Film. Ich musste darauf bauen, dass sie korrekt waren. Ich hinterließ Ihnen eine Nachricht, eignete mir Ihre Säcke an, um Ihr Kommen sicherzustellen, und errichtete meine Verteidigungsstellung.«

»Bloß die Armbrust?«

»Und die Hoffnung, dass Sie die Türschwelle nicht unaufgefordert überschreiten könnten.«

»Das war alles?«

Er zog die Schreibtischschublade auf und holte etwas Knoblauch und ein großes Kruzifix hervor. Als ich nicht zurückfuhr, sah er mich überrascht an, und seine Augen weiteten sich erschrocken, als ich die Sachen aufnahm. Beim Knoblauch rümpfte ich die Nase, aber ich hatte das Zeug noch nie leiden können. Ich gab es Escott wieder zurück. »Man kann nicht immer nur gewinnen.«

Erstaunt betastete er das Kreuz. »Aber ich dachte ...«

»Tja, dachte ich auch mal. Sehen Sie es doch so: Bevor mich jemand umbrachte, war ich eigentlich ein recht anständiger Kerl, und jetzt fühle ich mich nicht anders. Wenn ich nun der echte Dracula mit seiner Lebensgeschichte wäre, würde ich wohl auch zusammenzucken, wenn ich ein Kreuz sähe. Was den Knoblauch angeht, in dem Teil Europas, wo er als Waffe gegen Vampire eingesetzt wurde, dient er als Kur gegen fast alles. Haben Sie einen Schnupfen, Rheuma, Kopfschmerzen? Nehmen Sie etwas Knoblauch. Haben Sie Ärger mit Vampiren? Nehmen Sie Knoblauch, das kann nicht schaden. Es kann auch nicht helfen. Was nützt denn irgendein stinkendes Zeug gegen jemanden, der nicht atmen muss?«

»Ein gutes Argument«, räumte er ein. »Lag ich denn wenigstens mit der Türschwelle richtig?«

»Ich fürchte, nein. Was glauben Sie denn, wie ich in das Hotel einchecken konnte?«

»Oh.«

»Wie sind Sie in mein Zimmer reingekommen?«

»Mit Hilfe einiger streng verbotener, aber sehr nützlicher Dietriche, die mir auch bei Ihrem Schrankkoffer gute Dienste leisteten. Zu diesem guten Einfall muss ich Ihnen gratulieren; ein Schrankkoffer ist sicherlich unauffälliger als ein Sarg.«

»Das war das einzige, was mir einfiel. Außerdem ist es immer noch besser, als sich in einem Kleiderschrank langzulegen.«

»Gewiss wäre Ihnen durch einen Sarg der Zugang zu den besseren Hotels ebenfalls verwehrt.«

Ich sah ihn scharf an. Er hatte gescherzt. »Und warum das alles? Warum wollten Sie mich kennen lernen? Wenn Sie verrückt sind, sieht man es ihnen jedenfalls nicht an.«

»Vielen Dank – vermutlich.« Er schüttelte den Kopf. »Ich weiß nicht, ob ich es erklären kann. Vielleicht leide ich an tödlicher Neugier. Wenn Sie zu einer anderen Sorte von Mensch gehört hätten, glaube ich nicht, dass ich das Risiko des heutigen Abends eingegangen wäre.«

»Was meinen Sie damit?«

»Nun ja, jemand, der Geld an seine Mutter schickt, kann kein völlig schlechter Mensch sein.«

»Ach herrje.«

»Wie haben Sie mich bei den Schlachthöfen abgeschüttelt?«

»Ungefähr so.« Ich löste mich auf, glitt durch die Tür, verfestigte mich und kam wieder herein. Escott hatte keinen Muskel gerührt, aber sein Herz schlug heftig, und sein Blick war etwas glasig geworden.

Nach langem Schweigen sagte er: »Das war sehr interessant, um nicht zusagen enervierend. Macht es Ihnen etwas aus, das zu wiederholen?«

Es machte mir nichts aus, es war eine gute Übung. Er war immer noch wie vom Donner gerührt. Als ich glaubte, die Sache hinreichend im Griff zu haben, versuchte ich mich an einer Teilauflösung, während ich noch im Sessel saß. Schiere Angeberei.

»Das ist absolut erstaunlich«, sagte er. Er sah wie ein kleiner Junge aus, der gerade ein neues Spielzeug bekommen hat. »Ich kann durch Sie hindurchsehen. Wie eine Doppelbelichtung auf einem Foto. Können Sie in diesem Zustand reden?«

Ich bewegte die Lippen. Da war immer noch genug Luft, um Worte zu bilden. Nach einer Sekunde wurde meine Antwort hörbar. Leise und hohl flüsterte ich: »Weiß ich nicht; ich hab's noch nie versucht.«

»Offenbar steigert sich Ihre Klangqualität mit zunehmender Festigkeit.« Er stand auf und streckte die Hand nach mir aus. »Darf ich?«

»Sicher.«

Ich fand es ebenfalls interessant, allerdings war es schon etwas beunruhigend, als Escotts Hand durch meinen Rumpf glitt. Ich meinte sie auch wie ein inneres Kitzeln spüren zu können.

»Recht kalt«, bemerkte er. »Und Sie neigen zum Abdriften.«

»Ich muss mich dabei ziemlich konzentrieren.« Ich entspannte mich und verfestigte mich zur Gänze. »In gewisser Hinsicht ist es anstrengend.«

»Das kann ich mir vorstellen. Alles an ihnen verschwindet – Ihre Kleider und Habseligkeiten meine ich – ich frage mich, wo die Grenze liegt.« Er streckte seine Pfeife aus. »Würden Sie bitte – nur noch einmal?«

Ich tat wie gebeten. Escott nahm die Pfeife wieder an sich und paffte daran. »Brennt noch ... Ich finde das sehr interessant.«

»Warum?«

»Es bedeutet, dass Gegenstände durch Ihren Transport nicht beeinträchtigt werden. Das kann sich als sehr nützlich erweisen.«

Ich dachte darüber nach, wozu er das wohl verwenden wolle, löste mich auf und kam wieder zurück. »Vielleicht gibt es eine Grenze beim Gewicht oder bei der Größe. Diesmal versuchte ich den Sessel mitzunehmen und konnte es nicht.«

»Vielleicht brauchen Sie nur mehr Übung. Wir können das sicherlich noch ziemlich gründlich erforschen. Gewiss ist das, was Sie da machen, nicht im gegenwärtigen Gültigkeitsbereich der Naturwissenschaften angesiedelt.« Dann fiel ihm noch etwas ein. »Sind Ihre Zähne – dürfte ich sie mir ansehen?«

Ich zuckte die Achseln und machte den Mund auf.

»Sie haben Glück gehabt; sie sind perfekt.«

»Erf-eck?«

»Sie hatten keine Löcher?«

»Aga-ch-haa ...«

»Was?« Er ließ mich los.

»Aber ich hatte Löcher!«

»Dann haben Sie keine Plomben.«

»Ganz sicher? Schauen Sie mal auf dieser Seite hinten nach.«

Er tat wie geheißen und fand nur makellose Backenzähne. »Ihr Zustand geht mit gewissen positiven Nebenwirkungen einher.«

Ich stöhnte. »Allmählich wird das schwer zu verkraften.«

»Darf ich noch einmal?« Vorsichtig zog er mir die Oberlippe hoch und betastete das Zahnfleisch um die Eckzähne. »Sie scheinen einziehbar zu sein ... und sehr scharf.« Er zupfte an einem. »Kommt in einem leichten Winkel hervor ... m-hmm ... etwa ein halber Zoll länger als die anderen.« Er ließ den Zahn wieder los, und ich spürte, wie er langsam zurück glitt. »Das Ausfahren wird vermutlich durch einen unwillkürlichen Reflex bei Eintritt von Hungergefühlen ausgelöst. Trifft das zu?«

»Tja, sie kommen raus, wenn ich sie brauche.«

»Das würde ich gerne einmal sehen.« Er fummelte wieder an seiner Pfeife herum.

Das klinische Interesse des Mannes, zumindest was meine Essgewohnheiten betraf, fand ich ein wenig lästig.

Ohne meine zunehmende Gereiztheit zu bemerken, klopfte Escott weiter an mir herum und gab dabei kleine zufriedene Geräusche von sich. Es war wie eine Arztuntersuchung, und die hatten mir noch nie gepasst. Schließlich musste ich meinen Mantel und mein Hemd ablegen, damit er die Schussnarben sehen konnte.

»Vorne ist kaum etwas zu sehen, aber am Rücken haben Sie tatsächlich eine größere Verfärbung ... allerdings nur sehr schwach zu erkennen, und sie scheint geschrumpft zu sein. Ihrer Beschreibung der Brustverletzung nach zu urteilen, würde ich sagen, dass Sie auf kurze Entfernung von einem großkalibrigen Geschoß getroffen wurden, möglicherweise einem Dumdum-Projektil.«

»Ich habe Sanderson eine Fünfundvierziger Automatik abgenommen.«

»Ich hatte mich schon gefragt, weswegen Ihre Manteltasche so sehr durchhängt. Das würde sicherlich den Anforderungen entsprechen.«

»Hier.« Ich holte die Waffe hervor und reichte sie ihm.

»Und er schoss beim zweiten Mal auf Sie, ohne Sie zu verletzen?«

»Das tat weh, und mein Anzug wurde dadurch auch nicht besser. Es gefiel mir überhaupt nicht.« Ich knöpfte das Hemd wieder zu.

»Kann ich mir denken.« Er sah aus dem Fenster. »Nun gut, für Sie wird es allmählich recht spät, und ich bin selbst etwas schläfrig. Könnten wir das Gespräch morgen fortführen, falls und wann es Ihnen recht ist?

»Das wäre mir schon sehr recht.«

»Bis dahin stelle ich erste Ermittlungen in Ihrem Fall an.«

»Na ja, gehen Sie es ruhig an, Sie sehen ja, wie ruppig die andere Mannschaft spielt. Behalten Sie die Waffe besser.«

»Nun gut, zumindest als Beweismittel.«

Ich nahm meine Erdsäcke auf. »Dann komme ich kurz nach Sonnenuntergang wieder vorbei.«

»Das wäre perfekt. Gute Nacht, Mr. Fleming.«

»Und Ihnen einen guten Morgen, Mr. Escott.«

4

Von der Nacht war nicht mehr viel übrig. Wenn ich mich beeilte, konnte ich verduften und mir eine andere Bleibe suchen, ehe die Sonne mich erwischte. Stattdessen ging ich nach Hause, warf die Erdsäcke wieder in den Schrank und zog mich aus. Mittlerweile hatte ich eine recht gute Menschenkenntnis entwickelt, und bei dem Mann hatte ich ein gutes Gefühl. Ich hatte nur kurz darüber nachgedacht, ob ich ihm vertrauen sollte. Mit einem Gefühl, das Furcht nicht unähnlich war, begriff ich, dass ich allein war und einen Freund dringend nötig hatte.

Am folgenden Abend hatte ich keinen Hunger, also konnte ich den Besuch der Schlachthöfe auslassen und gleich zu Escotts Büro gehen. Allerdings schmerzte das Nachglühen des Sonnenuntergangs in meinen Augen, und ich machte mir innerlich eine Notiz, dass ich mir bei nächster Gelegenheit eine Sonnenbrille anschaffte.

Es war erst acht. Auf der Straße herrschte immer noch reichlich Verkehr, und ich dachte gerade an Sonnenbrillen, sodass ich den dunkelgrünen Ford vor Escotts Hauseingang beinahe nicht bemerkt hätte. Ich näherte mich dem Treppenaufgang und ging im letzten Moment mit gleichmäßigen Schritten daran vorbei. Oben tauchten gerade zwei Männer aus Escotts Büroeingang auf.

Ich sprintete um den Block herum, um sie mir von hinten anzusehen. Ich spähte um die letzte Ecke und sah sie gerade noch ein langes schweres Teppichbündel im Kofferraum des Fords verstauen. Beide hatten rote Gesichter und schnauften; offenbar war das Bündel für seine Größe ziemlich schwer. Der Fonddeckel schlug zu, und sie klopften sich den Staub von den Händen. Der eine links hatte einen Verband am rechten Zeigefinger. Es war Fred Sanderson.

Sie stiegen abgewandt von mir in den Wagen. Bevor die Türen zuschlugen, rannte ich geduckt auf den Kofferkasten des Wagens zu. Für einen Öffnungsversuch hatte ich keine Zeit. Der Motor sprang an und hüllte mich in eine Wolke aus Auspuffgasen. Mir fiel nichts anderes ein, also löste ich mich auf, und sickerte durch die Ritze zwischen Deckel und Karosserie, bevor der Wagen auf die Straße einschwenkte. Vorsichtig nahm ich erst wieder feste Gestalt an, als ich sicher war, dass ich dafür genug Platz hatte.

Ich lag auf der Seite, dicht und unbequem gegen den Teppich gepresst, der nach Staub, Öl und anderen noch unangenehmeren Dingen roch. Über dem Wummern des Wagens konnte ich kaum etwas hören, aber ich war sicher, unter den Vließschichten gedämpftes Atmen zu vernehmen. Ich war mir ziemlich sicher, dass es Escott war, und hoffte bloß, dass wir bald anhielten, bevor er erstickte. Unter den gegenwärtigen Umständen konnte ich ihn unmöglich auspacken.

Nach den ersten paar Fahrminuten verlor ich die Orientierung und musste ein Schwindelgefühl unterdrücken. Wir überquerten einen Wasserlauf, und bald wurde der Klang der Räder auf der Straße gleichmäßiger. Wir hielten nicht mehr an oder wendeten, die Geschwindigkeit blieb gleichmäßig, sodass ich vermutete, dass wir auf einem Highway fuhren. Das machte mir etwas Sorgen; falls die Fahrt zu lange dauerte, saß ich irgendwann ohne meine Erde auf dem Trockenen, aber lange, bevor dieses Problem akut werden konnte, wurde der Wagen langsamer und bog scharf nach rechts auf einen sehr unebenen Feldweg ein. Wir kamen zum Stehen, und der Motor wurde abgewürgt.

Ich drückte ein Ohr an das Bündel und wurde von dem Geräusch tätiger Lungen beruhigt; allerdings glaubte ich nicht, dass der Eigentümer besagter Lungen auch bei Bewusstsein sei. Draußen erzeugten Grillen und anderes Kleingetier ihre leisen Geräusche. Die beiden Männer stiegen in mir unangenehmer Nähe aus dem Wagen. In dieser taktisch schlechten Lage wollte ich nicht entdeckt werden, also entschwebte ich dem Kofferraum und verfestigte mich an einer Stelle, an der ich hoffentlich nicht gesehen wurde.

Um uns herum standen Bäume, jedoch zu weit auseinander, um echte Deckung zu bieten. Als ich mich zum Wagen wandte, dachte ich schon, das Spiel sei aus, denn Sanderson sah genau in meine Richtung. Dann glitt sein Blick an mir vorbei, ohne mich zu sehen. Er hatte einfach nicht meine Nachtsicht. Sein Freund reichte ihm sogar eine Taschenlampe, damit sie ihre

Arbeit besser verrichten konnten. Sie öffneten den Kofferraum, zerrten mit einem nicht allzu sanften Ruck das Bündel heraus und ließen es zu Boden fallen. Ihren Bewegungen nach zu urteilen musste ich mich bald einmischen, aber ob es nun dunkel war oder nicht, wollte ich doch nicht riskieren, von Sanderson erkannt zu werden. Wie ein Filmcowboy band ich mir ein Taschentuch vor Mund und Nase, kam mir dabei ziemlich doof vor, schlug dann noch den Mantelkragen auf und zog mir den Hut in die Stirn.

Die Männer gingen wirklich sehr professionell an ihre Aufgabe heran. Sie rissen ein Ende der Teppichrolle in die Höhe, und Escotts bewusstloser Körper rollte hinaus und über die Blätter und den Boden.

»Willst du es hier machen?«, wandte der jüngere Mann sich an Sanderson.

»Nee, dann kleckern wir uns vielleicht mit Blut voll, wenn wir ihn zum Fluss schaffen.«

»Wir könnten ihn im Teppich runtertragen.«

»Georgie«, kam die geduldige Antwort, »dann müssten wir ihn doch mit hineinwerfen. Der Boss verschwendet ungern etwas; vielleicht will er den Teppich irgendwann noch einmal verwenden, und was machen wir dann? Komm schon, nimm du die Beine.«

Mit einem Schnaufen hoben sie ihre Last an. Bevor sie zehn Fuß weit gekommen waren, stürzte ich mich auf sie und schlug mit aller Wucht auf Sanderson ein. Ich spürte und hörte, wie unter meiner Faust Knochen nachgaben. Der Kopf des großen Mannes ruckte zurück, und er flog durch die Luft und krachte gegen einen Baum.

Sein Partner hatte wenig Zeit zum Reagieren, aber er war schnell. Er ließ Escotts Beine los und krallte nach seiner Waffe, als ich ihm mit einem Magenhieb die Luft aus den Lungen drosch. Mit einem lang gezogenen *Huuuffff* klappte er zusammen, und ein etwas zurückgenommener Klaps auf den Kopf ließ ihn das Bewusstsein verlieren.

Ich riss meine Maske herunter, kniete mich neben Escott und untersuchte ihn. Hinter dem linken Ohr hatte er eine Beule, und aus einer aufgeplatzten Lippe sickerte etwas Blut, aber ansonsten schien er unverletzt zu sein. Aus einem Gefühl heraus filzte ich Georgie und entdeckte einen Flachmann mit Whiskey. Eine Geruchsprobe überzeugte mich von seiner Trinkbarkeit, dann träufelte ich etwas davon in Escotts schlaffen Mund. Meine enorme Erleichterung überraschte mich, als er heftig hustete und die Augen aufschlug. Verständlicherweise war er etwas benommen; er brauchte noch einige Minuten und einen weiteren Schluck, bevor er auf Fragen antworten konnte.

»Herrje, wie sind wir denn hierher gekommen?«

»Mit dem Fred-Sanderson-Taxiservice.«

»Die haben mich wie einen blutigen Anfänger erwischt«, klagte er und befingerte vorsichtig seine Beule. »Hatte man Sie auch einkassiert?«

»Von wegen. Ich schlich mich an Bord, als ich sah, wie man Sie in den Wagen schaffte. Keiner der beiden sah wie ein Teppichleger aus.« Ich zeigte auf den zerknüllten Läufer.

Escott war noch etwas schwindelig, aber er unternahm einen wackeren Versuch, wieder auf die Beine zu kommen. Ich half ihm dabei. »Ich stehe tief in Ihrer Schuld, Mr. Fleming. Ich hoffe, dass ich es irgendwie ...«

»Machen Sie sich deshalb keine Gedanken«, fiel ich ihm ins Wort. »Sie hätten mich heute jederzeit mit Hammer und Pflock abstechen können, aber das haben Sie nicht getan. Wir sind quitt.«

»Aber mein lieber Freund, eine solche Handlung kam mir nie in den Sinn.« Escott war ernstlich schockiert.

»Aber *ich* dachte daran. Bei meinem gegenwärtigen Zustand muss ich vorsichtig sein, wem ich vertraue, aber ich weiß auch, dass Sie es ehrlich meinen. Bevor wir in Rührung verfallen, sollten wir mal die beiden Ohrfeigengesichter in den Wagen packen und dann nach Hause fahren.«

Ich ließ die Taschenlampe bei Escott zurück und stopfte Georgie auf den Rücksitz. Mittlerweile hatte ich schon Übung, nahm ihm also den Schlips ab und fesselte ihm damit die Hände auf den Rücken, dann ging ich zu Sanderson.

Wir mussten ihn nicht einmal aus allernächster Nähe sehen, um festzustellen, dass hier etwas ganz und gar nicht stimmte. Sandersons knochenlos schlaffe Haltung reichte aus, um Escott aufmerken und ihn vorsichtig nach einem Puls tasten zu lassen. Ich wusste schon, dass die Mühe vergeblich war.

Escott drehte die Leiche so, dass das Gesicht vom Licht beschienen wurde, und sog scharf die Luft ein. Rasch wandte ich den Blick ab. Was ich getan hatte, machte mich krank.

Zwanzig Minuten später waren wir schon fast wieder in Chicago angekommen. Sandersons in den Teppich eingewickelte Leiche lag im Kofferraum. Ab und zu sah Escott prüfend auf den Rücksitz, um sicher zu gehen, dass Georgie, dem wir die Augen verbunden hatten, sich ruhig verhielt: Ich hatte während der Fahrt geschwiegen, denn ich war damit beschäftigt gewesen, der unerwünschten Aufmerksamkeit jedes Verkehrspolizisten zu entgehen, der noch nichts auf dem Zettel hatte.

»Verstehen Sie«, sagte ich schließlich, »die Sache jagt mir eine Heidenangst ein.«

»Das verstehe ich durchaus. Eine gesunde Portion Angst wird von nun an Ihre Handlungen in angemessenem Rahmen halten.«

»Darum geht es nicht. Ich fürchte mich vor dem, was aus mir geworden ist. Was ich vorhin getan habe ... ich wusste, was geschehen würde, wenn ich ihn so fest schlug, und ich tat es trotzdem.«

»Gut so.«

Überrascht warf ich ihm einen Blick zu. Sein Gesicht trug einen trübsinnigen Ausdruck, der gewiss dem meinen entsprechen musste. »Gut?«

»M-hmm. Glauben Sie denn ernsthaft, dass ich auch nur das geringste Bedauern oder Mitleid für jemanden empfinde, der mir nach dem Leben trachtete und laut Ihrer eigenen Vermutung Ihnen das Ihrige genommen hat? Ihre Schuldgefühle sind fehl am Platz. Wäre ich an Ihrer Stelle, würde ich auf die Sache nicht mehr Gedanken verschwenden, als es ein Soldat tut, wenn er auf den Feind schießen muss.«

Vor einem halben Leben hatte ich auf den Feind geschossen. Damals hatte es mir ebenso wenig gefallen.

»Früher oder später wäre er getötet worden, denn das war seine Lebensart, und dann wäre es von einer Hand geschehen, deren Besitzer weit weniger Gewissensbisse hätte. Falls es Ihnen irgendein Trost ist, so bin ich mir sicher, dass er nicht mal gemerkt hat, was ihm zugestoßen ist.«

»*Was* ist wohl das Zauberwort. Was ist aus mir geworden? Ich bin nicht mehr menschlich.«

»Das ist völliger Unsinn, und zu Ihrem eigenen Besten empfehle ich, dass Sie ihn sich so rasch wie möglich aus dem Kopf schlagen. Denken Sie denn wirklich und wahrhaftig, dass die biologischen Veränderungen in Ihnen Sie Ihrer Menschlichkeit beraubt hätten? Sie besitzen immer noch Ihre sterbliche Hülle, Sie haben nach wie vor emotionelle Bedürfnisse. Ich glaube, Sie nehmen eine erfundene Gestalt, die der Vorstellungskraft eines Bühnenmanagers entsprungen ist, einfach viel zu ernst.«

Ich sah ihn überrascht an.

»Nein, ich bin kein Gedankenleser. Aber ich kann Ihren Gedankengängen folgen. Der erfundene Dracula war ein Monster. Er war außerdem ein Vampir. Sie sind nun ebenfalls ein Vampir, ergo sind Sie ein Monster.«

»Und warum glauben Sie, dass ich keins bin? Vielleicht sollte ich rechts ranfahren und den Bengel auf dem Rücksitz erwürgen.«

»Wenn Sie das für nötig halten, bitte sehr. Aber Sie werden es nicht tun.«

Er hatte recht. Ich hatte in meinem Zorn etwas Blödes gesagt.

»Sie fühlen sich schuldig; daher diese mürrische Reaktion. Fühlen Sie sich schuldig, wenn es denn sein muss, aber lassen Sie das Selbstmitleid aus dem Spiel, denn es ist das zerstörerischste aller Gefühle.«

»Wieso sind Sie eigentlich so schlau?«

»Ich lese viel.« Müde ließ er den Kopf hängen. Er sah etwas grün um die Kiemen aus.

»Wollen Sie trotzdem noch weitermachen?«, fragte ich, womit ich die Ermittlung meinte.

»Oh ja, nur nicht gerade sofort.«

Hinter mir hörte ich etwas, und ich sah im Rückspiegel nach unserem Gefangenen. »Er wacht gerade auf«, raunte ich.

Escott nickte und legte den Finger auf die Lippen. Den Rest der Fahrt verbrachten wir schweigend, während Georgie sich auf dem Rücksitz tot stellte.

Ich folgte richtungweisenden Gesten durch mehrere Straßen und blieb in einer Parkverbotzzone stehen. Wir wischten unsere Fingerabdrücke im Wageninneren ab, stiegen aus, und Escott hob die Motorhaube an. Während ich mit einiger Unruhe Wache stand, fummelte er kurz an etwas herum. Wir zuckten beide zusammen, als das ohrenbetäubende Plärren der Autohupe durch die Straße gellte. Escott ließ die Haube herunter, wischte mit einem Taschentuch darüber, packte mich am Arm, und dann setzten wir uns rasch um eine Ecke ab.

»Und wozu war das?«, fragte ich im Laufen.

»Keine hundert Fuß von dem Wagen liegt ein Polizeirevier. Sobald die Hupe ihre Aufmerksamkeit erweckt, können sie Georgie zumindest wegen Ruhestörung inhaftieren. Und wenn sie erst einmal Sanderson finden, können sie bei ihren Anklagen noch kreativer werden.«

»Warum wollten Sie Georgie nicht befragen?«

»Er hätte ohnehin nichts Nützliches gewusst. Ich bin zu der Überzeugung gelangt, dass Paco deshalb mein vorzeitiges Ableben anordnete, weil ich bei meinen Ermittlungen irgendwann unvorsichtig war. Heute stocherte ich bereits an etlichen Stellen herum; davon muss er Wind bekommen haben und erwartet solange weitere Störungen, bis einer von uns beiden aus dem Weg ist.«

»Sie sehen das ja ziemlich gelassen.«

»Aber auch nur deshalb, weil ich im Moment zu starke Kopfschmerzen habe, um mir allzu viele Sorgen um die Zukunft zu machen.«

»Zu Ihrem Büro können Sie jedenfalls nicht zurück; das wird vielleicht überwacht.«

»Ich habe noch andere Orte, an denen ich mich ... äh ... ein wenig aufs Ohr legen kann. Dennoch muss ich mein Büro aufsuchen und einige Unterlagen holen; sie sind zu wichtig, als dass sie dort herumliegen dürfen. Ich wäre Ihnen sehr verbunden, wenn Sie mich begleiteten. Ich fühle mich ganz und gar nicht wohl.«

»Ist mir recht, aber wenn einige von Pacos Leuten dort herumlungern?«

»Ich neige zu der Annahme, dass nur Sanderson und Georgie

mit der Sache zu tun hatten, aber das finden wir erst heraus, wenn wir dort ankommen, und das werden wir nicht, wenn wir kein Taxi bekommen.«

Ich nahm dies als das mir zugedachte Stichwort, ließ Escott auf einer Bank vor einem Friseurladen zurück, damit er sich ausruhte, fand ein Taxi in der Nähe eines Hotels und sammelte ihn damit auf. Er gab Richtungsanweisungen und bezahlte den Fahrer zwei Straßenzüge vor unserem eigentlichen Ziel. Den Rest des Weges gingen wir zu Fuß und mit erhöhter Aufmerksamkeit und bogen schließlich in die Straße hinter seinem Büro ein. Er ging zu der Tür eines kleinen Tabakladens, holte einen Schlüssel hervor, trat hinein und winkte mir, dass ich ihm folgen sollte. Der Laden war mit voll gepackten Regalen und würzigen Gerüchen gefüllt, das obere Stockwerk wurde zu Lagerzwecken genutzt und stand mit staubigen Kisten voll. Escott zog eine der Kisten von einer Rückwand und ließ etwas klicken. Ein drei Fuß hohes Stück zwischen zwei Mauervorsprüngen klappte auf und legte fünf Zoll dahinter offenbar eine weitere Wand frei. Er drückte ein Ohr an die Mauer und lauschte.

Ich machte eine beschwichtigende Handbewegung, dann begriff ich, dass er mich nicht sehen konnte; es war hier fast völlig dunkel. »Auf der anderen Seite ist niemand, sonst würde ich es hören«, murmelte ich.

»Oh«, sagte er. Er drückte gegen die Wand, öffnete damit eine schmale Tür und schob sich hindurch. Ich folgte ihm. Wir standen in einem kleinen Waschraum, hielten uns aber nicht lange darin auf. Escott ging in das Zimmer dahinter.

Ich stufte es ganz richtig als Escotts Wohnbereich hinter dem Büro ein. Von einem Radio, das gleichzeitig als Nachttisch diente und neben einem Feldbett stand, und den Fensterrollos einmal abgesehen war das Zimmer niederschmetternd kahl; selbst ein Hotelzimmer hatte mehr Persönlichkeit. Ich merkte, wie ich unruhig auf und ab schritt, während Escott sich geschickt im Halbdunkel bewegte. Er zog einen Koffer unter dem Feldbett hervor, öffnete einen kleinen Schrank und packte eifrig Sachen ein.

»Sie haben einen Socken fallen gelassen«, meinte ich.

»Das war Absicht. Falls man später jemanden hier vorbeischickt, sollen sie den Schluss ziehen, dass ich mich in großer Eile abgesetzt habe, was ich auch zweifellos tue. Außerdem hat er ein Loch.«

Er ging in sein Büro. Sein Schreibtisch war durchwühlt worden. Er blieb stehen, verzog beim Anblick des Durcheinanders das Gesicht, bückte sich und sammelte einige verstreute Blätter auf. »Das muss ich später sortieren«, brummte er. Die Armbrust lag immer noch auf dem Schreibtisch; er nahm sie an sich und brachte sie wieder in das Schlafzimmer. Ich fragte mich, was seine Angreifer wohl davon gehalten hatten.

»Die passt nun gar nicht in meine Tasche. Ich werde sie einstweilen im Tabakladen zurücklassen müssen. Um sie mit mir herumzutragen, ist sie im Augenblick wohl ein wenig auffällig.«

»Wie sind Sie überhaupt an das Ding herangekommen?

»Ein Arbeitsgerät, das ich aus meiner Zeit als Schauspieler behalten habe. Ich konstruierte sie für eine kleine Rolle, die ich in dem schottischen Stück hatte.«

»Im was?«

»In *Macbeth*«, sagte er *sotto voce.* »Als Waffe ist sie heutzutage etwas unhandlich, aber sie hat Durchschlagskraft, ist tödlich und leise. Ich habe noch ein paar kleinere, dachte mir jedoch, dass Sie sich von einem größeren Stück eher beeindruckt zeigen würden.«

»Da dachten Sie richtig.«

»Dann sind Sie sicher, dass Holz Ihnen schaden kann?«

»Die Lady, die ich in New York kannte, erwähnte es.«

»Ah ja.« Escott ging wieder in den Waschraum und schob den Koffer und die Armbrust durch die beiden Türen. Am Toilettenschrank blieb er stehen, steckte sich Rasierzeug in die Taschen und zog dann für mich überraschend am Schrankrahmen selbst. Er schwang vor und legte eine kleine Stahlkiste frei, die hochkant in einem Hohlraum stand. Er öffnete sie und überzeugte sich, dass die Papiere darin unberührt waren, ehe er sie an sich nahm.

»Wer hat eigentlich Ihre Inneneinrichtung gemacht?«

»Oh, das war ich selbst«, sagte er mit einem gewissen Stolz. »Ich liebe so etwas, Sie nicht auch?«

Als Escott den Tabakladen wieder abschloss, fragte ich: »Gehört Ihnen das Haus?«

»Die Hälfte davon. Der andere Besitzer kümmert sich hauptsächlich darum. Ich helfe ihm in finanzieller Hinsicht durch diese schweren Zeiten, und er hilft mir, indem er mir ein gutes Versteck und gegebenenfalls auch einen Fluchtweg mit Zutritt und Ausgang rund um die Uhr bereitstellt.«

»Sind Sie reich?«

»Manchmal.« Er schwankte leicht. »Entschuldigung, dieser Schlag auf den Kopf macht sich bemerkbar.«

»Kommen Sie, ich nehme Ihre Tasche.«

»Nur wenn Sie darauf bestehen.«

»Und wohin jetzt?«

»Da bin ich mir im Unklaren. Da ich nicht weiß, an welcher Stelle in meinen Ermittlungen ich einen Fehltritt begangen habe, weiß ich auch nicht genau, welcher meiner anderen Unterschlupfe noch sicher ist.«

»Dann halten Sie dort fern und gehen Sie in ein Hotel.«

»Mr. Fleming, ich glaube nicht, dass Sie das ganze Ausmaß des Einflusses erfasst haben, den die Gangs auf diese Stadt ausüben. Falls ich mich bei einem falschen Hotel blicken lasse, wird man mir wahrscheinlich den Schädel wegblasen und all Ihre heutigen Bemühungen um meine Person damit zunichte machen. Paco und seine Leute werden binnen Stunden, wenn es nicht schon längst der Fall ist, von meiner wundersamen Flucht erfahren und nach mir suchen. Es schadet ihrem Ansehen, wenn ihnen jemand ein Schnippchen schlägt, wissen Sie.«

»Dann wollen Sie die Stadt verlassen?«

»Ich bin ... mir nicht ganz sicher.« Auf seiner Stirn standen mittlerweile Schweißperlen, und sein Gesicht war grau geworden. Er erlebte gerade eine Art verzögerter Reaktion. Ich ergriff seinen Arm und stützte ihn.

»Hey, es geht Ihnen wirklich nicht gut. Kommen Sie schon, wir schleusen Sie über die Hintertreppe in mein Hotel; dort können Sie sich hinlegen.«

»Aber ich sollte Ihnen wirklich nicht ...«

»In Ihrem jetzigen Zustand können Sie nicht klar denken. Bei mir sind Sie einigermaßen in Sicherheit.«

Noch einmal widersprach er halbherzig, aber ab und zu kann jeder einen Aufpasser gebrauchen. Ich ernannte mich zu seinem und schleppte ihn von dannen.

Im Hotel angelangt ließ sich Escott mit einem Aufstöhnen auf das Bett fallen, während ich etwas Eis kommen ließ und einen Doppelten aus Georgies dauerhaft geborgtem Flachmann eingoss. Mit dem Whiskey in ihm und dem Eis auf seiner Beule fiel er in einen heilsamen Erschöpfungsschlaf. Ich hatte noch den Rest der Nacht herumzubringen und fragte mich schon, was ich nun tun solle, als jemand an die Tür klopfte. Der Page brachte mir mein Wechselgeld und meine Quittungen.

»Sie war'n nich' da, als ich anklopfte, sonst hätt' ich sie frü'er gebracht.«

»Ist schon in Ordnung, ich war unterwegs. Hast du alle?«

Er hielt einen pfundschweren Packen Zeitungspapier hoch. »Na klar.«

Ich gab ihm ein Trinkgeld und sagte ihm, dass er mir jeden Abend die Zeitungen bringen und sie auf die Rechnung setzen solle. Er grinste; er wusste genau, dass ich ihm jedes Mal ein Trinkgeld geben musste, wenn er sie hochbrachte. Ich zwinkerte ihm zu und nahm die Zeitungen an mich.

Den Rest des Abends verbrachte ich mit Lesen. In allen Anzeigenteilen war meine Nachricht erschienen, und durch ein kleines Wunder war sie überall richtig geschrieben worden: LIEBSTE MAUREEN, BIST DU IN SICHERHEIT? JACK

Die gleiche Nachricht hatte ich pausenlos während der vergangenen fünf Jahre in den Zeitungen untergebracht. Wenn sie noch lebte, wenn sie auch nur einen Blick darauf warf, würde sie es mich wissen lassen. Nach der langen Zeit hatte ich nur noch wenig Hoffnung. Die ständige Überprüfung der Zeitungen und das Ausbleiben einer Antwort hatten das meiste davon ausgehöhlt. Die unausweichliche Niedergeschlagenheit, die der Enttäuschung entsprang, bekämpfte ich durch das Durchblättern der restlichen Seiten.

Der Krieg in Spanien verschärfte sich, FDR war davon überzeugt, dass die Wirtschaftskrise vorüber sei, und im Modeteil stand das ermunternde Gerücht, dass die Röcke kürzer würden. Die Schuhanzeigen riefen mir in Erinnerung, dass ich dringend etwas wegen meiner Fußbekleidung unternehmen musste, also lief ich knarrend hinunter und suchte nach meinem Freund, dem Pagen. Ich zeigte ihm, was ich haben wollte, schrieb meine Größe daneben, gab ihm fünf Mücken und segnete ihn im Stillen dafür, dass er keine Fragen stellte.

Die Nacht war länger als gewöhnlich, da ich nichts zu tun hatte, außer Escott beim Schlafen zuzuhören. Die Zeitungen vertrieben mir allerdings die Zeit, und ich hielt Blick und Verstand auf die Seiten gerichtet, damit ich Sandersons zerquetschtes Gesicht nicht mehr sehen musste. Bevor ich mich zurückzog, schrieb ich Escott einen Zettel, dass er bleiben konnte, solange er wollte, und dass er sämtliche Mahlzeiten auf meine Rechnung setzen solle. Ich öffnete das Fenster, schaltete den Ventilator ein und streckte mich zur Tagruhe in meinem Schrankkoffer aus.

Als ich wieder erwachte, war er verschwunden, aber auf dem Radio lag eine Nachricht, die seine Absicht kundtat, nach Einbruch der Dunkelheit wiederzukommen. Ich hatte ein ungutes Gefühl, beließ es jedoch dabei, nahm meine nächtlichen Waschungen vor, zog mich an und schlenderte nach unten, um mir etwas zu lesen zu kaufen. Der Page hatte meine Schuhe bereit, und ich überließ ihm das Wechselgeld als Bonus. An seinem seltsamen Gast verdiente er sich dumm und dämlich, aber das machte mir nichts aus; er war ehrlich, nicht neugierig, und die Schuhe passten sogar einigermaßen. Wir kamen so gut miteinander zurecht, dass er mir seine Ausgabe des *Shadow Magazine* lieh. Als Escott später ins Zimmer trat, traf er mich beim behaglichen Schmökern einer Geschichte mit dem Titel ›Insel des Schreckens‹ an.

»Ein faszinierender Titel«, stellte er fest. »Hier, ich habe mir Ihren Schlüssel ausgeliehen.«

»Ist in Ordnung, ich habe andere Möglichkeiten, hier rein zu kommen.« Ich markierte die Stelle im Heft und legte es beiseite. Amüsiert hob er eine Augenbraue. »Ich kenne den Schreiber; ich bleibe bei seinen Sachen gerne auf dem Laufenden«, sagte ich und hoffte nicht allzu entschuldigend zu klingen.

»Ich bezweifle ernsthaft, dass das überhaupt jemandem möglich ist. Er produziert sie in einem erstaunlichen Tempo.«

»Na ja, meistens arbeitet mehr als einer an diesen Heftromanhelden.«

»An diesem bis jetzt noch nicht. Gewisse Stilelemente sind beibehalten worden.«

»Sie kommen mir nicht so vor, als ob Sie solches Zeug mögen.«

»Da sind Sie der erste, der diese Ansicht hegt.«

»Ich nehme an, Sie fühlen sich mittlerweile besser.«

»Von leichten Kopfschmerzen und ein paar blauen Flecken abgesehen bin ich wieder ganz der Alte, vielen Dank.«

»Wieso trieben Sie sich am helllichten Tage herum?«

»Ich war ziemlich sicher, nachdem ich meine gestrigen Schritte durch ein paar Telefonanrufe unten im Foyer nachvollzog ...«

»Setzen Sie sich doch« – ich zerrte einen Stapel Zeitungen vom Stuhl – »und erzählen Sie mir alles von vorne.«

»Danke, das werde ich. Gestern stattete ich International Freshwater Transport einen Besuch ab, erkundigte mich nach ihren Preisen und sah mich derweil ausgiebig um, wobei ich besonders auf die Gesichter der Angestellten achtete. Mindestens drei davon hatten keine anderen Pflichten, als mich im Auge zu behalten, und die Namen auf dem Tagesplaner waren auffällig unauffällig.«

»Unauffällig?«

»John Smith, John Jones, John ...«

»Schon kapiert, weiter.«

»Als ich das Lagerhaus verließ, entdeckte ich Sanderson ... Mit Ihrer Beschreibung über ihn und der Tatsache, dass sein Zeigefinger noch immer gut verbunden war, konnte ich ihn gar nicht übersehen. Er sah ebenfalls zweimal zu mir herüber; vielleicht dachte er zuerst, dass ich Sie sei. Ich setzte mich ab und verbrachte die nächste Zeit damit, den Betrieb unter die Lupe zu nehmen. Etliche Stunden und falsche Fährten später stellte ich fest, dass die Firma Frank Paco gehört, er sich deswegen aber sehr bedeckt hält. IFT ist kein aufstrebendes Geschäft und macht gerade genug Geld, um sich – nun ja – über Wasser zu halten, aber auch nicht viel mehr. Zudem scheint man kein allzu großes Interesse an der Verbesserung der Lage zu haben. Man war an einem Geschäft mit mir kaum interessiert, und die genannten Preise waren abschreckend hoch.«

»Sie meinen also, dass der Laden nur ein paar erlesene Kunden hat?«

»Ja, und für mich deutet das auf Schmuggel hin.«

»Welcher Art?«

»Fast alles kommt in Frage: Diebesgut, Drogen, Menschen, die in das Land hinein oder hinaus wollen ... Geschäfte dieser Art können bei entsprechender Organisation außerordentlich einträglich sein. Falls wir das Lagerhaus erneut aufsuchen und einige Kisten öffnen, stellen wir vielleicht die Quelle ihrer Einkünfte fest.«

»Ich versuche es gerne noch einmal.«

»Jedenfalls hatte ich nach all diesen Anstrengungen Hunger bekommen, betrat ein kleines Café, das mir sehr zusagt, und beging damit einen verhängnisvollen Fehler. Schiere Unachtsamkeit meinerseits gesellte sich zu der Tatsache, dass Mr. Sanderson sehr geschickt bei der Verfolgung von Menschen war. Sein junger Partner Georgie war mit ihm gekommen und hielt sich in meiner Nähe auf sowie an einer Kaffeetasse fest, während der auffälligere Sanderson im Wagen auf ihn wartete. Georgie hörte, wie ich mein Essen ohne den amerikanischen Akzent bestellte, den ich bei IFT eingesetzt hatte. Das muss er bei Sanderson erwähnt haben; danach folgten sie mir zu meinem Büro.«

»Wie haben Sie das gefunden?«

Er hüstelte leicht. »Eine Kellnerin des Lokals hegt aus einem mir unerfindlichen Grund eine gewisse Zuneigung für mich, und sie bemerkte, dass ihr Wagen meinem folgte, als ich zum Büro fuhr, was ihr eigenartig vorkam. Ab diesem Punkt kann ich ihre folgenden Bewegungen nur herleiten. Als Sanderson mein Büro aufspürte, rief er vermutlich bei seinem Boss an, um ihn über meine verdächtigen Aktivitäten am Lagerhaus zu informieren. Paco ist nicht für seine nachsichtige Einstellung gegenüber Neugierigen bekannt, also schickte er sie hinter mir her. Ich glaube, es war Georgie, der sich an meiner Person verging. Er trug Schuhe mit Gummisohlen.«

»Wie konnte er sich in den engen Räumen an Sie heranschleichen?«

»Sanderson setzte seinen Wagen zur Ablenkung ein. Er klappte die Haube auf und ließ den Motor aufheulen, als ob er ein Problem damit habe. Als ich zum Fenster ging, um nachzusehen, was es mit dem Krach auf sich hatte, zog mir Georgie eins über. Sie durchwühlten meinen Schreibtisch und warteten dann glücklicherweise bis zum Einbruch der Dunkelheit, bevor sie mich im Teppich hinunter schafften. Den Rest kennen Sie.«

»Mit Ausnahme dessen, was Sie heute getan haben.«

»Als alles andere erledigt war, ging ich nach Hause, zog mich um und tätigte einige Anrufe. Georgie sitzt immer noch im Knast, und sein Freund Paco hat noch nie von ihm gehört. Ich habe zudem festgestellt, dass Paco nicht mehr tätig nach mir sucht.«

»Warum nicht?«

»Das ist eine gute Frage. Vielleicht hat er entsprechende Anweisungen erhalten, oder etwas anders beschäftigt ihn.«

»Wer oder was?«

Er hob die Schultern. »Ich bin dem Jemand oder Etwas erst einmal dankbar dafür. Ich glaube, ich habe eine interessante Möglichkeit für Sie aufgetan. Wenn Sie nichts anderes vorhaben, können wir sie heute Abend ausloten.«

»Machen Sie Witze? Ich hole nur meinen Hut.«

Wir gingen nach unten und stiegen in einen schwarzen Nash, der vor ein paar Jahren noch ein Luxusmodell gewesen war. Außen verliefen einige Vertiefungen in einer fast geraden Linie über die Länge des Wagens, aber die Lackierung war gut ausgebessert worden, und das Innere war so sauber und unpersönlich wie sein Büro.

»Was sind das für Beulen? Die sehen aus wie Einschusslöcher.«

»Es sind Einschusslöcher. Ich habe sie reparieren lassen; der Lack hatte gelitten.«

»Einschusslöcher?«

»Eigentlich Einschussdellen.«

»Wie sind die dahin gekommen?«

»Wie ich es verstanden habe, hatte jemand mit einem Maschinengewehr auf den Vorbesitzer gefeuert.« Mit einem konzentrierten Gesichtsausdruck startete er den Motor.

Zwischen uns auf dem Vordersitz lag ein brauner Derbyhut mit einem roten Satinband. An einer Seite steckte eine Nadel in

Form eines mit Diamanten besetzten Hufeisens. Escott nahm seinen Hut ab und setzte den Derby auf. Er trug dunkelgrau, also hatte er wohl einen guten Grund für diese unpassende Aufmachung. Er sah meine fragende Miene und lächelte. »Das ist unser Passierschein«, erklärte er, was nichts erklärte. Ihm gefiel die Geheimnistuerei, also ließ ich ihm den Spaß. Er bearbeitete meinen Fall, und alles, was er tat, war mir recht.

Wir fuhren in eine Gegend, die er den Bronze Belt nannte, Chicagos Spielart von Harlem. Dort fuhr er langsam durch die Straßen und suchte nach etwas oder jemandem. Ich fragte nach.

»Oh, definitiv ein Jemand. Man muss nur die richtigen Verbindungen knüpfen, und schon ist man drin.«

Fast wollte ich ihn schon fragen, was er mit ›drin‹ meinte, aber das wäre zu blöd gewesen, und ich hatte sowieso an etwas anderes gedacht. »Haben Sie schon etwas über diesen Benny Galligar herausgefunden?«

»Von meinen hiesigen Quellen erfuhr ich, dass er eher als Kleinganove gilt, allerdings spezialisiert er sich auf Safeknackerei und arbeitete zuletzt als Leibwächter. Seit mindestens einer Woche hat ihn niemand mehr gesehen, aber ich habe ein paar Anfragen am Laufen. Er sollte rasch zu finden sein.«

»Na hoffentlich. Ich würde gerne wissen, warum er mich angerufen hat, wenn er es überhaupt war.«

»Ursprünglich kommt er aus New York. Die Logik legt nahe, dass er Sie von dort kennt. Falls Ihnen jemand mit Namen Benny einfällt ...«

»Er wird seinen Namen wechseln wie andere Leute ihre Socken. Aber ich kannte ein oder zwei Bennys. In New York stolpert man an jeder Ecke über einen; wenn ich ihn je zu Gesicht bekomme, dann vielleicht ...«

»Er wurde mir als ein kleiner Mann beschrieben, dessen Haar schon grau wurde, ein verwittertes und verlebtes Gesicht, etwa vierzig, fünfundvierzig Jahre alt, nervöse Art, spricht manchmal mit irischem Akzent, wenn er gute Laune hat ...«

Das ließ etwas bei mir klingeln. »Warten Sie mal, Benny O'Hara, der hat mir ab und zu einen Tipp verkauft, wo es etwas Interessantes zu sehen gab.«

»Für einen Zeitungsbericht?«

»So lief das für gewöhnlich. Ich kannte ihn unter dem Namen Benny O'Hara. Wie konnte er gewusst haben, dass ich in der Stadt war?«

»Vielleicht wohnte er in Ihrem Hotel. Das werde ich nachprüfen. Ich bin einmal dort gewesen; der Nachtportier erinnert sich noch gut an Ihren jüngsten Besuch. Vielleicht kann ich ihn überreden, sich noch weiter zu erinnern.«

»Klar, und wenn wir von dem Tagesportier auch noch etwas herausholen, kommt dabei vielleicht etwas Vernünftiges raus.«

»Seien Sie versichert, dass ich mich bemühen werde.«

Wir hielten bei einer roten Ampel, und plötzlich steckte ein magerer brauner Junge seinen Kopf durch mein Fenster.

»Dachte mir doch, dass ich die Karre kenne«, sagte er und grinste uns an. »Such'n Sie vielleicht jemanden zum Schuheputz'n, Mr. Escott?«

»Hallo, Cal. Eigentlich suche ich nach einem Schuh. Wie geht es dir?«

»Immer das Gleiche, einen Tag zu spät dran und einen Dollar zuwenig auf der Naht.«

»Bei deinen Zeitschwierigkeiten kann ich dir nicht behilflich sein, aber bei deinen Geldproblemen vermag ich dir möglicherweise zu helfen.« Er reichte Cal einen Dollar, der ihn prompt verschwinden ließ.

»Sie sind ein echter Freund. Wenn Sie das nächste Mal was geputzt haben wollen, kommen Sie zu mir. Das geht dann aufs Haus.«

»Wo bist du anzutreffen?«

»Ich könnte überall sein, aber wenn Sie drei Blocks runterfahren und dann einen nach rechts, müssten Ihnen die Gents an der Ecke Bescheid sagen können. Sagen Sie einfach, dass ich Sie geschickt habe.« Er ließ die Zähne blitzen, löste sich von dem Fenster und setzte sich mit langen Schritten ab.

Die Ampel sprang um, und Escott folgte den Richtungsangaben. Er steuerte einen freien Platz am Bordstein an und ließ den Motor laufen.

An der Ecke vor uns standen mehrere dunkelhäutige Männer gerade außerhalb des Lichtkegels der Straßenlaterne. Escott bedeutete mir, sitzen zu bleiben und stieg aus. Die Männer hatten sich unterhalten, was sie auch immer noch taten, aber ihre Haltung hatte sich fast unmerklich verändert. Offenbar hatten sie unsere Gegenwart zur Kenntnis genommen, wollten jedoch in aller Ruhe abwarten, dass wir den ersten Zug taten. Zwei von ihnen ließen ihre Zigaretten fallen und hatten so die Hände frei, damit sie leichter an die eckigen Ausbeulungen herankamen, die ihre engsitzenden Mäntel nicht verbergen konnten. Zwei weitere verlagerten ihr Gewicht auf die Fußballen. Sie setzten sich in Bewegung und nahmen Escott in die Zange, als er nahe genug herankam.

Er neigte leicht den Kopf, als er sie zur Kenntnis nahm, und dann entspann sich eine leise Unterhaltung, die ich wegen des Wagengeräuschs nicht hören konnte. Er sagte etwas zu den bewaffneten Männern. Der links von ihm stellte ihm eine misstrauische Frage. Escott fasste sich an den Hut und machte ein umgängliches Gesicht. Der Mann war mit der Sache unzufrieden, aber Escott redete weiter auf ihn ein und zeigte einmal auf den Wagen, also ging es wohl um mich. Ich überlegte mir, ob ich aussteigen und zu ihnen gehen sollte, aber das war seine Show, und trotz ihrer kriegerischen Haltung schien er nicht unmittelbar in Gefahr zu schweben. Ich blieb also sitzen, schmorte weiter vor mich hin und versuchte mich erfolglos im Lippenlesen.

Der Mann auf der linken Seite traf eine Entscheidung und schickte einen der Flankenwächter in das Haus, das sie bewachten. Eine Minute später kam er wieder zurück und gab einen Bericht ab, der dem Anführer noch weniger passte, aber er nickte Escott mürrisch zu. Escott kam zurück und machte mir die Tür auf.

»Wir sind drin.«

»Wo drin, in der Traufe?«

»In der *Shoe Box.*«

»Ist das eine Flüsterkneipe?«

»Früher einmal war es das. Jetzt ist es ein angesehener Nachtclub.«

»Wie brenzlig ist es eigentlich?« Ich deutete mit einer hochgezogenen Augenbraue zu den Männern.

»Nicht allzu sehr, darüber brauchen wir uns keine Gedanken mehr zu machen. Der Gentleman, den wir sprechen wollen, ist ein vorsichtiger Bursche, wird uns aber willkommen heißen, wenn man ihm nur vorher Bescheid gibt. Er hegt einen starken Widerwillen gegen Überraschungen.«

»Ein Bandenboss?«

»Sie drücken sich immer so farbig aus; zweifellos liegt das an Ihrer journalistischen Ausbildung.«

»Und an dem Umstand, dass wir uns in Chicago befinden. Scheint hier ein gut gehender Wirtschaftszweig zu sein.«

»Für einen winzigen Bruchteil der Bevölkerung, wie ich Ihnen versichere. Nicht jeder ist ein Boss, irgendjemand muss schließlich die Handlangerdienste verrichten.«

»Wie der da?« Einer dieser besagten Handlanger kam auf uns zu.

»Nun ja, gehen wir.«

Ich schaltete den Motor aus, zog die Schlüssel ab und stieg aus. Er warf die Tür zu und setzte sich in Bewegung. »Wollen Sie nicht abschließen?«

»Nicht nötig, den Wagen fasst jetzt niemand mehr an.«

Ich sah mich unauffällig um und entdeckte ein paar Dutzend Gesichter, die uns aus Fenstern, Türen und von der Straße anstarrten; Männer, Frauen, sogar ein paar Kinder. Alle hatten den gleichen wachsamen Blick wie die Türsteher. Die *Shoe Box* war eine gut bewachte Festung. Ich fühlte mich wie eine Blechbüchse auf dem Schießstand, was in mir die Frage aufkommen ließ, ob von ihnen jemand bewaffnet sei. Escott schien sich allerdings wohl zu fühlen, und er war nicht halb so kugelsicher wie ich, also befahl ich mir, mich zu entspannen. Wir folgten dem Burschen in das Gebäude.

Da war ein kleiner Vorraum, gefolgt von einem langen Flur mit Parkettboden, auf dem unsere Schritte wie auf einer Trommel dröhnten. Durch die Wand zur Rechten hörte ich das Vibrieren lauter, schneller Musik, in das sich das Murmeln von Gesprächen, das Klingen von Gläsern und Gelächter mischten. Wir gingen an einer verschlossenen Doppeltür vorbei, die zu dem Gelage führte, und weiter zum hinteren Teil des Hauses, wo wir vor einer Tür stehen blieben. Unser Bewacher sagte, dass er Escott reinlassen könne, mich aber erst durchsuchen müsse. Solange das den Ablauf der Dinge beschleunigte, hatte ich nichts dagegen und streckte die Arme aus. Er war gründlich und arbeitete mit den flinken leichten Bewegungen eines Taschendiebes; vielleicht war das seine zweite Tätigkeit, wenn er nicht gerade Wachdienst schob. Er entdeckte meinen Bleistift, meinen Notizblock, meine Brieftasche und in meinen Taschen nichts Tödlicheres als etwas Kleingeld. Er klopfte mir auf die Schuhfersen, überprüfte meinen Hut, kam zu dem Schluss, dass ich ungefährlich sei, öffnete die Tür und trat beiseite.

Dahinter lag ein großes Zimmer, das mit Sofas, gepolsterten Sesseln und niedrigen Tischen möbliert war. Einer der Tische war eigentlich ein schickes Radio, das mehr kostete, als ich bisher in einem Jahr verdient hatte. Leise Musik spielte gerade laut genug, um die Geräusche aus dem Nachtclub zu übertönen. Am anderen Ende des Zimmers stand eine kleine Bar neben einem langen Esstisch; daran saß ein Mann, der offenbar gerade seinen Nachtisch zu sich nahm. Als wir eintraten, tupfte er sich mit einer Serviette über die Lippen und drehte sich zu uns um.

Seine Haut war rußschwarz, sein Haar bis an die Kopfhaut kurz geschnitten, und er trug einen ebenfalls kurzen Bart, der sich als Strich über den Kiefer zog und Mund und Kinn umrahmte. Er hatte einen hellbraunen Anzug mit einem dunkelroten Seidenhemd an und dazu eine ebensolche Krawatte, und wirkte dadurch wie ein Angeber, aber er kam damit durch. Er stand auf, ein großer Mann, den niemand ignorieren konnte.

Escott sprach zuerst, und seine Stimme war deutlich lauter, als es für das Zimmer nötig gewesen wäre. In seinem Ton mischten sich Zorn und Mitleid. »O thou Othello, that wert once so good/Fall'n in the practice of a damned slave/What shall be said to thee?«

Unser Gastgeber starrte Escott, den ich mittlerweile reif für Zwangsjacke und Knebel hielt, einen Augenblick lang schweigend an und erwiderte dann mit volltönender Stimme: »Why anything/An honourable murderer if you will/For naught I did in hate, but all in honour.« Dann stieß er ein kurzes fröhliches Lachen aus, trat heran und schüttelte Escotts ausgestreckte Hand. Sie grinsten sich an.

»Charles, du alter So-und-so, wieso tauchst du überhaupt noch mit dem Derby hier auf? Du hättest den Jungs doch sagen können, wer du bist. Wie geht es Dir?«

»Ich erfreue mich guter Gesundheit und wollte nur sehen, ob es noch funktioniert. Ich hätte angerufen, aber du warst umgezogen und hattest keine für mich feststellbare Nummer oder Adresse hinterlassen.«

»Daran bist du bloß selbst schuld. Du solltest mich öfter besuchen. Du hast meine Männer mit dieser alten Hutgeschichte ganz schön durcheinander gebracht.«

»Wie es auch in meiner Absicht lag – so etwas hält sie munter.«

»Nun ja, jedenfalls passt er nicht zum Anzug, also wirf ihn weg. Hast du schon gegessen? Nachtisch; wir haben noch etwas Kaffee und Kuchen.«

»Das wäre nett, aber darf ich euch erst einander vorstellen? Das ist ein Freund von mir, Jack Fleming. Jack, Sie haben die Ehre, dem besten Othello zu begegnen, mit dem ich je das Vergnügen einer Zusammenarbeit hatte: Shoe Coldfield.«

Coldfield streckte die Hand aus. »Ein Freund von Charles ist auch ein Freund von mir. Und das ist ein Kürzel für *Shoe Box*. Ich stehe dazu, dass ich damals mit Schuheputzen angefangen habe. Passen Sie bloß auf, eines Tages werde ich Bürgermeister dieser Stadt sein.«

»Aber wirklich, das wäre unter deiner Würde«, sagte Escott trocken.

»In Ordnung, dann eben Gouverneur, aber nur, wenn das Gehalt aufgebessert wird. Wie habt ihr hierher gefunden?«

»Wir begegneten Cal, oder besser gesagt, er begegnete uns.«

»Schlaues Kerlchen, der Kleine.«

»Er ist groß geworden.«

»Er kriegt regelmäßig zu essen.«

Wir setzten uns an den Tisch, und ein Junge in Kellnerjacke, der auch im Nachtclub arbeitete, brachte uns Kaffee. Durch die Wände konnte ich immer noch Musik hören, die sich ein wenig mit dem Radio biss.

»Was führt dich hierher, Charles? Arbeitest du an deinem Comeback?«

»Das wäre ein Herzenswunsch. Sollte ich je auf die Bretter

zurückkehren, wirst du gewiss der Erste sein, der es erfährt. Tatsächlich möchte ich dich um einen Gefallen bitten.«

»Wer möchte das nicht? Was liegt dir auf der Seele?«

»Ich arbeite an einem kleinen Problem für Mr. Fleming und seit gestern auch für mich, an dem Frank Paco beteiligt ist.«

Unser Gastgeber wurde ernst und schlug einen vorsichtigen Ton an. »Wie beteiligt ist er genau?«

»Gestern versuchten zwei seiner Männer mich umzubringen, und wenn Mr. Fleming nicht rechtzeitig eingegriffen hätte, wäre ihnen das auch sicherlich gelungen. Erst letzte Woche hat er aus der gleichen Richtung einen Anschlag auf sein Leben überstanden und hält sich seither bedeckt.«

»Kann ich Ihnen nicht verdenken. Was braucht ihr? Soll ich euch aus der Stadt schmuggeln?«

»Nichts so Drastisches. Lass mich dich ins Bild setzen.« Escott tischte ihm im Wesentlichen die Wahrheit auf, sagte aber, dass ich ihn aufgesucht hatte, und unterschlug klugerweise alles, was meinen Zustand betraf. »... und solange Mr. Fleming nicht weiß, was während dieser ausgelöschten vier Tage geschehen ist, hat er ständig dieses unangenehme Problem am Hals.«

»Und wie soll ich ihm dabei helfen? Er braucht einen Hirnklempner.«

»Ich hoffte, dass du weißt, wie wir in Pacos Haus gelangen.«

Coldfield klappte den Mund zu. Wahrscheinlich aus schierer Fassungslosigkeit, weil ich das gleiche Gefühl hatte. »War wohl mein Fehler«, sagte er schließlich. »*Du* bist derjenige, der den Hirnklempner braucht.«

»Shoe, ich meine das ganz ernst.«

»Wenn Paco hinter dir her ist, solltest du auch ernst bleiben. Warum willst du bei ihm einsteigen?«

»Ich möchte mich gründlich umsehen und herausfinden, was er vorhat.«

»Das kann ich von hier aus erledigen. Was willst du wissen?«

»Informationen über International Freshwater Transport wären nützlich.«

»Das ist sein Schmuggelunternehmen, das weiß doch jeder.«

»Aber was schmuggelt er?«

»Früher war es Schnaps, und von dem ausländischen teuren

Zeug holt er immer noch etwas darüber ein. Wenn der Preis stimmt, macht er so ziemlich alles, Leuteschmuggel rein oder raus aus dem Land mit eingeschlossen. In letzter Zeit kamen Maschinenteile und Chemikalien rein.«

»Ist es möglich, festzustellen, an wen sie gehen, und zu welchem Zweck?«

»Das kann ich morgen versuchen, aber ich garantiere für nichts. Im Allgemeinen halte ich meine Leute von seinem Territorium fern. Ich nehme mal an, dass Sie genaue Angaben über die Chemikalien haben wollen, Professor?«

»Sein Vorhaben würde dadurch vielleicht deutlicher werden, aber setze deine Leute bitte keinerlei unnötigen Risiken aus. Gestern tätigte ich nur sehr oberflächliche Anfragen, und seine Reaktion war äußerst heftig.«

»Keine Sorge. Willst du ihn aus dem Geschäft hebeln?«

»Das wäre nett.«

»Na ja, wir können davon träumen, aber er hat Freunde. Man sagt, dass er mit Slick Morelli aus New York Geschäfte macht.«

»Ist Ihnen dieser Name vertraut?«, fragte Escott mich.

»Sicher, ihm gehören ein paar gute Nachtclubs. Früher betrieb er eine Menge Flüsterkneipen und baute sie nach der Aufhebung* zu erstklassigen Läden um. Einige verkaufte er und konzentrierte sich auf die ein oder zwei besten. Er hatte immer die besten Shows und die hübschesten Mädchen. Das habe ich natürlich nur gehört; ich hatte nie die Gelegenheit, mir die Sache selbst einmal anzusehen.« Oder das Geld, wie ich im Stillen ergänzte.

»Da hat er sich nicht groß verändert«, sagte Coldfield. »Das Gleiche hatte er bei einem der größten Clubs der Stadt in der North Side gemacht; ihm gehört die Hälfte.«

»Vom Nightcrawler?«, fragte Escott.

»Yeah, vielleicht angelt er gerne oder so was.«

»Besitzt er eine Yacht?«

* Mit der Aufhebung (Repeal) ist die Annullierung des 18. Verfassungszusatzes gemeint, der am 16. Januar 1920 in Kraft trat. Das als Prohibition bekannte Alkoholverbot sorgte für das Entstehen von landesweit rund 200.000 Flüsterkneipen (Speakeasies), einer florierenden Schmuggelindustrie und dem beispiellosen Aufschwung des organisierten Verbrechens. Das Verbot galt bis 1933, als die Demokraten unter Franklin Delano Roosevelt ins Weiße Haus zogen und die Mehrheit im Kongress erhielten.

Er nickte. »Ein schönes Boot, aber andere gibt es ja auch kaum. Die *Elvira.*«

Bei der Erwähnung eines Schiffes rutschte ich in meinem Sessel hin und her.

Escott bemerkte es, fragte jedoch weiter. »Wem gehört die andere Hälfte des Clubs?«

»Einem fetten Burschen namens Lucky Lebredo. Er hat die Aufsicht über die Glücksspiele.«

Escott sah mich an. Ich dachte über den Namen nach und schüttelte den Kopf. Er wandte sich wieder Coldfield zu. »Weißt du von irgendeiner Verbindung zwischen Paco und Morelli?«

Er zuckte die Schultern. »Wenn es eine gibt, besteht sie wahrscheinlich aus Geld. Paco gibt es gerne aus und braucht immer neues, Morelli verwahrt seins in der Matratze, und Gott schütze dich, wenn du dir von ihm was leihst. Seine Zinsen schneidet er sich aus deinem Fell heraus.«

»Glaubst du, dass Lebredo mit ihnen gemeinsame Sache macht?«

»Ich weiß nicht. Vielleicht nicht, alles was er tut ist Spielen. Anstelle eines Gehirns hat er eine Rechenmaschine, und ein Satz Karten ist für ihn nur ein weiterer Körperteil.« Er hielt inne. Escott sah auf etwas, das für uns unsichtbar war und irgendwo über der Mitte des Tisches schwebte. Schweigend warteten wir, bis er einige Male blinzelte.

»Wieder da?«, fragte Coldfield in aller Gemütsruhe.

»Ja, ich habe nur etwas nachgedacht, aber ich brauche noch weitere Informationen.«

»Du meinst es also immer noch ernst damit, dass du bei Paco einsteigen willst?«

»Sehr ernst.«

»Was hattest du dir überlegt?«

»Hast du die Gesellschaftsspalten gelesen?«

»Klar doch, die lese ich immer«, sagte er sarkastisch.

»Dann hast du vielleicht bemerkt, dass Frank Paco am Freitag einen Empfang auf seinem Anwesen gibt. Das Haus wird voll sein mit Politikern, Gefolgsleuten und dem Mann, den Paco bei der nächsten Gouverneurswahl unterstützen wird.«

»Jaa ...«

»Die Veranstaltung wird sicher Aufwartepersonal erfordern.«

Coldfield dachte kurz darüber nach und lächelte. »Du meinst, du kannst sogar kochen?«

»Nein, aber ich kann als Kellner durchgehen.«

»Bei der Sache nicht. Du weißt verdammt gut, dass einer von meinen Läden sich um Essen und Kellnern kümmert, und sehen wir mal den Tatsachen ins Auge, Charles, für den Job bist du einfach zu weiß.«

»Dann kann ich als weißer Kellner auftreten.«

»Und wie ein schlimmer Finger auffallen. No Sir, Paco mag sein Personal hübsch braun und knusprig. Außerdem, welcher Weiße würde schon für mich arbeiten? Weiße arbeiten für weiße Veranstalter, und gelegentlich wird ein schwarzer Junge angeheuert, weil er billig arbeitet, aber anders herum läuft das einfach nicht.«

Escotts Stolz war verletzt. »Bin ich nun ein Charakterdarsteller, oder bin ich keiner?«

»Der beste, aber keine schwarze Schminke übersteht ein genaues Hinsehen, und außerdem ist deine Nase ganz verkehrt. Wenn du an meiner Stelle wärest, würdest du das riskieren?«

»Er hat recht«, sagte ich. »Paco weiß vielleicht, wie Sie aussehen, Georgie könnte jetzt schon auf Kaution draußen sein, und wenn einer der beiden Sie erkennt, sind nicht nur Sie im Eimer, sondern auch die Aufwärter.«

Escott funkelte mich eine Sekunde lang wütend an, dann beruhigte er sich offenbar und winkte ab. »Natürlich habt ihr beide recht. Wir werden uns etwas anderes ausdenken müssen. Vielleicht komme ich an eine Einladung heran oder kann eine fälschen.«

»Ist nicht einfach, sie werden gegen ihre Gästeliste vergleichen. Du müsstest dich bei einer Gruppe einschmuggeln, um eingelassen zu werden, und dann müsstest du immer noch auf dein Gesicht aufpassen. Schau mal, warum muss es unbedingt dieser Freitag sein? Versuche es an einem anderen Abend, wenn Paco nicht da ist, und breche dann ein. Ich kann einen von meinen Jungs bei den Aufwärtern unterbringen, der den Ort für dich ausbaldowert.«

»Sehr freundlich.«

»Na klar, ich mach doch alles, um deinen Arsch zu retten. He, warum treffen wir uns morgen Abend nicht hier zum Essen?«

»Abendessen, in der Tat, aber das geht auf mich – um meine allzu lange Abwesenheit wieder gutzumachen. Bei Hallman's, denke ich.«

»Du machst Witze, Charles. Da komme ich nicht mal zur Tür rein.«

»Wenn ich die Party veranstalte, wirst du ganz sicher hineingelangen. Wenn du als Gouverneur kandidieren willst, musst du dich daran gewöhnen, ein paar Türen aufzustoßen.«

»Wenn ich so etwas mache, werden die Cops unruhig.«

»Was sie auch sein sollten. Um acht Uhr?«

»Ist für mich etwas früh, aber ich werde da sein. Bis dahin sehe ich zu, dass meine Jungs etwas über das Lagerhaus herausfinden.«

»Trage ihnen bitte auf, mit äußerster Vorsicht vorzugehen; der Schlag auf den Kopf, den man mir verpasste, war beinahe tödlich.«

»Dein Schädel ist zu dick. Ich habe gehört, dass Pacos Chefschützen Sanderson etwas Tödliches zugestoßen ist. Man hat ihn gestern in einem Kofferraum gefunden. Hat das was mit eurem Problem zu tun? In der Zeitung steht, dass Georgie Reamer ihm eins mit dem Vorschlaghammer übergezogen habe.« Er sah mich interessiert an.

Ich achtete darauf, nicht zu Escott zu blicken. Wieviel Coldfield von der letzten Nacht wusste oder erriet, würde auf mich zurückfallen. Ich hob die Schultern. »Hey, ich war selbst mal Reporter – man soll nicht alles glauben, was in der Zeitung steht.«

Wir zogen ab, ohne dass uns Coldfields Männer daran gehindert hätten; einer von ihnen lächelte und nickte sogar, als wir zum unberührten Nash gingen. Ich gab Escott die Schlüssel zurück, und wir stiegen ein. Die aufmerksamen Gesichter waren immer noch zu sehen, aber sie waren nicht mehr so sehr an uns interessiert. Es musste sich herumgesprochen haben, dass wir in dieser Gegend willkommen waren.

»Er ist ziemlich beeindruckend«, meinte ich.

»Oh ja. Ich traf ihn in Kanada, als wir beide noch jung und hungrig waren. Ich gehörte bereits zu einer Schauspieltruppe, als er eines Tages mit seinem Schuhputzkasten unter dem Arm in das Theater kam und nach Arbeit fragte. Wir freundeten uns an und überzeugten den Impresario mit einigem Nachdruck davon, ihn fest einzustellen. Für das halbe Gehalt arbeitete er als Kulissenschieber und in der Garderobe. Gelegentlich schminkte ich ihn weiß über, damit er im Hintergrund einen Speer tragen konnte, wenn wir nicht genug Mimen hatten, aber da war er verschwendet. Wenn Sie uns im *Hamlet* als Rosencrantz und Guildenstern hätten sehen können! Beinahe hätte er seine Schminke heruntergeschwitzt und die Show geschmissen. Zumindest bewies das den anderen Schauspielern der Truppe, dass er mehr als ausreichendes Talent besaß, aber unser Impressario war ein störrisches verkommenes Subjekt. Er weigerte sich sogar, Shoe für die auf der Hand liegende Rolle des Othello in Erwägung zu ziehen.«

»Aber er spielte ihn?«

»Oh ja, doch es war nicht ganz einfach für mich, das in die Wege zu leiten. Was mir gelang, war, ihm die Stellvertretung für den Hauptdarsteller zu verschaffen. Soviel ließ der Impressario immerhin zu.«

»Und dann wurde der Hauptdarsteller krank?«

»Nicht ganz ... dabei musste ich ihm nachhelfen. Der Jago schob ihm Chloralhydrat unter, und ich behandelte ihn mit Ipecacuanha, um ihm Erleichterung zu verschaffen. Er war danach nicht mehr in der Lage, den Mohr von Venedig zu spielen, und Shoe bekam seine Chance. Ich muss sagen, er riss das Publikum mit seinem Auftritt zu Beifallsstürmen hin.«

»Was war mit dem Hauptdarsteller?«

»Nach etwa einer Woche war er wieder auf den Beinen, und er hatte keinen Schaden genommen. In der Zwischenzeit hatte er ein Telegramm erhalten, in dem er das Angebot erhielt, als Radiosprecher in New York zu arbeiten, und er verließ uns. Ich fürchte, dass wir ihn nicht allzu sehr vermissten. Er war wirklich ein unangenehmer Schmierenkomödiant.«

»War das Telegramm echt?«

»Wie kann man nur so misstrauisch sein, Mr. Fleming?«

5

Ich erledigte meinen Gang zu den Schlachthöfen und stand Viertel vor acht abholbereit, als Escott vorfuhr. Er hatte einen ganz normalen Straßenanzug an, was mir eine Last von der Seele nahm. Hallman's hatte sich nach einem Lokal für weiße Fliegen und Frack angehört, und ich hatte keine Smokings mehr.

»In dem Laden habe ich vielleicht ein Problem«, sagte ich.

»Und das wäre?«

»Sagen wir mal so: Meine Diät ist ziemlich eingeschränkt.«

Er öffnete den Mund und schloss ihn wieder. »Oje, ich fürchte, daran habe ich überhaupt nicht gedacht.«

»Ich auch nicht. Geschäftsessen sind eine ganz normale Sache. Wir nehmen sie als selbstverständlich hin.«

Escott dachte darüber nach. »Ja, ich verstehe – Sie müssen eine erkleckliche Menge freier Zeit zur Verfügung haben. Sie brauchen nicht alle vier oder fünf Stunden innezuhalten, um etwas zu sich zu nehmen.«

»Das würde ich von Herzen gerne wieder tun, wenn ich nur könnte.«

»Wollen Sie diesen Abend also absagen?«

»Nein, ich sage einfach, dass ich Magenprobleme habe, und halte mich an einem Kaffee fest. Solange wir meinen Fall bearbeiten, möchte ich gerne alles mitbekommen, wenn Ihnen das recht ist.«

»Ich habe keinerlei Einwände. Heute habe ich mich erneut nach Benny Galligar/O'Hara erkundigt, aber die Ergebnisse waren negativ.«

»Wenn er Ärger mit Paco hatte, ist er wahrscheinlich aus der Stadt verduftet.«

»Das meine ich auch. Er hat uns damit ein sehr vernünftiges Beispiel gegeben.«

»Tja, nur schade, dass ich nicht vernünftig bin.«

* * *

Bei Hallman's trug man doch weiße Krawatten. Escott musste meine diesbezüglichen Mängel bemerkt haben, als er letzten

Montag mein Zimmer durchsuchte, und im Stillen dankte ich ihm für seine Rücksichtnahme, dass er einen normalen Anzug trug. Wie viele der besseren Lokalitäten in Chicago befand Hallman's sich in nächster Nähe zu weniger gesunden Gegenden. Es lag in einer feinen Gegend mit hellen Lampen, teuren Geschäften und anderen hochklassigen Restaurants, aber wenn man die Gasse dahinter betrat, setzte man sein Fell aufs Spiel. Mal war es eine Gang, mal ein Kredithai, aber beide hatten ein lebhaftes Interesse daran, sich fremdes Geld anzueignen. Die Cops gingen hier regelmäßig Streife, konnten aber kaum verhindern, dass der eine oder andere Ortsfremde vom hiesigen Raubzeug ausgenommen wurde. Als Escott aus dem Wagen stieg, dachte er diesmal sehr bewusst daran, ihn abzuschließen.

Unter dem überdachten Eingang bewachte ein Uniformierter ein paar Topfpalmen und einen roten Teppich, der bis zum Bordstein reichte. Er hielt uns die Tür auf und verneigte sich leicht.

»Schön, Sie wieder zu sehen, Mr. Escott.«

»Vielen Dank, Mr. Burdge. Können Sie uns heute etwas Besonders empfehlen?«

»Alle Wildgerichte, aber halten Sie sich vom Fisch fern. Unser Fischkoch hat heute frei, und seine Vertretung hat das Kochen beim Militär gelernt.«

»Zweifellos bei der Binnenlandinfanterie.«

»Ganz recht.«

Wir traten ein, gaben unsere Hüte ab und dem Maître Bescheid, dass wir noch einen weiteren Gast erwarteten und so lange in der Nähe der Tür bleiben würden. Wir mussten nicht lange warte; um Punkt acht fuhr ein schimmernder schwarzer Nash vor und hielt vor dem roten Teppich.

»Offenbar haben Sie den gleichen Geschmack, was Autos betrifft«, meinte ich.

»Nun ja, vor ein paar Jahren machte er mir für mein jetziges Fahrzeug einen so guten Preis, dass ich es ihm nicht abschlagen konnte. Ich muss sagen, er weiß immer noch, wie man einen Auftritt gestaltet; ein echtes Naturtalent. Die Bühne hat in ihm einen guten Schauspieler verloren.«

Der Chauffeur stieg aus und öffnete die hintere Tür des Nash.

Burdge, der Portier, richtete sich ein wenig auf und öffnete die Tür zum Restaurant. Es war seiner guten Selbstbeherrschung zu verdanken, dass er nur leicht zusammenzuckte, als Coldfield dem Wagen entstieg. Er sah wie ein Postkartenmotiv aus: Er trug einen maßgeschneiderten Smoking mit einem Samt gefütterten Cape und einen Spazierstock mit Silberknauf. Wie Fred Astaire trug er den Anzug, als sei er darin geboren, nur war dieser Fred Astaire um etliches größer, hatte kohlschwarze Haut und trug einen Bart. Er schlenderte zum Portier, der einen leicht verwirrten Eindruck machte und nicht recht wusste, wie er mit der Situation umgehen sollte. Coldfield warf Burdge einen Blick zu, der jede Neigung, ihm den Zugang zu verwehren, im Keim erstickte, und trat ein.

Escott klatschte leisen Beifall. »Wohl gespielt, mein Herr. Schade, dass es nicht auf Film festgehalten werden konnte.«

Coldfield freute sich. »Wie du schon sagtest, heute Nacht wird Geschichte geschrieben.« Er nickte mir zu. »Sind Sie bereit, gemeinsam mit den Besten rausgeworfen zu werden?«

»Das sollte mal jemand versuchen.«

Der Maître war gut ausgebildet; seine Augenbrauen zuckten höchstens einen achtel Zoll in die Höhe und wieder herunter, ehe er sich fasste.

»An Ihrem üblichen Tisch, Mr. Escott?«, fragte er. Kurz darauf begriff ich den Sinn der Frage. Escotts Stammplatz befand sich in einer diskreten Nische, die abseits vom Hauptspeiseraum lag. Der Mann erinnerte Escott lediglich daran, dass er nicht versuchte, unseren dunkelhäutigen Begleiter aus dem allgemeinen Blickfeld zu verbannen. Ob er sich das wünschte oder nicht, würde ich nie erfahren.

Wir setzten uns, bestellten Getränke und musterten die Speisekarten. Meiner Rolle entsprechend blätterte ich die Karte durch und schüttelte den Kopf.

»Stimmt etwas nicht, Mr. Fleming?«, fragte Escott.

»Ich bin noch nicht so weit, etwas zu essen. Zum Lunch hatte ich einen missratenen Burger, und der Gedanke an weiteres Essen ...« Ich machte ein magenbitteres Gesicht und zuckte die Achseln.

»Wie schade, vielleicht etwas Brühe zur Beruhigung? Nein?«

»Nein danke. Ich denke mal, dass ich den Dingen sozusagen ihren natürlichen Lauf lasse. Kümmern Sie sich gar nicht um mich, genießen Sie Ihr Essen.«

Das taten sie auch. Escott hatte Rehbraten, Coldfield nahm ein Steak, und ich beobachtete in den Gesprächspausen die anderen Gäste. Der Essensgeruch machte mir tatsächlich ein wenig zu schaffen, aber es war die Erinnerung an die Tätigkeit des Essens, die mich störte. Endlich hatte ich es in einen feinen Laden geschafft, wo ein anderer für mich die Zeche zahlte, und das Einzige, an dem ich mich erfreuen konnte, war die Einrichtung.

Wir bekamen unseren reichlichen Anteil an Blicken. Eine Gruppe brach ihr Essen auffällig vorzeitig ab und ging mit empört versteiften Rücken. Sie hätten keine Einwände erhoben oder es auch nur bemerkt, wenn Coldfield zur Putzkolonne gehört hätte, aber dass er ebenfalls als Gast zugegen war, nahm ihre zarten Seelen zu sehr mit. Wenn der Maître sich bei ihrem Abgang noch an der Tür aufgehalten hätte, wäre er ihrem verbalen Grimm zum Opfer gefallen, doch als kluger Mann hatte er sich rechtzeitig aus dem Gefahrenbereich entfernt. Das verpatzte Spektakel blieb den anderen Speisegästen nicht verborgen, die sich selbst schon gefragt hatten, was sie tun sollten. Glücklicherweise bewiesen sie den guten Geschmack, sich um ihren eigenen Kram zu kümmern, und die Gesprächslautstärke kehrte bald wieder zu ihrer normalen Intensität zurück.

»Du scheinst es wirklich geschafft zu haben, Charles«, sagte Coldfield leise.

»So scheint es wohl. Ich würde gerne den Tag erleben ...«

»Ja, ich weiß, ich weiß. Nun ja, wenigstens hast du mich hier hereingebracht ...«

»Nein, das hast du selbst getan.«

»Ich bin der Albtraum aller Türsteher«, nickte er. »Aber du hast bloß Glück gehabt.«

»Und warum das?«

»Er konnte sich denken, dass ich kein Jude bin.«

Als sie mit dem Essen halb fertig waren, kam ein Kellner mit einem Telefon an unseren Tisch. »Ein wichtiges Gespräch für Sie, Mr. Escott.«

Escott sagte Hallo in das Mundstück und verzog immer wieder das Gesicht. Ich konnte nicht verstehen, was der andere Teilnehmer sagte, auch wenn es mich betroffen hätte.

Er schüttelte den Kopf. »Nein, jetzt kann ich auf keinen Fall, das kommt sehr ungelegen ... Was? Also gut, aber beeilen Sie sich.« Er hängte ein, und das Telefon wurde entfernt.

»Worum geht's?«, fragte ich.

»Ich werde mich für ein paar Minuten absetzen müssen. Einer meiner Informanten will mich sprechen und will das nur unter vier Augen tun. Er kommt vorbei und holt mich ab.«

»Kann er nicht reinkommen?«

»Der nicht. Er bleibt gerne in Bewegung, also müssen wir ab und zu diese kleine Komödie aufführen. Wir fahren ein paar Mal um den Block, und dann setzt er mich wieder ab. Ein seltsamer Bursche, aber oft sehr nützlich. Wenn die Herren mich entschuldigen, bin ich rechtzeitig zum Nachtisch wieder da.« Er erhob sich mit einer seltsamen kleinen Verneigung, mit der nur Engländer durchkommen, und zog ab. Coldfield sah ihm mit einem amüsierten Lächeln hinterher.

»Wie lange kennen Sie ihn schon?«

»Mit Unterbrechungen seit etwa vierzehn Jahren. Hab' nicht viel von ihm gesehen, seit er diesen Privatagenten-Kram macht, aber ich hatte ebenfalls genug zu tun.«

»Macht Ihnen seine Arbeit etwas aus?«

»Warum sollte sie? Offenbar stört ihn meine auch nicht.«

»Und was machen Sie so?«

Er warf mir einen anscheinend überraschten Blick zu. »Nun, ich betreibe einen Nachtclub.«

»Mit beträchtlichem Gewinn?«

»Es bringt nichts, im Geschäft zu bleiben, wenn man keinen Gewinn macht.«

»Wie lange ist er schon als Privatagent tätig?«

»Schon eine Weile.«

»Sie halten sich ziemlich bedeckt.«

»So überlebt man in dieser Stadt.«

Fragen, die ihm zu neugierig erschienen, beantwortete er nie direkt, und ich stellte eine Reihe davon, ehe ich es bemerkte. Es musste der Reporter in mir gewesen sein. Nachdem ich erkannt hatte, wie der Hase lief, beschränkten wir uns auf neutrale Themen und sahen zu, wie sich der Laden allmählich leerte. Dann sahen wir dem Personal beim Saubermachen zu. Unser Kellner hielt sich am Rande unseres Sichtfeldes auf und sandte höfliche Signale, dass er der Ansicht sei, wir sollten jetzt gehen.

»Meinen Sie, er hat uns mit der Rechnung sitzen lassen?«, fragte ich scherzhaft und sah auf die Uhr an der Wand. Er war schon seit fast vierzig Minuten verschwunden. »Nein, man schreibt es ihm an. Er kommt schon seit Jahren hierher.«

Ich machte mir trotzdem Sorgen. Der Anruf konnte auch ein Trick gewesen sein, um ihn nach draußen zu locken. Coldfield sah meine Miene und meinte, ich solle mich entspannen.

»Charles kann auf sich aufpassen.«

»Das hoffe ich.«

Wir warteten. Ein Aufträger mit einer dicken Brille schlurfte umher und wischte die Tische sauber. Sein Gang und seine Bewegungen irritierten mich einen Moment lang, und als ich einen Blick auf sein ausdrucksloses Gesicht warf, erkannte ich auch den Grund dafür. Er hatte den gewichtigen und gleichzeitig schlenkernden Gang eines geistig Zurückgebliebenen. Er ging von Tisch zu Tisch, wischte nass über und trocken nach, dann sah er zu uns und wunderte sich, warum wir noch nicht gegangen waren. Er war etwa fünfzig Jahre alt, hatte zu lange graue Haare, eine vorspringende eckige Stirn und dicke graue Augenbrauen, die ihm über der Nase zusammenwuchsen. Sein Mund stand leicht offen, als er zuerst uns und dann den Zahlkellner anstarrte und nicht wusste, was er tun sollte.

»Vielleicht sollten wir draußen warten«, sagte Coldfield.

Der Kellner trat näher, sagte etwas zu dem Mann und deutete zur Küche. Er nickte und zog ab.

»Jau, können wir machen.«

Zur sichtlichen Erleichterung des Personals standen wir auf und traten in die warme feuchte Nachtluft hinaus. Mittlerweile waren die Topfpalmen hereingeholt worden, und der Türsteher schloss hinter uns ab.

»Haben Sie irgendeine Ahnung, wer ihn angerufen hat?«

Er schüttelte den Kopf. »Kommen Sie, wir gehen zu meinem Wagen.«

Coldfield sagte seinem Chauffeur, dass er am Restauranteingang warten sollte für den Fall, dass Escott dort auftauchte, stieg auf der Fahrerseite ein und stellte den Motor an. Er öffnete mir die andere Tür, und ich bekam sie gerade zu, bevor wir uns in Bewegung setzten. In flottem Tempo bog er um die Ecke. Sein Mund war schmal geworden. Er machte sich ebenfalls Sorgen.

Wir rollten – vergeblich – in einer großen Acht um die beiden nebeneinander liegenden Blocks. Also fuhr er wieder zum Restauranteingang, parkte vor dem Baldachin und schaltete den Motor ab. Die Anspannung strömte wie Hitzewellen aus ihm heraus, aber er behielt sich im Griff. Als er ausstieg, verzichtete er darauf, die Tür frustriert zuzuknallen, und ich versuchte seinem Beispiel zu folgen.

Wir lungerten noch eine Weile herum. Zwischen dem Restaurant und dem Nebengebäude lag eine Gasse, und von dort hörte ich Geräusche, aber es war nur das Personal, das Feierabend machte. Nacheinander kamen sie aus der Tür heraus, und der Geschäftsführer schloss ab. Ich entdeckte den Türsteher und ging zu ihm. Er hatte gesehen, wie Escott zu jemandem in einen alten Wagen gestiegen und davongefahren war, aber mehr bekam ich aus ihm nicht heraus. Er eilte zu seiner Fahrgelegenheit, und ich ging wieder zu Coldfield und überbrachte ihm die negativen Neuigkeiten.

Sein Blick huschte die Straße hinauf und hinunter, und seine Hände krampften sich um den silbernen Knauf seines Stockes. »Verdammt soll er sein mit seiner Arbeit«, knurrte er.

Im Stillen stimmte ich ihm zu. Ein Wagen zog vorbei, blieb jedoch nicht stehen. Jedes weitere Scheinwerferpaar verschaffte unseren Nacken Drehübungen, ohne dass etwas dabei heraussprang.

Wieder kam ein Geräusch aus der Gasse – Schritte – aber es war nur der nicht mehr ganz junge Aufwärter. Er trug einen Kasten, an dem ich ihn vorher hatte herumspielen sehen, als das restliche Personal nach Hause ging. Er ging an uns vorbei, starrte Coldfield an, entweder weil er ihn erkannt hatte oder wegen seiner Hautfarbe, und bog dann um die Ecke zum Parkplatz. Fast unmittelbar danach hörten wir einen abgewürgten Laut aus einer überraschten menschlichen Kehle. Coldfield, der Chauffeur und ich wechselten einen Blick und rannten los, um nachzusehen.

Der Aufwärter stand mit dem Rücken zur Wand des Backsteingebäudes und umklammerte beschützend seinen Kasten. In einem Halbkreis um ihn standen drei junge Männer, allesamt unter zwanzig. Bei Escotts Nash standen noch vier weitere von der gleichen Sorte: Straßenjungen mit harten Gesichtern und harten Muskeln und dem sozialen Gewissen von Hafenratten. Man musste kein Genie sein, um sich zusammenzureimen, dass sie den letzten Wagen auf dem Platz hatten stehlen wollen und der Aufwärter sie dabei gestört hatte.

Ein paar Sekunden standen wir alle wie erstarrt und stierten uns gegenseitig an. Jede Seite schätzte die andere ab, dann zog der Chauffeur mit einer geschmeidigen Bewegung einen 38er hervor. Er wollte etwas sagen, aber ein langer dünner Umriss sauste herunter und krachte auf seinen dicken Arm. Er unterdrückte den Schrei, als seine Knie nachgaben und er auf seine heruntergefallene Waffe fiel. Ein weiterer Junge schlurfte aus einem Versteck hinter uns heraus und schwang ein Eisenrohr gegen den gesenkten Kopf des Mannes.

Die Zeit, in der das Rohr hoch und wieder herunter fuhr, *muss* kurz gewesen sein, aber für mich sah es so aus, als bewege er sich durch kalte Melasse. Ohne darüber nachzudenken, trat ich vor, nahm dem Jungen das Rohr ab und schlug ihm mit der freien Hand in den Magen. Ich achtete darauf, die Wucht meines Schlages zu zügeln. Ich wollte nicht, dass ihm die Innereien platzten.

Die anderen Jungen nahmen dies als Zeichen zum Angriff, und drei von ihnen gingen sofort auf Coldfield los, der sich mit seinem Stock wehrte und dabei ein Beispiel für erstklassigen schmutzigen Straßenkampf lieferte, wie ich es selten gesehen hatte. Er war groß und hielt sich recht gut, aber wir waren immer noch schwer in der Minderzahl. Die Jungen gingen mit Messern auf mich los, die ich ihnen einfach abnahm, da sie mir so langsam vorkamen. Ich stieß sie so, dass sie in einen anderen hinein stolperten und die gesamte Gruppe zu Boden ging. Ich nutzte die Atempause, schob den Chauffeur auf die Seite und schnappte mir seine Pistole.

Die drei Schüsse, die ich in die Luft feuerte, reichten aus. Bevor die letzten Echos verhallten, verschwanden die Burschen wie Wasser in trockenem Boden.

Coldfield war etwas außer Atem, aber nicht sehr mitgenommen, nur sein Smoking brauchte ein paar Reparaturen. Er kam heran und kniete sich neben den Chauffeur.

»Ist er gebrochen?«

Der Mann tastete sich vorsichtig über den Arm und schüttelte den Kopf. »Nee, er hat mich zu hoch erwischt. Vielleicht angeknackst, das wird 'ne herrliche Prellung.«

»Der Doc soll sich das ansehen. Den Rest des Abends fahre ich. Sind Sie okay?«, fragte er mich.

Ich täuschte Atemlosigkeit vor und nickte. »Ich hab' keine Probleme.«

»Gottverdammte Taugenichtse. Die Straßen sind einfach nicht mehr sicher.«

Ich wollte ihn schon fragen, wann die Straßen in dieser Stadt je sicher gewesen waren, als ich den Aufwärter bemerkte, der sich an die Wand drückte. »Hey! Alles in Ordnung mit Ihnen?«

Er kauerte sich über seinen Kasten, zu durcheinander, um sich zu rühren, und die Augen hinter seinen dicken Gläsern traten ihm beinahe aus den Höhlen. Langsam ging ich auf ihn zu und versuchte beruhigende Dinge von mir zu geben, damit ich ihn nicht noch mehr verängstigte. Er ließ sich von mir in den kreisförmigen Schein der Straßenlaternen führen. Seine Zähne klapperten. Ich fragte ihn, wo er wohnte.

Er bewegte unschlüssig den Kopf. »Böse Jungen ... tun weh.«

»Haben sie Ihnen etwas getan?«

»Nein.« Er starrte auf den Arm des Chauffeurs. »Tut weh?«

»Wo wohnen Sie?«

»Nummer Fünf.« Er hielt fünf Finger in die Höhe und zählte sie ab.

»Das ist sehr gut. Wo ist Nummer Fünf?«

Wieder zählte er, kam diesmal bis zehn und wartete auf mein Lob.

Coldfield seufzte. »Ich sage es nur ungern, aber vielleicht sollten wir einfach einen Cop suchen, der weiß, wohin er gehört.«

»Vielleicht hat er eine Adresse bei sich. Haben Sie irgendwelche Papiere?«

Er sah mich ausdruckslos an.

»Brieftasche?«, versuchte ich es noch einmal. Wieder dieses leere Starren. Ich holte meine Brieftasche hervor und zeigte sie ihm. »Haben Sie auch so etwas?«

Er stellte seinen Kasten ab, wühlte in seinen Taschen herum und fand eine. Ich klappte meine auf und zeigte ihm die Ausweise darin, aber anstatt es mir nachzutun, starrte er nur darauf. Ungeduldig nahm Coldfield sie ihm ab, und sofort protestierte der Mann und brach in Tränen aus.

»Meins«, sagte er leise und sah mich flehend an. Die Tränen liefen ihm über das Gesicht. »Meins ...«

Coldfield war ein paar Schritte rückwärts gegangen, damit das Licht besser auf die Brieftasche fiel, dann faltete er sie wieder zusammen, stapfte heran und streckte den Aufwärter mit einem Faustschlag nieder. Seine Augen blitzten. »Du gottverdammter Hurensohn!«

Der Chauffeur und ich gafften ihn an, dann sahen wir zum Aufwärter, der sich gerade wieder hoch rappelte und den Kopf hielt. Was wir dann sahen, wurde uns zuerst gar nicht bewusst, aber es sah so aus, als ob sich ein Teil seiner Stirn blutlos vom Schädel gelöst habe. Er schob den Daumen unter das lose Stück, riss es sich ganz herunter und rieb sich vorsichtig über die Stelle, auf der bald ein prächtiges Veilchen erblühen würde.

»Kriege ich jetzt den Kellnerjob?«, fragte Escott.

Wir brauchten alle eine Zeitlang, um wieder miteinander reden zu können. Am liebsten wollte ich ihm selbst eine runterhauen, aber Escott entschuldigte sich wortreich, vor allem beim Chauffeur. Ursprünglich hatte er in den Wagen steigen und zu uns fahren wollen, aber die Straßenbengel hatten sich eingemischt.

Sobald die Erklärungen abgegeben waren, beruhigte Coldfield sich wieder. »Aber mir tut es nicht Leid, dass ich dir eine geklebt habe, ich hätte es sowieso getan«, sagte er, immer noch mürrisch. Mir fiel wieder ein, dass er Überraschungen hasste.

»Kann ich dir nicht verdenken, alter Junge.« Escott öffnete seinen Kofferraum und verstaute den Kasten, in dem sich seine

Kleidung und seine Schminkausrüstung befanden. Er holte einen Flachmann hervor und reichte ihn herum, was eine Menge dazu beitrug, die Stimmung wieder zu heben. »Meine Frage steht immer noch im Raum: Kann ich mich unter das Aufwartpersonal mischen?«

Coldfield seufzte. »Na ja, verdammt, warum eigentlich nicht? Wenn man dich umlegt, sind wir für heute Abend quitt.«

Wir fuhren zur *Shoe Box,* und Coldfield machte sich daran, seinem Chauffeur einen Arzt zu beschaffen. Schließlich wurde einer seiner Leute dafür eingeteilt, ihn ins Krankenhaus zu fahren, wo der Arm anständig untersucht werden konnte. Er machte Escott die Sache nicht zum Vorwurf und meinte, die Autoknacker wären so oder so dort aufgetaucht, und zog mit seinem Kumpel von dannen. Als sie sich entfernten, hörte ich noch, dass er zu einem hochdramatischen Bericht ansetzte, wie er sich die Verletzung zugezogen hatte, sein Boss dazwischen gegangen sei und ganz allein die Schlacht entschieden habe. Aus der Geschichte konnte er wahrscheinlich eine Menge Drinks herausholen, und Coldfields Ruf trug dadurch auch keinen Schaden davon.

Auf uns warteten ebenfalls Drinks, als unser Gastgeber seine Angelegenheiten erledigt hatte. Er stürzte seinen herunter und ließ sich in einen der überpolsterten Sessel sinken. Das Radio war ausgeschaltet, und offenbar hatte das Cluborchester Pause. Die einzigen Geräusche kamen von den Kunden einige Räume weiter und jemandem, der in einer Küche in der Nähe herumklapperte.

»Hey, Jack.«

Er riss mich aus meiner geistigen Versenkung.

»Kommen Sie, trinken Sie einen. Nach dem Rabatz haben Sie es sich verdient.«

Ich kam zu ihnen. Escott kauerte auf dem Rand eines Sofas und musterte mit gerunzelter Stirn ein Blatt Papier in seiner Hand.

»Was ist das?«

»Eine Liste von dem Zeug, das Paco sich liefern ließ und behalten hat, aber fragen Sie mich nicht, wozu das gut ist; das ist Charles' Spezialität.« Er ging zur Bar und goss sich einen weiteren Drink ein. Als er zurückkam, nickte er zu meinem unberührten Glas. »Mögen Sie meinen Fusel nicht?«

»Der ist gut. Ich bin bloß kein großer Trinker.«

»Sie sind eher ein Kämpfer. Ich hatte selbst zu tun, aber ich habe schon so einiges gesehen, und ich habe noch niemanden gesehen, der sich so schnell bewegte.«

»Ist schon erstaunlich, was man alles kann, wenn man genug Angst hat.«

Er schnaubte und hob sein Glas. »Ein Hoch auf die Angsthasen.«

Ich wollte ein Nippen vortäuschen, aber das ging nicht. Er beobachtete mich zu genau. Ich wappnete mich und schluckte. Das Zeug stürzte durch meinen Schlund und landete wie heißes Blei in meinen Innereien.

Coldfield deutete meine Miene nur zu genau. »Ich glaube, Sie sind wirklich kein großer Trinker.«

»Ich hab bloß einen schwachen Magen, den hatte ich schon immer.« Ich schluckte verzweifelt und versuchte, das Zeug unten zu behalten. Ich fühlte mich wie ein Ballon kurz vorm Platzen. Escott verschaffte mir etwas Ablenkung, als er kopfschüttelnd das Papier überflog.

»Da steckt ganz bestimmt ein Muster, aber ich brauche weitere Informationen. Morgen werde ich herausfinden müssen, wer das tatsächlich bestellt hat, und wo es nach der Entnahme aus dem Lagerhaus landet.«

»In Ordnung, aber achte darauf, dass du bis sechs Uhr bei den Aufwärtern bist, oder sie gehen ohne dich. Ich gebe ihnen Bescheid, was du vorhast, damit sie dir keinen Ärger machen. Ziehst du wieder diese Rolle durch?«

»Oh ja.«

»Was ist mit Jack? Er sollte doch auch mit dabei sein.«

»Nicht ganz. Ich werde Mr. Fleming bitten, sich mit dem Wagen in nächster Nähe bereitzuhalten. Wenn mir die Sache zu heiß wird, setze ich mich ab, und er verschafft uns einen raschen Abgang.« Er sah mich an. »Geht es Ihnen gut?« Vorher war er zu vertieft gewesen, um auf seine Umgebung zu achten, aber jetzt huschte sein Blick von dem leeren Glas zu meinem Gesicht, und er begriff, was geschehen war.

Ich versuchte schwach zu lächeln, hielt aber den Mund fest geschlossen und signalisierte ihm verstohlen, dass ich ein ganz dringendes Problem habe.

Escott bedankte sich bei Coldfield, sagte, dass wir uns auf den Weg machen müssten und schob mich in Rekordzeit aus der *Shoe Box* und in den Wagen. Einen Block weiter bat ich ihn, rechts ranzufahren. Ich konnte es nicht mehr aushalten. Er tat wie ihm geheißen; ich öffnete die Tür und beugte mich für den Ausbruch hinaus. Der Schnaps schoss wie aus einem Wasserschlauch in die Gosse. Ich spuckte die letzten Tropfen aus, sah blinzelnd auf die schmutzige Straße und vergass mich am Türrahmen festzuhalten, als der Schwindel einsetzte. Escott packte mich am Arm und hielt mich fest ...

»Mr. Fleming?«

... weil ich über die Reling in das endlose schwarze Wasser stürzte. Eine schwere Hand in meinem Nacken zwang mich in die Tiefe ...

»Fleming?«

... ich würgte, ich bekam keine Luft, das Blut hämmerte mir hinter den Augäpfeln ...

»Fleming!«

Er riss mich hoch und bewahrte mich davor, unter das Armaturenbrett zu rutschen. »Was ist los, Fleming?«

»Ein Traum ... auf dem Boot.«

»Sie haben sich an etwas erinnert – was war es?«

Bis das Zittern vorbei war, musste er eine lange Minute warten, und meine linke Hand bebte immer noch, als ich ihm das erzählte, woran ich mich erinnern konnte. Er sah sie an, dann wieder zu mir auf.

»Hat wohl einen Nerv getroffen, nicht wahr?«

»Es ist schon fast vorbei.«

»Dann hatten Sie so einen Anfall also schon vorher?«

»Anfall?«

»Wenn ich jemanden so wie Sie zusammensacken sehe, dann nenne ich das einen Anfall, und Sie scheinen damit vertraut zu sein.«

»Yeah, ich hatte vor ein paar Tagen einen, als ich mich zu erinnern versuchte, was geschah, bevor ich am Strand aufwachte.

Es ist, als sei ich dann nicht mehr bei mir. Ich mag diese Art von Kontrollverlust überhaupt nicht.«

Er machte ein mitfühlendes Geräusch. »War Ihre letzte Erfahrung ebenso unangenehm wie diese?«

»Leider ja. Nur letztes Mal versuchte ich mich bewusst zu erinnern. Dieses Mal, als ich das Zeug von mir gab ...«

»... wurde der Erinnerungsschub spontan ausgelöst?«

»Ja, kann man sagen.«

Er hmmmmte wie ein guter Onkel Doktor und winkte mir, die Tür zu schließen; dann legte er den Gang ein und lenkte den Wagen in die allgemeine Richtung meines Hotels. »Woran denken Sie gerade?«, fragte ich.

»Nur so eine Idee ... Ich dachte, dass ein Nachspielen Ihrer letzten Minuten auf dem Boot ...«

»Schon in Ordnung, aber es ist irgendwie schwierig, etwas nachzuspielen, wenn man nicht weiß, wie es sich überhaupt abgespielt hat.«

»Wir wissen, dass Sie zusammengeschlagen und erschossen wurden.«

»Sie wollen mich zusammenschlagen und erschießen?«, fragte ich vorsichtig.

»Das ist nur so eine Idee, nichts weiter.«

»Belassen wir es doch dabei, bis ich darüber nachgedacht habe.«

»Wie Sie wollen. Schließlich kann ich meine Lizenz verlieren, wenn ich einen Klienten tätlich angreife, auch wenn es zu seinem Besten ist.«

Ich sah den Straßen beim Vorbeigleiten zu und wartete, dass das Kitzeln in meiner Hand nachließ. »Wollen Sie immer noch, dass ich morgen mitkomme?«

Das überraschte ihn. »Warum sollte ich das nicht wollen?«

Ich machte eine Faust, öffnete sie wieder und streckte die Finger aus. »Deshalb. Ich könnte Ihnen wie ein nasser Sack vor die Füße fallen.«

»Das Risiko gehe ich gerne ein.«

»Außerdem habe ich schon ein paar Privatdet... Privatagenten getroffen, und meistens konnten sie es nicht ausstehen, wenn ihnen ein Klient bei der Arbeit in den Nacken pustete.«

»Für gewöhnlich stimmt das schon, aber andererseits atmen Sie nicht.«

»Sehr witzig.«

»Außerdem sind Sie für unseren Erfolg unabdingbar. Gewiss ist Ihnen die außerordentliche Nützlichkeit Ihrer Fähigkeiten bewusst?«

»Um mich unsichtbar umzusehen? Na ja, schon, nur weiß ich nicht genau, wonach ich eigentlich suchen soll.«

»In diesem Fall erkennen Sie es vielleicht, wenn Sie es sehen, zum Beispiel ein halbes Dutzend Kisten, die laut Beschriftung Ersatzteile enthalten sollen. Sie haben viel mehr Bewegungsfreiheit als ich. Sie müssen nur vermeiden, dass man Sie ertappt.«

»Das habe ich mir schon gedacht, aber wie komme ich dorthin? Um sechs bin ich noch nicht munter.«

»Sie können mein Auto nehmen. Ich lasse es vor Ihrem Hotel stehen, wenn ich mit meinen Tageserkundigungen fertig bin. Ich lege Ihnen eine markierte Stadtkarte auf den Sitz, damit Sie wissen, wie Sie fahren müssen.«

Am folgenden Abend war ich um Viertel vor acht unterwegs und folgte seinen genauen und sauber geschriebenen Anweisungen. Neben der Karte lag eine Skizze des Hauses und der angrenzenden Grundstücke, und ein Kreuz bezeichnete einen von Buschwerk abgeschirmten Platz, wo ich sicher parken konnte. Paco nahm seine Privatsphäre sehr ernst. Es wurde gewarnt vor bewaffneten Wächtern, hohen Zäunen und sogar Wachhunden, die ich allesamt zu vermeiden beabsichtigte.

Der Ort lag gerade weit genug außerhalb der Stadt, dass er die Illusion vermittelte, er liege mitten auf dem Lande. Sterne und Mondschein erleuchteten die Landschaft. Es gab keinen dunklen Fleck, auf dem meine Augen ruhen konnten; selbst die finstersten Schatten unter den Bäumen waren zu hellgrauen Flecken geworden, an denen nichts Geheimnisvolles oder Furchtbares mehr war. Für mich hatte die Finsternis für immer aufgehört. Vielleicht bekam ich heute Nacht den Mann zu Gesicht, der dafür verantwortlich war.

Zwanzig von Vorsicht erfüllte Minuten später kauerte ich unter dem von Escott bezeichneten Fenster. Geistig war ich voll aufgedreht, aber mir fehlten die üblichen körperlichen Anzeichen für Aufregung. Meine Lungen sogen keine raschen Atemzüge ein, mein Herz schlug nicht heftig in Erwartung rascher Aktionen, ich schwitzte nicht einmal. Meine Hände waren so trocken wie Papier. Das einzige Anzeichen für meine innere Unruhe war mein eisenhart versteifter Rücken. Er half mir dabei, mich völlig reglos zu verhalten; das allein reichte schon aus, mich für die gelegentlich vorbeistreifenden Wächter unsichtbar zu machen. Ich war bloß ein weiterer Schatten im Gebüsch.

Leise rief Escott meinen Namen aus dem Fenster. Drinnen und draußen war alles frei. Mein Körper löste sich auf und entstand genau hinter ihm immer noch in kauernder Haltung. Ich richtete mich langsam auf und sah mich um. Wir standen in einem Badezimmer.

Er hatte aus dem kleinen Fenster gesehen und fuhr mit einem unterdrückten Hüpfer herum. »Mein Gott, aber das ist entnervend«, flüsterte er, und ich beherrschte mich mühsam, um nicht über seine Reaktion zu lächeln.. »Geht es Ihnen gut?«

»Mir geht's bestens.« Ich starrte fasziniert auf seine Maske – sie war perfekt. »Wie können Sie eigentlich durch diese Brille sehen?«

Er zog ein Blatt hervor, auf dem eine grobe Skizze zu sehen war. »Hier ist die Küche, wo ich ... man hat mich einstweilen zum Geschirrspülen eingeteilt, und ich habe das Fenster über der Spüle geöffnet, falls wir uns besprechen müssen. Das hier ist der Speiseraum; die Gäste sind immer noch dort, etwa dreißig sowie der eine oder andere Bewaffnete. Die Aufwärter dürfen nur diese Abschnitte betreten, der Rest steht Ihnen zur freien Verfügung. Pacos Büro sollte nicht allzu schwer zu finden sein, aber vielleicht sollten Sie sich besonders im Keller umsehen. Von der Tür führt eine verschlossene Tür hinunter, aber ich möchte wetten, dass es noch einen weiteren Zugang gibt.

»Sie denken, dass die verschlossene Tür noch etwas anderes als seinen Schnapsvorrat schützt?«

»Zumindest hoffe ich das. Ich will wissen, wohin er das Geld gesteckt hat, das er sich von Slick Morelli borgte.«

»Soll ich nach etwas bestimmtem Ausschau halten?«

»Nach allem, was in einem normalen Haus auffällig wäre – oder sogar in diesem, was das angeht. Vielleicht sogar Ihre Liste, falls man unvorsichtig genug ist, sie herumliegen zu lassen. Im Verlauf der letzten Woche kann man sie sich von Benny Galligar beschafft haben.«

»O'Hara.«

»Was auch immer.«

Ich nickte zustimmend; er wirkte nervös. »Okay, machen Sie sich um mich keine Sorgen. Wie lange werden Sie hier bleiben?«

»Meine Gruppe soll um zwölf das Haus verlassen. Ich lasse mich von ihnen in der Nähe des Wagens absetzen und warte dort auf Sie. Sie haben soviel Zeit, wie die Diskretion es gestattet.«

Die Zeit schien mir ausreichend, was ich auch sagte. »Gehen Sie besser wieder zu Ihrem Geschirr. Falls ich etwas entdecke, sage ich Ihnen Bescheid.«

»Ich habe gelernt, mich in Geduld zu fassen, Mr. Fleming. Viel Glück.«

Er huschte aus der Tür, und ich war allein auf mich gestellt. Nicht einmal mein Spiegelbild leistete mir Gesellschaft. Ich gab ihm Zeit, sich zu entfernen, dann entschwebte ich dem Badezimmer. In Anbetracht seiner Nähe zum Speiseraum und zur Küche würde sich bald eine regelrechte Parade von Benutzern einstellen. Indem ich mich unsichtbar über den Flur tastete, befand ich mich in Sicherheit, aber bald musste ich mich verfestigen, um mich zu orientieren. Zwei Männer gingen vorbei. Ihre Stimmen klangen für mich flach und gedämpft. Ich folgte ihnen, bis sie verschwanden. Ich drückte das, was wohl mein Rücken war, gegen eine Wand und versuchte mich in einer teilweisen Neubildung.

Das verwirrende Hintergrundgemurmel wurde zu den deutlichen und vertrauten Tönen von Unterhaltungen, die von einem großen Zimmer rechts von mir kamen. Eine Doppeltür führte zum Dinnersaal. Im Flur zu meiner Linken bildete ein Stichgang ein T mit einem anderen Flur. Ich wählte den linken Arm des T's und fing an, Türen zu öffnen.

Da waren viele Wandschränke, einige kleine Schlafzimmer, die vermutlich den Festangestellten gehörten, und noch ein

Badezimmer. In dieser Richtung zog ich nur Nieten, also versuchte ich mein Glück auf der anderen Seite des T's und entdeckte noch mehr von der Sorte, bis ich zu einer aufmunternd verschlossenen Tür kam. Ich geisterte hindurch und spürte, wie der Boden in einer Reihe absteigender rechter Winkel nach unten sackte. Das war der zweite Eingang zum Keller. Unten befand sich eine weitere verschlossene Tür, die, was mich anging, genauso gut sperrangelweit offen stehen konnte.

Drinnen verfestigte ich mich halb und landete einen Volltreffer. Es war ein hell erleuchtetes Laboratorium, voll gestopft mit all dem Zeug, das ich zuletzt im College gesehen hatte, als ich die Chemiepflichtkurse durchdöste. Es war fast so groß wie mein altes Klassenzimmer, war aber ordentlicher und sah neuer aus. Das Einzige, was es nicht mit höherer Bildung gemeinsam hatte, war der grobschlächtige Typ, der es sich etwa fünf Fuß vor mir bequem gemacht hatte. Nur der Umstand, dass ich mich nicht rasch bewegt hatte, und seine vollständige Hingabe an ein Groschenheft verhinderten, dass er mein Eindringen bemerkte. Ich löste mich auf, glitt hinter ihn und entstand wieder neu.

Sein Gesicht war mir nicht vertraut, aber seine auffällige Kleidung und die mit Hornhaut überzogenen Knöchel reichten aus, mir begründete Vermutungen in Bezug auf seinen Beruf zu liefern. Auf dem Tisch neben ihm stand ein Glas Milch, in dem ein paar Krümel schwammen; daneben lagen Kekse auf einem Teller, von denen er sich ab und zu bediente. Sein Heft erweckte meine Aufmerksamkeit – er war ebenfalls an den Abenteuern des Shadow interessiert und hatte *Terror Island* schon halb durch. Irgendwann musste ich Walter schreiben und ihm von seinem Gangster-Fan erzählen.

Ich störte ihn nicht und sah mir in aller Stille den Rest der Einrichtung an. Am anderen Ende führte eine halb verglaste Tür zu einem dunklen Befeuerungsraum und dahinter zur Küchentreppe. Außerdem gab es einen alten Weinkeller, eine Waschküche, alte Möbel und eine Menge Staub. Ich ging wieder durch das Labor, nach oben bis zum Stichgang, dort den Flur hinunter und in eine weitere Diele. Dieser Teil war nicht allzu vielversprechend. Ich fand nur einige Gesellschaftsräume und nichts, das einem Büro ähnelte, bis ich die letzte Tür erreichte. Sie war verschlossen, aber das war für mich ja kein Problem.

Paco protzte gerne. Sein Allerheiligstes sah so aus, wie sich ein Innendekorateur das Büro des Präsidenten vorstellte. Es war vollgestopft mit Plüsch und Lederpolstern, gebeizter Holzvertäfelung und in Gold gerahmten Landschaftsbildern. Das einzige Porträt zeigte einen stiernackigen Mann mit groben Gesichtszügen und vorstehenden Augen. Er sah Sanderson ähnlich genug, um ein naher Verwandter sein zu können. Ich konnte nur schwer feststellen, wie groß er war, da das Bild in überlebensgroßem Maßstab gemalt worden war. In meinem Gedächtnis regte sich nichts, und ich fragte mich, wie treffend es geraten sei.

Meine Ausbildung als Detektiv beschränkte sich auf das, was ich im Kino gesehen hatte, also suchte ich hinter den Bildern nach einem Safe, hatte aber kein Glück. Die Schreibtischschubladen waren verschlossen, und da Escott nicht wollte, dass wir irgendwelche auffälligen Spuren unseres Eindringens hinterließen, kümmerte ich mich nicht weiter um die Fächer und blätterte die Papiere durch, die auf der Arbeitsfläche lagen. Da stand nichts Wichtiges drin, nur ein paar Notizen zur Party und einige Kritzeleien.

Ich versuchte es im darüber liegenden Stockwerk und entdeckte lediglich weitere Schlaf- und Badezimmer, gab es auf und schlich mich wieder zur Küche. Aus dem Stimmengewirr und dem Lärm dort konnte ich kaum etwas heraushören, und so schwebte ich nach draußen, um durch die Fenster zu spähen. Die Vorhänge waren zurück- und die Rollläden hochgezogen, um etwas frische Luft einzulassen. Die Küche war mit Dampf, vielen Menschen und bergeweise Essen gefüllt. Als ich durch ein Fenster lugte, sah ich genau vor mir Escott, der sich über einen Geschirrstapel beugte und bis zu den Ellbogen in Seifenschaum steckte. Ich klopfte leise, damit er mich bemerkte, und sagte ihm, dass er zur Kellertür kommen solle. Er nickte stumpfsinnig wie zu sich selbst und seiner Rolle so sehr gerecht, dass ich Zweifel bekam, ob er mich wirklich gehört und verstanden habe.

Aber ein paar Minuten später, als ich die Tür von innen

geöffnet hatte, drehte er den Knauf und stand im nächsten Augenblick neben mir auf dem Treppenabsatz.

Ich erklärte ihm das Problem mit dem Labor: Ich konnte zwar überall hinein, aber mir fehlten seine Kenntnisse.

Er steckte die falsche Brille ein und rieb sich die Augen. »Ich kann mich lange genug vom Geschirr absetzen, um mich gründlich umzusehen. Gehen Sie voran.«

Wir gingen zur verglasten Tür und spähten aus dem Schutz der Dunkelheit auf unserer Seite hindurch. Seine Augen leuchteten auf, als sie die zahlreichen Ausrüstungsgegenstände erblickten. Fast eine Minute lang starrte er darauf, dann packte er mich am Arm und schob uns zurück.

»Worum geht es hier?«, flüsterte ich.

Mit einer kleinen ungeduldigen Bewegung schüttelte er den Kopf. »Ich muss irgendwie da rein. Können Sie den Wächter loswerden?«

»Wie dauerhaft?«

»Es muss nichts Tödliches sein, wenn es Ihnen nichts ausmacht – warten Sie, jetzt rührt er sich.«

Wir drängten uns tiefer in die Schatten und beobachteten ihn durch das Glas. Der Mann legte das Heft auf dem Tisch ab, rieb sich den Rücken, stand auf und streckte sich. Er sah auf die Uhr, gähnte, schloss die Tür zur Treppe auf und von der anderen Seite wieder zu.

Ich stürzte vor, sickerte durch unsere Tür und ließ Escott hinein. »Sie haben nur ein paar Minuten Zeit.«

»Woher wissen Sie das?«

Ich zeigte auf das mittlerweile leere Milchglas. »Er ist auf den Topf gegangen, um das da loszuwerden; dafür braucht er nicht lange.«

»Ausgezeichnete Deduktion«, pflichtete er mir bei und machte sich an die Arbeit.

Er ging rasch durch den gesamten Raum, inspizierte die verschiedenen Glasröhren und Flakons und durchstöberte die Wandschränke. In einem entdeckte er eine Art handschriftliches Notizbuch, und in einem anderen war ein kleiner Safe. Er unterdrückte einen Triumphschrei, ließ sich auf die Fersen nieder und drehte versuchsweise am Schließrad. Zu unserer

Überraschung drehte es sich tatsächlich, und die Tür schwang auf.

»Was ist da drin?«

»Etwas Seltsames«, sagte er mehr zu sich selbst als zu mir. Er schlug das Buch auf, überflog die Seiten und war sichtlich verdutzt.

Er achtete nicht auf mich, er war viel zu beschäftigt. Er sah sich noch einmal ein paar verschlossene Glasbehälter an, die mit so etwas wie flüssigem Chrom gefüllt waren. Er klopfte gegen einen davon, und die gewölbte Oberfläche erzitterte wie ein geschmolzener Spiegel. Er ließ sie stehen, suchte und fand dann einen Chemikalienvorrat in einem begehbaren Seitenschrank. Er musterte die Etiketten und machte einen Behälter auf, um sich vom Inhalt zu überzeugen. Ein Gestank wie nach faulen Eiern stieg auf, und er machte ein Gesicht wie ein kleiner Junge, der gerade seinen kompletten Wunschzettel zu Weihnachten bekommen hatte.

»Kommen Sie schon, um was geht es hier?«

»Bis auf die Bunsenbrenner ist keine Hitzequelle vorhanden«, murmelte er nachdenklich, »aber das ließe sich hinweg erklären. Nun gut. Wir können gehen.«

»Freut mich zu hören.«

Bis auf das Buch stellte er alles wieder an seinen Platz zurück, und wir verließen das Zimmer etwa zehn Sekunden, bevor der Wächter zurückkam. Er machte es sich wieder mit seinem Heft bequem und begann zu schmökern.

»Warum ist er nicht bei der Party?«, raunte ich.

»Wahrscheinlich ist er schüchtern. Kommen Sie.«

Wieder bei der Treppe zur Küche angekommen, setzte er sich auf die zweitunterste Stufe, holte eine kleine Taschenlampe hervor und befasste sich mit dem Buch. Fünf Minuten später bebte er so sehr vor unterdrücktem Gelächter, dass er es zuklappte, um überhaupt wieder Luft holen zu können.

Er hielt es mir entgegen. »Dies ist an sich schon ein Beweis für Frank Pacos verbrecherische Neigungen, denn ist es nicht eine altbekannte Tatsache, dass man einen ehrlichen Mann nicht betrügen kann?«

»Was ist es also?«

Er sprach das Latein langsam und geradezu genüsslich aus. *»Magnum opus.«*

»Welches große Werk?«

»Schlagen Sie die erste Seite auf, lesen Sie, was ganz oben steht.«

»*Was oben ist, gleicht dem, was unten ist, und was unten ist, gleicht dem, was oben ist.* Worum geht es hier eigentlich, um Beerdigungen?«

»Um eine Art Philosophie, eine Suche nach Erleuchtung, die seither von unwissenden Scharlatanen korrumpiert und verschleiert worden ist. Das Quecksilber und den Schwefel haben Sie schon gesehen. Es fehlte nur noch ein Reinigungsofen. Es handelt sich, mein lieber Freund, um Alchemie.«

»Alchemie«, wiederholte ich verdattert. »Paco versucht Gold zu machen?«

»Pah! Der Mann hat doch gar nicht die erforderliche Ausbildung!«

»Dann hält er sich einen zahmen Chemiker.«

»Wohl eher einen Chemiker *cum* Physiker.« Er schüttelte den Kopf. »Keinen echten, aber einen Betrüger in jeder Bedeutung des Wortes.«

»Ein Schwindler?«

»Ganz genau.«

»Jemand hat Paco davon überzeugt, dass er Blei in Gold verwandeln kann?«

»Nicht Blei, Quecksilber. Es steht gleich über Gold im periodischen Elementesystem. Die Notizen in dem Buch besagen, dass man plant, mittels eines exotischen Verfahrens unter Verwendung von Radium ...«

»Radium?«

»... dem Quecksilber ein oder zwei Atome heraus zu klopfen, um entweder Gold oder Platin zu erhalten.«

»Das ist unmöglich.«

»Theoretisch ist es durchaus möglich, aber eben nur theoretisch.«

»Es *ist* also unmöglich?«

»Unter Berücksichtigung des gegenwärtigen wissenschaftlichen Kenntnisstands ja, aber die Idee kann einen herrlich profitablen Eindruck erwecken, wenn sie gierigen und empfänglichen Ohren auf ansprechende Weise zu Gehör gebracht wird. Dieser Schwindler ist geradezu genial und von nicht geringer Frechheit. Es wäre mir eine Ehre, seine Bekanntschaft zu machen.«

»Aber woher bekommt er denn Radium?«

»Er braucht es gar nicht zu beschaffen – ich habe es in seinem Safe gefunden.«

»In einem unverschlossenen Safe? Aber Radium ist noch teurer als Gold.«

»Astronomisch teurer und noch gefährlicher, als dass es so einfach herumliegen dürfte. Erst vor vier Jahren gab es einen Fall in Pittsburgh, bei dem ein Mann auf schreckliche Weise starb, weil er eine angebliche Medizin schluckte, in der sich radioaktive Salze befanden. Jenes Radium, das man in dem unverschlossenen Safe verstaut hat, ist weiter nichts als ein überzeugender Ersatzstoff. Zweifellos hat es der Gimpel für eine große Summe Geldes vom Partner des Schwindlers angekauft.«

»Das falsche Radium und die ganze Laborausrüstung sind also nichts anderes als eine Schaufensterkulisse?«

»Eine neue Variante zu einem sehr alten Spiel, meinen Sie nicht?«

»Ja. Außerdem denke ich, dass Paco dahinter gekommen ist und beim dritten Mann die Fäden zieht. Im oberen Stock kippt sich eine Menge Geld seinen Fusel hinter die Binde, und vielleicht macht er für die gieriger Veranlagten unter ihnen eine kleine Führung hier unten.«

»Ein gutes Argument«, räumte er ein. »Ich scheine die andere Seite erneut unterschätzt zu haben. Also gut, wir lassen den dritten Mann einmal beiseite und gehen an seiner Stelle von Paco aus. Er sucht sich unter seinen Gästen ein paar gutgläubige Kandidaten aus, flößt ihnen die Idee ein, dass er unbegrenzte Goldmengen herstellen kann, indem er Radium als eine Art modernen Stein der Weisen verwendet, und bietet ihnen die Gelegenheit, sich an den Investitionen zu beteiligen ...«

»Oder ihm beim Ankauf des Radiums behilflich zu sein ...«

»Dann schlagen die Experimente fehl, und Paco steckt das restliche Geld ein.«

»Sie denken, dass er sich von vornherein das Geld von Morelli geliehen hat, nur um dieses Labor aufzuziehen?«

»Es ist eine recht überzeugende Kulisse, nicht wahr? Ich sprach heute mit Shoe darüber, und er konnte mir bestätigen, dass Paco sich vor etwa einem Monat, also bevor Sie in die Stadt kamen, eine erkleckliche Geldsumme bei Morelli geliehen hat.«

»Sie meinen nicht, dass es etwas mit mir zu tun hat?«

»Ich weiß es wirklich nicht. Im Augenblick will ich nur sagen, dass es mir unwahrscheinlich vorkommt.«

»Aber die Situation ist prächtig, oder?«

»In welcher Hinsicht?«

»Paco hängt sich weit aus dem Fenster – ich meine, falls irgendetwas mit diesem Labor passieren sollte ...«

»Schlagen Sie etwa vor, dass wir etwas Drastisches unternehmen?«

»Irgendwelche Einwände?«

»Nach allem, was Pacos Leute mir angetan haben, ist es mir ziemlich egal, was mit ihm geschieht, solange es nur etwas scheußlich Unangenehmes ist.«

»Haben Sie eine Idee?«

»Ja, aber ich will Shoes Leute hier raus haben, bevor wir irgendetwas unternehmen. Steht der Wagen am richtigen Platz?«

»So wie Sie es auf der Karte verzeichnet haben.«

»Gut. Ich muss Sie bitten, dort auf mich zu warten. Das Aufwartpersonal hat Dienst bis Mitternacht.«

»Sicher, aber was haben Sie vor?«

Wir waren zu laut gewesen, oder unsere Stimmen waren irgendwie übertragen worden, denn die verglaste Tür zum Labor öffnete sich, und die Kellerlichter flammten auf. Escott stand mit dem Rücken zu ihnen, und sein Körper schirmte mich mit seinem Schatten ab. Er setzte sich wieder seine dicken Gläser auf und befahl mir mit einer Silbe, mich zu verstecken. Das letzte, was ich von ihm sah, war sein erschrockener Gesichtsausdruck, als ich mich auflöste.

»Hey! Wer bist du?« Schwere aggressive Schritte kamen näher und verharrten. »Hey! Ich rede mit dir! Was machst du hier unten?«

»Ich wasche ab«, murmelte Escott in der gleichen Stimmlage,

mit der er letzte Nacht schon hervorragende Wirkung erzielt hatte. Ich bezog hinter dem Mann schwebende Stellung. Falls es Ärger gab, wollte ich dort sein, wo ich mich darum kümmern konnte.

»Ach ja? Na, was gibt's hier unten denn abzuwaschen? Das weißt du nicht, hä? Los, wieder nach oben in die Küche. Komm schon – beweg dich. Wenn du dich hier noch mal erwischen lässt, ist es deinen Arsch nicht wert.«

Beide stapften die Treppe hinauf. Er stieß Escott hinaus, schloss die Tür ab und stapfte wieder herunter. Er lief durch den Keller und sah nach, ob er noch jemanden übersehen hatte, ging aber schließlich mit einem müden Seufzer zum Labor zurück und schaltete das Licht aus. Er klang gelangweilt, und das war nicht gut. Jemand, der Langeweile hat, sucht nach Ablenkung. Was Escott auch vorhatte, wir würden vorsichtig sein müssen.

Ich schwebte wieder nach oben und nach draußen und tauchte wie zuvor vor dem Fenster auf. Escott schrubbte eifrig und versuchte die verlorene Zeit wieder einzuholen.

»Ich warte beim Wagen«, raunte ich.

Er nickte wie zum Takt einer inneren Musik und ließ einen weiteren Geschirrstapel in das graue Seifenwasser herab.

Die Wachen, die über das Gelände patrouillierten, waren aus einer Meile Entfernung zu sehen. Ihnen konnte ich mühelos ausweichen, aber die Hunde waren eine andere Sache. Bei meinem Eintreffen waren sie auf der anderen Seite des Grundstücks gewesen und erzwangen nun einen Umweg auf meiner Fluchtroute. Einer der Männer hatte einen großen Köter an kurzer Leine, der meinen Geruch auffing. Er legte die Ohren an, und mit seinem Herrchen im Schlepptau stürmte er auf mich los. Ich mag Hunde, aber zu keiner Zeit war mir mein Verschwindibus-Trick willkommener gewesen.

Ich schwebte neben einer hohen Kiefer, nutzte sie zur Orientierung und hielt mich dicht am Stamm, damit ich vom leichten Wind nicht davon geweht wurde. Der Mann und der Hund kamen näher, und er ließ das Biest herumschnüffeln. Allerdings gefiel es ihm nicht, als er in den von mir belegten Raum tappte, und bei der ersten Berührung jaulte der Hund unglücklich auf und beschloss, etwas drohend anzuknurren, das eher seinen Erfahrungen entsprach. Er wich zurück und gab Fersengeld, während ihm Herrchen erhitzt und erbost folgte.

Es war wirklich Zeit für einen stillen leisen Rückzug. Der Radau erregte jene Aufmerksamkeit, die man nur in einem Zirkus mit drei Manegen begrüßte. Ich verfestigte mich wieder, entfernte mich mit raschen Schritten von dem Clown mit seinem Hund und entdeckte den Zaun, den ich bei meinem Einstieg überklettert hatte. Lange fünf Minuten verstrichen, in denen ich mich durch Gebüsch, Dornensträucher und langes Gras zwängte, um zum Wagen zu kommen, und als ich dort ankam, war das auch nichts Großartiges, weil ich bis zu Escotts Ankunft nichts zu tun hatte. In den folgenden zwei Stunden klaubte ich mir vereinzeltes Grünzeug von und aus der Kleidung, kickte kleine Steine durch die Gegend und duckte mich jedes Mal, wenn auf der nahe gelegenen Straße ein Satz Scheinwerfer auftauchte.

Kurz nach zwölf kam ein großer Lastwagen von Pacos Club herangefahren und hielt für wenige Sekunden an. Eine hoch gewachsene Gestalt hüpfte hinten raus, winkte jemandem im Wageninneren zu und wurde von einer Auspuffwolke eingehüllt, als der Laster weiterfuhr. Escott kam mit munteren Schritten auf mich zu, als ob er in Ferien sei und nicht etwa den Abend damit verbracht hatte, für einen Mann Geschirr zu spülen, der versucht hatte, ihn zu töten.

»Entschuldigen Sie die Unterbrechung. Ich bin durchaus froh, dass der Bursche Sie nicht gesehen hat.«

»Sie bekamen doch wohl keinen Ärger?«

»Überhaupt nicht. Ich denke, dass der Mann nur ungern jemanden davon in Kenntnis setzen wollte, dass jemand von meiner scheinbaren geistigen Befähigung es überhaupt schaffte, dort herunter zu gelangen, denn das hätte ihn in ein schlechtes Licht gerückt.«

»Gut, ich wollte nichts tun, was er bedauern würde. Wollen Sie jetzt Ihr Gesicht ablegen?«

»Ja, ich fange ohnehin schon an, es herunterzuschwitzen.« Er öffnete den Kofferraum des Nash und knipste eine kleine

Taschenlampe mit roter Verglasung anstelle der üblichen klaren Abdeckung an. Er bemerkte, dass mir das auffiel. »Sie haben vielleicht eine ausgezeichnete Nachtsicht, aber ich muss mir die meine bewahren, so gut ich es vermag.«

Er stellte sich die Lampe in einen günstigen Winkel, dann holte er einen großen Metallkasten hervor, einen von der vielfächerigen aufklappbaren Art, wie ihn Fischer zur Unterbringung von Ködern und anderen Werkzeugen verwenden. Anstelle von Ersatzhaken und Schnüren enthielt er eine reichhaltige Auswahl an Schminke, Pudern, Bürsten, Schwämmen und ein Dutzend anderer Dinge, die ich in dem Durcheinander nicht genau erkennen konnte. Es war der einzige Gegenstand in seinem Besitz, der nicht sauber und ordentlich wirkte.

Er arbeitete rasch in einer für ihn sehr schwachen Beleuchtung, nahm die Brille ab, dann die falsche Stirn, einige vorstehende Zähne aus seinem Unterkiefer, eine zottige graue Perücke und einige künstliche graue Haarsträhnen. Er schmierte sich Abschminklotion ins Gesicht und wischte sich die restliche Schminke mit einem verblichenen Handtuch ab, das schon bessere Tage gesehen hatte. Dann klappte er den Kasten zu. Er schälte sich aus dem weißen Tellerwäschermantel und knöpfte sich stattdessen ein dunkles Hemd über.

»Jetzt können wir uns an die Arbeit machen.«

»Meine Frage steht noch im Raum: Was haben Sie vor?«

Er griff wieder in den Koffer und zog meine Antwort hervor.

»Das ist doch nicht Ihr Ernst. Dieses Zeug schleppen Sie mit sich herum?«

»Ich versuche stets auf alles vorbereitet zu sein, und es ist mein voller Ernst. Sie können es dort hinterlassen, wo es den meisten Nutzen bringt.«

»Und wo wäre das? Soll ich es Frank Paco in den ...?«

»Werden Sie nicht grob. Unklugerweise hat er sich bei Slick Morelli verschuldet, um Anlagen zu erbauen, in denen er sein Traumgold ›produzieren‹ kann. Sie meinen, wenn diese Anlagen vernichtet würden ...«

»Nun ja, nicht ganz so ...«

»Das wäre ein Rückschlag, den er sich nicht leisten kann.«

»Könnte er nicht einfach wieder von vorne anfangen?«

»Ich glaube nicht, denn sobald die Geschichte ruchbar würde, wäre seine Glaubwürdigkeit in den kriminellen Kreisen ebenfalls zerstört, und dafür kann ich sorgen. Es hat ihn etliches gekostet, sich entsprechend einzurichten, und vielleicht kann er die Schuld bei seinem Gläubiger nicht bezahlen.«

»Vielleicht löscht man ihn aus.«

»Das ist eine Möglichkeit. Falls Sie es sich noch anders überlegen wollen, sagen Sie es jetzt, denn hier geht es um ein ernstes Vergehen.«

»Der Mord an mir war ein ernstes Vergehen! Paco ist uns beiden was schuldig, also treiben wir's ein.«

6

Still und leise drang ich durch die Küche in das Haus ein, wollte mich schon wieder verfestigen und gewann meine Sinne gerade rechtzeitig zurück, um zwei Männern auszuweichen, die einen nächtlichen Raubzug am Kühlschrank unternahmen.

»Hast du das gesehen?«, fragte eine verzerrte Stimme.

»Was gesehen?«

»Ich dachte, da habe sich etwas bewegt.«

»Dann schau doch nach.«

Ich hielt still, auch als etwas Fremdes in meinen formlosen Körper eindrang.

»Jesses, hier drin ist es verflucht kalt. Schalte den Kasten runter.«

»Siehst du irgendwas?«

»Nee.«

»Wenn du weiter solches Zeug quatschst, denkt der Boss noch, du hast dir einen angetrunken.«

»Ich könnte auch einen vertragen.«

Ich überließ sie ihrer Fressorgie und schwebte weiter in den Keller. Das Labor war noch genauso, wie ich es verlassen hatte, einschließlich des Wachpostens mit der Milch und den Keksen. So sehr ich es auch versuchte, konnte ich für den Knaben keine echten Hassgefühle aufbringen, und es kostete mich Überwindung, ihm eins über den Schädel zu ziehen, damit ich in Ruhe arbeiten konnte. Um den Überfall wieder gutzumachen, ließ ich ihn sanft zu Boden gleiten und steckte ihm sein zusammengefaltetes Heft ordentlich in die Manteltasche. Dann huschte ich durch das Labor, zog Schränke auf, ohne sie wieder zu verschließen, kippte Schubladen aus und suchte nach Unterlagen, die vielleicht nützlich sein konnten. Escott war jedoch gründlich gewesen, und alles, was wirklich wichtig war, befand sich wohl oben bei Paco.

Dann förderte ich Escotts Geschenk zutage, eine Dynamitstange mit einer Fünf-Minuten-Zündschnur. Für die Zerstörung des Labors reichte sie aus, aber ich wollte ganz sichergehen und verschüttete während der folgenden Minuten mehrere Gallonen Alkohol im ganzen Raum. Das begehbare Seitenmagazin war voll mit nützlichen Dingen, und alles Brennbare wurde dem allgemeinen Durcheinander hinzugefügt. Ich achtete darauf, dass die Luftschächte weit offen standen. Es gab keine Fenster, die nach draußen führten, oder ich hätte sie auch noch aufgemacht. Danach drehte ich die Hähne für die Bunsenbrenner weit auf und lauschte, wie das Gas unsichtbar in den Raum zischte.

Ich stellte das Dynamit auf den einzigen sauberen Tisch in der Mitte des Raumes und zündete die Lunte an. Ich war etwas nervös. In den fünf Minuten, in denen sie abbrannte, wollte ich wieder im Wagen neben Escott sitzen und gen Chicago rasen.

Ich hob mir den Wächter mit dem süßen Zahn auf die Schulter. Dank meiner neuen Körperkraft schien er fast nichts zu wiegen. Dann schloss ich die Labortür auf, die zum Seitengang führte, und schloss sie hinter mir wieder ab. Mit meiner Last auf den Schultern stapfte ich die Treppe hinauf, öffnete die zweite Tür zur Halle und legte den Mann neben mir ab. Während ich mich mit der Tür beschäftigte, wandte ich dem Durchgang den Rücken zu. Zu spät hörte ich das scharfe Klacken einer zurückgezogenen Maschinengewehrsicherung. Meine Vermutung, dass der Durchgang weniger belebt sein würde als die Küche, hatte sich als falsch erwiesen.

»Bleib genau dort stehen, Kumpel«, befahl mir eine Stimme.

Ich musste gehorchen und fragte mich, wie ich sie aufhalten konnte. Wenn ich jetzt davonrannte, überprüften sie vielleicht den Keller und flogen entweder in die Luft oder verhinderten die Explosion, je nach Glücksanteil. Hinter mir waren zwei Männer. Einer kam näher, und ich hob langsam die Hände.

»Bleib aus meiner Schusslinie, Harry.«

Harry grunzte zustimmend. Er durchsuchte mich mit raschen gekonnten Tastbewegungen. »Er ist sauber«, verkündete er und trat zurück.

»Was ist hier los?«, fragte eine dritte befehlsgewohntere Stimme.

»Wir haben einen Einbrecher ertappt, Mr. Paco.«

»Sieh im Labor nach, Harry.«

Ich wollte ihn aufhalten, bekam aber wieder zu hören, dass ich mich still verhalten solle.

Harry lief nach unten. »Die Tür ist noch abgeschlossen, Mr. Paco«, rief er hinauf.

»Und wie hat er dann Newton rausgebracht, Dummkopf? Komm wieder rauf und filz ihn. Er muss Schlüssel oder so etwas bei sich haben.«

Meine Muskeln hatten sich völlig verkrampft. Die Stimme von Frank Paco hatte einen schlafenden Nerv in meinem Hirn erweckt. Ich brauchte Zeit zum Nachdenken, zum Erinnern ...

»Du da! Dreh dich um!«

Langsam wandte ich mich um und freute mich über die Verwirrung, das Erkennen und schließlich den Schreck in Pacos Gesicht.

»Fleming«, hauchte er leise. Nur ich konnte ihn hören. Ich spürte, wie sich ein grässliches Lächeln auf meinen Zügen ausbreitete.

Das Porträt in seinem Büro war zu schmeichelhaft ausgefallen – der Maler hatte sein Honorar wohl sehr dringend gebraucht. Das breite Gesicht und die vorstehenden Augen hatte er gut eingefangen, aber die darin liegende Härte und den argwöhnischen Zug um den Mund hatte er weggelassen. Er war kleiner als Sanderson, aber ähnlich gebaut. Stämmig, aber mit Muskeln statt Fett, die er auch einzusetzen wusste, doch bei meinem Anblick trat er furchtsam einen Schritt zurück.

»Mr. Paco?«, fragte der Mann mit dem Maschinengewehr unsicher.

Das Bedürfnis, seine Autorität wiederherzustellen, überwand seine Verwirrung. Er richtete sich auf, starrte mich böse an und wies die erste Auskunft seiner Instinkte von sich. Und warum auch nicht. Soweit er wusste, war Jack Fleming seit über einer Woche tot.

»Wer bist du?«

»Ich heiße Gerald Fleming. Ich glaube, Sie kennen meinen älteren Bruder Jack.«

Paco griff die Erklärung so bereitwillig auf, wie ich es vermutet hatte. Er befand sich wieder auf sicherem Boden und konnte mit der Lage umgehen. »Yeah«, sagte er gelassen. »Ich kenne deinen Bruder.«

»Sie trafen letzte Woche mit ihm zusammen, nicht wahr?«

»Jawoll, wir hatten einiges zu besprechen. Aber du beantwortest meine Fragen, Bürschchen. Was machst du in meinem Haus?«

»Ich dachte, wir könnten uns unterhalten.«

»Wir werden uns unterhalten, und du rückst besser mit guten Antworten raus. Was willst du?«

Ich schwieg, und mein blutunterlaufener Blick bereitete ihm Unbehagen.

»Der Typ ist irgendein Spinner. Bringt ihn raus und macht ihn fertig.«

Harry und der Mann mit dem Maschinengewehr packten mich an den Armen, führten mich an Paco vorbei und den Gang hinunter. »Wenn Sie mich fertig machen, kommen Sie nie an die Liste«, schoss ich zurück. Meine Eskorte zögerte.

»Und wieso sollte ich sie haben wollen?«

»Mein Bruder sagte mir, dass Sie dahinter her sind. Er gab sie mir. Ich weiß, dass Sie ihn haben. Ich tausche die Liste gegen ihn ein.«

Paco lachte leise. Ich hatte ihm auch einiges zum Lachen geboten. »Und wenn ich sie schon längst habe?«

»Dann würden Sie jetzt nicht mehr mit mir reden.« Vielleicht konnte mein Bluff die Dinge noch weiter verzögern. Ich hatte keine Ahnung, ob genug Wahres daran war, dass Zweifel in ihm aufkamen, aber ich war sicher, dass ich auf der *Elvira* nicht geredet hatte. »Ich kam her, um nach meinem Bruder zu suchen. Sie haben mich erwischt, aber ich bin zu einem Geschäft bereit.«

»Da möchte ich wetten, dass du das bist.« Paco kam näher, seine Augen nahmen mein Gesicht auf. Ich hoffte, dass meine wieder erlangte Jugend seine Musterung bestand. »Ich mache mit dir das gleiche Geschäft wie mit ihm.« Seine Hand schoss hoch, und er versuchte mir den Kiefer aus den Scharnieren zu dreschen. Ich täuschte den Einschlag vor, riss den Kopf herum und ließ meine Knie weich werden. Die Männer rechts und links von mir hielten mich auf den Beinen.

Allerdings achtete ich kaum auf sie, meine Eingeweide waren zu Eis erstarrt. (Sie würden mich töten ... sie würden mich totschlagen ...)

»Hast du verstanden, Bürschchen?« Pacos Stimme riss mich wieder in den Gang zurück. »Fang an zu reden. Sag mir, wie du hier reingekommen bist. Sag mir ...«

»Frank?«

»Was?« Er fuhr gereizt herum. Ein weiterer Mann schlenderte heran. Er trug Abendkleidung, hielt ein Glas in der Hand, und sein Gesicht hatte das platzädrige aufgelöste Aussehen eines eingetragenen Alkoholikers.

»Frag ihn, was er im Labor gemacht hat. Ist das Labor sicher?«

»Irgendwie muss er reingekommen sein, um Newton rauszuschaffen, Doc«, sagte Harry. »Die Tür ist abgeschlossen, und ich habe keinen Schlüssel und kann nicht nachsehen.«

»Ach ja, natürlich, halte mal meinen Drink.« Der Mann grub in seinen Taschen. »Ich habe meinen gleich hier ... ähem ... irgendwo.«

»Ich sagte doch, ich habe nur nach meinem Bruder gesucht«, beharrte ich. Ich musste Zeit gewinnen.

»Und warum hast du dann Newton mit dir herumgeschleppt?«

»Ich dachte, ich könnte ihn als Geisel gebrauchen.«

Das nahm Paco mir nun überhaupt nicht ab; ich konnte es ihm auch nicht verdenken. Er landete einen harten Schlag in meinen Magen. Ich klappte zusammen und dachte noch rechtzeitig daran, Luft auszustoßen. Ich sackte zwischen meinen Stützgehilfen zusammen, würgte ein wenig und hoffte, dass mein Auftritt überzeugend sei.

»Wie bist du hier reingekommen?«, fragte Paco wieder.

»An den Männern vorbei geschlichen – durch ein offenes Fenster – «

»Frank, hast du deinen Schlüssel dabei, ich muss meinen hinten gelassen haben ...«

»Jetzt *nicht,* Doc!«

»Erzähl mir noch mal was von jetzt nicht, wenn er da unten irgendetwas kaputt gemacht hat.«

Paco knurrte und fuhr durch seine Taschen. Ich richtete mich auf, sammelte etwas Speichel und spuckte Paco ins Gesicht.

Die Ablenkung war mehr als ausreichend. Paco starrte mich ungläubig mit offenem Mund an. Seine große Hand kam langsam in die Höhe, um die Flüssigkeit abzuwischen. Ich fand ein perverses Vergnügen an der Situation und ließ es ihn sehen.

»Lass es dran«, meinte ich. »An dir sieht es gut aus.«

Er wurde dunkelrot und drosch dann heftig genug auf mich ein, dass ich dem Griff meiner beiden Stützen entrissen wurde. Mit erhobenen Fäusten stapfte er mir nach, und ich machte eine große Schau aus Verängstigt-Ducken und Langsam-Zurückweichen. Wieder und wieder schlug Paco zu. Die Schläge waren mir nur entfernt bewusst, ich spürte eher die Treffer als irgendwelche Schmerzen. Bevor er mich jetzt wirklich verletzen konnte, würde er sich die Hände abscheuern. Ich erweiterte trotzdem meine Rolle durch Aufjammern, das Hochreißen meiner Arme und das Schützen meines Gesichts und meiner Leisten, wobei ich mich immer weiter von der Kellertür entfernte.

Ich hörte es einen Sekundenbruchteil vor den anderen, und da ich sowieso gerade am Boden lag, schützte ich nur mein Gesicht und blieb unten.

Die Explosion raste die Treppe hinauf, drosch die Kellertür zu Splittern und ließ sämtliche Fenster im Haus zerbersten. Das ganze Gebäude erbebte; Stuck und eingerahmte Bilder fielen von den Wänden. Der Boden bäumte sich auf. Die Druckwelle wirbelte die Männer in der Halle durcheinander, und das Maschinengewehr ging los und stanzte Löcher in die Decke.

Paco, Doc und Harry wurden von den Beinen gerissen, Paco schlug sogar einen Purzelbaum über mich. In anderen Teilen des Hauses schrien Menschen in Panik durcheinander, und unter alledem hörte ich das Feuer wie das Schnurren eines Tigers. Es war Zeit zu gehen.

Ich rappelte mich auf und stand gerade rechtzeitig, um die Verstärkung zu begrüßen, die aus dem Esszimmer herbei gerannt kam. Man erkannte mich sofort als den Unbefugten, und zwei von ihnen packten mich, während ein dritter Paco beim Aufstehen half. Er schüttelte die helfenden Hände ab und kam auf mich zu. Nur wenige Zoll vor mir blieb er stehen und starrte mich böse an. »Schafft diesen Bastard in mein Büro. Und jemand soll die Feuerwehr anrufen.«

Man schleifte mich zum Büro auf der anderen Seite des Gebäudes. Hinter mir sprach Paco mit Doc.

»Steh auf, du gottverdammter Penner. Wir haben was zu tun.«

Ich täuschte Schwäche vor, in der Hoffnung, dass sie unvorsichtig werden und mich einen Moment aus den Augen lassen würden, damit ich verschwinden konnte, aber mit dem Boss auf den Fersen war mir kein solches Glück beschieden. Waffen und Augen blieben auf meinen Kopf gerichtet, bis Paco hereinkam. Er zerrte Doc hinter sich her.

Doc war etwas angeschlagen, sackte auf eine Couch und hielt sich den Kopf. Paco ging zu dem massiven Schreibtisch, schloss ihn auf und begann Papiere in eine Aktentasche zustopfen.

»Was wird Slick bloß dazu sagen?«, fragte Doc.

»Das weiß ich bereits«, sagte Paco. »Und wenn es in deinem Schädel noch ein paar Hirnzellen gibt, die nicht in Alkohol eingelegt sind, dann kommst du auch drauf.«

»Was machen wir also?«

»Eine kurze Reise aufs Land mit ein paar von meinen besten Jungens, bis sich der Staub hier wieder gelegt hat.«

»Nett formuliert.«

»Und diese Type kommt ebenfalls mit. Slick und ich haben es bei seinem Bruder vermasselt, aber bei dem hier gehe ich keine Risiken mehr ein. Wenn ich seine Liste finde und sie ihm zurückgebe, wird Slick mir sämtliche Schuldscheine streichen.«

»Immer vorausgesetzt, du bringst ihn zum Reden.«

»Der redet schon. Er hat nicht den Mumm, den sein Bruder hatte.«

Ach nein?

»Was ist mit mir?«

»Mach dir keine Sorgen, ich suche dir einen sicheren Unterschlupf, bis wir die Sache wieder aufziehen können.« Er klappte die Tasche zu. »Los, kommt.«

Sie öffneten die Tür zu dem raucherfüllten Hallengang. Pacos Männer verloren gerade den Kampf gegen das Feuer. Hustend schlug er die Tür wieder zu. »Wir nehmen den Hinterausgang«, sagte er und setzte sich zu einer zweiten Tür auf der anderen Seite des Raumes in Bewegung.

Als er den Knauf berührte, ging das Licht aus. Ich wusste nicht, wie lange das so bleiben würde, also nutzte ich den Vorteil der Lage. Binnen Sekunden hatte ich Doc und die beiden anderen Männer bewusstlos geschlagen. Die Geräusche alarmierten Paco. Mit einer Waffe in der Hand fuhr er herum.

»Was ist los?«, wollte er wissen. »Doc! Sam! Antwortet!«

Ich packte ihn am Handgelenk, stieß die Waffe beiseite und drückte zu. Er stöhnte auf und ließ die Waffe aus den gefühllosen Fingern gleiten. Er versuchte nicht zu schreien. Ich ließ nach, aber nur ein wenig.

»Fleming, das bist doch du, oder? Wir können immer noch alles besprechen. Ich kann dir immer noch deinen Bruder geben ...« Jetzt schrie er doch, als sich mein Griff um sein Handgelenk unwillkürlich verstärkte und die Knochen knirschten. Er ließ den Aktenkoffer fallen und sank zu Boden, als ich ihn losließ.

»Keine Geschäfte mehr, Paco«, raunte ich aus der Dunkelheit.

»Was willst du von mir? Sag mir doch bloß ...«

Was ich wollte, wollte er gar nicht wissen. Der Hass in mir wuchs wie etwas Lebendiges an, und ich wollte ihn auf diesen Mann loslassen, damit er ihn in blutige Streifen zerfetzte. Ich riss ihn an seiner Kleidung in die Höhe und stieß ihn gegen die Wand. Seine linke Hand machte eine kleine Bewegung. Ich hätte darauf achten sollen, aber in meiner rasenden Wut bemerkte ich sie kaum. Er holte etwas tiefer Luft und hielt kurz den Atem an. Das warnte mich, doch da war es schon zu spät. Die harte Mündung eines vernickelten Derringers drückte von unten gegen meinen Brustkorb, und er feuerte beide Läufe ab.

Zwei glühendheiße Kometen rasten durch meinen Körper und hinterließen den scharfen nachhallenden Schock der Pein. Bei jeder Kugel zuckte ich zusammen. Ich muss aus Reflex laut aufgeschrien haben, denn es tat teuflisch weh. Paco atmete erleichtert aus und wartete darauf, dass ich umkippte.

Stattdessen schlug ich ihm die Waffe aus den Fingern und lachte. Das Lachen klang scheußlich in meinen Ohren, und ich kann mir nur ungefähr vorstellen, was es ihm antat. Meinen Lungen ging die Luft aus, und ich lachte immer noch, dass es mich schüttelte. Ich ergötzte mich an seinem angsterfüllten Ausdruck. Er wollte davonstürzen, aber ich riss ihn von den Beinen und presste ihn an die Wand. Aus den Fenstern sickerte gerade genug Licht, dass er mein Gesicht sehen konnte. Seine vorstehenden Augen traten noch weiter heraus, sein Kopf bebte, und er sah aus, als ob er schreien wollte, aber das Geräusch, das wie Speichel aus seinem Mund rann, war nur noch ein Wimmern.

»Was steht auf der Liste?«, fragte ich und schüttelte ihn kurz, um die Frage zu betonen. Seine Absätze schlugen schlaff gegen die Wand.

»Z-z-zahlen.«

»Was für Zahlen?«

»K-kode ... weiß nicht ...«

»Warum willst du sie haben?«

Er begann sich wieder zu wehren. »Du bist tot, ich habe dich erschossen ...«

»Da hast du verdammt recht, ich bin tot, du Hurensohn. Sag mir warum.«

»... tot, hab dich erschossen ...«

»Wofür ist die Liste? Warum willst du sie haben?«

»Slick!« Der Name kam als Schrei. Es konnte eine Antwort sein oder auch ein Hilferuf.

»Was hat Slick damit zu tun?«

»Er will ... ihn ... ihn musst du dir vornehmen. Lass mich los, oh Gott, lass mich los!«

»Wer hat Fleming getötet?«

»Weiß nicht.«

»Warst du es?«

»Nein!« Das Abstreiten kam zu schnell, zu heftig. »Es war Slick! Er hat es befohlen! Er!«

»Warum?«

»Damit er schweigt. Bitte lass mich ...«

»Wo?«

»Yacht.«

»Die *Elvira*?«

»Ja.«

»Wer war noch da?«

»Fred, er wollte es mir noch sagen. Oh Gott, er versuchte ...«

»Was? Was wollte er dir sagen?«

»Du bist tot. Geh weg, geh weg.« Aus den weit aufgerissenen Augen des Mannes rannen Tränen über die Wangen.

Der heiße lebende Hass raste in mir, wollte aus mir hervorbrechen, vernebelte mein Gehirn wie der Rauch, der allmählich in den Raum sickerte. Wir sahen uns in die Augen. Er konnte sich nicht abwenden, und dann war es zu spät. Unter meinen Händen versteifte er sich wie eine Leiche. Sein Mund klaffte auf, und ein würgender Laut drang heraus. Der Laut wurde lauter und verlängerte sich zu einem gellenden Kreischen, in dem nichts Menschliches mehr lag. Ich ließ ihn los und trat zurück. Etwas in mir ließ ihn ebenfalls frei, und das Kreischen erstarb. Paco stürzte der Länge nach zu Boden und rührte sich nicht mehr.

Ich starrte ihn an und fragte mich ängstlich, was ich ihm angetan hatte. Mir war kalt, ich zitterte und fühlte mich schwach und ausgelaugt. In der Halle kam jemand herbeigelaufen und rief nach Paco. Die Tür ging auf, und Rauch quoll in den Raum, zusammen mit zwei geblendeten hustenden Männern.

Paco lebte noch, aber er regte sich nicht, als ich ihn umdrehte, und seine Augen starrten auf verstörende Weise in die Leere. So sicher, wie ich ihm das Handgelenk gebrochen hatte, so hatte ich auch seinen Geist zerbrochen. Wenn ich daran dachte, was er mir und wer weiß wie vielen anderen armen Schweinen angetan hatte, die sich nicht hatten wehren können, verspürte ich kein Mitleid für ihn. Ich nahm seine Aktentasche an mich und zog mich ein paar Schritte durch jene Tür zurück, die wir hatten nehmen wollen, bevor die Lichter erloschen. Mittlerweile stolperten die Neuankömmlinge über bewusstlose Leiber.

»Was zum Teufel ... Die sind alle k.o. ... Mr. Paco? Mr. Paco?«

Aber Paco reagierte immer noch nicht.

»Wir müssen sie hier rausschaffen.«

»Durch den Hinterausgang?«

»Dauert zu lange – mach das Fenster auf.«

Während die Männer ihre bewusstlosen Kumpane in die Blumenbeete vor den Fenstern herabließen, setzte ich mich in aller Stille ab. Als ich diesmal über den offenen Vorplatz schritt, nahm mich niemand richtig zur Kenntnis. Aller Augen waren auf das Haus gerichtet. Einige gehörten zu späten Gästen, die immer noch Abendkleidung trugen, der Rest sah aus wie eine Schlägertruppe, was sie zweifellos auch waren, und alle standen in kleinen Gruppen zusammen und starrten die Rauchwolken an, die aus den Fenstern gen Himmel quollen. Laute Rufe vom anderen Ende des Hauses sorgten für Hilfe für jene Männer, die Paco herausbrachten, was mir einen Weg ersparte. Vielleicht hasste ich ihn durch und durch, aber ich hätte ihn nicht verbrennen lassen.

Ich wandte mich ab, durchschritt die Tore, ohne angehalten zu werden, und ging die Straße entlang. Aus der Ferne konnte ich die ersten Feuerwehrwagen anrücken hören.

Escott stand auf der Stoßstange des Nash und reckte den Hals, um bessere Sicht zu bekommen.

»Sie waren erfolgreich?«, fragte er, als er mich erkannte.

»Jawoll, ein echter Reißer.«

»Stimmt etwas nicht?«

»Nein.« Ich stieg in den Wagen und versuchte mich zusammenzureißen. Ich hatte das gleiche Gefühl wie neulich, als ich Sanderson geschlagen und sein Gesicht von innen nach außen gekehrt hatte, nur war es diesmal Pacos Verstand gewesen. Es tat mir nicht Leid, aber diese Fähigkeit machte mir Angst, und ich fragte mich, was sie jemandem antun konnte, der es nicht verdient hatte.

Escott ließ den Wagen an und schlug den Rückweg in die Stadt ein. Er sah mich an, wollte mich sicher fragen, was mit mir los sei, zwang sich jedoch zur Geduld. Ich zuckte die Achseln und schüttelte mich, als ob ich ein Problem gelöst hätte. Nun, gelöst war es lange noch nicht, aber ich konnte es wenigstens für den Augenblick beiseite schieben.

Er deutete meine Bewegung als Eröffnung einer Konversation. »Was haben Sie in der Tasche?«

Die hatte ich fast vergessen. »Ein paar Papiere von Paco. Offenbar dachte er, dass sie wichtig genug seien, um aus einem brennenden Haus geschafft zu werden, also nahm ich sie an mich.«

»Oh ja, in der Tat, sie müssten sich als sehr interessant erweisen. Hat er Sie denn nicht gesehen?«

»Ja, er sah mich, aber ich gab mich als meinen jüngeren Bruder Gerald aus, den ich auf die Schnelle erfunden hatte, und er schluckte es.«

»Wird er dann nicht hinter Gerald her sein?«

»Die Explosion und das Feuer waren ein ziemlicher Schock für ihn. Ich glaube nicht, dass er überhaupt nach mir suchen wird. Er sprach davon, sich ein großes Loch zu suchen und es hinter sich zuzumachen. Wenn seine Jungens schlau sind, machen sie dasselbe.«

»Wenn sie schlau sind. Was ist noch passiert?«

»Ich glaube, ich habe den Alchimisten getroffen; sie nannten ihn Doc. Er war betrunken, hatte aber immer noch mehr Grips als alle anderen zusammen. Fast hätte er den großen Knall verhindert. Zuletzt wurde er aus einem Fenster herausgehievt, wahrscheinlich hat er zu viel Rauch abgekriegt. Er machte sich Sorgen darüber, was Slick zu den Neuigkeiten sagen würde; deswegen wollte Paco sich auch aus der Stadt absetzen. Morelli hat den Finger auf seinen Schuldscheinen.«

»Er dürfte vermutlich Schwierigkeiten haben, wenn er sie einlösen will.«

»Ich ... ich begann mich an einiges zu erinnern, Pacos Stimme – ich hatte beinahe einen neuen Anfall, aber ich kriegte gerade noch die Kurve. Ich fand heraus, dass ich an Bord der *Elvira* wegen irgendeiner verschlüsselten Liste umgebracht wurde. Paco und Morelli waren beide hinter ihr her, also bestand ihre Verbindung nicht nur aus Darlehen und Geld.«

»Irgendwann stellten Sie und Ihr Wissen die Verbindung dar.«

»Als ich nicht redete ... ich weiß, dass man mich entsetzlich zusammengeschlagen hat, bevor Paco ...«

(Er hob die Pistole an meine Brust und feuerte. Der Blitz füllte mein Sichtfeld aus, ich fiel zu Boden ...)

Mein Kopf schlug heftig gegen die Armatur. An meinen Schuhen hatten Gras und Feuchtigkeit Flecken hinterlassen. Mit besorgter Stimme rief Escott meinen Namen und brachte den Wagen zum Stehen. Er schob mich wieder in aufrechte Sitzhaltung, und ich schüttelte wie ein angeschlagener Boxer den Kopf. Ich blinzelte, als ich mich wieder ins Jetzt zurückmühte.

»Fleming?«

»Alles in Ordnung.« Ich war etwas überrascht; der Knabe machte sich echte Sorgen um mich.

»So sehen Sie nicht aus«, sagte er.

Meine Ohren klingelten noch von dem gedanklichen

Nachhall des Schusses, und ich fühlte mich schwach. An den Rändern war mein Sichtfeld verschwommen. Dass die Erinnerungen zurückkehrten, konnte ich nicht verhindern; aber gegen die Ursache dieser neuen Symptome konnte ich etwas unternehmen.

»Ich habe ... setzen Sie mich einfach bei den Schlachthöfen ab. Wenn es Ihnen nichts ausmacht, gehe ich von dort aus zu Fuß nach Hause.«

Es machte ihm nichts aus.

Vielleicht würde ich mit ihm später darüber sprechen; im Augenblick konnten die Dinge in meinem aufgewühlten Gehirn warten. Wir waren beide erschöpft. Um mich zu beschäftigen, öffnete ich die Aktentasche und durchstöberte die Papiere. Da war jede Menge Zeug, auf dessen Lektüre ich jetzt gerne verzichtete. Zweifellos würde Escott sich später daran ergötzen. Dann entdeckte ich etwas Interessantes am Boden der Tasche, was ich sofort verstand. Wenn die handschriftlichen Auszeichnungen auf den selbst gemachten Banderolen zutrafen, hielt ich gerade fünf hübsche Bündel zu je einhundert Zwanzigern in der Hand ... glatte zehntausend Dollar ... in meinen zarten Fingerchen. Nach all den vielen Jahren, die ich am Rand des finanziellen Abgrunds gelebt hatte, fühlte sich dieses Geld richtig gut an.

»Wer sagt denn, dass es keine Gerechtigkeit gibt?«, brummte ich.

»Was?«

»Wollen Sie welches?«

Escott warf einen kurzen Seitenblick auf das Geld und schaffte es eben noch, nicht von der Straße abzukommen. »Ei, wie fein.«

»Meinen Sie, dass es markiert ist?«

»Wie ich Paco so kenne, glaube ich das nicht, aber eine gründliche Überprüfung kann nicht schaden.«

»Sie meinen, wir behalten es?«

»Warum nicht? Sie haben mich einmal gefragt, ob ich reich sei. Ich antwortete: Manchmal. Dies ist eine dieser Gelegenheiten. Etwas zusätzliches Bargeld kann man immer gebrauchen.«

»Ich dachte, Sie stehen über solchen Dingen.«

Er zog eine Grimasse. »Einem freien Agenten stehen all jene

Belohnungen zu, die er mit seinem Gewissen vereinbaren kann. Wenn das hier Pacos Geld ist, kann mein Gewissen sehr dehnbar werden. Das ist es doch? Dann denke ich, dass wir es als angemessenen Ausgleich für die Arbeit der heutigen Nacht betrachten. Meinen Anteil werde ich nutzbringend verwenden, zum Beispiel auf die Verbesserung meiner Inneneinrichtung.«

Wenn er damit sein Zweizimmer-Büro meinte, konnte er wahrlich jede Menge Hilfe gebrauchen. Ich sah auf den zerfetzten Stoff über meinem Magen herunter. »Ich denke, ich beschaffe mir ein paar neue Klamotten.«

Escott sah kurz zu den Löchern. »Ich dachte mir doch, dass ich Korditgeruch bemerkt hatte. Was ist passiert?«

»Ich ging Paco auf die Nerven.«

Klugerweise fragte er nicht weiter nach.

Nach einer Speisung und einer guten Tagesruhe fühlte ich mich schon viel besser, und am folgenden Abend machte ich mich auf die Suche nach einem Herrenbekleidungsgeschäft, das früh zumachte. Ich blätterte die Anzeigen in den Zeitungen durch, suchte auf meiner Straßenkarte und entdeckte einen Laden in der Nähe, der vielleicht das hatte, was ich brauchte. Dann ging ich nach unten, ließ mir am Empfang etwas Kleingeld geben und quetschte mich in eine Telefonzelle. Die Telefonistin stellte mich nach Cincinnati durch.

»Hi, Mom. Wie geht's euch?«

Nach der letzten Nacht konnte ich eine Prise Wirklichkeit gut gebrauchen und verbrauchte fröhlich mein Kleingeld, um mich mit ihr und Dad über ganz normale Dinge zu unterhalten. Wir stritten uns ein wenig über Geld.

»Denke nicht, dass wir es nicht zu schätzen wissen«, sagte Mom, »aber du kannst es dir nicht leisten, uns immer wieder fünfundzwanzig Dollar zu schicken. Du musst auch etwas für dich selbst ansparen.«

Ich dachte an die fünftausend Dollar, die Escott noch heute Nacht vorbei bringen würde. Meine Lebenshaltungskosten beliefen sich derzeit auf fünfzehn Dollar die Woche, Miete und Trinkgeld eingeschlossen. Mein Essen kam natürlich kostenlos.

Wenn das so weiter ging, konnte ich meinen Leuten zwei Jahre und länger fünfundzwanzig Dollar pro Woche schicken. Vielleicht hatte Roosevelt die Wirtschaft bis dahin trotz Weltwirtschaftskrise auch wieder auf Trab gebracht.

»Ich spare mir etwas ... Wie geht es meinen Geschwistern?«

»Was?«

»Wie geht es der Familie? Irgendwelche neuen Neffen oder Nichten?«

»Ja, Sarah-Jane hat uns neulich geschrieben ...« Und dann ging sie die Liste meiner drei Brüder und drei Schwestern und der wachsenden Meute von Enkelkindern durch, bis sie den Hörer an Dad weitergeben musste.

»Wo wohnst du, damit wir dir schreiben können?«

»Im Augenblick schlafe ich in einem kleinen Hotel, und wenn ich etwas Besseres finde, ziehe ich aus«, wich ich der Frage aus. Ich wollte sie nicht wissen lassen, dass ich unter einem falschen Namen logierte. Ich fragte ihn nach dem Laden und seinen Zechkumpanen und was er von Hitler hielt und lenkte ihn so von weiteren Fragen ab. Selbst in Hochform bin ich ein lausiger Lügner, und meine Eltern hatten immer genau gewusst, wenn ich sie hatte anschmieren wollen. Am besten hielt ich mich solange bedeckt, bis ich herausgefunden hatte, was ich ihnen über meinen Zustand erzählen konnte, sofern das überhaupt möglich war.

»Was ist mit deiner Reportertätigkeit?«, wollte er wissen. »Wieso bist du jetzt bei einer Werbeagentur? Ich dachte, die gibt es nur in New York.«

»Hier gibt es auch ein paar, und für schlaue Jungs wie mich zahlen sie gutes Geld.«

»Wie – was – oh, deine Mom fragt, wann du uns mal wieder besuchen kommst?«

»Wenn ich Urlaub kriege.«

»Wann ist das?«

»Das weiß ich nicht, ich habe gerade erst angefangen. Gebt mir etwas Zeit, bis ich mich hier eingerichtet habe.«

»Du weißt, dass du hier Arbeit bekommen kannst, wenn du es nötig hast.«

»Ich weiß, und vielen Dank.«

»Na ja, das kostet dich ein Vermögen. Nächstes Mal schreib uns.«

»Das mach' ich, keine Sorge.«

Er reichte den Hörer an Mom weiter, die mir so ziemlich das Gleiche sagte und es dann noch einmal wiederholte, damit ich auch ja alles richtig begriff.

»Und denk daran, was ich dir gesagt habe: Spar dir etwas an.«

»Ja, Mom.«

»Und pass auf, was du dort isst. Keine Hot Dogs aus dem Drugstore.«

»Nein, Mom, versprochen.«

Sie sagte Lebewohl, gab das Telefon wieder an Dad weiter, und er sagte, dass ich mich aus Schwierigkeiten heraushalten solle, und dann sagten wir uns auch Lebewohl.

Eine Zeitlang blieb ich in der Zelle stehen und ließ den Kopf hängen. In mir war ein kalter harter Schmerz. Seit ich als Halbwüchsiger zur Armee gegangen war, hatte ich kein echtes Heimweh mehr gehabt. Damals wusste ich wenigstens, dass ich wieder nach Hause kommen konnte und alles wieder so wie früher sein würde, aber das waren die Gedanken eines Jungen. Ihr Leben hatte sich verändert, und ich hatte mich verändert und war erwachsen geworden. Die Situation gefiel mir nicht unbedingt, aber es gab nur verdammt wenig, was man dagegen tun konnte.

Rasch verließ ich die enge Zelle, ging nach draußen und versuchte etwas Abstand zwischen mich und die Einsamkeit zu bringen.

Die Depression folgte mir, aber ihr Griff lockerte sich unter den Ablenkungen, die auf der Straße zu finden waren. Dreißig Minuten Umherspazieren führten mich zu einem der Geschäfte, die in der Zeitung annonciert hatten.

Es war geschlossen, und hinten arbeitete niemand mehr über Nacht; deswegen hatte ich den Laden ja auch ausgesucht. Ich brauchte keine eifrigen Verkäufer, die dumme Fragen über meine Abneigung gegen Spiegel stellten.

Ich glitt hinein und sah mich um. Die vorderen Fensterläden waren heruntergezogen, aber die spärliche Beleuchtung reichte mir völlig aus. Das Einschalten der Lichter hätte einen vorbeischlendernden Cop nur nervös gemacht. Nach einigem Stöbern entdeckte ich einen Schreibblock, einen Stift und ein Paar Handschuhe (nicht notwendigerweise in dieser Reihenfolge) und kaufte per Selbstbedienung ein.

In sorgfältigen Druckbuchstaben verzeichnete ich den Kauf von mehreren Hemden, Krawatten, zwei Anzügen, ein paar anderen Kleinigkeiten und dem Clou zum Schluss: einem vollständigen Frack inklusive eines weißen eingefassten Schals. Ich dachte mir, dass ich mit dem Schal eher Fred Astaire als Bela Lugosi ähnlich sah.

Die Kleidungsstücke waren von guter Qualität und entsprechend teuer, aber von Miete und ein paar Trinkgeldern abgesehen gab ich mein Geld kaum für andere Dinge aus. Ich ließ sogar drei Dollar über den Kaufpreis hinaus liegen, weil mir die kleinen Scheine ausgegangen waren, hielt das aber für eine ausreichende Entschädigung für mein unbefugtes nächtliches Eindringen. Ich hätte mich ja auch einfach mit dem Zeug aus dem Staub machen können, aber eigentlich bin ich ein ehrlicher Typ. Wenn außerdem der Zwischenfall der Polizei gemeldet wurde, unternahmen sie wahrscheinlich nichts. Das Zeug war mehr als reichlich bezahlt. Sie hatten sich um andere schwere Jungens zu kümmern als um einen Kunden, der den Begriff der Selbstbedienung sehr ernst nahm.

Ich packte alles in mehrere lange, flache Kartons und versuchte den Laden über den Hinterausgang zu verlassen, um unliebsame Zeugen für meine Houdini-Nummer zu vermeiden. An allen Türen waren Alarmanlagen angebracht, die durch ihr Öffnen ausgelöst wurden, also musste ich mich auflösen, um rauszukommen. Nicht alle Kartons schafften es nach draußen, einige fielen drinnen auf den Boden. Danach machte ich den Weg mehrere Male und hielt die größeren fest umklammert. Da ich auf die gleiche Art und Weise den Hintereingang meines Hotels benutzen musste, hatte ich in dieser Nacht reichlich Gelegenheit zum Üben. Auf den Kartons war der Name des Ladens aufgedruckt, in den ich *eingestiegen* war, und ich wollte so spät nicht mit einem Arm voller belastender Beweisstücke durch die Lobby laufen. Falls die Story des ehrlichen Diebes es in die Morgenzeitungen schaffte, war ein Nachtportier, der zwei und zwei zusammenzählen konnte, das Letzte, was ich brauchte. Vielleicht war ich übervorsichtig, aber manchmal zahlt Paranoia sich aus.

Noch vor Mitternacht hingen meine neuen Sachen fein säuberlich im Schrank; die Etiketten waren herausgetrennt und heruntergespült worden. Bei einem weiteren kurzen Spaziergang durch den Hinterausgang entledigte ich mich der Kartons und der Verpackungen in einer einsamen Mülltonne.

Als ich zurückkam, saß Escott in meinem Lehnsessel und rauchte seine Pfeife.

»Sie verschwenden wirklich keine Zeit.« Er nickte zu meinem offenen Schrank und dessen neuem Inhalt, und sein Blick wanderte zum Zylinder auf dem Nachttisch. »Gehen Sie aus?«

»Vielleicht. Nach allem, was ich über den *Nightcrawler Club* gehört habe, glaube ich nicht, dass ein alter Anzug und eine Krawatte mich an den Garderobieren vorbeikommen lassen.«

Er brummte zustimmend. Falls er sich fragte, wie und woher ich an das Zeug gekommen sei, behielt er das für sich.

»Ist das ein Privatbesuch?«

»Mehr oder weniger. Ich frage mich, ob Sie schon die Zeitungen gesehen haben.«

Ich wusste, wovon er sprach. »Schon, aber Sie wissen ja, wie die Dinge verzerrt werden. Die Redakteure übertreiben gerne; das drückt die Auflage in die Höhe.«

»Wohl wahr, aber selbst wenn man das berücksichtigt, war immer noch recht viel Text auf Frank Pacos Geisteszustand zustande gekommen.«

»Er muss schon ziemlich auf der Kippe gestanden haben. Der Brand schubste ihn dann drüber – entweder das, oder er täuscht es vor, damit Morelli nicht abkassieren kommt.«

»Hat sich Ihr Gedächtnis seit letzter Nacht auf etwas Neues besonnen?«

»Habe gar nicht daran gedacht«, log ich. »Ich hatte zu tun.«

»Und ich ebenfalls.« Er holte fünftausend Dollar aus der Innentasche seines Jacketts und gab sie mir.

»Sauber?«

»Sehr sauber.«

»Ich werde versuchen, es nicht alles auf einmal auszugeben. Schulde ich Ihnen nicht noch etwas?«

»Wofür?«

»Für diesen Fall, oder arbeiten Sie neuerdings zum Nulltarif?«

Er gab ein Geräusch von sich, das vermutlich ein Lachen war. »Mr. Fleming, ich habe bereits ein sehr ansehnliches Honorar für diesen Fall erhalten, und alle fünftausend Dollar davon sind sicher bei mir zu Hause verwahrt. Glauben Sie mir, Sie sind mehr als großzügig gewesen. In der Tat hatte ich nicht vorgehabt, Ihnen überhaupt etwas in Rechnung zu stellen, ganz besonders nicht, nachdem Sie Sanderson davon abhielten, meinen sorglosen Kadaver im Fluss zu versenken.«

»Also gut, dann sind wir quitt.«

»Sie halten sich nicht an die Banköffnungszeiten. Haben Sie einen Platz, wo Sie Ihren Anteil sicher verwahren können?«

»Keine Sorge, er ist gut weggeschlossen.«

»Sehr gut.« Er wechselte das Thema, behielt jedoch seinen Konversationston bei. »Wussten Sie, dass mehrere von Pacos Männern wegen des Verdachts der Brandstiftung festgenommen worden sind?«

»Na sieh mal einer an«, schmunzelte ich.

»Ich bin außerdem die Papiere durchgegangen, die Sie herausgeholt haben.«

»Gutes Zeug?«

»Exzellentes Zeug. Ich machte mir einige Kopien zum späteren Gebrauch und gab das Material dann anonym an die richtigen Leute weiter. Wenn Paco bei Verstand wäre, säße er jetzt im Gefängnis, statt im Krankenhaus.«

»Das mit dem Krankenhaus ist sogar besser. Er kann keine Kaution hinterlegen und dann das Land verlassen.«

»Er wird allerdings von Polizisten bewacht.«

»Hätte keinem Besseren passieren können.«

»Was haben Sie mit ihm gemacht?«, fragte er in dem selben gleichmütigen Ton.

Ich wollte noch nicht darüber reden. Das konnte er erkennen, aber er blieb einfach sitzen und wartete ab.

»Hatte es etwas mit Ihrem Zustand zu tun?«, sagte er nach einer langen Pause.

Nach all den Aufregungen der letzten Nacht hatte ich sofort die Schlachthöfe aufsuchen müssen, also wusste er, dass ich

Paco nicht an den Hals gegangen war. Ein derartiger Angriff hätte den Mann über die Kante gehen lassen können, aber zu dem Zeitpunkt hatte ich nicht einmal daran gedacht. Escott suchte nach etwas Verborgenerem.

Ich mied seinen Blick. »Sie haben ihn gesehen?«

»Ich sprach mit einer Krankenschwester, die ihn gesehen hatte.«

»Wie geht es ihm?«

»Seit letzter Nacht unverändert.«

Er wollte es wirklich wissen. »War es das Ergebnis einer Ihrer Fähigkeiten?«

Ich ertappte mich dabei, wie ich wieder seinem Blick auswich, und ließ es bleiben. »Wenn Sie das sagen, klingen Sie, als sei ich dieser Typ aus der Radioserie – Chandu der Magier.«

»Eher Lamont Cranston.«

Er bezog sich auf die *Shadow*-Radioshow. Jedes Mal, wenn sie lief, wurden die Zuhörer an seine Macht erinnert, den Geist der Menschen zu trüben. »Yeah, ich glaube, so etwas war es wohl.«

»Wie viel Kontrolle haben Sie darüber?«

»Keine Ahnung, das war ja das Problem.«

»Werden Sie es erlernen?«

»Nein!«

Er gab mir ein paar Minuten, damit ich mich wieder beruhigen konnte. Ich lief in dem kleinen Zimmer auf und ab, blieb am Fenster stehen und sah lange hinaus. Die Straße war immer noch da. Ich dachte an Maureen und an all die Dinge, die sie mir nicht gesagt hatte.

»Mr. Fleming ...«

Seine Förmlichkeit ging mir auf die Nerven. »Warum nennen Sie mich nicht Jack?«

»Damit wollte ich warten, bis Ihr Fall aufgeklärt ist. Ich ziehe es vor, mit meinen Klienten solange geschäftlichen Umgang zu pflegen, bis sie nicht mehr meine Klienten sind.«

Ich sah ihn an. Mein Verstand war konzentriert und, wie ich flehentlich hoffte, auch kontrolliert. Seine grauen Augen regten sich nicht mehr und starrten in meine. Es war so verdammt einfach.

»Nennen Sie mich Jack.«

Mit einem Klacken fiel seine Pfeife herunter, und Tabakskrümel verstreuten sich durch den Aufschlag. Die Bewegung lenkte mich genügend ab, dass er blinzelte und sein Gesicht wieder die Miene aufsetzte, die er vor ein paar Sekunden gezeigt hatte.

»Wo ist Ihre Pfeife?«, fragte ich.

Er entdeckte sie und entschuldigte sich für das Durcheinander.

»Aber wie ist sie dorthin gekommen?«

»Ich muss sie fallen ge ...« Langsam stieß er die Luft aus. »Sie haben es gerade eben getan?«

»Ja, ich befahl Ihnen, etwas zu tun. Dass die Pfeife herunterfiel, war bloß eine Nebenwirkung. Verstehen Sie jetzt, warum ich das Ganze lieber ruhen lassen möchte?«

»Aufgezwungene Hypnose ...«

»Nein ...«

»Jack, das ist etwas, das Sie nicht von sich weisen sollten, das verlangt nach verantwortlicher Handhabung ...«

»Bin ich immer noch Ihr Klient?«

Die Frage kam für ihn unvorbereitet, und er fragte sich, warum ich sie gestellt hatte. Ich sagte es ihm. »Sehen Sie, wie das ist? Sie haben nicht einmal bemerkt, was ich gemacht habe. Sie hielten es für Ihre eigene Idee. Wenn ich Ihnen sagen würde, dass Sie aus dem Fenster springen und dabei ›Swanee‹ jodeln sollen, würden Sie es tun.«

»Wenn es echte Hypnose wäre, dann täte ich es nicht.«

»Ja ja, ich weiß schon. Man kann einen Menschen nicht dazu bringen, etwas gegen seinen Willen zu tun – aber das trifft auf die normale Spielart zu, und das hier ist sie nicht.«

»Woher wollen Sie das wissen?«

»Weil ich gesehen habe, was es aus Paco machte.«

»Taten Sie es mit Absicht?«

»Nein – ich weiß nicht – es war auch etwas Gefühlsbestimmtes. Ich weiß nicht, wie es funktioniert, es passierte einfach. Es entglitt mir, und so etwas versuche ich nicht noch einmal. Dazu habe ich kein Recht.«

»Und wie wollen Sie es kontrollieren, wenn Sie es weiter ignorieren?«

»Das weiß ich nicht ... mir fällt schon noch etwas ein. Ich

könnte mir dieses Streitgespräch auch ersparen, indem ich Ihnen befehle, es zu vergessen.«

»Dann tun Sie es doch.«

»Nein. Ich pfusche doch nicht mit einer geistigen Brechstange in Ihrem Schädel herum, damit Sie so wie Paco enden.«

Escott nickte nachdenklich, füllte seine Pfeife nach und steckte sie sich an. »Beinahe wünsche ich mir, dass andere Menschen eine ähnlich moralische Gesinnung wie Sie hätten, aber dann wäre ich vermutlich arbeitslos.«

Ich brauchte einen Moment, um herauszufinden, was er außer dem Offensichtlichen damit meinte, aber manchmal konnte ich schon ziemlich dämlich sein. Seine Sticheleien waren weniger bloße Neugier als vielmehr eine Prüfung gewesen. Offenbar war meine Reaktion zufrieden stellend, und fast hätte ich mich über sein Spiel geärgert. Fast, denn an seiner Stelle hätte ich das Gleiche mit ihm gemacht.

Ich versuchte ein Auflachen, aber es missglückte mir. »Tja, ich bin der reinste Jack Armstrong.« Das war ein weiterer Radioserienheld.

Er stand auf. »Falls Sie nichts anderes vorhaben, würden Sie mich auf eine Spazierfahrt begleiten? Ich finde, so etwas wirkt entspannend, und da gibt es etwas, das ich Ihnen zeigen möchte.«

Ich hatte nichts anderes vor, also fuhren wir los. Er lenkte den Nash so weit nach Norden, dass wir gerade eben nicht im See landeten und bog dann auf eine Straße in ostwestlicher Richtung ein. Bei einem zweistöckigen Klinkergebäude, das einen ganzen Straßenzug einnahm, nahm er das Tempo fast bis zum Stillstand zurück. Bis auf ein paar erleuchtete Fenster im oberen Stockwerk war das Haus dunkel.

»Der *Nightcrawler Club*«, sagte er für den Fall, dass ich das erloschene Neonzeichen am Vordereingang übersehen hatte. »Ich dachte, Sie würden ihn sich einmal ansehen wollen. Sonntags hat er geschlossen.«

Er fuhr einen Block weiter und brachte den Wagen zum Stehen. Wir stiegen aus, gingen an dem Haus vorbei und herum zum Hintereingang. Ich sah jemanden in der Hintergasse stehen und sagte leise zu Escott, dass er weitergehen solle. Wir ließen den Club hinter uns und gingen weiter in nördliche

Richtung bis wir von einem Geländer aufgehalten wurden, unter und hinter dem sich der See erstreckte. Wir befanden uns höchstens zehn Fuß über dem schwarzen Wasser, aber ich habe etwas gegen jede Art von Höhe und hielt mich von dem Geländer fern. Escott lehnte sich dagegen und starrte auf den Müll, der sanft gegen die Landbefestigung aus Beton dümpelte.

»Wer war das in der Gasse?«

»Vielleicht ein Kellner, der gerade Pause hatte, aber er trug aufgemotzte Sachen.«

»Wir können es später noch einmal versuchen.«

Er stieß sich vom Geländer ab und ging weiter nach Osten. Es gab nicht viel zu sehen: ein paar vertäute Boote, andere lagen weiter draußen vor Anker; um diese Uhrzeit wirkten sie verschlafen.

»Sehen Sie dort draußen etwas?« Er deutete zu einem großen Umriss auf dem See. Beim letzten Mal hatte ich ihn im Profil gesehen, aber ich konnte den Namen mühelos lesen.

»Die *Elvira.*«

»Im Dunkeln war ich mir nicht ganz sicher, aber sie liegt an der gleichen Stelle wie heute Nachmittag. Morelli hält sich mit seiner Freundin an Bord auf. Er verbringt dort den größten Teil seiner Freizeit.«

»Muss ein nettes Leben sein.«

»Erinnert sie die Jacht an etwas?«

Ich schüttelte den Kopf. »Bedaure. Im Augenblick ist das ein Boot wie jedes andere.«

Wie gingen weiter und schlugen einen großen Kreis, bis wir wieder den Club erreichten. Diesmal war niemand in der Gasse, aber da gab es nichts Sehenswertes. Sie war breit genug, dass die Lieferlaster Platz hatten, und an den Bordsteinen und der üblichen Verladerampe und den Treppen, die eben zu Hintertüren führen, lag nicht mehr Müll als in anderen Gassen auch. Als ich zufällig Luft holte, nahm ich den nassen und verbrauchten Gestank des Ortes wahr. Nichts Außergewöhnliches – so roch es in jeder Gasse auf der Welt mit schlechten Abflüssen.

Zu seiner stummen Frage schüttelte ich den Kopf. Als Gedächtnishilfe taugte der Ort nichts. Wir gingen wieder zum Wagen, oder zumindest versuchten wir es. Der aufgemotzte Kerl musste selbst eine Runde um den Block gedreht haben. Schwer zu sagen, wer überraschter war. Automatisch fuhr seine Hand zu seiner Waffe am Gürtel.

»Was macht ihr hier? Verschwindet!«

Dazu waren wir nur allzu gerne bereit und entfernten uns von ihm, aber wie ein kläffendes Hündchen folgte er uns, damit wir auch ja gingen. Alles verlief ganz friedlich, bis ein weiterer Mann aus der Hintertür trat.

»Was gibt es, Ed?«

»Zwei Kerle, die gerade gehen wollen.«

»Zu wem gehört ihr?«, fragte er uns.

»Wir sind al-heine und auffem Weg nachhause«, sagte Escott. Er hatte einen amerikanischen Akzent aufgelegt und klang leicht betrunken.

»Und wo ist das?«

»Geht'ich nix an. Wir solln gehn, also gehn wir.« Schwankend ergriff er meinen Arm und setzte sich in Bewegung

»Ed.«

Ed brauchte keine weiteren Anweisungen. Er baute sich vor uns auf und zog die Waffe. Ich hoffte, dass es zu dunkel sei, um unsere Gesichter deutlich zu sehen.

»Was soll'n das?«, protestierte Escott. »Wir gehn doch schon.«

»Gleich«, sagte Ed. »Dreht euch um und haltet die Hände ruhig.«

Er führte uns zur Verladerampe, und der zweite Mann kam von der Straße hinzu. Er war ebenfalls bewaffnet. Mit der anderen Hand förderte er ein Feuerzeug zutage. Während er sich ungeschickt bemühte, es in Gang zu kriegen, spürte ich, wie Escotts Muskeln sich anspannten. Es war nicht ratsam, dass diese Clowns uns genau zu Gesicht bekamen. Während sie auf das Funken sprühende Feuerzeug starrten, ließ Escott meinen Arm los, warf sich zurück, packte Eds Waffenhand und drückte sie nach unten. Ich sprang den Anderen an und versuchte das Gleiche. Er riss die Waffe hoch und feuerte einen Schuss ab, aber bevor er irgendwelchen Schaden anrichten konnte, hatte ich sie schon beiseite geschlagen. Ich versuchte gar nicht erst, sie ihm abzunehmen, sondern klebte ihm eine, die sich gewaschen hatte. Er sank zu Boden und machte mir keinen Kummer mehr.

Ich sah nach Escott. Ed hatte seine Knarre verloren, und sie wälzten sich beide über den Betonfußboden, um an die Waffe heranzukommen. Ich trat sie beiseite, und als sich in all dem Prügeln und Umsichschlagen eine Öffnung ergab, beugte ich mich herunter und schickte ihn schlafen. Ich zerrte Escott auf die Beine, und wir rannten aus der Gasse zu dem Wagen, ehe der wild abgefeuerte Schuss Verstärkung hervorbrachte. Escott hatte die Schlüssel griffbereit. Er öffnete die Beifahrertür, hechtete hinein und rutschte durch. Der Nash war fast ebenso schnell auf Touren.

Er war außer Atem, und auf seiner Stirn stand eine dünne Schweißschicht, aber seine Augen leuchteten glücklich. Der Mann war nicht ganz bei Trost: Ihm hatte die Sache offenbar Spaß gemacht.

»Das war ein nettes Training«, japste er. »Wenigstens wissen wir, dass man dort die Sicherheit ebenso ernst wie bei Paco nimmt.«

»Das könnte ein Problem werden.«

»Aber doch nicht für Sie, mein Lieber. Danke für die helfende Hand, der Bursche war wirklich scheußlich schnell.«

»Jederzeit wieder. Sind Sie für heute Nacht fertig, oder wollen Sie sich noch mit ein paar Hafenarbeitern anlegen, um den Abend abzurunden?«

»Vielleicht ein anderes Mal. Glauben Sie mir, ich dachte nicht, dass sie so misstrauisch reagieren würden. Der Mann auf der Treppe muss meine Betrunkenenrolle durchschaut haben. Schade, auf der Bühne wirkte sie eigentlich immer. Ich werde Ihnen irgendwann meine Presseausschnitte zeigen müssen. Oh je.«

Er fuhr den Wagen rasch zum Bordstein, und das rechte Vorderrad stieß heftig dagegen, als wir abrupt zum Stehen kamen. Er atmete immer noch heftig, und seine feuchte Haut hatte einen Grauton angenommen.

»Oh verdammt. Oh verdammt und zugenäht.« Er presste die Hand gegen seine linke Seite. Blut sickerte zwischen seinen Fingern hervor. »Der Hundesohn hatte ein Messer.« Er sackte zur Seite gegen mich und verlor das Bewusstsein.

7

Dr. Clarson war ein kleiner Mann mit großen braunen Händen, die auf den ersten Augenblick nicht geschickt genug wirkten für die Arbeit, die sie gerade verrichteten. Sein lockiges Haar war sehr kurz geschnitten. Er war um die fünfzig, aber das Grau an den Schläfen ließ ihn älter wirken. Jeder Handgriff saß, und wenn er irgendeine Meinung dazu hatte, in seinem winzigen Untersuchungszimmer am Montagmorgen um zwei Uhr einen weißen Mann zusammenflicken zu müssen, behielt er sie auf professionelle Weise für sich.

Escott lag bewusstlos auf dem Untersuchungstisch. Der Raum war zu klein, als dass außer ihm und dem Arzt noch jemand hineingepasst hätte, also mussten Shoe Coldfield und ich im Wartezimmer die Füße hochlegen. Sechs zerschrammte Holzstühle standen auf einem ebenso zerschrammten Parkettboden; es gab noch eine kleinen Tisch, hinter dem vermutlich sonst die Empfangsschwester saß, und ein paar alte Aktenschränke, ebenfalls aus Holz. Allerdings war alles sehr sauber, und es roch scharf nach Antiseptikum. Shoe wirkte besorgt, aber nicht allzu ängstlich. So schäbig diese Praxis auch war, offenbar vertraute er Clarsons medizinischen Fähigkeiten.

Ich war unruhig und wollte gerne auf und ab laufen, blieb jedoch sitzen und versuchte Shoes Beispiel für Geduld zu folgen. Er saß auf einem Stuhl, sah immer wieder zu Escott und dem Arzt und war für alle Fälle auf dem Sprung. Ich konnte nur auf dem Tisch herumrutschen und versuchen, die verschmierten Blutspuren nicht zu sehen, mit denen wir den Boden verziert hatten, als wir Escott hereinschafften. Meine Hände und meine Kleidung waren voller Blut. Wenn es nach der Literatur ging, die ich in Bezug auf Vampire und ihre Folklore gelesen hatte, hätte ich etwas anderes als Angst und Übelkeit empfinden sollen.

Das Blut an meinen Händen wurde allmählich klebrig, und ich fragte, ob es irgendwo einen Waschraum gebe. Shoe sah auf und ging mir voraus. Wir säuberten uns, so gut es eben ging, aber um unsere Kleidung würde sich die Wäscherei kümmern müssen.

Im Krankenzimmer hatte sich nichts verändert. Wir setzten

uns wieder. Ich kaute an einem Nagel, was ich nicht mehr gemacht hatte, seit ich ein kleiner Junge gewesen war. Es schmeckte lausig, also drückte ich meine Hand mit der anderen herunter und hielt sie fest. Ich sah zu Coldfield und fragte mich, warum er keine Erklärungen gefordert hatte. Dazu hätte er sicher das Recht gehabt, aber ich hatte auch keine angeboten. Ich sah auf Clarsons Rücken und fragte mich, warum das so lange dauerte, und ob wir einen Krankenwagen rufen sollten.

Ich hatte Escott auf den Sitz gleiten lassen, ein Taschentuch hervorgeholt und es ihm an die Seite gedrückt. Scheinbar weichte es augenblicklich durch, aber mittlerweile erkannte ich, dass mein Zeitgefühl durch die Angst verzerrt wurde. Da nunmehr sein Kopf auf der Höhe seines Herzens lag, kam er nach kurzer Zeit wieder zu sich und sagte etwas Unverständliches, dann nannte er ganz deutlich meinen Namen.

»Ich bin hier. Ich bringe Sie zu einem Krankenhaus, wenn ich eins finde.«

»Nein. Suchen Sie Shoe .... ist näher.«

Ich hatte keine besseren Vorschläge, und immerhin kannte ich den Weg. Irgendwie kletterte ich auf die Fahrerseite und fuhr wie der Henker zur Shoe Box.

Ein halbes Dutzend dunkelhäutiger Männer schrak auf, als wir mit quietschenden Reifen vor dem Haus hielten, und ich konnte es ihnen kaum zum Vorwurf machen. Zwei traten an den Wagen heran, und ich erkannte einen davon von unserem vorigen Besuch wieder. Neugierig steckte er den Kopf durchs Fenster. Als er Escotts zusammengekrümmte Gestalt sah, weiteten sich seine Augen überrascht.

»Ist Shoe in der Nähe? Sein Freund Escott ist verletzt.«

Er verschwendete keine Zeit mit Herumgaffen, richtete sich auf und schrie jemandem an der Tür des Nachtklubs etwas zu. Der andere verschwand nach drinnen.

»Wie schlimm steht es um ihn?«

»Weiß ich nicht – es ist ein Messerstich; er hat ihn zuerst gar nicht bemerkt.«

»Ja, so ist das bei denen.« Er sprach aus Erfahrung, sagte jedoch weiter nichts dazu.

Escott hatte die Augen geöffnet, schien jedoch nicht allzu viel zu sehen. Seine Lippen waren blau, und kalter Schweiß stand auf seinem Gesicht. Ich erkannte einen Schockzustand, wenn ich ihn sah, und wünschte bei Gott, dass Coldfield sich beeilte. Nach ein paar Jahren, in denen ich das nasse Taschentuch festhielt, sah ich auf und erkannte sein Gesicht im Beifahrerfenster.

»Scheiße, was ist passiert?«

»Messerstecherei. Er wollte hierher gebracht werden.«

»Heute ist seine Glücksnacht«, sagte er, sah zum Klubeingang und rief jemandem zu, er solle sich beeilen. Der Jemand wurde als Dr. Clarson vorgestellt; er sah sich Escott an, stieg hinten ein und gab mir Richtungsanweisungen. Shoe stieg auf der anderen Seite ein, und wir fuhren los. Drei Blocks weiter stoppte ich vor einer staubigen Treppe, die in ein dunkles Gebäude führte. Das Schild an der Hauswand verriet, dass die Praxis des Arztes in Appartement 201 lag, und verkündete die Sprechzeiten.

Shoe übernahm die Drückerpflichten, während Clarson nach oben ging, aufschloss und das Licht einschaltete. Shoe und ich schleiften sodann Escott in die Praxis, wobei wir hoffentlich keinen weiteren Schaden anrichteten. Mittlerweile musste Escott Schmerzen verspüren; seine grauen Augen glitten zum grellen weißen Licht und rollten immer wieder nach oben.

Als das Warten andauerte, wurde mir Escotts schwaches Atmen sehr deutlich bewusst. Alle paar Sekunden musste ich den Drang unterdrücken, aufzustehen und nachzusehen. Dann spannten sich die Beinmuskeln an und entspannten sich unter Zwang, wenn ich mir das Sitzenbleiben befahl, um den Arzt nicht zu stören. Ein weiteres Zucken brachte neue Entschuldigungen hervor. Um mich zu beschäftigen, gab ich vor zu atmen. In dem kleinen und sehr stillen Wartezimmer bemerkte Coldfield vielleicht mein mangelndes Luftholen genauso, wie Escott es getan hatte.

Escott ...

Als nebenan ein langer Seufzer die Tonleiter hinab kletterte, setzte Coldfield sich kerzengerade auf und sah mich an.

Der Doktor richtete sich auf und nickte leicht, als er seine Arbeit betrachtete. Der Seufzer war von ihm gekommen. Wir drängten uns in den Eingang, um einen Blick zu erhaschen. Er hatte Escotts Kleider entfernt, und sein Brustkorb sah bleich und verwundbar aus bis auf die Verbände unter seinen Rippen. Clarson wusch sich in einem kleinen Eckwaschbecken und trocknete sorgfältig die Hände ab.

»Wie gehe ich die Sache an, Shoe?«, fragte er, ohne sich umzudrehen.

Shoe sah mich an. »Wollen Sie es mir jetzt erzählen?«

Ich sagte ihm, wie es passiert war, und dass es etwas mit Escotts Ermittlungen in meinem Fall zu tun habe. Mit einem stummen Kopfschütteln verlieh Clarson seiner Meinung über erwachsene Männer Ausdruck, die sich wie die Helden in einem Samstagnachmittag-Kinoserial aufführten.

»Heute Nacht wird er noch nicht abkratzen«, verkündete er uns. »Also denke ich, dass es nichts schadet, wenn wir das für uns behalten.«

»Was machen wir jetzt?«, fragte Shoe.

»Lasst ihn heute Nacht hier, er soll sich ausruhen. Er hat eine Menge Blut verloren, ein paar Muskeln wurden aufgeschlitzt, aber er hat keine inneren Verletzungen, sonst wäre er nicht hier.« Er führte nicht weiter aus, ob er jetzt seine Praxis im Gegensatz zu der Notaufnahme eines Krankenhauses meinte, oder das Reich der Lebenden.

»Was ist mit morgen?«

»Das sehen wir dann morgen. Ich will ihn im Augenblick nicht bewegen. Ich halte ihn ein paar Stunden lang ruhig, also könnt ihr beiden gehen. Falls es Kummer gibt, rufe ich im Klub an.«

»Meinen Sie denn, dass es welchen gibt?«, fragte ich.

»Eigentlich nicht, höchstens eine Infektion. Ich habe ihn gut saubergemacht, aber Messer können schmutzig sein.«

Coldfield und ich bedankten uns und gingen nach unten zum Wagen. Auf dem Polster war etwas Blut, aber es war mittlerweile getrocknet. Wir stiegen gerade ein, als ein langer knochiger Bengel zu uns aufschloss. Es war Cal, der magere Junge mit dem Schuhputzkasten und dem sonnigen Gemüt, aber diesmal hatte er beides nicht dabei.

Coldfied war überrascht, was für ihn das gleiche wie ›gereizt‹ war. »Wieso bist du um diese Zeit nicht im Bett, Junge?«

»Jimmy hat mir weg'n Mist' Escott Bescheid gesagt.«

»Es geht ihm wieder gut ...«

»Kann ich ihn sehen?«

»Er ist nicht einmal wach, und der Doktor sagt, dass er Ruhe braucht. Er ist nicht allzu schlimm verletzt, also komm schon, steig ein.«

Cal sah sehnsüchtig die Treppe hinauf und kletterte dann widerwillig zwischen uns. Ich fuhr wieder zur Shoe Box, und Coldfield ließ mich an der Rückseite parken. Ohne eine weitere Aufforderung stieg Cal aus und trottete uns zur Hintertür voran.

»Er wohnt hier?«, fragte ich.

»Jawohl, er und noch ein paar Jungen in seinem Alter. Sie verdienen sich ihr Brot, und es ist ehrliche Arbeit.«

»Was ist mit ihren Familien?«

»Einige haben so etwas gar nicht. Cals Papa ist bei einem Unfall umgekommen, und seine Mama arbeitet in einer Kneipe, damit sie näher am Fusel dran ist. Wenn sie irgendwann aus der Flasche kriecht, wird Cal wieder bei ihr einziehen, aber bis dahin hat er hier ein Zuhause.«

»In einem Nachtclub?«

Die Frage hätte ihn stören sollen, tat es aber nicht. »Meine Schwester kümmert sich um sie. Dieser Ort ist das reinste Schloss im Vergleich zu ihren vorigen Behausungen. Ich bringe sie zum Arbeiten, und wenn sie nicht arbeiten, gehen sie zur Schule. Ich zwinge sie zu nichts, was sie nicht wollen; sie können gehen, wann immer sie wollen, und einige tun es auch. Aber die Klügeren bleiben.«

Die Schlagzeile ›Bronze Belt Boys' Town‹ tauchte vor meinem geistigen Auge auf. Dahinter steckte eine gute Geschichte, aber jetzt war kaum die Zeit für ein Interview.

»Wollen Sie noch auf einen Drink reinkommen?«

»Danke, aber besser nächstes Mal. Ich muss nach Hause und mich saubermachen.«

»Wie kommen Sie nach Hause?«

»Ich kann zu Fuß gehen.«

»In dieser Gegend nicht. Kommen Sie, jetzt bin ich mit dem Chauffieren dran.« Wir gingen zu seinem neueren Nash und stiegen ein. Er fragte, wo ich wohne, und ich sagte es ihm. »Das ist ein ganz schön langer Spaziergang.«

»Ich gehe gerne spazieren.«

»In einigen Gegenden dieser Stadt kommen Sie weiter, wenn Sie rennen.«

»Das habe ich schon bemerkt.« Ich reichte ihm Escotts Wagenschlüssel. »Hier, vor morgen Abend komme ich vorbei. Behalten Sie sie bei sich.«

»Sicher. Sie wollen sich immer noch mit Morelli anlegen?«

»Das muss ich jetzt.«

»Nehmen Sie einen guten Rat an. Lassen Sie es bleiben.« Die Folgen ließ er unerwähnt. Er musste sie auch nicht aussprechen, denn wir dachten beide an Escott.

In meinem Zimmer packte ich die schmutzige Wäsche zusammen, damit das Hotelpersonal sich darum kümmerte. Um die Blutflecken nicht erklären zu müssen, warf ich das Hemd einfach weg. Den Rest der Nacht verbrachte ich flach ausgestreckt auf dem Rücken und starrte auf die Decke über dem Bett. Es war deprimierend, allein durch die langen Stunden vor Tagesanbruch herumzusitzen und die Morgenröte nicht miterleben zu können und den Stimmungswechsel, den ein neuer Tag mit sich bringt. Das einzig Gute daran war das Vergessen, das er brachte, sobald ich den Deckel meines Koffers zuklappte, und es schien kaum ein Augenblick später zu sein, als sich eine neue Nacht vor mir erstreckte, als ob es den Tag nie gegeben habe.

Zuerst rief ich in der Shoe Box an und sprach mit Coldfield.

»Waren Sie den ganzen Tag weg? Ich hatte versucht, Sie anzurufen.«

»Ja. Weswegen wollten Sie mich sprechen? Geht es ihm gut?«

»Er ist schwach, aber er bestand darauf, nach Hause zu gehen. Ich dachte nur, dass Sie es vielleicht wissen wollten.« Er nannte mir eine andere Adresse als die vom kleinen Büro, und ich schrieb sie mir auf. »Sie werden ihn doch nicht anstrengen?«

»Nein, nur mich entschuldigen, dass ihm das meinetwegen passiert ist.«

»Daran hat niemand Schuld, bloß der Mistkerl mit dem Messer.«

Ich stimmte ihm zu und legte auf.

Das Taxi setzte mich bei einer Reihe zwei- und dreistöckiger Häuser ab, die alt genug aussahen, um vom Großen Brand 1871 verschont oder unmittelbar danach errichtet worden zu sein. Kinder spielten auf der ruhigen Straße, und Eltern saßen auf den Stufen und fächerten sich die kühlere Luft der Abenddämmerung zu. Es war eine respektable Mittelstandsgegend. Sie schien kaum zu Escott zu passen, andererseits konnte ich mir nicht vorstellen, was zu ihm gepasst hätte.

Ich läutete an einem braunen Klinkergebäude mit drei Stockwerken, und Cal öffnete mir.

»Hi, Mist' Fleming. Shoe sagte schon, Sie kommen vorbei.«

Aus dem Inneren drang Escotts Stimme: »Dass Sie vorbeikommen *würden,* Cal.«

Cal grinste und sagte es noch einmal auf, diesmal richtig, dann trat er zurück und ließ mich ein. Der Flur war klein, und an der Wand hing eine Knagge für Hüte und Mäntel. Weiter geradeaus führte eine düstere Treppe nach oben und links davon ein Flur in den hinteren Teil des Hauses. Parallel zur Treppe befand sich eine Doppeltür, und dahinter lag das Wohnzimmer, wo Escott auf einem alten abgedeckten Sofa lag. Er trug einen dunklen, purpurfarbenen Bademantel, dessen Farbe ihn noch bleicher aussehen ließ, als es tatsächlich der Fall war. Er hatte dunkle Ringe unter den Augen, aber offenbar freute er sich, mich zu sehen. »Kommen Sie herein, setzen Sie sich. Möchten Sie etwas Tee?«

Die Frage war eher für Cal gestellt; ich lehnte höflich ab. »Sie sehen besser aus als gestern Nacht. Wie fühlen Sie sich?«

»Müde, aber ich werde es überstehen. Shoe lud mich ein, bei ihm zu bleiben, aber ich wollte nach Hause. Wir schlossen dann einen Kompromiss, und er ließ mich ziehen, aber nur unter der Bedingung, dass Cal hier bleibt und auf mich Acht gibt.«

»Gut, ich fürchtete schon, Sie wären auf sich allein gestellt.«

Auf den zweiten Blick wirkte das Zimmer vollgestopft. Die hohe Decke ließ die Bodenfläche kleiner erscheinen. Das Parkett war aufpoliert; das Lampenlicht und einige bequeme alte Möbel spiegelten sich darin. Einige Bilder hingen an langen Drähten von der oberen Stuckade. Es handelte sich ausschließlich um mittelmäßige Drucke von nackten Frauen, die sich mit

Putten und Tauben auf Wolken räkelten und kaum zu Escotts Charakter passten.

»Haben Sie das Haus möbliert übernommen?«

Er bemerkte meine Blickrichtung, und Falten erschienen um seine Augen. »Gefallen sie Ihnen?«

»Sie sind ... interessant.«

Meine Miene blieb ihm nicht verborgen. »Sie haben einen ausgezeichneten Geschmack. Falls ich irgendwann dazu komme, werden sie sich für einen Plunderhändler sicher als gewinnbringend erweisen.«

»Sie kamen also mit dem Haus?«

»Ja, gewiss. Es hat eine interessante Geschichte. Meine Nachbarn versicherten mir glaubwürdig, dass es früher einmal ein Bordell war.«

»Die vorigen Mieter wohnen aber nicht mehr hier, oder?«

»Nein, der Besitzer starb vor einiger Zeit, das Haus wurde zum Verkauf ausgeschrieben, und ich konnte es recht preiswert erwerben, da es sonst niemand haben wollte. Wissen Sie, ab und zu muss ich einen alten Kunden fortschicken, der die Kunde noch nicht erfahren hat. Mein Leben ist nicht langweilig – manchmal sonderbar, aber niemals langweilig.« Er nippte an seinem Tee. »Shoe meint, ich solle Ihnen davon abraten, Ihren Fall auf eigene Faust zu verfolgen, und ihn stattdessen an die Polizei weitergeben.«

»Sie wissen doch, dass ich in meinem Zustand nicht zur Polizei gehen kann.«

»Ich weiß es, aber Shoe weiß es nicht. Er ist offenbar zu dem Schluss gekommen, dass ich wegen des kleinen Zwischenfalls das Interesse an dem Fall verloren habe.«

»Das überrascht mich nicht; er hat es gestern Nacht erwähnt. Es tut mir Leid. Wenn ich schneller gewesen wäre ...«

Er schüttelte den Kopf. »Niemand hätte schneller sein können, ich habe es gesehen, schließlich haben Sie mich gerettet, und dafür bin ich Ihnen dankbar. Vergessen Sie das, ich bin bald schon wieder auf den Beinen.«

Cal kam mit einem Glas Wasser und einer kleinen Pillenflasche herein. »Es ist Zeit.«

Escott verzog das Gesicht, nahm zwei Pillen und spülte sie

herunter, um es hinter sich zu bringen. Dann brachte Cal das Glas wieder in die Küche. Sobald er das Zimmer verlassen hatte, spuckte Escott die Pillen sorgsam in ein Taschentuch und steckte es in die Tasche seines Mantels. Er trank noch etwas Tee, um den Geschmack loszuwerden.

»Was soll das?«, fragte ich.

»Das ist Morphin. Ich habe gesehen, was es anrichten kann, und ich ertrage wirklich lieber die Schmerzen. Wenigstens weiß ich, dass sie vergehen werden. Clarson ist ein ausgezeichneter Bursche und sehr diskret, aber er sollte es wirklich besser wissen. Ich habe heute morgen eine Spritze davon bekommen und konnte kaum etwas selbst verrichten.«

Ich fragte mich, was um alles in der Welt er in seinem Zustand vorgehabt hatte. »Brauchen Sie jetzt irgendetwas?«

»Nur mehr Geduld.«

»Sie wollen mich nicht von dem Schlamassel abbringen?«

»Wir sind einander ähnlich genug, dass ich es besser weiß, es auch nur zu versuchen.«

»Ich gehe bald hinein.«

»Heute Nacht?«

»Morgen. Ich will ihnen Zeit geben, sich von dem Getümmel der letzten Nacht zu erholen. Sie wollten wissen, zu wem wir gehören. Denken Sie, dass sie glaubten, wir seien Pacos Leute?«

»Möglicherweise, oder von einer von einem Dutzend kleinerer Banden. Ich neige zu der Annehme, dass sie von Natur aus misstrauisch waren. Was haben Sie vor?«

»Vor zwei Wochen war ich noch Journalist ... Ich überprüfe die Angelegenheit einfach wie jede andere Story auch und sehe, was dann passiert.« Als Idee allerhöchstens vage, aber es hatte für mich schon früher funktioniert und zu akzeptablen Texten geführt.

Escott war sichtlich erschöpft, also wünschte ich ihm alles Gute und ging. Ich spazierte ein paar Stunden durch die Stadt. Coldfield hatte recht: Einige Gegenden waren gefährlich, aber ich war jetzt ein großer Junge und konnte auf mich aufpassen. Ich besah mir die Umgebung, machte mich mit den Straßen und den Persönlichkeiten der Blöcke vertraut und arbeitete mich langsam zu den Schlachthöfen und meinem unausweichlichen Halt dort vor.

Mittlerweise stellte ich mich wegen der Bluttrinkerei nicht mehr allzu zimperlich an. Diese seltsame Reaktion hatte mich bei meinem zweiten Besuch dort überwältigt. Mein erste Speisung war in einer Art Panik erfolgt: »Du musst das jetzt tun, oder du musst sterben.« Es war rasch geschehen, wie in einem Traum und ohne Zeit zum Nachdenken. Mein zweiter Besuch war ruhiger abgelaufen, und als es zum entscheidenden Vorgang kam, hätte ich mich fast übergeben. Der Gedanke, einem Tier mit den Zähnen eine Ader zu öffnen und aus der Wunde Blut zu saugen, war Ekel erregend, aber notwendigerweise hatte ich den Gedanken in mir vergraben und getan, was ich tun musste. Intellektuell hatte ich mit dem Vorgang immer noch Schwierigkeiten, aber mittlerweile gewöhnte ich mich zumindest daran. Es half, wenn ich es als eine Art Gewohnheit wie das Zähneputzen betrachtete: Langweilig, aber es musste erledigt werden.

Das Blut stillte meinen Hunger voll und ganz und verlieh mir Kraft, aber seine Aufnahme war weit von einem gemütlichen Essen mit Freunden entfernt, bei dem man sich über echtem Essen und Trinken bis in die frühen Morgenstunden unterhält.

Ich verließ die Schlachthöfe und lief lange umher, bis ich ein Kino entdeckte, das die ganze Nacht geöffnet hatte. Leslie Howard schmachtete Merle Oberon in *The Scarlet Pimpernel* hinterher, und ich sah mir den Streifen dreimal nacheinander an, bis ich soweit war, dass ich Raymond Massey anfeuerte. Aber er gewann nie, also ging ich nach Hause und las bis zum Morgengrauen Zeitung.

Im Anzeigenteil stand immer noch meine Nachricht an Maureen, aber ohne Antwort. Ich sagte mir wieder einmal, dass ich ein Narr war, nach all diesen Monaten immer noch darauf zu hoffen, und dass ich es endlich aufgeben sollte. Wie immer widmete ich mir ein inneres Achselzucken. Eine weitere Woche konnte doch nicht weh tun, wirklich nicht.

Aber das tat sie natürlich. Der Trick bestand darin, den Schmerz zu ignorieren und weiter zu hoffen.

Der Frack passte mir recht gut. Ich gehörte zu den Glücklichen, die sogar Hosen von der Stange kaufen können. Die neuen Patentlederschuhe waren etwas eng, aber heute Abend würden sie gut eingelaufen werden. Ein Spiegel wäre nützlich gewesen; es interessierte mich, wie jung ich wirkte. In der vorigen Nacht hatte ich mich satt getrunken, um eine gute Farbe zu bekommen, da ich mich wieder als Gerald Fleming auszugeben gedachte.

Ich verlagerte etwas Bargeld in meine neue Brieftasche und bog ihr die Steifheit aus dem Leder. Das restliche Geld war mit meinen persönlichen Unterlagen im Schrankkoffer weggeschlossen. In der Brieftasche war ein kleiner linierter Pappaufkleber für Namen und Adresse. Ich trug den Namen Gerald Fleming, eine falsche Adresse außerhalb der Stadt und den Namen Jack Fleming als denjenigen ein, den man bei einem Notfall benachrichtigen solle. Als offizielle Legitimation war es vollkommen wertlos, aber besser als gar nichts. Ich drapierte den weißen Seidenschal vor meiner Brust und setzte zur Krönung den Zylinder auf.

Ich nahm den Hinterausgang, einerseits aus Paranoia, andererseits weil ich vermutete, dass man mir die Miete anheben würde, falls mich jemand in diesem denkwürdigen Aufzug in der Lobby sah. Ein paar Blocks entfernt schnappte ich mir ein Taxi und ließ mich zur Höhle des Löwen bringen.

In dieser Nacht waren die Fenster des *Nightcrawler* hell erleuchtet, und schon zu dieser frühen Stunde strömten Menschen ein und aus. Ich bezahlte den Fahrer und trabte die breiten Stufen hinauf, um mich in einer Gruppe von Feiernden einzuschleichen, musste jedoch feststellen, dass mir plötzlich ein als Mann im Frack verkleideter agiler Berg den Weg verstellte. Er hatte kurze blonde Haare, kleine Augen und einen anhaltend grimmigen Zug um den Mund.

»Guten Abend«, sagte er höflich. Ich murmelte eine Erwiderung und bemerkte, dass er mich aufmerksam musterte. Sein Blick huschte zu einer Art übergroßem Lüftungsgitter in dem einen Ausläufer des U-förmigen Eingangs. Die in dem kleinen Raum dahinter herrschende Finsternis reichte nicht ganz aus, um den dort sitzenden Mann mit der Waffe zu verbergen. Er nickte, und der Berg trat beiseite und ließ mich ein. Ich tat so, als hätte ich den Blickwechsel nicht bemerkt, als sie zu dem Schluss kamen, dass ich nicht gefährlich sei. Unterschätzt zu werden war nur von Vorteil. Ich sah jung und hoffentlich arglos aus – jetzt war nur noch ein Hauch Dummheit nötig. Wenn ich an einige meiner früheren Kapriolen dachte, war das wahrscheinlich sehr leicht.

Der Türsteher tat wie ihm geheißen, aber unter einem plötzlichen Anfall von Zweifel und Unsicherheit blieb ich auf der Schwelle stehen. Obwohl es für ihn zu gefährlich gewesen wäre, wünschte ich mir doch Escott an meiner Seite. Ich vermisste sein Selbstvertrauen. Trotz der Vorteile, über die ich mittlerweile verfügte, konnte ich immer noch Angst bekommen. Eine Sekunde lang wäre ich beinahe umgekehrt, aber eine lächerlich aussehende Frau mit zurückgekämmtem schwarzem Haar und zu viel Schminke entdeckte mich und johlte eine fröhliche Begrüßung. Ihre Gruppe war vor mir eingetreten, und sie waren bereits mehr als nur ein wenig betrunken.

»Worauf wartest du denn, auf 'ne Straßenbahn? Komm schon rein, Süßer«, krähte sie.

Ich konnte diese Art von Betrunkenen nicht leiden, aber ich ging zu ihr, bevor ich es mir anders überlegte. Sie klammerte sich an meinem Arm fest.

»Isser nich' süß? Hey Ricky, er is' doch süß, oder nich'?«

Ricky sagte »Yeah« und schwankte ein wenig. Wieso hatte man diese Leute hereingelassen, wenn die Wachhunde mich so argwöhnisch gemustert hatten?

»So mag ich sie, groß un' süß«, sagte sie tadelnd zu Ricky. Ich war nicht mehr süß gewesen, seit ich meine kurze Hose gegen die abgetragene größere Hose eines älteres Bruders eingetauscht hatte, ließ mich aber von ihnen hineinzerren. Als ich mich vom Eingang entfernte, hörte ich, wie die Männer hinter uns leise lachten. Gut. Wenn sie meine Lage für lachhaft hielten, hielten sie mich vielleicht auch für harmlos.

So höflich, wie es unter diesen Umständen möglich war, entwand ich mich dem Griff der Dame und gab meinen Hut und meinen Schal bei der ersten der fantastisch aussehenden Blondinen ab, die hier arbeiteten. Weißblond war die vorherrschende Haarfarbe und offenbar eine Vorbedingung zur

Einstellung. Sie trugen kurze schwarze Kleider, die mit silbernen Pailletten in Form eines Spinnennetzes bestickt waren. Über ihren Herzen steckten schwarze, rote und silberne Anstecknadeln in Form stilisierter Spinnen – insgesamt ein netter Einfall, der auf den Namen des Clubs anspielte.

Mit einiger Mühe wandte ich meine Aufmerksamkeit von den Mädchen ab und dem Rest des Clubs zu. Es war sehr laut. Die Konversationssalven, die über das blechern plärrende Orchester abgefeuert wurden, klangen wie ein Aufruhr im Hundezwinger. Mit diesem Bild vor Augen war es leicht, die Gäste in Kategorien einzuteilen. Es gab einige hochklassige Exemplare mit Stammbaum, aber der Großteil der Zucht bestand aus Promenadenkötern, gut angezogen zwar, aber eben aus Kötern.

Eine weitere Blondine trat heran, führte mich zu einem Tisch, der etwa so groß wie ein Frühstückstablett war, und unterrichtete mich, dass der Kellner binnen kurzem bei mir vorbeischauen werde. Für eine Wochennacht war der Laden überraschend voll, aber gut durchorganisiert. In weniger als einer Minute erschien ein junger Mann und nahm meine Bestellung für einen Irish Coffee entgegen, der ebenfalls in weniger als einer Minute geliefert wurde. Ich tat so, als nippte ich davon, obwohl das Heben der Tasse zum Mund Willenskraft erforderte und ich einen Würgereiz unterdrücken musste. Um mich abzulenken warf ich einen Blick in die Runde und bemerkte mehrere junge Damen ohne Begleitung, die mich schmachtend ansahen. So hübsch war ich nun auch nicht – sie waren im Nachtgewerbe tätig. Im Augenblick hatte ich keine entsprechenden Neigungen, und so glitt mein Blick an ihnen vorbei zu den tanzenden Paaren auf dem Parkett weiter unten. Die Band beendete ihr Stück, die Tänzer zerstreuten sich, und die Lichter erloschen. Ein einzelner Scheinwerfer richtete sich auf eine weitere Platinblonde, die am Flügel lehnte. Sie trug etwas Langes in Weiß und Silber, ein hübscher Kontrast zu den kurzen schwarzen Röcken der anderen Mädchen und eine perfekte Ergänzung zu ihrem langen schimmernden Haar.

Sie sang etwas Trauriges und Seichtes mit einer überraschend guten Stimme, die den Raum erfüllte und selbst die schlimmsten Säufer zur Ruhe brachte. Wie bei jeder anderen Frau verglich

ich sie mit Maureen und suchte nach Fehlern, aber dieses Mal bestand die Lady aus eigenem Verdienst. Sie brachte ihr Lied zu Ende, und die Lichter erloschen und gingen kurz darauf wieder an. Doch da war sie verschwunden und ließ ein sehnsüchtiges Publikum zurück. Die Band stimmte ein neues Stück an, und wieder wagten sich die Paare auf den Tanzboden. Ich blickte auf und sah ein hübsches Mädchen, das mich anlächelte und ein Tablett mit Tabakwaren vor sich trug.

»Bobbi haut sie jedes Mal aus den Socken«, stellte sie mit einem Nicken zur Bühne fest. Ich suchte mir ein paar Zigaretten aus und brachte sie dabei ein wenig zum Reden. Binnen zwei Minuten fand ich heraus, wo sie wohnte, wann sie frei hatte, wann Bobbi wieder auftrat, wo sich die Spielräume befanden, und was man brauchte, um dort hineinzukommen, namentlich viel Geld und die Bereitschaft, es rasch zu verlieren. Ihr Interesse kühlte ab, und sie zog weiter. Offenbar hatte sie mit Spielern Erfahrungen gemacht. Ich hatte die Sorte auch schon erlebt; Männer, die lieber spielten als spielerisch liebten, waren Narren.

Und ich versuchte es ihnen nachzutun. Ich verließ meinen Tisch und schlenderte zu einer Tür mit der Aufschrift PRIVAT und einem großen Mann davor, der nach meinem Namen fragte. Ich nannte den, welchen ich vorige Nacht benutzt hatte, und war leicht enttäuscht, als er nicht reagierte. Er hielt mit einem Telefon Rücksprache, ein Summer ertönte, und er machte mir die Tür auf.

Ein weiterer großer Raum lag dahinter, in dem es jedoch viel ruhiger zuging. Das Licht aus den Kristalllüstern wurde vom Zigarettenrauch abgeschwächt. Ich war schon an solchen Orten gewesen, allerdings nie, wenn sie noch heil waren. Meistens war ich dicht auf den Fersen einer Polizeirazzia gefolgt, hatte einen Bericht über das Ausmaß der Verwüstung geschrieben und mir notiert, wer wofür verhaftet worden war. Vor der heutigen Nacht hatte ich mir diese Art von Dekadenz nie leisten können. Es war großartig.

Beim Geldkäfig kaufte ich für zweihundert Dollar Chips, wobei ich bei dem Gedanken an den kleinen Haufen in meiner Tasche innerlich erbleichte. Um mich zu beschäftigen, zündete ich mir eine Zigarette an und musterte die Gesichter. Nicht eines war mir vertraut; das war auch gut so, da ich nicht sofort bemerkt werden wollte. Ich schlenderte umher und hielt nach Slick Morelli Ausschau. Entweder war er nicht hier, oder mein Gedächtnis arbeitete nicht so mit, wie es das bei Frank Paco getan hatte. Vielleicht erwartete ich von meinem traumatisierten Gehirn auch zu viel.

Ich ließ es ausruhen, fand eine entlegene Ecke und stieg bei einem Blackjack-Spiel ein. Ich gewann zehn Dollar und verlor fünfzig, ehe ich erkannte, dass ich mogeln konnte, ohne dabei erwischt zu werden.

Das Gesicht des Gebers war so ausdruckslos wie das von einem toten Fisch, aber über seinen Herzschlag hatte er keine Kontrolle. Wenn der unmittelbare Lärmpegel sich gelegentlich senkte, konnte ich ihn hören. Jedes Mal, wenn er dem Haus ein gutes Blatt gab, schlug es etwas lauter und schneller, und nach einigen konzentrierten Übungen zur Unterscheidung seiner inneren Signale stieg meine Gewinnrate geringfügig. Ich gewann nicht jedes Mal, das war durch die anderen Spieler und die natürliche Kartenverteilung unmöglich, aber mein Vorteil reichte aus, dass ich mehr gewann als verlor. Eine Stunde später verließ ich den Tisch, um tausend Dollar reicher und aufgeregt über die Aussicht auf eine neue Lebensaufgabe.

Ich kreiste wieder durch den Raum, sah mir die neuen Gesichter an und musterte die Gimpel an den Roulettetischen und den Slotmaschinen. Eine Kundin an den Maschinen war Bobbi, die Sängerin. Aus der Nähe sah sie genauso gut, wenn nicht noch besser aus als aus fünfzig Fuß Entfernung auf der Bühne. Über den bloßen Schultern trug sie jetzt ein mit Pailletten besticktes schwarzes Tuch. Wahrscheinlich sollte es ihrem Bühnenkostüm einen Hauch von Sittsamkeit verleihen, aber da der schwarze Stoff nahezu durchsichtig war, hatte es eher die entgegengesetzte Wirkung.

Sie warf eine Münze in den Schlitz und riss den Hebel mit genau dem richtigen Kraftaufwand herunter, der auf lange Übung hindeutete. Vor ihr erschienen eine Kirsche und zwei Zitronen. Ihre Miene zeigte keine Enttäuschung. Ihre Bewegungen waren automatisch: Münze einwerfen, Hebel ziehen, warten, Münze einwerfen ... Es hypnotisierte mich. Sie gewann einen kleinen Pott, tat das Geld zu dem Haufen vor sich und fing wieder von vorne an. Ich fragte mich, ob sie doch eher zu denen gehörte, die das Spiel liebten, anstatt spielerisch zu lieben.

Sie bemerkte mich aus dem Augenwinkel heraus. Na prima, das erste Gefühl, das ich in ihr erregte, war Gereiztheit. »Die Bühnenshow ist nebenan, Sportsfreund.«

»Tut mir Leid, ich wusste nicht, dass ich Sie belästige.«

»Sie sollten anderen Leuten nicht über die Schulter sehen.«

Ich verlagerte mich in ihr vorderes Sichtfeld und drehte mich etwas zur Seite, um den Raum im Blick zu behalten. Ich klopfte eine Zigarette hervor und bot sie ihr an.

»Die machen die Stimme kaputt und die Zähne gelb«, beschied sie mir und zog den Hebel mit deutlich mehr Kraft herunter. Ich steckte meine Hilfsmittel unangezündet zurück und lud sie zu einem Drink ein.

»Nein danke, und bevor Sie fragen, warum ich hier bin: Ich versorge meine gelähmte Mutter auf dem Lande.«

Wenigstens redete sie mit mir. Sie sagte nichts, was ich hören wollte, aber sie sprach immerhin. Ich sah ihr weiter zu, wie sie die Maschine bediente. In ihren automatischen Bewegungen lag mehr Kraft als Anmut, aber die Aussicht war faszinierend.

»Kennen Sie Slick Morelli?«, fragte ich

Sie behielt ihren Rhythmus bei, aber ihre Augenlieder zuckten. »Kennt den nicht jeder?«

»Wo ist er?«

»Irgendwo hier.«

»Können Sie ihn mir zeigen?«

»Halten Sie mich für die Party-Hostess oder so? Sprechen Sie mit einem von den Jungens da drüben.« Sie ruckte mit dem Kopf in Richtung der Tür. Die Bewegung löste eine Haarsträhne. Sie hielt lange genug inne, um sie mit den Fingerspitzen zurückzuschieben, und nutzte die Geste, um mich anzusehen, bevor sie sich wieder der Maschine zuwandte. Ich versuchte mein Lächeln auf neutraler und harmloser Ebene beizubehalten.

»Ich hörte, dass seine Jacht zum Verkauf steht«, wagte ich mich vor. »Die *Elvira.*«

Sie lachte. Wieder eine Münze, runter mit dem Hebel. Ich sah nicht, was in den Fenstern erschien. Sie warf eine weitere Münze ein.

»Warum auch nicht? Schließlich braucht er das Geld.«

Diesmal blieb der Hebel oben. Ihr Blick richtete sich auf mich. Ich hatte blaue Augen erwartet, aber sie waren haselnussbraun. Sie musterte mein Gesicht, versuchte mich in eine Schublade zu stecken und kam schließlich zu einer, deren Aufschrift keine Empfehlung war. »Was wollen Sie?«, fragte sie müde.

»Eine Bekanntschaft mit Slick?«

Sie fragte beinahe warum, überlegte es sich jedoch anders. »Reden Sie mit einem von den Jungens.«

»Die sind nicht so hübsch. Mein Name ist Gerald Fleming ... Ich denke, Slick möchte mit mir über meinen Bruder Jack reden.«

Die Namen sagten ihr nichts, was mich erleichterte.

»Jack traf vor zwei Wochen mit ihm zusammen; sie waren an Bord der *Elvira.*«

Ihr Herzschlag beschleunigte sich plötzlich, aber sie verzog keine Miene.

»Er hat etwa die gleiche Figur wie ich und sieht mir ziemlich ähnlich, aber er ist Mitte Dreißig.«

Nichts Neues. Sie reagierte immer noch auf die Erwähnung der Yacht.

»Frank Paco und ein Kerl namens Sanderson waren auch dort. Fred ist mittlerweile tot, und Paco ist unterwegs in eine Klapsmühle ...«

Bei diesen Namen wurde sie weiß, versuchte es aber mit so etwas wie Trotz zu überspielen. »Na und?« Sie trug einen leichten Blumenduft, aber unter den Rosen konnte ich die Angst riechen. Ich fragte sie, wovor sie Angst habe. Sie stritt es nicht ab. »Tod und Steuern, was sonst?«

Vor Slick Morelli oder vor mir?

Sie hielt den Blick auf die Maschine gerichtet. »Ich denke, Sie sollten jetzt besser gehen.«

»Ich möchte lieber bleiben.«

»Wie Sie wollen. Es ist Ihre Haut.«

»Sie können einen richtig entmutigen.«

»Gut.«

»Ich weiß, dass Slick meinen Bruder umgebracht hat.«

Ihre Selbstbeherrschung war gut, doch nun überschwemmte der Angstgeruch das Parfüm. Sie spielte weiter und tat so, als ob sie es nicht gehört habe.

»Falls Sie ihn heute Nacht sehen, geben Sie es weiter. Ich bleibe in der Nähe.«

»Sie machen keine Scherze, oder?«

»Nein.«

»Warum glauben Sie, dass er ...«

»Weil ich bei Frank Pacos letzter Dinnerparty war, bei der mit dem heißen Nachtisch, der in allen Zeitungen stand. Ich hörte einiges mit. Bei der Unterhaltung wurde Slicks Name erwähnt.«

»Ist das nicht ziemlich dumm von Ihnen, hier einfach so hereinzumarschieren?«

»Vielleicht, aber Slick wird mir nichts tun, weil ich etwas habe, das er haben will.«

»Was?«

»Dasselbe, das er von Bruder Jack haben wollte, aber nicht bekam.«

»Okay, weichen Sie mir ruhig aus.«

»Je weniger Sie wissen, desto besser ist es für Sie. Ich glaube nicht, dass Sie darin mit hineingezogen werden wollen.«

»Das sagen mir alle. Was geht es Sie an?«

»Sie erinnern mich an jemanden.«

»Na, vielen Dank auch.«

»Sie hatte manchmal auch Angst.«

Sie musterte mich voller Unruhe und Misstrauen. Ich hielt den Mund und ließ sie stehen. Ich hatte ihr nichts mehr zu sagen, und ich traute meiner Stimme nicht mehr. Maureen war noch zu stark in mir, und ich fühlte mich schuldig, weil Bobbi mich anzog. Sie war ebenso schön wie Maureen, aber auf eine andere Weise; sie war ebenfalls verwundbar und bemühte sich sehr, es zu verbergen. Sie hatte mir einiges zum Nachdenken beschert, und ich schlenderte eine Zeitlang ziellos umher. Ich steckte mir weitere Zigaretten an, inhalierte jedoch nicht. Mein Körper erlaubte mir Luft zum Reden, stieß aber alle fremden Substanzen bis auf eine ab, und von der hatte ich letzte Nacht genug getankt. Ich paffte vor mich hin und verstärkte den Dunst.

In einer Nische, die etwas abseits vom Lärm lag, war ein ernsthaftes Pokerspiel im Gange. Fünf Spieler nahmen daran teil, aber die meisten Chips lagen vor einem vollkommen kahlköpfigen fetten Mann, dessen Kinnbacken ein struppiger brauner Bart umspielte, der wie der Haarflaum eines Kleinkindes aussah. Als ich an den Tisch heranschlenderte, warf einer der Spieler sein Blatt hin und ließ es für diese Nacht gut sein. Er verließ den Tisch mit schweißnassem Gesicht und jenem schalen Körpergeruch, der nur bei Gewohnheitsspielern auftritt – jenen, die verlieren. Ich war der einzige Zuschauer bei diesem Spiel; wahrscheinlich gewann der dicke Mann so oft, dass es für Kiebitze nicht mehr interessant war.

Die Karten landeten auf dem Tisch, er strich einen weiteren Pott ein und baute mit kurzen breiten Fingern die Chips zu nach Farben sortierten Stapeln auf. Vor ihm lagen etwa neuntausend Dollar.

»Wollen Sie mitmachen?«, fragte er, ohne den Blick zu heben.

»Nein danke, ich schaue nur zu.« Ich mochte Poker nicht und hielt es dabei mit der Ansicht von Ambrose Bierce, der es als ein Spiel definiert hatte, das mit Karten und zu einem unbekannten Zweck gespielt wird. Ich hatte auf die Herzschläge gelauscht und wusste, dass an diesem Tisch mein kleiner Trick bei diesen Bluffveteranen vollkommen nutzlos sein würde. Um es auszuprobieren, sah ich einem anderen Spieler über die Schulter und spielte innerlich ein Blatt gegen den Dicken. Ich verlor mehrere Male, da er etwa so viele Gefühlsreaktionen zeigte wie der Filz bespannte Tisch. Für ihn waren alle Blätter gleich. Schließlich entfernte ich mich gelangweilt aus der Nische. Die glasigen seelenlosen Augen des Dicken folgten mir, bevor sie sich mit einem Ruck wieder auf seine Karten richteten.

Ich suchte den Raum ein weiteres Mal nach Morelli ab, ging dann zum Blackjack-Tisch und machte mich meinerseits an ein ernsthaftes Spiel. Im Spielablauf ging es viel schneller, und ich genoss das damit verbundene Geistestraining. Ehe ich mich versah, waren zwei Stunden verstrichen, und ich war der einzige Spieler. Das steigerte meine Gewinnchancen, denn mittlerweile hatte ich die Reaktionen des Gebers gut genug erkannt, dass ich praktisch seine Gedanken lesen konnte.

Ich deckte meine letzte Karte auf – es war ein glatter Blackjack, wie ich sie manchmal auf der Hand hatte. Zeit zum Aufhören. Ich konnte es kaum glauben, als ich fünftausendachthundert Dollar in Chips einsammelte. Wenn das so weiterging, konnte ich Dad eine ganze Ladenkette kaufen. Mein Gewissen machte mir nur wenig zu schaffen. Es war Slick Morellis Geld, und er war mir was schuldig.

Ich schob die Chips zusammen, sah auf, und mein Blick fiel auf Bobbis Gesicht. Sie bewegte sich ohne Hast durch den Raum, lächelte nicht, machte auch kein düsteres Gesicht, ihre Miene war völlig ausdruckslos. Sie setzte sich auf den Hocker neben mir und gab dem Geber ein Zeichen. Er schloss den Tisch und setzte sich ab.

»Sie haben es bei mir ziemlich rasch aufgegeben. Warum?«, fragte sie.

»Ich dachte, das wollten Sie.«

»Im Augenblick weiß ich nicht, was ich will.«

Ab und zu wehte Tanzmusik aus dem Clubraum herein, wenn sich die Tür kurz öffnete. Ich fing wieder ihren Geruch auf – Rosen und Furcht. Er war sonderbar erregend. Ihre Haut war sehr hell, und im Schatten unter ihrer Kieferlinie konnte ich die lebensvollen Adern pulsieren sehen. Auch das konnte ich riechen.

Ich blieb ganz ruhig und wartete, dass sie zu mir aufsah. Sie war so schön und seit langer, langer Zeit die erste Frau, die ich wirklich wollte. Als sie mich schließlich ansah, schlug ich ihr vor, dass wir den Raum verlassen sollten. Sie stand auf und ging mir durch eine unbeschriftete Tür im hinteren Teil des Raumes voraus. Wir standen in einem düsteren Flur, der für sie totenstill war. Für mich war er mit dem unregelmäßigen Rhythmus ihrer Lunge und ihres Herzschlags erfüllt. Als ihre Arme sich um meinen Hals legten, glitt der Schal von ihren Schultern. Ihr ganzer Körper presste sich an mich, wie ich es gewollt hatte. Ich streichelte ihr über das Haar, hob ihr Kinn an und küsste ihre roten Lippen.

Aber die Leidenschaft war ganz und gar einseitig. In ihrem

Gesicht war kein Gedanke, kein Gefühl zu lesen, ihr Verstand lief im Leerlauf und wartete auf meinen nächsten Befehl. Zweifelnd wich ich zurück, und da wusste ich, dass es falsch war. Ich wandte mich ab.

Als Lebender hatte ich mich nie an einer Frau vergangen, und jetzt wollte ich damit nicht anfangen. Meine Veränderung hatte mich mit einer nur allzu leichten Möglichkeit zur Verführung ausgestattet. Maureen vermied die Anwendung dieser Fähigkeit ganz und gar. Sie hatte einen willigen Liebhaber gewollt, keinen Sklaven.

Bobbis Arme hingen schlaff herab, und allmählich kehrte wieder das Bewusstsein in ihren Blick zurück. Falls sie ahnte, was ich getan hatte, ließ sie sich nichts anmerken. Vielleicht dachte sie, dass ihr eigenes Verlangen uns hierher gebracht habe. Ich legte eine Hand auf den Türknauf, ihre legte sich auf meine.

»Ich glaube, ich sollte gehen.«

»Nein.« Ihre Stimme war kaum lauter als ein Flüstern. »Ich musste Slick erzählen, was Sie gesagt haben.«

»Ich weiß, das ist schon in Ordnung. Deswegen hat er Sie zu mir geschickt.«

»War es so offensichtlich?«

»Nur unerwartet.«

»Ich kann Sie hier rausbringen. Ich sage Slick, dass Sie etwas spitzkriegten und sich absetzten.«

»Für Sie ist das zu riskant.«

»Das schaffe ich schon.« Ihre Atmung war wieder normal, und sie hielt immer noch meine Hand. Ihr Gesicht war wieder aufwärts gerichtet, und jetzt war sie frei von allen äußeren Einflüssen. Ich neigte den Kopf und küsste sie und empfand Erleichterung, als sie den Kuss erwiderte. Ich wollte bleiben, aber ich musste mich zurückziehen. In meinem Oberkiefer baute sich ein angenehmer Druck auf. Er unterschied sich von den Hungergefühlen, war aber ebenso intensiv und drückte meine Eckzähne hervor. Solange es noch ging, schob ich sie wieder mit der Zunge zurück. Für so etwas war jetzt weder Ort noch Zeit richtig.

»Das war nicht von Slick geplant«, sagte sie.

»Ich weiß.«

»Hör zu, vielleicht kann ich mich morgen mit dir treffen ...«

»Morgen Nacht. Zuerst muss ich mit Slick reden.«

»Warum?«

Wenn ich ihr darauf Antwort gab, würden wir die ganze Nacht hier herumstehen. Unter anderen Umständen wäre das höchst reizvoll gewesen. Doch so schüttelte ich den Kopf und lächelte leicht. »Ich bringe dich zurück, bevor man dich vermisst.«

Sie sackte in sich zusammen. »Ich hasse es, wenn er mich zu so etwas zwingt. Er sagte, es sei nur ein Scherz, aber ich weiß es besser. Er wollte, dass ich dich nach draußen bringe, dass wir uns vor der Tür treffen, damit du beim Verlassen des Clubs gesehen wirst.«

»Den Gefallen werde ich ihm tun, aber dich lassen wir aus dem Spiel.«

»Aber du hängst wie ein Fisch am Haken. Verstehst du denn nicht?«

»So wie mein Bruder?«

Sie versuchte das Beben zu unterdrücken. »Von ihm weiß ich nichts, wirklich nicht. Slick verbrachte vor zwei Wochen einige Tage auf der Yacht. Als er zurückkam, war er erschöpft und hatte schlechte Laune, vielleicht hatte dein Bruder etwas damit zu tun, aber ich weiß es einfach nicht ...«

Sie sah so aus, als ob sie dringend eine Umarmung brauchte, und ich tat mein Bestes. »Mach dir keine Sorgen, es ist meine Entscheidung. Ich gehe jetzt, und zwar durch die Vordertür.«

»Er wird dich umbringen«, sagte sie voller Überzeugung.

»Nein, das wird er nicht.« Dafür war es zu spät, aber ein Mensch braucht keine Kugel durchs Herz, damit seine Gefühle absterben. Ich lächelte sie wieder an, erhielt ihr Lächeln zurück und fühlte mich so lebendig wie seit Jahren nicht mehr.

8

Unter den harten Blicken zweier Bewaffneter tauschte ich meine Chips an einem vergitterten Fenster gegen Bargeld ein und steckte mir die gefalteten Scheine in die Taschen. Als der Kassierer mich für den morgigen Abend wieder einlud, machte er eine große Schau daraus. Vermutlich dachte er sich, dass mein Anfängerglück bis dahin aufgebraucht war.

Die Band spielte eine letzte langsame Nummer, als ich aus der Tür mit der Aufschrift *PRIVAT* heraustrat. Bobbi war durch eine andere Tür gegangen und glitt nun in den Armen eines anderen Mannes, der sein Gesicht dicht an ihr schimmerndes Haar hielt, über die Tanzfläche. Manche hatten das Glück eben gepachtet. Vielleicht war es Morelli, aber das konnte ich nur vermuten.

An den Tischen saßen nur noch wenige Gäste. Ein Abschnitt war mit Seilen abgesperrt worden, und die Putzkolonne machte gerade sauber. Ich holte meinen Zylinder und meinen Schal ab, gab dem Mädchen an der Garderobe genug Trinkgeld, um sie aufzuwecken, und ging durch den Vorderausgang.

Ich fragte mich, wie viel Leine sie mir wohl lassen würden, ehe sie mich einholten.

Die kühle Nachtbrise vom See fühlte sich sauber und feucht an. Im Winter war dieser Ort vermutlich eine Polarhölle, aber jetzt war es genau richtig. Bis zum Morgengrauen hatte ich noch einige Stunden Zeit. Falls sie irgendetwas versuchen sollten, hoffte ich nur, dass die Nacht dafür lang genug war. Vor dem Club bog ich nach links ab und wanderte langsam die Straße hinunter. Hinter mir hielten zwei Paar Schuhe mein Tempo. Ich unterdrückte ein Lächeln.

Zwischen zwei Straßenlaternen blieb ich stehen und schaute zurück. Einer von ihnen war der Berg auf Beinen, der andere war der Wächter an der Kasinotür. Ich versuchte nicht allzu optimistisch zu sein, dass sie wirklich hinter mir her waren. Vielleicht waren sie unterbezahlt genug, dass mein frisch erworbenes Geld sie reizte. Ich ging weiter und bog um die Ecke. Zwei weitere Männer standen vor mir. Einer davon pflückte sich einen Zahnstocher aus dem Mund und schnippte ihn zur Seite. Das hatte er sicher aus einem Film.

Die Typen hinter uns schlossen auf und vervollständigten das Quintett. Damit es gut aussah, versuchte ich an ihnen vorbei einen Ausfall zur offenen Straße. Sie waren schnell und professionell und ließen sogar meine Klamotten heil, andererseits setzte ich auch nicht meine volle Kraft ein, als ich mich gegen sie wehrte. Mit festgehaltenen Armen und dem weißen Schal über meinen Augen wurde ich raschen Schrittes zum Club zurückgeführt.

Von der Länge des Marsches und dem Gestank am Ende zu schließen, gingen wir über den Hintereingang hinein. Ich gab um der Form willen einige Protestäußerungen von mir, bis mir einer mein eigenes Taschentuch in den Mund schob. Das sollte mich nur durcheinander bringen. Wenn ich wirklich um Hilfe geschrien hätte, wären sie viel rauer mit mir umgegangen.

Schweigend wurde ich ein paar Stufen hinaufgezerrt und über einen Linoleumboden geschubst. Aus dem leichten Fettgeruch schloss ich, dass es sich um eine Küche handelte. Achtundzwanzig Schritte lang liefen wir über Parkettboden, dann stolperte ich eine Treppe hinauf. Knöchel klopften auf Holz, und ich wurde vorwärts gestoßen.

Die Tür schloss sich. Ich stand auf einem Teppich in einem Zimmer mit zwei Lungenpaaren; eines direkt hinter mir, vermutlich der Berg auf Beinen, und der andere etwa acht Fuß vor mir. Ein Lichtschalter klickte, und ich spürte leichte Wärme im Gesicht. Der Schal wurde heruntergerissen. Die Wärme kam von einer biegsamen Schreibtischlampe, die so gedreht worden war, dass das Licht mir direkt in die Augen schien. Der restliche Raum lag im Dunkeln, aber das machte nichts. Den Mann, der sich hinter dem grellen Licht zu verbergen versuchte, konnte ich deutlich sehen.

Er war mittelgroß und dunkelhaarig. Seine helle olivenfarbene Gesichtshaut war von alten Aknenarben an seinen Wangen verunziert. Er war Anfang Dreißig und hatte tiefe dunkle Augen, die besser zu einer Frau gepasst hätten. Er sah nicht schlecht aus, aber seine Nase war zu schmal, und anstelle eines Mundes hatte er einen rasiermesserdünnen Schlitz. Sein Blick war stechend, und ich rutschte unruhig herum.

Er lächelte. Meine Reaktion gefiel ihm.

Ich musterte das Zimmer, um ihn nicht ansehen zu müssen. Es war ein einfaches Büro, aber mit einem hübschen Teppich, ein paar Schiffsgemälden und einem teuren Schreibtisch mit passendem Sessel. Auf dem Schreibtisch stand ein Telefon neben einer Schreibtischunterlage, in der Ecke hinter mir befand sich ein Aktenschrank. Eine zweite Sitzgelegenheit war nicht zu sehen, obwohl auf dem Teppich einige Abdrücke die ehemaligen Standorte der Sessel verrieten. Er war schlau genug, um zu wissen, wie sehr kleine Einschüchterungen dieser Art das Selbstvertrauen eines Menschen untergraben konnten. Er saß entspannt hinter seinem Schreibtisch, musterte mich einmal von oben bis unten und hob dann einen Finger als Signal für den Mann hinter mir. Hände durchsuchten mich, und meine Brieftasche, ein halbvolles Päckchen Zigaretten und ein Streichholzheft landeten auf dem Tisch. Er klappte die Brieftasche auf, ignorierte das Geld, und sein Blick richtete sich kurz auf die kleine Karte aus Pappe.

»Ich denke mal, dass du das hier ruhig als Notfall betrachten kannst«, sagte er schließlich. »Möchtest du gerne, dass wir dich mit deinem Bruder zusammenbringen?«

Im übertragenen Sinne konnte ich jetzt etwas leichter atmen. Ich hatte befürchtet, dass er mich nicht als Gerald akzeptieren würde.

Ich antwortete nicht und blinzelte in das Licht, als ob ich versuchte, daran vorbei zu sehen.

»Ich hörte, dass du bei Paco warst. Man sagte, dass du die Liste gegen deinen Bruder austauschen wolltest. Ich weiß, wo er ist, und ich bin bereit, den Handel mit dir zu machen.«

Einfache Worte, die zudem noch der Wahrheit entsprachen, aber ich dachte nicht, dass er mich für so leichtgläubig hielt. Er wollte mich nur ausloten.

»Willst du den Handel mit mir machen?«

»Nur, wenn Sie Slick Morelli sind.«

Statt einer Antwort bewegte er nur leicht die Hand. Der Berg trat von der Seite an mich heran und vergrub seine Knöchel in meinem Magen. Das schmerzte ein wenig – sehr wenig – und den Rest täuschte ich vor und ging in die Knie, wie ich es auch bei Paco getan hatte. Diese Kerle hatten einfach keine Fantasie.

»Du kannst mich Mister Morelli nennen, Jungchen«, beschied er mir. »Und jetzt sag' danke.«

Ich wurde auf die Füße gezogen und noch zweimal geschlagen, bevor mir die Sache langweilig wurde und ich das sagte, was er hören wollte. Hinter all dem stand ein Zweck: Ich sollte nachgeben und ihm einmal gehorchen, und später würde es für mich viel leichter sein, ihm auch in anderen Dingen nachzugeben. Er kannte sein Geschäft. Ich hatte es schon in anderen Situationen erlebt. Die Gesichter wechselten, aber die Vorgehensweise blieb gleich. Ich ließ mich vom Berg aufrecht halten und konzentrierte mich aufs Atmen. Unter den gegebenen Umständen würden sie es beide bemerken, falls ich damit aufhörte.

»Also, wo ist die Liste?«

Wieder schwieg ich; mein Gedächtnis hatte diese Information an einem Ort verwahrt, den ich nicht erreichen konnte. Sie hatten mich deswegen schon einmal umgebracht, und sie würden es sicher ein zweites Mal versuchen – in meinem gegenwärtigen Zustand eine schwierige Aufgabe, aber nicht unmöglich. Diesmal hatte ich jedoch eine gewisse Kontrolle. Ich wollte sie hinhalten und aushorchen und hoffte, dass mein Kontakt mit ihnen eine Erinnerung freisetzen werde.

Morelli zog eine Schreibtischschublade auf, holte eine lange schwarze Zigarre hervor und steckte sie in einen silbernen Halter. Meine Kopfhaut begann in verschiedene Richtungen davon zu kriechen, meine linke Hand zuckte, und ich trat unwillkürlich einen Schritt gegen den Berg zurück. Er hielt mich fest, während Morelli aufsah und meine Furcht bemerkte. Die Reaktion war ohne Vorwarnung in mir hochgebrodelt, und ich unterdrückte nur mühsam den Drang, mich loszureißen und Hals über Kopf aus dem Zimmer zu fliehen. Er beendete das Anzünden der Zigarre und blies Rauch an die Decke.

»Rede schon, Fleming.«

Ein Film legte sich über meine Augen. Ich blinzelte unkontrolliert. Meine Hände fuhren nach oben und rieben sie frei.

(»Rede, Fleming.«)

Der Berg hielt mich weiter aufrecht, oder ich wäre schon wieder in die Knie gegangen.

(Der Zigarrengestank erfüllte den kleinen Raum. Das glimmende Ende entfernte sich von meinen Augen und stieß auf meine linke Hand herab. Der Schmerz schoss durch den Arm in das Hirn und krallte sich zwischen meinen zusammengebissenen Zähnen hervor. Ich versuchte mich davon loszureißen, davon, und von den Stricken, die mich festhielten ...)

Der Berg schüttelte mich wach. Meine wackeligen Beine fanden den Boden wieder, und ich stellte mich aus eigener Kraft hin und starrte Morelli voll heißer Wut an. Ich wollte sie nur allzu gerne freisetzen; ich wusste, was sie mit seinem Verstand anstellen würde. Eine gute Rache für die erlittenen Schmerzen, aber sie würde nichts bringen. Mein Blick folgte einer weiteren Rauchwolke. Seine gelassene Art erinnerte mich daran, dass er über alle Zeit der Welt verfügte; ich dagegen hatte nur bis Sonnenaufgang.

»Was habt ihr mit Jack Fleming gemacht?«, fragte ich. »Wie habt ihr ihn erwischt?«

»Ich stelle hier die Fragen, Jungchen.« Ein weiterer Schlag unterstrich seine Worte.

»Haben Sie ihn von Paco erschießen lassen?«

Jetzt war ich am Boden und spürte wie aus weiter Ferne den Tritt eines Schuhs gegen einen Oberschenkel. Ich gab ein angemessenes Geräusch von mir. Der Berg bückte sich und riss mich wieder hoch. Zum ersten Mal sagte er etwas und flüsterte in mein Ohr. »Sag ihm, was er wissen will, Kleiner. Er lässt nicht locker.«

Er wollte also mein Freund sein und hatte etwas Mitleid für mich übrig. Wenn ich mitspielte, schlug er vielleicht nicht ganz so fest zu. Bockmist.

»Wo ist die Liste?« Morelli tat so, als habe er nicht gehört, was sein Laufbursche gesagt hatte.

Man zwang mich zum Stehenbleiben. Ich schüttelte den Kopf und schonte mein getretenes Bein oder tat wenigstens so. Der Berg schlug noch einmal zu, und da übertrieb ich mein Gaukelspiel. Durch Zufall oder auch durch schieres Ungeschick verlor ich zu sehr und zu rasch das Gleichgewicht, und mein Kopf schlug heftig auf den Rand des Schreibtischs.

Das Ding bestand aus sehr solidem Mahagoniholz.

Lichter blitzten hinter meinen Augen auf, Schwindelwellen durchfuhren mich, und wenn ich abtauchte, würden sie glauben, dass ich tot sei. Sie würden mich wieder im See versenken, und dann kam ich vielleicht nicht wieder hoch. Meine Augenlider flatterten, ich spürte, wie ich fiel, aber das war nur der Berg, der mich auf den Rücken drehte.

Atmen, nur weiteratmen.

Er betrachtete mich aufmerksam. Ich erwiderte den Blick, konzentrierte mich auf das Heben und Senken meiner Brust und das Niederringen der Schmerzen in meinem Kopf.

»Für einen Moment dachte ich, er sei hin, aber jetzt ist er wohl wieder okay«, sagte der Berg.

»Dann weck ihn auf.« Morelli klang unendlich gelangweilt. »Und Gordy, gehe diesmal mit ihm etwas vorsichtiger um.«

Er goss mir ein Glas Wasser, das ich nicht haben wollte, über das Gesicht, und ich spuckte es wie Gift aus Mund und Nase. Die Tür ging auf, und ein Stuhl wurde hereingezerrt. Man schob ihn unter mich. Vielleicht hatte Berg Gordy keine Lust mehr, mich hochzuhalten.

»Sag ihm, was er wissen will, Kleiner«, drängte er.

Mit gesenktem Kopf befühlte ich die schmerzende Stelle. Kein Blut, aber es *tat weh.* Es schmerzte viel stärker als Pacos Schüsse. Mir fiel die Zeit wieder ein, und ich ließ meinen Ärmel am Gelenk hochrutschen, um auf die Uhr zu sehen. Nicht gut, aber besser als ich erwartet hatte.

Morelli saß immer noch hinter seinem Schreibtisch und paffte an der Zigarre. Trotz der Klimaanlage war es heiß im Büro; es stank nach Rauch und Schweiß. Jetzt war ich für das Wasser im Gesicht dankbar; es vermittelte die Illusion, dass ich ebenfalls schwitzte.

»Ich sag dir mal, wie es abläuft, Fleming. Du redest jetzt, oder du bist Hackfleisch. Wir werden dich bearbeiten, und du wirst sterben. Rede, und du bleibst am Leben.«

Ich fragte mich, wie lange wohl.

»Wo ist die Liste?«

Das gleiche alte Lied. Ich hielt ihn hin und ließ Gordy seine Brötchen verdienen. Er war nicht sehr kreativ, aber er hatte eine Menge Ausdauer und Muskelkraft. Die brauchte er auch, weil ich meiner Rolle entsprechend immer wieder vom Stuhl fiel. Es dauerte eine lange und brutale Viertelstunde, ehe ich endlich zusammenklappte. Ich hatte es in Filmen und im wirklichen Leben gesehen. Ich lieferte ihnen das volle Programm. Schluchzen, betteln, alles, was mir einfiel, und es war genau das, was Morelli sehen wollte. Jetzt fühlte er sich wohl; er hatte einen Mann zertreten, ihn ausgeweidet und dafür nicht mal aufstehen müssen.

Ich glitt zu Boden, kuschelte mit dem Teppich und rollte mich zusammen, um Prellungen vorzuschützen, die ich nicht fühlte. Dadurch blieb mein Gesicht verborgen und meine Stimme gedämpft. Beide verrieten mich immer wieder, wenn ich zu lügen versuchte. Zwischen Stöhnen und Ächzen tischte ich ihm eine Geschichte auf, wie Jack die Liste an seinen Bruder weitergegeben hatte, beschränkte mich bei den Einzelheiten aber auf das Notwendigste; zu viele davon, und sie würden mir nicht mehr glauben.

»Sehr gut«, sagte Morelli. »Aber wo ist die Liste jetzt?«

»Ich nahm mir in Jacks Hotel ein Zimmer und wartete auf ihn. Ich dachte mir, da Sie schon mal dort gewesen waren, würden Sie nicht wieder kommen, aber vielleicht würde Jack sein Zeug abholen.«

»Schlau, Jungchen. Red weiter.«

»Die Liste ist im Hotel versteckt, im Keller. Ich muss Ihnen das Versteck zeigen. Das finden Sie sonst nie.«

Das schluckten sie nur mit Mühe, und ein weiterer großer Happen meiner kostbaren Zeit ging dafür drauf, sie davon zu überzeugen, dass sie mich mitnehmen mussten.

Mir wurden wieder die Augen verbunden, aber diesmal blieb mir das Taschentuch erspart. Wir gingen nach unten und warteten in der Küche. Ein Wagen rollte vor und hielt mit leise brummendem Motor an. Man machte die Tür auf, führte mich die Stufen hinunter, und dann wurde ich auf den Rücksitz gestoßen. Ich sackte in mich zusammen, als ob es mir gar nicht gut gehe – tatsächlich machte ich mir um den allgegenwärtigen Rückspiegel Sorgen.

Gordy saß rechts von mir, ein anderer Mann zu meiner Linken. Jeder umklammerte mein Handgelenk auf seiner Seite, um eventuellen plötzlichen Bewegungen meinerseits vorzubeugen. Morelli saß neben dem Fahrer und gab ihm gelegentliche Richtungshinweise.

Einmal, zweimal überquerten wir Wasser, bogen ein paar Mal ab, blieben schweigend vor Ampeln stehen. Schließlich wurde der Wagen langsamer und blieb mit laufendem Motor stehen. Die rechte Hintertür ging auf, und Gordy zerrte mich raus. Er zog mir den Schal herunter, und das erste, was ich sah, war die Waffe in seiner Hand. Neben ihm stand der Wächter vom Casino, der wie ein Neuzeit-Napoleon eine Hand in seinem Mantel vergraben hatte. Sein Körper verstellte mir die Sicht auf Morelli auf dem Beifahrersitz. Ob ich nun schlachtreif war oder nicht, er achtete darauf, dass ich sein Gesicht nicht zu sehen bekam. Das war mir nur recht; ich hatte von seinem Anblick ohnehin die Nase voll.

»Los, holt die Liste«, sagte er.

Das Hotel lag einen Block entfernt auf unserer Straßenseite. Vielleicht erinnerte der Nachtportier sich an mich, aber ich wollte ihn nicht auf die Probe stellen. Ich hatte sie nur in diese Gegend geführt, weil dadurch meine Geschichte plausibler wurde. In der Nähe meines jetzigen Hotels wollte ich sie ganz bestimmt nicht haben.

Sie nahmen mich wie zuvor in die Mitte und hielten mich an den Armen fest. Zur Abwechslung hatte ich einmal Glück. Wir mussten an der Mündung einer Gasse zwischen dem Hotel und dem Haus davor vorbei. Vielleicht würden sie meine ungewöhnliche Körperkraft bemerken, aber vielleicht schrieben sie diese der Verzweiflung zu. Meine Restzeit wurde auch nicht länger, und ziemlich bald würde ich tatsächlich verzweifelt sein.

Wir erreichten die Gasse, und ich riss mich los, landete einen sanften Rückhandhieb im Bauch des Bewaffneten und stieß Gordy in eine Ansammlung von Mülltonnen. Er rappelte sich schnell wieder auf und rannte mir hinterher, noch bevor ich die Gasse zur Hälfte hinter mich gebracht hatte. Sein Freund holte auf, als ich den Holzzaun erreichte, der das untere Gassenende verschloss. Ich flankte mit einer Agilität über das Hindernis, die mich selbst überraschte, landete wie eine Katze, gab Fersengeld und erzielte einen guten Vorsprung.

Hinter dem Schutz des Zauns lag eine Straße mit Wohnhäusern, die allesamt über Treppen, Geländer und überbaute Hauseingänge verfügten. Hier gab es jede Menge Verstecke, falls jemand so etwas brauchte. Ich wandte mich nach rechts, weil ich noch etwas Abstand gewinnen wollte, bevor ich mich auflöste. Diesen Trick mussten sie nicht unbedingt zu Gesicht bekommen. Ich suchte schon eine Stelle, in die ich mich hinein ducken konnte, als einer von ihnen etwas Unerwartetes tat. Das musste der Schütze gewesen sein; Morelli hatte vergessen, ihm zu sagen, dass man mich lebend benötigte.

Etwas wie ein Vorschlaghammer traf mich zwischen die Schulterblätter. Die Schmerzen ließen mich meinen hämmernden Schädel einen Augenblick lang vergessen. Ich war mitten im Lauf, als mein Körper von dem Einschlag angehoben und aus dem Gleichgewicht geworfen wurde. Ich versuchte auf den Beinen zu bleiben, aber der Schock war zu schlimm, und sie gaben unter mir nach. Ich stürzte auf den Bürgersteig und überschlug mich, bis ich am Rad eines geparkten Wagens zu liegen kam. Die beiden Männer trabten heran und drehten mich herum.

Es steckt zu viel von einem Scherzkeks in mir, dass ich die Situation nicht ausgenutzt hätte. Außerdem wurde ich sie dadurch los. Ich gab mein Bestes, legte die Hände über die Stelle, wo die Austrittswunde gewesen wäre, und hoffte, dass es dunkel genug war und ihnen das fehlende Blut nicht auffiel. Als sie heran kamen, keuchte ich, zuckte krampfhaft und ließ meinen letzten Atemzug in einem grässlichen Röcheln aus mir entweichen. Mit glasigen Augen starrte ich sie an. Sie starrten zurück, dann bückte Gordy sich und suchte an meinem Hals nach einem Puls. Er richtete sich wieder auf, sah seinen Kumpel an und schüttelte den Kopf.

»Jetzt steckst du ganz schön in der Scheiße«, verkündete er.

Also war es doch der Mann mit der Knarre gewesen, und nun sah ich auch, warum ich den Schuss nicht gehört hatte: Er hatte einen klobigen Schalldämpfer auf die Waffe gesetzt. Der Krach wurde gerade genug gedämpft, dass die Anwohner sanft und selig weiterschlafen konnten.

Eine halbe Minute später rollte der Wagen heran, und Morelli kam herausgesprungen, noch bevor er stand. Er sah kurz zu seinen Männern, dann starrte er auf mich hinunter. Eigentlich schade, dass ich meine Sterbeszene nicht lange genug ausgedehnt hatte, um ihm noch eine geheimnisvolle Botschaft auf den Weg zu geben, über die er sich den Kopf zerbrechen konnte. Er fuhr zu seinen Männern herum. Gordy zeigte auf den anderen Mann, der aschfahl geworden war. Morelli hingegen wurde purpurrot. Die Sehnen an seinem Hals traten hervor, als wollten sie die Haut durchstoßen. Er bebte vor Zorn, und sein Atem kam in kurzen, keuchenden Stößen. Er hatte eine letzte Chance zum Aufspüren seiner kostbaren Liste erhalten, und der Bursche hatte sie ihm durch seine Dummheit genommen. Er riss ihm die Waffe aus der Hand und verwendete sie als Keule. Als er fertig war, verzierte eine weitere Leiche den Bürgersteig. Er gab die blutverschmierte Waffe an Gordy weiter und stampfte zu seinem Wagen. Gordy sammelte seinen Kumpel auf und folgte ihm eine Minute später.

»Was machen wir mit ihm?«, fragte er. Ich konnte sie nicht mehr sehen, aber ich konnte mir vorstellen, wie er in meine Richtung deutete.

»Lass ihn liegen. Er hat keine Brieftasche bei sich, man wird denken, dass man ihn ausgeraubt hat. Lass ihn liegen.«

Wagentüren schlugen zu, und sie fuhren davon.

Ich lag auf dem Bürgersteig und dankte meinem Schöpfer. Als ich aufstand und meinen schmerzenden Schädel betastete, konnte ich über alles Bilanz ziehen. Ich war mehr oder weniger in einem Stück aus dem *Nightcrawler* entkommen, und Morelli hielt mich für tot. Was die Minus-Seite anging, sah mein neuer Anzug aus wie der Schauplatz eines Grubenunglücks, mir fehlten fünftausendachthundert Eier, und ich wusste immer noch nicht viel mehr als vorher.

Der Himmel wurde heller, und ich musste nach Hause. Ich bog schon um die Ecke zu meinem alten Hotel, überlegte es mir aber anders. Es bestand die entfernte Möglichkeit, dass Morelli dort war oder am nächsten Tag wiederkam und etwas über den Kerl im durchlöcherten Smoking erfuhr, der dort hereinspaziert war und ein Taxi bestellt hatte. Nein, das war eine ganz schlechte Idee. Ich ging rasch weiter und hoffte, dass ich irgendeinen Laden fand, der noch offen hatte, oder besser noch, ein freies Taxi. Leider geschah weder das eine noch das andere, und mittlerweile tat mir das Licht in den Augen weh.

Meine Anspannung war mittlerweile so groß, dass ich verbotenerweise in einen geschlossen Eckdrugstore einstieg und ihr Telefon benutzte, um mir eine Fahrgelegenheit zu besorgen. Ich hatte noch etwas Kleingeld in der Tasche, also ließ ich etwas davon als Ausgleich für die dunkelste Sonnenbrille liegen, die ich finden konnte, und ging nach draußen. Während ich wartete, spähte ich in einer Mischung aus Besorgnis und Hoffnung die Straße hinauf und hinunter. Ich konnte hier solange nicht weg, bis das verdammte Taxi eintraf.

Das sanfte graue Licht im Osten blendete mich, und als der Wagen endlich eintraf, konnte ich ihn kaum erkennen. Ich torkelte auf den Rücksitz und versprach dem Fahrer ein Zwei-Dollar-Trinkgeld, wenn er mich in ebenso vielen Minuten zu meinem Hotel bringen würde. Bei diesem Ansporn sparte er nicht an Treibstoff.

Als wir das Hotel erreichten, musste er mir wegen des Geldes zu meinem Zimmer folgen, aber ich musste zuvor wieder in die Lobby stolpern, um mir den Schlüssel abzuholen. Meine Tür war verschlossen, und meine übliche Eintrittsart hätte den Mann kreischend auf die Straße getrieben. Allerdings stand ich mit dem Nachtportier auf gutem Fuß, und das sparte etwas Zeit. Ich überredete ihn, dem Fahrer das Geld zu geben und es mir auf die Rechnung zu setzen. Er tat es mit einem Lächeln, Gott segne ihn dafür, gab mir meinen Schlüssel und ich stürzte nach oben.

Die Sonne war mittlerweile aufgegangen. Ich bewegte mich wie durch Sirup und erblindete langsam. Das Schlüsselloch fand ich eher durch Glück als durch alles andere. Ich stieß die Tür wieder zu und sackte zu Boden. Mein Kopf wollte schier explodieren unter dem schwachen reflektierten Sonnenlicht, das durch das Fenster sickerte. Ich kroch zu meinem Schrankkoffer, aber er war abgeschlossen. Ich versuchte hineinzusickern, aber ich schaffte es nicht; das Licht versengte mir das Gehirn, ich konnte kaum denken. Wo war der verdammte Kofferschlüssel?

Ich fuhr durch den Schrank und riss die Taschen meines alten

Sakkos heraus. Falsch geraten. Die Kommode, ich hatte ihn in einer Schublade liegenlassen ... Kriech rüber und sehe nach ... In der mittleren Schublade, unter den Hemden ... Ich stöhnte erleichtert auf, als meine steif werdenden Finger über die Schlüssel strichen und zupackten.

Ich fummelte endlos lange am Schloss des Koffers herum und war schon fast soweit, es einfach abzureißen, als es schließlich aufsprang. Ich stieß den Deckel auf, zwang meine Beine, sich zu strecken, schwankte eine Sekunde lang und fiel hinein. Die Nähe meiner Heimaterde war hilfreich, und meine Arme waren gerade noch beweglich genug, um den Deckel wieder zuzuziehen und mich sicher vor dem Licht zu verbergen.

Dann wurde das Bewusstsein wie Staub im Wind davongeweht.

Jemand klopfte an meine Tür, aber dafür war es zu nahe und zu laut. Es war der Kofferdeckel. Escott war der einzige, der wusste, dass ich hier schlief, also sagte ich »Herein«, und er öffnete sich einen Spalt weit. Ich glaube, ich sah ein helles Oval inmitten violetter Funkenschauer.

»Alles in Ordnung mit Ihnen, alter Junge?«, fragte das Ei. »Ich versuche schon seit einer Stunde, Sie anzurufen.«

Ich schüttelte den Kopf, und dadurch schmerzte er noch mehr: Ich wollte nur noch, dass er weg ging und mich in Ruhe ließ.

»Großer Gott, Sie sehen ja aus wie der aufgewärmte Tod. Warten Sie, ich helfe Ihnen heraus.«

Ich fing an idiotisch zu kichern und ließ ihn mich hochziehen. In letzter Zeit kam es mir so vor, als ob ich mich nur noch von irgendwelchen Leuten auf die Beine ziehen ließ. Aber ich fühlte mich schwach, also ließ ich ihm seinen Willen, bis mir einfiel, dass er sich immer noch von dem Messerstich erholte, und dass die Anstrengung, mich hochzuheben, seinen Nähten nicht gut tun werde. Ich legte eine Hand auf seine Schulter, um das Gleichgewicht zu wahren, hob die Beine aus dem Koffer, stolperte zum Bett und ließ mich der Länge nach hineinfallen. Mich auszustrecken fühlte sich herrlich an. Etwas Kühles und Nasses, ein Waschlappen, wurde mir auf die Stirn gelegt. Escott war ein Gedankenleser.

»Sie haben da ein wirklich prachtvolles Gänseei. Wo in aller Welt haben Sie das her, oder sind Sie noch nicht so weit?«

Ich versuchte die Augen wieder zu öffnen und sie mit dem Tuch sauberzuwischen. Ich sah immer noch violette Wunderkerzen, also musste ich ihn anhand der Richtung orten, aus der seine Stimme erklang.

»Was ist los?«

»Mich hat der Sonnenaufgang erwischt, ich kann nichts sehen.«

In Anbetracht meiner Situation musste ich geradezu idiotisch ruhig geklungen haben. Ich spürte, wie seine Finger mir vorsichtig die Lider hochschoben, und hörte, wie ein Streichholz angezündet wurde. Ich glaubte, es zu sehen, wie es sich hin und her bewegte.

»Sie folgen dem Licht, und Ihre Pupillen reagieren darauf.«

»Dann ist es vielleicht nur vorübergehend.«

»Haben Sie irgendwelche Schmerzen?«

»Nur vom Gänseei.«

»Sie haben ein scheußliches Loch in Ihrem Hemd«, stellte er gelassen fest.

»Es passt zu dem auf dem Rücken.«

»Sie müssen einen wirklich interessanten Abend verbracht haben.«

Diesmal nahm ich die Eröffnung an und berichtete ihm kurz, was sich letzte Nacht ereignet hatte, wobei ich nur den Teil mit Bobbi und dem Blackjack-Spiel ausließ.

»Ist es besser geworden?«, fragte er. Er meinte mein Sehvermögen.

»Ein bisschen, glaube ich.« Aber ich war nur optimistisch und blinzelte immer wieder unwillkürlich, um meine Sicht zu klären.

Er wartete ein wenig, ehe er mir behutsam einen Gang zu den Schlachthöfen als Heilmittel empfahl. Meine Zimperlichkeit wegen meiner Speisegewohnheiten musste ich mir wirklich abgewöhnen.

»Das hilft vielleicht«, räumte ich ein. Es konnte nicht schaden.

Meine Reaktion erleichterte ihn offenbar. »Ich bringe Sie gerne dorthin, aber werden wir nicht ein Problem bekommen, wenn wir uns auf das Gelände schleichen?«

»Dort herrscht ein ständiges Kommen und Gehen, wahrscheinlich wird man uns gar nicht bemerken. Schaffen Sie das?«

Zumindest seine Stimme klang kräftiger. »Ich hatte für gut achtundvierzig Stunden Ruhe. Die Nähte jucken, und das bedeutet, dass sie heilen. Ich habe sogar Cal nach Hause geschickt.«

»Okay, wenn Sie meinen. Können Sie mir beim Umziehen helfen?«

Das konnte er, und dann half er mir über die Hintertreppe zu seinem Auto. Ich überließ ihm dankbar alles Weitere. Er parkte den Wagen in der Nähe unseres Ziels und drückte mir dann etwas in die Hand.

»Was ist das?«

»Ihre Sonnenbrille. Sie lag unten in Ihrem Schrankkoffer. Sollten wir jemandem über den Weg laufen, verleiht sie jeder Geschichte, die ich über Ihre Blindheit aufsagen muss, einen gewissen Grad an Glaubwürdigkeit.«

»Solange ich sie nicht auf Dauer tragen muss.«

»Wissen Sie, wenn jede Art von Blut dafür geeignet ist, wäre es dann nicht vielleicht besser, wenn ich Ihnen einen freundlichen Hund auftreibe?«

Ich war schockiert. »Einen Hund? Aber ich *mag* Hunde, ich kann doch nicht ...«

»Es war nur ein Vorschlag«, sagte er hastig.

Ich stieg aus und wartete auf ihn. Er nahm meinen Arm und führte mich langsam über den Bürgersteig, einen Bordstein hinunter, einen Bordstein wieder rauf und nach dem Lärm und dem Gedränge zu urteilen durch den Haupteingang der Höfe. Jetzt war der Viehgestank ganz deutlich, ich konnte die Tiere ebenso deutlich in der Nähe hören.

»Versuchen Sie eine Stelle zu finden, wo nicht so viel los ist«, empfahl ich ihm.

Er schwieg. Offenbar hielt er mich für verrückt, denn auf dem gesamten Gelände war fast ständig etwas los. Wir mussten einen langen schlammigen Weg zurücklegen, bis er endlich eine Stelle entdeckte, die unseren Anforderungen genügte.

»Ein Zaun«, sagte er. »Schulterhoch, aus Holz, auf der anderen Seite stehen einige Kühe.«

Das brauchte er mir nicht zu sagen, ich konnte sie spüren. Ich tastete nach dem Zaun, dann schwebte ich einfach hindurch.

Vermutlich hätte ich ihn warnen sollen. Bebend holte er Luft. »Als Spukschlossbetreiber könnten Sie ein Vermögen verdienen. Das war ein eindrucksvoller Auftritt.«

Dazu sagte ich nichts, denn meine Hände fassten schon nach einem warmen zottigen Körper. Mit leisen Worten beruhigte ich das Tier und tastete nach seinem Kopf. Ich wusste, wo die Stelle war. Zur Not konnte ich sie mir auch erfühlen. Doch dann hielt ich inne und wandte mich zu der Stelle, wo er stand.

»Escott?«

»Ja?«, antwortete er flüsternd.

»Macht es Ihnen etwas aus, nicht zuzusehen?«

»Er ... ähm ... keineswegs, alter Junge.« Seine Füße scharrten, als er sich umdrehte. Vielleicht verstand er nicht, warum ich deswegen so empfindlich war, aber er respektierte zumindest meine Gefühle. Ich konnte mich darauf verlassen, dass er sich nicht wieder umdrehte.

Der Schmerz in meinem Schädel ließ rasch nach. Langsam richtete ich mich auf. Ich fühlte mich viel stärker. Das Zeug verbreitete eine wundervolle Wärme in meinem Körper, wie ein guter Schluck von weichem Whiskey, aber ohne die trunkenen Nebenwirkungen. Ich nahm die Brille ab und überprüfte meine Augen. Das Sprühen der violetten Wunderkerzen ließ nach, ich konnte Escotts Umriss über dem Zaun erkennen und flankte hinüber.

»Ich glaube, ich bin wieder okay.«

»Ihre Augen ...«

»Sie werden schon wieder besser.«

»Sie sind ...«

»Was?«

»Nichts. Ich bin froh ... können wir gehen?«

Ganz offensichtlich hatte Escott nichts für Kühe übrig. Ohne weitere Zwischenfälle erreichten wir unseren Wagen und kratzten uns die Schuhe ab. Die Dinge hatten sich so weit verbessert, dass ich wieder fahren konnte, aber Escott war müder als er zugab und schwieg während der Fahrt. Das war mir recht, denn ich hatte nachzudenken. Meine erste wache Stunde war zu sehr mit dem Versuch, mich zu erholen, beansprucht gewesen, und meine Tageszeit hatte ich in völligem Vergessen verbracht. Ich konnte mich an keine Träume erinnern, vielleicht träumte ich gar nicht mehr.

Körperlich ging es mir gut, emotionell war ich wütend. Die Wut war immer noch in mir und bereit, sich gegen Morelli oder gegen mich selbst zu richten. In der letzten Nacht hätte ich den Club jederzeit verlassen können, aber ich war geblieben und hatte mich in der Hoffnung, eine Erinnerung zu erhaschen, ein weiteres Mal durch die Mangel drehen lassen. Von der Demütigung einmal abgesehen, die ich erlitten hatte, als ich einem anderen gestattete, mich zu schlagen, obwohl ich zurückschlagen konnte, war ich eigentlich nicht verletzt. Seltsamerweise empfand ich keinen Groll gegen Gordy; das Verhalten des Mannes war während der ganzen Angelegenheit so vollkommen neutral gewesen, dass ich von ihm nur als von einem Werkzeug in Morellis Hand dachte. Außerdem hatte ich die blutige Verwüstung von Sandersons Gesicht vor mir gesehen. Das hatte mich zurückgehalten, das und die Tatsache, dass ich meine übernatürlichen Trümpfe vor ihnen nicht hatte ausspielen wollen.

Ich kannte mal einen Jungen in der Army, dem man die rechte Hand glatt abgeschossen hatte. Jahre später sah ich ihn wieder. Über seiner künstlichen Hand trug er einen Handschuh. Er hatte sich angewöhnt, sie in die Tasche zu stecken und so zu tun, als sei sie gar nicht da, und jedes Mal, wenn ich ihn ansah, starrte er mit einem harten Blick zurück, der von mir verlangte, dass ich ebenfalls so tun sollte. In der gleichen Einheit war ein Junge gewesen, der vom Knie abwärts sein Bein verloren hatte. Als ich in New York eine Story für die Zeitung recherchierte, traf ich ihn wieder. Er war der Leiter und Vortänzer einer Polka-Truppe. Auch er ignorierte sein verletztes Glied, aber auf andere Weise.

Mein Vampirismus war bloß ein bestimmter körperlicher Zustand, ähnlich einem gesundheitlichen Problem. Wenn ich die Regel respektierte, die er mir aufzwang, hatte ich weniger Probleme, und das machte ihn für mein verwirrtes Hirn akzeptabler. Für diese Regeln gab es allerdings durchaus Entschädigungen. Anderenfalls hätte ich mich am Grund des Lake Michigan befunden, vergessen und ungerächt wie wer weiß wie viele andere auch. Ich hatte mich auf umfassendere Weise verändert, als mein Großvater es sich je hätte vorstellen können, aber ich hatte mich dagegen gewehrt. Deswegen hatte ich auch nicht gewollt, dass Escott mir bei meiner Nahrungsaufnahme zusah. Hätten wir unsere Rollen vertauscht, bezweifle ich, dass ihm der Gedanke überhaupt in den Sinn gekommen wäre.

Meine Wut hatte eine Richtung bekommen.

Morelli hielt den kleinen Bruder Gerald für tot, und seine Leute waren der gleichen Meinung. Es war eine einzigartige Situation, und ich würde ihre Vorteile ganz bestimmt nutzen.

»Ich nehme mir Morelli noch einmal vor«, sagte ich.

Escott nickte. »Ich kann mir keinen Würdigeren für den Einsatz ihrer Talente vorstellen. Haben Sie schon einen Plan erarbeitet?«

»Ja. Eigentlich haben Sie mich hinten bei den Schlachthöfen darauf gebracht.«

»Tatsächlich?«

Ich erläuterte ihm meine Idee. Schmunzelnd erklärte er sich einverstanden und ergänzte sie um ein paar eigene Details. Wir bogen zu seinem Haus ab, holten dort ein paar Sachen ab und suchten dann wieder mein Hotel auf. Während ich ein Bad nahm, nahm er sich meinen durchlöcherten Smoking vor.

»Ich wünsche mir wirklich, ich könnte sein Gesicht sehen«, sagte er und pustete leicht über das geronnene Blut, damit es besser trocknete. Behutsam zog ich das Hemd an und legte mein Kinn in Falten, um mir die Brust genauer anzusehen. Ein Großteil davon wirkte blutüberströmt; tatsächlich handelte es sich um ein sehr echt wirkendes Theaterhilfsmittel, das Escott selbst entwickelt hatte.

»Echtes Blut«, sagte er und reinigte seinen Pinsel, »trocknet ärgerlicherweise ein, ist klebrig und wird irgendwann braun, aber dieses Zeug bleibt erfreulich frisch. Leider kann man es nicht auswaschen, aber in diesem Fall spielt das kaum eine Rolle.«

»Nöö, je blutiger, desto besser«, nickte ich. Es war ein gutes Gefühl, mal etwas Konstruktives und sogar Verbotenes zu tun.

Ich fühlte mich wie ein Collegebube, der einen Streich ausheckt.

Ich hatte wieder eine gute Farbe angenommen, doch Escott klappte seinen Schminkkasten auf und fegte sie mir vom Gesicht, malte mir Ringe unter die Augen und ließ meine Wangen einfallen.

»Wenigstens hat Ihr Gesicht für das hier den richtigen Knochenaufbau. Nichts ist für mich ermüdender, als ein volles Gesicht schmal zu machen.«

»Damit hatte ich noch nie ein Problem.« Ich bin schon immer eher mager gewesen. »Haben Sie das alles beim Theater gelernt?«

»Ja, in Kanada. Ich ging drei Jahre lang bei dem Schminkmeister einer Shakespeare-Kompanie in die Lehre. Ich kümmerte mich außerdem um die Ausstattung, bemalte Hintergründe, konstruierte Kulissen und, wie sie bereits wissen, spielte die eine oder andere Rolle. Charakterrollen liegen mir besonders. Der Wahrsager in *Julius Caesar* war eine meiner besten Rollen, wenngleich nicht die wirksamste, wenn man bedenkt, dass Caesar nicht auf mich hörte.«

»Haben Sie auch ein paar Warnungen für mich?«

»Mein Lieber, ich sollte Mr. Morelli in aller Fairness anrufen und ihn warnen. Er hat eine schwere Nacht vor sich. So, Sie sehen nicht ganz so schlimm aus wie Banquos Geist, aber das reicht schon. Schließlich streben wir eine subtile Wirkung an.« Er gab mir den Schlüssel für seinen Wagen.

»Aber ich kann doch nicht ...«

»Ich bestehe darauf. Zumindest für heute Nacht, damit Sie nicht unnötig auf ein Taxi warten müssen. Sie können mich zu Hause absetzen und von dort aus zum Club weiterfahren.«

Es ergab Sinn, und ich war ihm für die Leihgabe wirklich sehr dankbar. Wie er auch ganz richtig feststellte, bekam ich vielleicht in meiner gegenwärtigen Aufmachung ein Problem, einen Taxifahrer davon zu überzeugen, mich als Fahrgast zu akzeptieren.

»Hören Sie, Sie müssen schon ziemlich müde sein ...«

»Unsinn, es ist *Untätigkeit*, die mich auslaugt.«

»Nun ja, ich dachte, wenn Sie sich morgen wohl genug

fühlen, könnten Sie sich vielleicht für mich nach einem Wagen umsehen.«

»Das sollte kein Problem sein. Ein Freund von mir ist in der Branche tätig. Neu oder gebraucht?«

Ich gab ihm genug Geld für einen guten Gebrauchtwagen. Die Marke war mir egal, solange er dunkel lackiert und unauffällig war. Ich fuhr ihn bis zur Tür seines Hauses und versprach, ihm morgen alles ganz genau zu berichten, dann wendete ich den großen Nash gen Norden und fuhr zum *Nightcrawler.*

Ich parkte den Wagen einen Block entfernt und außer Sicht vom Club, schloss ihn sorgfältig ab, setzte mich über die düstere Straße in Bewegung und versuchte trotz meines ›blutüberströmten‹ Smokings einen unauffälligen Eindruck zu machen. Es war feucht und still. Die harten Absätze meiner Abendschuhe machten einen höllischen Lärm auf dem Bürgersteig, zumindest für meine Ohren. Ich schlug einen weiten Kreis, um den Haupteingang zu vermeiden, schlüpfte in die Gasse, fand sie leer vor und schlich auf Zehenspitzen die Betontreppe hinauf, um an der Küchentür zu lauschen. Drinnen war eine Menge los, aber ich glitt trotzdem hinein und ertastete mir meinen unsichtbaren Weg in die allgemeine Richtung der Achtundzwanzig-Schritte-Diele. Mit der Augenbinde hatte man mir in der vorigen Nacht einen Gefallen getan, denn das hatte sehr der Fortbewegungsart geähnelt, derer ich mich jetzt bediente. Ich fühlte mich bis zu der Treppe vor, schwebte hinauf und verfestigte mich am oberen Absatz zur Hälfte, um mich umzusehen.

Die obere Diele entsprach der im Erdgeschoss, verlief jedoch über die ganze Länge des Gebäudes. Zu meiner Linken auf der anderen Seite des Ganges befand sich eine Tür, hinter der sehr wohl Morellis Büro liegen mochte. Über den restlichen Gang verteilten sich in regelmäßigen Abständen weitere Türen. Einige standen offen, und aus den Zimmern drang Licht heraus. In der Nähe spielte ein Radio im Wettstreit mit dem Orchester unten im Club.

Hier schien im Augenblick alles leer zu sein, also nutzte ich die Gelegenheit und erkundete meine Umgebung. Eine halbfeste Form machte meine Bewegungen leichter und leiser, und meine Sinne waren nicht mehr so abgestumpft, aber es kam mir vor, als schwimme ich durch die Luft. Zuerst ging ich zum Büro; es war leer, und ich nahm mir die anderen Zimmer vor. Von Morellis Leuten schien etwa ein Dutzend auf Dauer hier zu wohnen; sie hatten die Zimmer je zu zweit belegt. Das reinste Hotel. Die Tür hinter dem Büro führte in ein weit größeres Schlafzimmer, das vermutlich Morelli gehörte. Darin sah ich mich gründlich um, zog Schubladen auf und war generell neugierig bis zur Peinlichkeit. Er hatte ein großes gekacheltes Bad, einen gut gefüllten Kleiderschrank und eine Tür, die zu einem etwas kleineren Schlafzimmer führte. Anhand der Einrichtung und des Duftes, der in der Luft hing, erkannte ich es als das von Bobbi.

Wahrscheinlich war sie unten im Casino. Ich hätte sie gehört, wenn sie gesungen hätte. Ich fragte mich, ob sie wusste, was letzte Nacht geschehen war. Morelli hatte es ihr vielleicht nicht erzählt. Jedenfalls konnte ich das nur hoffen.

Im unteren Stock verlief etwa durch die Mitte des Gebäudes und im rechten Winkel zu ihrem Gegenstück im oberen Stockwerk eine weitere lange Diele, die bei einer verschlossenen Tür endete. Der Flur diente als Pufferzone zwischen dem Casino und dem Nachtclub. Die Tür führte zur Garderobe und zum Kasinokassierer. Ich fragte mich, wo sie das gescheffelte Geld aufbewahrten, und ging wieder in Morellis Büro.

Nach kurzem Suchen schwang eines der Bootsgemälde zur Seite und enthüllte einen Safe mit einem Kombinationsschloss. Eigentlich kannte ich mich damit nicht aus, aber ich hatte einiges in Krimis darüber gelesen und ein paar Filme gesehen. Ich würde es hören, wenn die Bolzen einrasteten, und hatte im Augenblick nichts Besseres zu tun. Die Bürotür war abgeschlossen, also blieb genug Zeit zum Verschwinden, falls ich unterbrochen wurde.

Das Herumspielen mit dem Zahlenschloss war schwieriger, als ich gedacht hatte, und etwa eine Minute, nachdem ich damit angefangen hatte, kamen schwere Schritte in meine Richtung gerannt. Ich schob das Gemälde wieder davor, stellte mich hinter die Tür und löste mich auf.

Schlüssel und Türknauf wurden zur gleichen Zeit gedreht,

und drei Mann stürzten in das Zimmer und machten das Licht an. Einen Augenblick lang herrschte Schweigen, als sie den Raum überflogen. Ich spürte einen Luftzug, als die Tür zugedrückt wurde.

»Er muss an uns vorbeigekommen sein«, sagte jemand.

»Dazu hat er nicht die Zeit gehabt.« Das war Morellis Stimme.

»Dann ist vielleicht der Alarm im Eimer.«

Das prüften sie nach. Allmählich kam ich darauf, dass, sobald das Gemälde beiseite geschoben wurde, irgendwo im Haus ein Signal ausgelöst wurde. Das funktionierte auch prächtig, aber Morelli ließ einen Mann zurück, der die Lage im Auge behalten sollte, während sie den Rest des Gebäudes durchsuchten. Die beiden anderen zogen ab. Ich wartete eine angemessene Zeit lang, bis er sich in einen Sessel setzte. Aus den Geräuschen, die er von sich gab, schloss ich, dass Wachdienst ihm auf die Nerven ging. Still und leise verfestigte ich mich vor ihm, und als er aufsah, war seine Miene wirklich eine Million Dollar wert. Mir wurde seine volle Aufmerksamkeit zuteil, und das machte mir den Rest einfach.

»Rühr dich nicht«, sagte ich zu ihm.

Tat er auch nicht.

»Ich bin nicht hier, du kannst mich nicht sehen, du wirst dich nicht an mich erinnern. Mach ein Nickerchen.«

Er faltete die Arme über dem Löschpapier auf der Schreibtischunterlage, senkte den Kopf und döste ein. Ich beobachtete ihn und lauschte, aber er schlief wirklich tief und fest. Plötzlich lief mir ein Schauer über den Rücken, und ich erstickte ein nervöses Auflachen. War es auch so für Lamont Cranston gewesen? Das wusste nur der Shadow ...

Ich ging zum Gemälde, schwenkte es beiseite und wartete.

Mein Mann wachte auf, als die Tür an die Wand krachte. Ich konnte mir vorstellen, wie alle auf das Bild starrten – vergeblich, denn ich hatte es vorsorglich wieder zurückgeschoben.

»Hast du das angefasst?«

»Ich kam nicht mal in die Nähe, Slick, ehrlich! Ich habe die ganze Zeit hier gesessen.«

Morelli knurrte, und sie überprüften die Anlage ein zweites Mal, ohne ein besseres Ergebnis zu erzielen. Nach einem kurzen gereizten Wortwechsel wurde ein zweiter Mann zurückgelassen, der dem ersten Gesellschaft leisten sollte. Ich wartete lange genug, um Morelli Zeit zu geben, wieder nach unten zu gehen oder wo auch immer er seine Abende verbrachte.

Die beiden Männer saßen einander am Schreibtisch gegenüber. Sie verhielten sich ruhig, aber aus den leisen Geräuschen entnahm ich, dass ein Kartenspiel zum Einsatz kam. Der eine der beiden war schon vorbereitet worden, die Hypnose des zweiten war genauso leicht. Beide entfleuchten ins Schlummerland, und ich wiederholte meine Nummer mit dem Bild.

Die erwartete Reaktion machte noch mehr Spaß. Morelli unterzog seine beiden Deppen einem Kreuzverhör, bezichtigte sie unfairerweise einer Reihe von Vergehen und warf sie dann raus. Er wolle selbst hier bleiben, damit die Sache richtig erledigt wurde.

Es war genau das, was ich wollte.

Ich ließ es ihn sich gemütlich machen. Er tätigte einige Anrufe über den Hausanschluss und bestellte sich Kaffee und ein Sandwich aus der Küche. Er fegte die Karten zu einem Haufen zusammen und legte sich eine Runde Solitär aus. Halbverfestigt stand ich hinter ihm und sah ihm interessiert zu. Das Spiel ging nicht auf, also mogelte er solange, bis es klappte. Als sein Essen kam, machte ich mich eine Weile unsichtbar und ließ ihn während des Essens in Ruhe. Für das, was ich mit ihm vorhatte, würde er all seine Kraft brauchen.

Als er fertig war, rückte ich vor und deckte ihn wie ein Tuch zu. Vorherige Erfahrungen sagten mir, dass ich in dieser Gestalt ziemlich kalt war. Er begann beinahe sofort zu zittern. Ich blieb an ihm hängen, während er aufstand und an etwas an der Wand herumhantierte, wahrscheinlich der Lüftung. Er lief auf und ab, dann setzte er sich an das Telefon und erkundigte sich gereizt, was mit der Klimaanlage los sei. Wir warteten beide, bis der Rückruf kam. Man behauptete, dass alles in Ordnung sei. Er knallte den Hörer in den Haken und goss sich einen weiteren Kaffee ein, um sich aufzuwärmen. Ich schwebte von dannen und kam über jenem Stuhl zur Ruhe, auf dem ich gestern Nacht gesessen hatte.

Ganz allmählich ließ ich mich sichtbar werden, bis ich in aller

Körperlichkeit vor ihm saß und ihn mit starren, weit aufgerissenen Augen ansah. Ich war der Ansicht, dass mein erster Auftritt eher subtiler Art sein sollte.

Seine Reaktion war recht ergötzlich.

Vielleicht hatte er etwas am Rand seines Sichtfeldes bemerkt, während er auf die Karten starrte, etwas, das nicht dorthin gehörte. Das Auge folgt automatisch einer Bewegung, aber ich bewegte mich nicht, ich *wurde* nur allmählich.

Seine Augen sprangen auf und wurden immer größer, bis sie so starrten wie meine. Sein Herz setzte kurz aus, der Atem stockte ihm in der Kehle, und er blieb fast eine Minute lang so, offenbar so verängstigt, dass er weder wegsehen noch sich rühren konnte. Wenn ich »Buh« gesagt hätte (und ich war schwer in Versuchung), wäre er an Ort und Stelle auseinander gefallen, also blieb ich still sitzen und wurde langsam wieder unsichtbar.

Escott hatte meine Auftritte als enervierend bezeichnet. Und gerade bekam ich einen Eindruck aus erster Hand von ihrer Wirkung auf die Uneingeweihten.

Er saß wie erstarrt da, während sein Herz wie wild gegen seine Rippen pochte. Die Karten und der kalte Kaffee waren vergessen, er stand auf und umkreiste den Stuhl. Als er ihn berührte, legte ich mich wieder über ihn, um ihn kurz abzukühlen, und zog mich erneut zurück. Er zuckte erschrocken, als habe er sich die Finger verbrannt, und wich rückwärts zur Tür zurück.

Seine Schritte entfernten sich über den Flur. Ich drückte behutsam die Tür zu und schloss sie ab. Dann ging ich zu seinem Schreibtisch und schob sämtliche Karten zu einem hübschen Haufen zusammen, den ich mit den Farben nach oben in der genauen Mitte der Schreibunterlage platzierte. Die oberste Karte war das Pik-As. Ich zog das Bild zur Seite, klappte es wieder zu und verschwand, als die Tür aufgeschlossen wurde.

Er war nicht der erste im Zimmer, das überließ er Gordy, den ich an seiner schieren Körpermasse erkannte. Morelli war durcheinander, aber auch zu stolz, um es vor seinen Männern zu zeigen oder ihnen zu erklären, warum er sie so dringend zurückgerufen hatte. Sie durchkämmten das Zimmer Zoll für Zoll und überprüften ein weiteres Mal den Safe, ohne etwas zu entdecken. In der Zwischenzeit wickelte ich mich um Morelli. So war ich den anderen aus dem Weg und konnte seine Nerven noch ein bisschen weiter abschmirgeln. Er knirschte mit den Zähnen, damit sie nicht klapperten.

Dann bemerkte er die Karten auf dem Schreibtisch.

»Wer von euch war das?«, wollte er wissen.

Alle waren unschuldig und äußerten sich entsprechend. Er verfiel in Schweigen. Wahrscheinlich wälzte er düstere Gedanken über die Bedeutung der obersten Karte. Schließlich scheuchte er alle bis auf Gordy vor die Tür. Der Stuhl wurde ebenfalls entfernt und ein neuer hereingebracht. Er ließ die Tür offen und stellte Gordy im Flur ab, damit er die Treppe im Auge behielt.

Er rutschte unruhig herum, stand auf, durchquerte das Zimmer, dann ließ er sich angewidert wieder in den Sessel hinter dem Schreibtisch fallen. Mit den Karten wollte er nichts mehr anfangen. Er saß nur da, war hellwach und lauschte. Ich beschloss seinen Erwartungen gerecht zu werden.

Ich erschien ganz plötzlich auf dem Fußboden in genau der Haltung, in der er mich letzte Nacht tot auf dem Bordstein gesehen hatte.

Es war eine echte Sensation.

Er sprang auf und stieß dabei seinen Stuhl so heftig um, dass der Krach Gordy in das Zimmer lockte – um ein winziges Bisschen zu spät, um mich noch zu sehen.

Diesmal befahl Morelli ihm, im Zimmer zu bleiben.

Er bestellte neuen Kaffee und zündete sich eine Zigarre an; soweit es mich betraf, war das genau das Richtige für seine Nerven. Ich wartete in aller Ruhe ab. Gordys Vorschlag, eine Runde Pinokel zu spielen, wurde ignoriert. Keiner der beiden Männer gab sich redselig. Kein Wunder.

Der Kaffee kam und ging. Morelli stand auf und sagte, er sei in einer Minute wieder da. Nach der ganzen Flüssigkeit und den Kälteschauern wusste ich, wohin er wollte.

Er ging in das große gekachelte Bad in seinen eigenen Räumlichkeiten. Während er weg war, schickte ich Gordy sanft schlafen und schaltete das Licht im Büro aus. Ich schaute nach, ob niemand auf dem Flur war, schaltete das Licht aus und wartete, bis Morelli herauskam. Als es so weit war, wurde ihm wieder sehr kalt. Zögernd blieb er im Lichtkegel aus seinem Schlafzimmer stehen und traute sich nicht auf den dunklen Flur.

»Gordy?« Seine Stimme klang unnatürlich und nicht sehr laut. Er musste ihn noch ein paar Mal rufen, ehe Gordy reagierte. Im Büro ging das Licht an.

»Ja doch ... Slick? Warum ist das Licht aus?«

»Wieso zum Teufel sitzt du im Dunkeln?«

»Ich weiß nicht, ich sah auf, und alle Lichter waren aus.«

»Hast du sie ausgeschaltet?«

»Nein, Boss!« Er klang beleidigt. »Vielleicht spielt uns einer von den Jungs Streiche.«

»Dann geh und sag ihnen, dass das nicht komisch ist.«

»Sicher. Jetzt?«

»Ja, jetzt!«

Gordy zog ab, steckte den Kopf in die anderen besetzten Zimmer rein und redete mit den Jungs. Morellis Zähne klapperten vor Kälte, also gönnte ich ihm eine Pause und schwebte ihm in sein Büro voraus. Er zog eine Schublade auf und holte etwas hervor, das er mit einem dumpfen Klacken auf den Schreibtisch legte. Nicht schwer zu erraten, worum es sich handelte. Nun, wenn er sich damit sicherer fühlte, in Ordnung. Das Gefühl musste ich bloß untergraben.

Ich erschien halb durchsichtig mit ausgestreckten Armen vor ihm. Er erbleichte, riss die Waffe in die Höhe – es war ein .38er Polizeimodell – und feuerte alle sechs Kammern auf mich ab. In einem Halbzustand spürte ich die Kugeln nur durch mich kitzeln. Ein Gefühl, aber keine Schmerzen. Dennoch zuckte ich zurück, als sei ich getroffen, und verschwand. Das Zimmer hing voller Rauch, als seine Männer hereinstürmten, um auf irgendetwas zu ballern, und alle stellten Fragen, sogar der wortkarge Gordy. Morelli verweigerte wahrheitsgemäße Antworten und sagte nur, dass die Waffe aus Versehen losgegangen sei.

»Sechsmal?«

Für einen Gangster war er ein lausiger Lügner. »Haltet verdammt noch mal die Klappe und schert euch raus!«

Sie scherten sich raus.

Bis vier Uhr morgens blieb ich in der Nähe. Bis dahin waren Club und Casino schon lange zu, und das abgezählte Geld war hinter dem Bootsgemälde verschlossen. Bevor er den Safe öffnete, hatte Morelli einen Knopf unter dem Schreibtisch gedrückt, durch den vermutlich die Alarmanlage ausgeschaltet wurde. Als er das Kombinationsschloss aufdrehte, befand sich außer ihm – und mir – niemand im Büro. Niemand konnte sehen, wie ich ihm über die Schulter linste und mir die Nummern merkte.

Nachdem er auf mich geschossen hatte, fühlte er sich besser, und ich hatte mich schon einige Zeit ruhig verhalten, was sein Selbstbewusstsein einigermaßen wiederherstellte. Dennoch ließ er zwei Männer im Büro zurück, ließ die Tür offen, und schärfte ihnen ein, ihre Augen ebenso offen zu halten. Dann ging er schlafen.

Zwanzig Minuten verstrichen, und alles war ruhig. Ich schickte die Männer ins Traumland, entdeckte den Knopf und schaltete den Alarm aus. Ich brauchte eine weitere Viertelstunde, an dem verflixten Drehknopf herumzufummeln, bis ich die Kombination richtig hinbekam. Ich hatte die letzte Ziffer falsch gesehen und musste herumexperimentieren. Die Arbeit war frustrierend und schlecht für meine Nerven, weil ich mit einem Ohr in die Diele lauschen musste, um verschwinden zu können, falls jemand kam. Im Rückblick betrachtet bin ich eigentlich sicher, dass meine Zeit für einen kompletten Anfänger ziemlich gut war. Ganz sicher war sie einträglich.

Ich war ein ehrlicher Dieb und nahm nur meine fünftausendachthundert Flöhe in kleinen gebrauchten Scheinen heraus, obwohl sich wesentlich mehr im Safe befand. Ich machte alles zu und schaltete den Alarm wieder ein. Sie würden sich ganz hübsch die Köpfe zerbrechen, auf welche Weise das Geld verschwunden war.

Bevor ich ging, wollte ich Slick ein Grande Finale erleben lassen und außerdem noch bei Bobbi vorbeischauen, aber die Uhr meinte, dass es spät sei, und ich musste Schwierigkeiten mit dem Wagen oder unerwartete Verzögerungen auf dem Nachhauseweg in Erwägung ziehen. Ich ging auf Nummer Sicher und setzte mich ab, versprach aber Morelli und mir eine weitere Vorstellung.

9

Am nächsten Abend kam Escott kurz nach Sonnenuntergang vorbei. Er hatte einen dunkelblauen Buick gefunden, der nur ein Jahr alt war, und auf den der Händler angeblich für mindestens eine Woche Garantie gegeben hatte. Das Innere war sauber, der Motor lief gut, und am Äußeren wiesen nur ein paar Beulen darauf hin, dass der Wagen keine Jungfrau mehr war.

»Der Papierkram machte mir teuflisch zu schaffen«, berichtete er mir. »Der Autohändler wollte, dass Sie die Sachen unterzeichnen, bevor ich den Wagen bekommen konnte.«

»Wie haben Sie meine Unterschrift bekommen?«

»Gar nicht. Es war Ihr vorab bezahltes Bargeld, das ihn schließlich überzeugte. Das und die versteckte Drohung, einen anderen Händler zu suchen, der sich weniger ziert. Unterschreiben Sie nur hier.«

Ich unterschrieb nur hier. Er gab mir die Schlüssel und ich ihm meinen Dank.

»Keine Ursache. Haben Sie einen Führerschein?«

»Einen aus New York. Ich musste meine alte Karre verkaufen, um hierher zu kommen. Warum?«

»Ich wollte nur wissen, ob Sie auch einen für Illinois erwerben wollen.«

»Gute Frage. Ich würde, wenn ich könnte.«

»Da könnte ich auch etwas machen. Wir sehen einander in Gestalt und Gesicht ein wenig ähnlich, ich könnte Ihre Unterschrift einüben und für Sie antreten.«

Er schien ganz versessen darauf zu sein, für mich das Gesetz zu brechen, und ich machte eine entsprechende Bemerkung.

»Nun, es ist eine einzigartige Gelegenheit für eine neue Erfahrung – ist daran etwas Erheiterndes? Ich meine es ernst, das Gesetz nimmt Urkundenfälschung nicht auf die leichte Schulter.«

»Ich weiß, aber Sie müssen das wirklich nicht machen.«

»Es macht mir nicht das Geringste aus. Mich erinnert das sehr an den Besuch einer Flüsterkneipe während der Prohibition – sich amüsieren, aber nicht dabei erwischen lassen. Nun ja, je nachdem, wann Ihr alter Führerschein abläuft, werden Sie einen neuen brauchen, oder wollen Sie, dass die Polizei Ihnen ein Strafmandat ausschreibt, weil Sie keinen haben?«

»Ich bezweifle, dass ich es soweit kommen lasse, aber ich verstehe schon, was Sie meinen.«

»Gut. Natürlich wissen Sie, dass Ihre beste Tarnung in der Wahrung Ihrer Anonymität besteht. Je weniger Menschen Sie bemerken, desto sicherer sind Sie.«

»Sie reden, als sei ich so etwas wie ein bolschewistischer Spion.«

»Man nennt sie jetzt Kommunisten, oder heißt es Sozialisten? Aber Sie sehen das nicht ganz verkehrt. Vor Ihrer – sagen wir einmal – Bekehrung vor einigen Jahren, welche Einstellung hatten Sie zu Vampiren?«

»Wenn ich überhaupt an etwas dergleichen dachte, dann höchstens an Theda Bara*, aber ansonsten hielt ich sie bloß für ein Märchen.«

»Und welche bessere Tarnung könnte man sich wünschen?«

Da war etwas dran. Wir gingen wieder in mein Zimmer, und während ich ihm von letzter Nacht berichtete, machte er mein Gesicht wieder zurecht.

»Ziehen Sie die Wangen etwas ein ... gut so ... heben Sie die Augenbrauen ...«

»Ich wünschte, ich könnte das sehen.«

»Ja, ich kann sehr effektvoll arbeiten, wenn ich mal so sagen darf. Heute Nacht sehen Sie etwas grausiger aus; ich berücksichtige die fortschreitende Verwesung.«

»Wie umsichtig.«

»Ich wusste, dass Ihnen das gefallen würde. Beim nächsten Mal könnte ich eine Kamera mitbringen. Es wäre interessant festzustellen, ob Ihr Bild per Film aufgezeichnet werden kann.«

»Das hatte ich mich auch schon gefragt.«

»So.« Er nahm noch letzte Tupfarbeiten vor, dann entspannte ich den steifen Hals. »Nun, Hals- und Beinbruch, wie wir sagen.«

»Hoffentlich den von Morelli.«

»Haben Sie in Betracht gezogen, dass er mittlerweile über

* Theda Bara (1885-1955) gehörte zu den großen Stummfilmstars aus der Frühzeit des Kinos. Im Film *A Fool There Was* (1914) spielte sie die Rolle des Vamp, durch die sie sprichwörtlich berühmt werden sollte. Von ihren über vierzig Filmen sind nur dreieinhalb erhalten geblieben.

Sie Erkundigungen eingeholt haben kann? Vielleicht wundert er sich, warum in den Zeitungen am Morgen, nachdem Sie ›getötet‹ wurden, kein Bericht über eine Leiche in jener Straße steht.«

»Nun ja, das hier ist Chicago, und solche Dinge passieren schon mal.«

»Nicht allzu oft, aber gelegentlich nur allzu wahr. Er hat sicher Freunde bei der Polizei und anderen Behörden, die in der Lage sind, so etwas für ihn herauszufinden.«

»Ich werde aufpassen, aber soweit es ihn angeht, bin ich ein Geist, und er wird wohl niemandem sagen, dass ihn ein Gespenst heimsucht.«

Er schmunzelte. »Dann amüsieren Sie sich gut ...«

»... und ich lasse mich nicht erwischen.«

Ich parkte meinen Wagen an einer anderen Stelle, schloss ihn ab und legte mit raschen Schritten die zwei Blocks bis zum Club zurück. Heute war noch mehr los, falls das überhaupt möglich war, und vorne waren noch mehr Männer postiert. Sie lungerten herum, der Sitz ihrer geschniegelten Anzüge wurde von den Ausbeulungen verschiedener tödlicher Metallwaren verunstaltet, und sie besahen sich die Gesichter der Neuankömmlinge genau. Die letzte Nacht musste Morelli wirklich beeindruckt haben, aber ich kam nicht darauf, wie er glauben konnte, dass das Aufstellen bewaffneter Wachposten ihn vor übernatürlichen Kräften schützen würde. Ich ließ sie allesamt links liegen und löste mich noch auf der anderen Straßenseite im Sichtschutz eines Hauseingangs auf. Wie immer war ich etwas desorientiert, aber allmählich wurde ich besser, vor allem, wenn es um Geradeausbewegungen ging. Der weite offene Raum der Straße konnte leicht durchquert werden, und als ich die Außenwand des Clubs erreichte, ging ich wie ein Fahrstuhl nach oben. Ich tastete nach dem Fenster, sickerte hinein und verfestigte mich in Morellis Badezimmer.

Die Tür stand offen. Ich peilte mit einem Auge am Scharnier vorbei und entdeckte Morelli, der sich vor einem großen Spiegel die Krawatte band und auf den Abend vorbereitete. An diesen würde er noch lange denken.

Ich begann damit, dass ich die Hähne in der Wanne andrehte und die Toilettenspülung betätigte. Ohne nachzudenken kam er mit schnellen Schritten herbei, um nachzusehen, und blieb erstarrt stehen, als er das leere Zimmer sah. Mit langsamen, behutsamen Bewegungen drehte er das Wasser ab und sah sich um. Dafür brauchte er nicht lange, aber mittlerweile war ich schon im Schlafzimmer und zog sämtliche Schubladen seiner Kommode auf.

Unter dem Bett verfolgte ich anhand seiner Füße seinen Gang durch den Raum. Wütend stieß er eine Schublade zu, stürmte zur Flurtür, riss sie auf und starrte nach draußen. Da war niemand, der seinen Blick bewundern konnte, also machte er die Tür wieder zu und überprüfte die Garderobe, Bobbis Zimmer, ihre Garderobe und die Unterseite der Betten. Jedes Mal Fehlanzeige. Dann schritt er die Wände ab und klopfte mit etwas Hartem dagegen. Das konnte ich erst nicht deuten, aber dann ging mir auf, dass er nach Geheimtüren suchte. Während er sich in der Garderobe umtat, schwebte ich wieder in das Bad und betätigte erneut die Toilettenspülung.

Wie der Blitz tauchte er in der Tür auf und versuchte gleichzeitig das Bad und das Schlafzimmer im Augen zu behalten. Unschlüssig klapperte er mit dem Wasserhebel, nahm den Kastendeckel ab und spähte auf die darin verborgenen Geheimnisse. Derweil schaltete ich im Schlafzimmer das Licht aus.

Das bemerkte er sofort. Der Schalter befand sich neben der Tür zum Flur. Er musste einen weiten dunklen Raum durchqueren, um dorthin zu gelangen. Falls er lange genug wartete, würden seine Augen sich an die Dunkelheit gewöhnen, und er konnte den Weg in aller Gelassenheit zurücklegen. Aber das tat er nicht. Mit größerer Standhaftigkeit, als ich sie aufgebracht hätte, verließ er die Zuflucht des hellen Badezimmers und marschierte los. Sein Herz klopfte heftig, aber er zwang sich zu einem normalen Gehtempo. Schließlich gab es nichts im Dunkeln, was nicht auch schon im hellen Licht da gewesen war. Ich persönlich hatte diese Logik immer als wenig tröstlich empfunden. Seine gemäßigten Schritte gaben mir mehr als genug Zeit, vor seinen Füßen zu verstofflichen und ihn zum Stolpern zu bringen.

Er schlug lang hin, schrie unterdrückt auf und pfiff auf alle Etikette. Er raffte sich stolpernd auf und haschte verzweifelt nach dem Lichtschalter, als er noch gute zehn Fuß davon entfernt war.

Ich wollte Escotts Schminkarbeit zum Einsatz bringen, solange sie noch frisch war; als er also das Licht anmachte, stand ich praktisch Nase an Nase vor Morelli.

Mittlerweile denke ich, dass so ziemlich jeder, der das Zimmer betrat, ihm höllische Angst eingejagt hätte, aber vielleicht erklärte die Tatsache, dass ich nur wenige Zoll von ihm entfernt war und auch nicht gerade sehr gesund aussah, seine Reaktion. Er schreckte mit einem gellenden Schrei vor mir zurück und fiel wie die zerbrechliche Heldin eines Stummfilms in Ohnmacht.

Zum Lachen fehlte mir die Zeit. Ein Schrei wie dieser musste seine Schläger auf den Plan rufen. Ich setzte mich rasch in Bewegung, zog die Schubladen heraus und auf den Boden, riss die Laken aus den Matratzen und tauchte dann in der Garderobe ab. Die letzten Sekunden nutzte ich zum Abhängen einer netten Sammlung von Anzügen und Mänteln, ehe ich mich auflöste.

Gordy riss die Garderobentür auf. An seiner Größe und der raschen Art und Weise seiner Bewegungen erkannte ich, dass er es war. Er überflog das Durcheinander, stellte sicher, dass sich niemand unter dem Zeug versteckte, und zog sich wieder zurück. Im Zimmer herrschte Aufruhr, als man sich bemühte, Morelli wieder zu Bewusstsein zu bringen. Er wurde auf Schusswunden oder andere äußere Löcher untersucht, und die anderen Zimmer wurden nach Eindringlingen durchkämmt. Weder das Eine noch das Andere wurde gefunden, und als Morelli wieder zu sich kam, hatte er keine gute Erklärung für seine Ohnmacht oder den durcheinander gewirbelten Zustand seiner Räumlichkeiten.

Seine Geduld hielt nicht lange an, ebenso wenig wie sein Schrecken, und dass sie ihn in einem so peinlichen Zustand vorgefunden hatten, machte es auch nicht besser. Er warf alle raus bis auf Gordy, der nicht viel redete.

»Stell fest, ob heute neue Gäste reinkamen«, befahl Morelli ihm. »Nimm das Telefon hier.«

Dafür brauchte er nur eine Minute. »Sechs Neue, Boss«,

berichtete er. »Sie kamen mit einem Haufen Stammgäste und sind schon den ganzen Abend an der Bar.«

Morelli knurrte und versetzte einer herumliegenden Schublade einen Tritt.

»Irgendjemand treibt Späßchen mit uns.«

Mir fiel sein Plural auf. Er wollte alle in seine Heimsuchung einschließen, damit er mit dem Geist nicht ganz alleine war. Sonst hätte es so ausgesehen, dass der Geist berechtigte Beschwerden gegen ihn hatte. Was auf mich ja auch zutraf.

»Ich überprüfe die Jungens noch einmal.« Gordy sprach betont gleichmütig. Vielleicht war ihm der Gedanke gekommen, dass Morelli allmählich durchdrehte.

»Ich will, dass du Fleming überprüfst.«

»Sicher, Boss, und welchen?«

»Beide, aber besonders den jüngeren Bruder. Finde alles heraus, wann er in die Stadt gekommen ist, wer die Leiche abgeholt hat, und wo sie sind. Wenn's sein muss, weck die Leute dafür auf. Ich will es noch heute Nacht wissen.«

»Sicher, Boss.«

Zusammen verließen sie das Zimmer, hielten kurz bei der Küche an und schickten jemanden nach oben, damit er das Durcheinander aufräumte, das ich hinterlassen hatte. Die Küchenfee zu erschrecken war sinnlos, also blieb ich – wortwörtlich – an Morelli kleben. Ihm war wieder kalt. Gordy zog ab, um seine Informationen einzuholen, und Morelli durchstreifte ruhelos den Club und das Casino, während ich wie ein Lotsenfisch um ihn herumgeisterte. Das hielt er eine halbe Stunde lang aus und steuerte dann den Hinterausgang an. Er bestellte seinen Wagen und hinterließ eine Nachricht, dass er vor Ladenschluss zurück sein werde. Ich genoss eine kurze, wenngleich blinde Fahrt und hatte keine Ahnung, wohin er fuhr.

Er stellte den Wagen ab und stieg aus. Ich blieb zurück, verfestigte mich und sah mich um. Wir waren am Hafen. Der Wagen stand auf einem Betonpier, der wie ein Wellenbrecher auf den See hinausragte. Es musste solide bis zum Grund errichtet worden sein, oder ich hätte den Druck gespürt, den ich bei Wasser immer erlebte. Morelli verschwand gerade über den Rand des Piers, wo eine Treppe zum Wasser hinabführte. Ich stieg aus dem Wagen und folgte ihm unauffällig. Er kletterte gerade in ein kleines Boot. Ich wich zurück, ehe er mich sehen konnte. Auf dem See ankerte nach wie vor auf Reede die *Elvira.* Wie von selbst zuckte und ballte sich meine linke Hand.

Morelli entfernte sich rudernd vom Pier. Ich stand unter einer Lampe, also konnte er mich gar nicht übersehen. Er hörte auf zu rudern und starrte mich mit offenem Mund an, während die Strömung sein Boot langsam aus dem Kurs schob. Ich blieb ganz ruhig stehen und sah ihn an: eine Gestalt wie eine Vogelscheuche in schmutzigen, zerrissenen Kleidern. Langsam löste ich mich in Luft auf. Mit meiner Schauspielerfahrung mochte es zwar nicht weit her sein, aber ich wusste, wie man einen guten Abgang inszenierte.

Ich wich aus dem Lichtkreis und verfestigte mich wieder. Morelli ruderte hastig zur *Elvira,* wo schon drei Mannschaftsmitglieder bereit standen, um ihm an Bord zu helfen. Wahrscheinlich hatten sie ihn beobachtet und mich nicht bemerkt. Das war mir nur recht. Für den Augenblick wollte ich sein ganz persönliches Exklusivgespenst sein.

Ich brauchte zehn Minuten für den Fußweg zum *Nightcrawler.* Ich ließ mir Zeit, damit sich alles beruhigen konnte, und ging wieder über das Badezimmer hinein. Die Putzkolonne war tüchtig; nach meiner Verwüstungsorgie war das Zimmer wieder so gut wie neu. Nebenan in Morellis Büro sprach jemand; es klang nach Gordy. Ich lehnte mich gegen die Wand und lauschte. Es war besser als eine Radiosendung, denn diesmal war ich der Star.

Gordy hing am Telefon und versuchte vergeblich Informationen über meinen nichtexistenten kleinen Bruder einzuholen. Er schien ein Experte im Aufgabendelegieren zu sein, denn er rief Leute an, nannte ihnen den Namen Gerald Fleming und befahl ihnen, ihm darüber etwas in Erfahrung zu bringen. Meinen wirklichen Namen fügte er fast als Nachsatz hinzu. Einige Anrufe gingen nach New York, und ich fragte mich, ob ich zu schwitzen anfangen sollte. Es fielen keine Namen, die auch mir vertraut waren, und sein Ton wies darauf hin, dass er im Umgang mit den Leuten am anderen Ende schon lange versiert war. Irgendwo dort draußen war ein riesiges Netzwerk aus

Augen, Ohren und emsigen Bleistiftstummeln. Er hängte ein, und wir warteten. Jeder für sich.

Binnen zehn Minuten trafen die ersten Rückmeldungen ein. Was die hiesigen Örtlichkeiten betraf, hatte die Polizei keinen Bericht über das Auffinden eines Mannes erhalten, welcher der Beschreibung von Gerald Fleming entsprach, weder tot noch in einem anderen Zustand. Ich lag auch nicht mit einer Schusswunde in irgendeinem Krankenhausbett herum. Als die Hotels sich meldeten, war ich froh, dass ich mich unter einem falschen Namen eingetragen hatte. Er bekam einen Anruf aus New York, in dem ich als arbeitsloser Journalist bezeichnet wurde, der sich in Chicago saftigere Weidegründe erhofft hatte. Als ich es so formuliert hörte, war es schon deprimierend, aber dies eine Mal gereichte mir eine ganz und gar unauffällige Berufslaufbahn zum Vorteil.

Die Bürotür ging auf, und jemand betrat schnaufend das Zimmer. Die Stimme war mir auf unangenehme Weise vertraut, aber ich konnte sie einfach nicht unterbringen.

»Was Neues?«

»Nein, Mister Lebredo.« Diesmal klang Gordy eher respektvoll denn ausdruckslos.

Mister Lebredo ließ sich aufseufzend in einem Sessel nieder. »Was hatte Miss Smythe über ihn zu sagen?«

»Sie sagte, er konnte nicht schlafen, und dass er die ganze Nacht das Licht angelassen habe.«

»Und du?«

»Er hat sich recht seltsam verhalten.«

»Das haben wir gemerkt«, sagte er trocken.«

Das Telefon klingelte. »Yeah? Ja, weiter ... in Ordnung.« Er hängte ein. »Allmählich glaube ich, dass der Kleine vom Himmel gefallen ist. Niemand hat je von ihm gehört.«

»Wenn sein Name wirklich Gerald Fleming war.«

»Slick sagte, dass er eine jüngere Ausgabe des anderen Kerls war. Es gibt keinen Zweifel, dass er der Bruder war, und er war so grün wie ein frischer Zweig. Er hatte sogar seinen Namen in der Brieftasche. Er war nur ein dummer Junge.«

»Wie du meinst.« Eine Zeit lang herrschte Schweigen. »Fünftausendachthundert fehlen im Safe, und fünftausendachthundert hat Morelli ihm abgenommen. Soweit wir wissen, hat sonst niemand Zugang zum Safe, also hat Morelli vielleicht irgendetwas vor. Wenn es nichts Gravierenderes ist, als die Anschaffung von hübschem Tand, um Miss Smythe bei Laune zu halten, dann sei's drum, aber du behältst ihn wie bisher im Auge.«

»Ja, Sir.«

»Und vergiss nicht die andere Sache, die ich erledigt haben will. Die Adresse hast du noch?«

»Ja, Sir.«

Der Mann stand auf und verließ den Raum. Ich wollte wissen, wie er aussah, und wartete, bis er den Flur erreicht hatte, bevor ich die Badezimmertür etwas aufschob. Einen Augenblick lang konnte ich ihn nicht einordnen, weil er sich nicht mehr in der ursprünglichen Umgebung befand, in der ich ihn gesehen hatte, aber schließlich erinnerte ich mich an den fetten Pokerspieler, der mich zum Mitspielen aufgefordert hatte. Er war etwa so groß wie ich, aber so schwer wie Gordy, nur war nichts davon Muskelmasse, und das meiste steckte in seinem Hintern. Lucky Lebredo, der Mitbesitzer des Clubs, spielte hinter Morellis Rücken außer Poker offenbar noch ein anderes Spiel.

Er watschelte nach unten, und ich schloss leise die Tür. Vor mir erstreckten sich lange ereignislose Stunden. Ich konnte wieder zum Hotel gehen und abwarten, bis Morelli zurückkam, beschloss jedoch hier zu bleiben. Ich wollte Bobbi wieder sehen und hoffte, dass sie irgendwann in Laufe des Abends nach oben kommen werde. Es war eine schwache Hoffnung und eine dumme obendrein, aber etwas, worüber man nachdenken konnte.

Da ich sie in meinem gegenwärtigen Zustand wohl kaum begrüßen konnte, ging ich ins Bad, legte Mantel und Hemd ab und schrubbte an der Schminke herum. Das Zeug war hartnäckig, aber ich ließ eine Menge davon in dem Handtuch zurück, während ich mir die Haut wund rubbelte. Escott hatte für sein Gesicht Abschminklotion benutzt, vielleicht hatte Bobbi etwas Ähnliches herum liegen. Ich beschloss nachzusehen und mir außerdem eins von Morellis Hemden zu leihen.

Ich drehte die Hähne ab und wurde munter. Im Zimmer nebenan bewegte sich jemand. Ich spähte an der Tür vorbei;

Morellis Spiegel reflektierte den größten Teil des Zimmers sowie Bobbi, die gerade wieder gehen wollte.

»Warte!« Das Wort entfloh mir, ehe ich es mir anders überlegen konnte.

Überrascht fuhr sie herum. »Wer ist da?« Sie wich fluchtbereit zur Tür zurück.

»Ich bin's, Ja... Fleming. Ich bin im Badezimmer«, fügte ich überflüssigerweise hinzu.

Sie entspannte sich sichtlich, dann wurde sie wieder unruhig. »Was machst du hier?«, zischte sie. »Slick wird dich umbringen.«

»Das hast du mir schon einmal gesagt, aber er tat es nicht.« Erleichtert stellte ich fest, dass Morelli ihr nichts von meinem scheinbaren Ableben am Abend zuvor erzählt hatte.

»Du musst hier verschwinden.«

»Das ist schon in Ordnung, glaube mir.«

»Warum kommst du nicht raus?«

»Ich ziehe mich gerade an, und ich bin schüchtern.« Das stimmte auch. Vor dem großen Spiegel im anderen Zimmer war ich immer schüchtern.

Sie machte ein Geräusch, das vielleicht ein Auflachen war.

»Warum kommst du nicht her?«, schlug ich vor.

»Wo ist Slick?«

»Ich ließ ihn auf der *Elvira* zurück. Er sagte, dass er zum Ladenschluss wieder hier sein würde.«

»Ich wusste nicht, dass er nicht da ist, ich dachte, du wärest er. Warum bist du hier? So wie er gestern Abend aussah ...«

»Wir haben eine Vereinbarung getroffen.«

»Und was ist mit deinem Bruder?«

»Darüber verhandeln wir noch.« Ich wollte das Thema wechseln. »Würdest du das Licht ausschalten?«

Ihre Hand hob sich zum Lichtschalter und verharrte. Sie machte ein Gesicht, als wolle sie nach dem Warum fragen, und überlegte es sich dann wieder. Wir waren beide erwachsen. Das Licht erlosch. Ich warf das Handtuch in den Wäschekorb, hob mein Hemd und den Mantel auf und schaltete das Licht aus.

Sie hatte das Zimmer schon halb durchschritten und blieb jetzt stehen. Im Dunkeln war sie unsicher. Sie hatte die Arme über der Brust verschränkt und ihre Hände umklammerten die Ellbogen, als sie in meine ungefähre Richtung sah. Falls sie Angst hatte, so hätte ich das leicht ändern können, aber das wäre Betrug gewesen, und ich hasse Betrug, also hielt ich mich zurück und ließ ihr die Wahl, was sie tun wollte. Was ich wollte, wusste ich schon. Sie trug etwas in Weiß, das eng an ihrem Körper anlag, hatte einige Silberkämme im Haar und war beunruhigend und anregend.

»Du bist heute Nacht wunderschön.« Vielleicht nicht die brillanteste oder originellste Eröffnung; sie musste sie schon oft genug gehört haben, aber es war die reine Wahrheit.

»Warum bist du hier?«

Eine vernünftige Frage. Ich gab ihr keine Antwort.

»Hat Slick dich geschickt?«

»Nein. Ich dachte, du bist nicht neugierig.«

»Ich glaube, dieses Mal habe ich das Recht dazu.«

»Falls du dir seinetwegen Sorgen machst, er wird erst in einigen Stunden wieder hier sein, also entspanne dich. Ich möchte lieber über andere Dinge reden.« Vorsichtig trat ich näher, aber noch berührte ich sie nicht.

»Zum Beispiel, wie du die Nacht neulich überlebt hast? Ich habe gesehen, wie wütend er war. Wie bist du da rausgekommen? Wenn er uns entdeckt, bringt er uns beide um.«

»Ich sagte doch, wir haben eine Vereinbarung getroffen.«

»Ist eine Nacht mit mir Teil dieser Abmachung?« Sie machte sich nichts über ihre Wirkung auf Männer vor. Sie nahm sie so gleichmütig hin wie andere Leute das Luftholen. Außerdem schockierte ihre Frage mich einigermaßen.

»Großer Gott, zwingt er dich etwa ...«

Sie hob den Kopf. Ihr Blick ließ mich verstummen.

»Es tut mir Leid – ich – Slick weiß nicht, dass ich hier bin. Ich glaube, ich sollte vielleicht gehen.«

»Du würdest wirklich gehen, oder?«

»Sehr ungern. Ich bin hier, weil ich dich wieder sehen wollte. Ich wollte unten in der Diele warten, nachdem ich ...«

»Und dort vom halben Personal entdeckt werden. Wirklich schlau durchdacht.«

»Wer hat denn behauptet, dass ich bei Verstand bin?«

»Aber wie bist du hier hergekommen? Er *muss* doch Bescheid wissen.«

Ich schüttelte den Kopf und vergaß dabei, dass sie mich nicht sehen konnte.

»Du machst das nur, um mich wieder zu sehen?«

»Willst du, dass ich hier bleibe?«

Sie dachte über die Frage nach. Auch das gefiel mir an ihr, wie sie zuhörte und Fakten gegeneinander abwog. Zweifellos war die Fähigkeit durch das Zusammenleben mit Leuten wie Morelli noch geschärft worden. »Nur wenn wir die Tür abschließen.«

»Schon erledigt«, sagte ich und tat es.

»Das wird uns auch eine Menge nützen. Slick ist nicht der einzige, der einen Schlüssel hat.«

»Ich möchte wetten, er ist der einzige, der das Recht dazu hat, ihn auch zu benutzen, aber er ist nicht hier, also sollten wir ihn vergessen. Was möchtest du sonst noch gerne?«

»Bedeutet es dir etwas, was ich mag?«

Den Männern in ihrer Vergangenheit und wahrscheinlich auch in ihrer Gegenwart war diese Frage vielleicht nicht besonders wichtig gewesen. »Ja ... es bedeutet mir sehr viel.«

»Du bringst mich durcheinander.«

»Tue ich das? Wie?«

»Ich sollte nicht so empfinden, ich – es ist doch bloß etwas, das die Körper tun.«

»Für mich ist es das nicht.«

»Du bist anders?«

Dazu fielen mir ein oder zwei mehrdeutige Antworten ein, auf die ich verzichtete. »Ja.«

Vorsichtig streckten sich mir die Arme entgegen, ihre Hände strichen sacht über meine nackte Brust. Wie sie so nahe vor mir stand und nach Rosen, Angst und nun auch nach Verlangen roch, war sie wie eine weiße Kerze, deren sanfte Hitze ich zu spüren begann. Ihr Herzschlag dröhnte so laut in meinem Kopf, dass ich nichts anderes hörte. Wenn sie mir jetzt gesagt hätte, dass ich gehen sollte, zweifle ich daran, dass ich es gekonnt oder auch nur verstanden hätte. Etwas Primitives, so alt wie die Zeit, überwand alle bewussten Gedanken und alle Vorsicht, sie war in meinen Armen, und die Natur bahnte sich ihren Weg.

Eine Minute später trat sie zurück. »Nicht hier, nicht in seinem Zimmer – hier entlang.« Wir gingen in ihr Zimmer, und sie verschloss die Tür, drehte mir den Rücken zu und hob die Haare aus dem Weg. Ich löste ein paar strategisch wichtige Knöpfe, und die weiße Seide fiel ihr in einem ringförmigen Haufen um die Knöchel. Freudig überrascht stellte ich fest, dass sie wie Jean Harlow das Tragen von Unterwäsche verabscheute. Eine Sekunde später fielen wir auf das Bett.

Meine Hauptart des Liebesaktes war die gleiche wie damals, als ich noch gelebt hatte, und niemand hatte sich bei mir beschwert. Diesmal wusste ich jedoch durch die Signale meines Körpers, dass der Ausdruck der höchsten Form sich beträchtlich gewandelt hatte. Ich befand mich in der beneidenswerten Lage, meine Jungfräulichkeit zweimal verlieren zu können. Früher hatte ich den unglaublichen sinnlichen Genuss erlebt, der mit Maureens speziellen Küssen einherging. Jetzt verstand ich auch, warum sie mir ihre eigenen Gefühle nicht hatte beschreiben können.

Meine Lungen arbeiteten regelmäßig, aber nicht um zu atmen, sondern um zu riechen. Der dunkle Duft des roten Blutes, das unter ihre Haut dahinrauschte, war aufreizend. Ich ging zu schnell vor und musste innehalten; meine Lippen hatten bereits ihre warme straffe Kehle gesucht. Ich verlagerte mich leicht und erkundete die anderen Genüsse, die ihr Körper bot, erforschte ihren weichen Mund und erspürte die festen Muskeln unter ihrer weichen Haut. Der Akt war ihr nicht fremd, und sie tat alles, um mich glücklich zu machen, aber wie ich vor langer Zeit erfahren hatte, kam meine größte Befriedigung aus der Lust meiner Partnerin. Ich tat mein Bestes, und das stete Wummern ihres Herzschlages regte mich eher an, statt mich abzulenken. Sie bedeutete mir, dass sie bereit sei für mich, aber ich hielt mich so lange zurück, wie es nur ging, hielt mich zurück ...

Für sie war der Kuss schmerzlos, aber nicht ohne seine eigene, einzigartige Intensität, und ihr Körper bebte, solange ich sie festhielt und meinem ausgehungerten Körper die heiße salzige Essenz ihres Lebens zuführte.

Nach vielen langen, langen Momenten zog ich mich allmählich zurück. Ihre Hände legten sich um meinen Kopf, um mich festzuhalten, damit ich weitermachte, aber ich fürchtete mich davor, zu weit zu gehen und ihr zu viel abzunehmen. Mir war meine Unerfahrenheit wohl bewusst, und ich wollte nicht, dass sie darunter litt. Schließlich seufzte sie auf, nahm es hin, und bog den Rücken durch, dass ihr Kopf sich in die Kissen bohrte. Sie lächelte mit halb geschlossenen Augen, ihre Lider senkten sich, und sie döste etwas, während ihr Herzschlag sich wieder beruhigte. Ich hatte ein Ohr an eine weiche Brust gelegt und lauschte dem Rhythmus, während nachlassende warme Wellen mich durchströmten.

Vorher am Abend hatte ich das erste schwache Hungergefühl ignoriert und mir vorgenommen, später die Schlachthöfe aufzusuchen, aber das wäre bloße Nahrungsaufnahme gewesen. Diese Art der Blutaufnahme war ein Liebesakt, und für einen Vampir war der Unterschied abgrundtief.

Ich löste mich von ihr, legte mich auf die Seite und strich ihr mit der freien Hand über das Haar. Es war viel zu lange her, dass ich jemanden wirklich berührt hatte. So lange, dass ich fast vergessen hatte, wie gut es ist, jemanden zu halten und gehalten zu werden. Durch die Wände hörte ich, wie die Band etwas Langsames, Sentimentales spielte, dann begann in ihrem Zimmer das Telefon zu klingeln.

»Verdammt«, sagte sie. »Ich muss rangehen.«

Ich fragte nicht nach dem Grund, sondern machte Platz, damit sie an mir vorbei konnte. Eine Minute später kam sie zurück und kuschelte sich wieder an.

»Das war der Showmanager. Ich hatte einen Auftritt anstehen und hab ihn verpasst.«

»Und du sagtest ihm, dass dir übel ist. Ist dir übel?«

»Ich glaube, das weißt du besser. Ich habe noch nie etwas Ähnliches empfunden, das so lange dauerte.«

»Aber dir tut nichts weh, dir ist auch nicht schwindlig, oder?«

»Mir geht es gut. Mir geht es fabelhaft.«

Mit einem Finger schob ich ihr Kinn sanft zur Seite und musterte ihren Hals. Die Wundmale waren überraschend klein, und ich sah keine Verfärbungen. Ihre Hand legte sich in meine; sie hob sie an und küsste sie.

»Ich glaube, du bist wirklich anders. Was hast du mit mir gemacht?«

»Wenn es gut war, ist es dann wichtig?«

»Ich will nur nicht, dass ich es mir bloß eingebildet habe.«

»Es war wirklich. Also machte es dir nichts aus, dass wir es nicht ganz auf die traditionelle Weise getan haben?«

»Nein, das war ganz ähnlich, aber viel ...« Sie zuckte die Achseln. »Ich kann es nicht beschreiben. Ich weiß nur, das ich es wieder fühlen möchte.«

»Das ist vielleicht nicht gut für dich. Ich komme morgen Nacht wieder.«

Ihre Miene verdüsterte sich. »Was ist mit Slick?«

»Ich kann ihn loswerden.«

»Was meinst du damit? Ihn umbringen?«

»Wieso denkst du das?«

»Das gehört zu den Dingen, die man nach einer Weile erwartet. Ich mache mir nichts vor über das, was er ist oder was ich für ihn bin. Wir haben uns gegenseitig benutzt, um zu bekommen, was wir wollen. Eine alte Geschichte.«

»Sie klingt sehr leer.«

Sie wollte kein Mitleid, und etwas Hartes war in ihrer Stimme zu hören. »Das weiß ich.«

»Musst du ihn benutzen? Was willst du?«

»Ich habe es bereits. Ich bin die Hauptsängerin in einem erstklassigen Nachtclub, und einmal pro Woche gehe ich in einem lokalen Radiosender auf Sendung. Slick sorgt dafür, dass ich die richtigen Leute treffe, und ich halte ihn bei Laune. Wenn er mich satt hat, werde ich mit diesen Verbindungen weiter im Geschäft aufsteigen.«

»Aber bist du glücklich?«

»Ja, ich glaube schon.«

»Und deswegen hast du neulich Nacht so grimmig am Automaten gespielt?«

»Das war bloß aus Langeweile. Manchmal wird es selbst hier langweilig. Mir gefallen nicht alle Leute, und ich bin es leid, angestarrt zu werden, Aber Slick sieht es gerne, wenn ich mich unters Volk mische. Es gefällt ihm, mich vorzuzeigen.«

»Aber er mag es nicht, wenn du dich zu sehr anfreundest.«

»Zumindest nicht mit den falschen Leuten. Aber manchmal ist es gut, wirklich gut, wenn ich auf der Bühne stehe und der Scheinwerfer mich anstrahlt und die Musik erklingt – das ist es, was ich wirklich will. Dann fühle ich mich so lebendig, und es ist mir egal, was ich tun muss, solange ich dort singen kann.«

»Er betreibt ein gefährliches Geschäft. Was würdest du tun, wenn Slick etwas zustieße?«

»Es gibt immer andere von seiner Sorte, und er ist gar nicht so übel. Mein erster Freund hat mich geschlagen. Slick ist gerne grob, aber wenigstens schlägt er mich nicht. Dann ist da noch der Mitbesitzer des Clubs« – sie erstarrte – »aber zu ihm würde ich nie gehen.«

»Wer ist es?«

»Hat Slick dir das nicht gesagt? Dieser fette Pokerspieler, Lucky Lebredo.«

»Wie farbig.«

»Bleib ihm bloß aus dem Weg. Slick kann gemein werden, aber Lucky ist noch schlimmer, und er ist viel klüger. Er ist wie eine dicke Spinne, behält immer alles im Auge.«

»Behält er dich im Auge?«

»Was glaubst du denn? Er hat mich nicht angerührt, und ich habe nicht vor, ihm dafür die Gelegenheit zu geben. Ich glaube, er und Slick haben eine Absprache getroffen, was mich angeht.«

»Nette Burschen.«

»Das kannst du wohl sagen.«

»Haben sie auch eine Absprache, was Gordy angeht – für wen er wirklich arbeitet?«

»Slick weiß nichts davon, und ich sollte eigentlich auch nichts wissen, aber manchmal kriegt man das eine oder andere mit.«

»Zum Beispiel?«

»Ich hatte nur die letzten paar Sätze gehört, aber Gordy und Lebredo hatten einen Streit oder etwas ziemlich Ähnliches. Lebredo fragte ihn, ob er sich so widerspenstig verhalten wolle, wie Mister Huberman es getan hatte, und dann machte Gordy einen Rückzieher, und ich habe noch nie erlebt, dass er das jemals getan hat. Nicht einmal Slick überschreitet bei Gordy die Grenze.«

Ich erinnerte mich an den Huberman-Skandal; er war die Art Neun-Tage-Wunder gewesen, von der die Redakteure der Klatschpresse feuchte Träume kriegen. Jemand hatte sie vorsorglich mit besonders hübschen Beweisen über Hubermans Romanze mit einer fabelhaft aussehenden Blondine versorgt, bei der es sich nicht um seine Frau handelte. Das war eigentlich nichts Besonderes, so etwas passierte andauernd, aber eben nicht so häufig bei Mehrheitssenatoren. Der Knaller ereignete sich, als die Allgemeinheit über das wahre Geschlecht der Blondine informiert wurde. Man fand Huberman auf dem Boden seines Büros. Der Lauf der Pistole steckte noch in seinem Mund, und die Rückseite des Schädels fehlte.

»Steht Gordy auf Mädels?«

»Ja, sicher. Ich weiß schon, worauf du hinaus willst, aber das ist es nicht. Lebredo hält ihn mit etwas anderem in Schach.«

»Vielleicht ist es Zeit, dass du diesen Ort hinter dir lässt.«

»Noch nicht, aber bald. Ich gehe, wenn ich dafür bereit bin.«

»Aber ...«

Ihre Augen blitzten. »Spiel dich ja nicht als Beschützer auf, ich kann auf mich selbst aufpassen.«

»Okay, das sehe ich.« Sie hatte recht; es ging mich nichts an.

»Mrs. Smythe hat keine Dummchen aufgezogen.«

»Das bestreite ich nicht.«

Sie nahm mich beim Wort und beruhigte sich. »Erzählst du mir jetzt deine Lebensgeschichte?«

»Nicht heute Nacht.«

Ihre Hand wanderte zu ihrer Kehle. »Aber ich will wissen, warum du das gemacht hast. Ist es deshalb, weil du wirklich anders bist, oder weißt du etwas Neues, von dem ich bisher noch nie gehört habe?«

»Ja«, schmunzelte ich.

»Beides ja? Witzbold.«

»Bin ich doch gar nicht.«

»Worum geht es dann?«

»Kennst du schon den von dem einbeinigen Jockey?«

»Jaa ...«

»Nun ja, bei mir ist es so ähnlich. Es ist ein bestimmter Zustand ...«

Das scharfe Husten des Schusses war unsere einzige Warnung. Wir waren miteinander beschäftigt gewesen und hatten sein Näherkommen oder das Licht unter der Tür zum Nebenzimmer nicht bemerkt. Nachdem sie ihren Auftritt verpasst hatte, war er vielleicht gekommen, um nach Bobbi zu sehen, und hatte uns reden hören. Eine Sekunde, nachdem die Kugel das Schloss herausriss, trat er die Tür auf und platzte in das Zimmer wie ein Findling, der vom Hügel rollt, oder eben auch wie ein Berg. Es war Gordy, der für seinen Boss den Wachhund spielte.

Im schwachen Licht, das aus Morellis Zimmer drang, erkannte er mich nicht, aber ich war ein Mann an einem Ort, wo er nicht hingehörte, und das reichte ihm als Begründung, Sachen kaputtzuschlagen. Seine Waffe war bereits oben und auf mich gerichtet. Ich hatte gerade eben aufspringen können. Ich rechnete schon halb und halb mit dem Einschlag einer Kugel, aber glücklicherweise hielt er sich zurück und gab keinen weiteren Schuss ab. Bobbis Atem stockte ihr im Hals, aber sie erstickte den Schrei. Im Zimmer war es totenstill bis auf das Quietschen der Scharniere, als die Tür unter dem Schock ihrer plötzlichen Öffnung zurückschwang.

Langsam hob ich die Hände, streckte die Finger, löste den Blick von dem Lauf der Waffe mit dem Schalldämpferaufsatz und starrte Gordy an. Seine gesamte Aufmerksamkeit war auf mich gerichtet. Gut, er sollte Bobbi ganz und gar ignorieren. Einige Sekunden waren verstrichen, und ich lauschte auf eintreffende Verstärkung, doch es traf keine ein. Ich hatte die Chance, ihn anzuspringen. Trotz der Entfernung zwischen uns war es möglich, aber es bestand auch die große üble Möglichkeit, dass Bobbi eine verirrte Kugel einfing, also fiel das flach.

Schließlich erhob er die Stimme. »Geh da rüber, mein Hübscher.«

Noch besser: Er wollte mich aus dem Zimmer haben. Ich hielt seinem Blick stand und bewegte mich ganz langsam, wobei ich hoffte, dass Bobbi klug genug sei, sich nicht von der Stelle zu rühren. Ich sprach und sah sie nicht an; die Situation war schon wackelig genug, und ich wollte, dass Gordy sich nur auf mich konzentrierte. Für jeden Schritt, den ich vorwärts tat, wich er einen in den Lichtkegel aus Morellis Schlafzimmer zurück. Das war schlecht. Ich wollte es dunkel haben. Ich tat so, als ob ich blinzelte, und behielt die Hände vor dem Gesicht. Das machte es zwar schwieriger, seine Bewegungen zu beobachten, aber mittlerweile war ich durch die Tür getreten, und Bobbi war außerhalb der Schusslinie in Sicherheit.

Er spürte, dass ich etwas vorhatte. Der Lauf der Waffe senkte sich leicht. »Wenn du dich rührst, schieße ich dir die Eier ab.«

Vampir oder nicht – bei einer Drohung dieser Art bleibt jeder Mann stehen.

»Hände vom Gesicht.«

Ich hatte keine andere Wahl. Ich musste es durchziehen und sehen, was passierte. Ich richtete mich auf, senkte die Hände und sah ihm in die Augen.

Er erkannte mich trotzdem nicht sofort. Nun ja, das letzte Mal, das er mich bewusst gesehen hatte, hatte ich rücklings auf einem Bordstein gelegen, war voll bekleidet und offenbar tot gewesen. Kein Wunder, dass es ihm nur langsam dämmerte.

Die Lider schälten sich von seinen Augen. Ich blieb stocksteif stehen, starrte ihn an und hoffte, dass er so entnervt sei wie ich zuvor. Er machte einen Schritt rücklings zur Tür und ging weiter, bis er auf der Schwelle stand.

»Lauf«, flüsterte ich.

So etwas Ähnliches musste er schon vorgehabt haben. Er zuckte zusammen, drehte sich um und lief mit schweren Schritten über den Flur davon.

Bobbi hörte es. Sie war aus dem Bett gesprungen, starrte an mir vorbei, und auf ihrem Gesicht standen ein paar Dutzend Fragen. Rasch sammelte ich meine verstreuten Klamotten ein.

»Was hast ...«

»Ich kann das jetzt nicht erklären.« Ich gab ihr einen Abschiedskuss und flitzte Gordy hinterher. Er trampelte die Hintertreppe hinunter. Ich zog mir das Hemd über, ohne es zuzuknöpfen und zwängte mich in den Mantel, was im Laufen gar nicht so einfach war, aber ich blieb ihm auf den Fersen. Er kam unten an, machte ein unschlüssiges Gesicht und drehte sich zu einem Blick nach oben um. Ich duckte mich, löste mich auf und glitt ihm hinterher.

Ich wusste nicht, wohin er wollte, also hängte ich mich an

seinen Rockzipfel und blieb bei ihm. Er ging durch eine Tür und tauchte in ein Meer aus Lärm; vermutlich befanden wir uns im Casino. Dort blieb er stehen und holte tief Luft. Vielleicht wollte er nur unter Menschen sein. Mit gelasseneren Schritten durchquerte er den Raum und betrat ein kleineres und viel ruhigeres Zimmer, wahrscheinlich die Garderobe.

»Hey, Großer, was ist los?«, fragte ein Mädchen.

Er antwortete nicht und schob sich an ihr vorbei in einen noch kleineren Raum, wo die Mäntel hingen. Ich hörte ein Klicken und spürte, dass er an etwas herumhantierte. Mit leicht schwankender Stimme wiederholte er mehrere Male eine Funkkennung. Er versuchte sich über ein Kurzwellenfunkgerät mit der *Elvira* in Verbindung zu setzen. Ich glitt näher, um beide Seiten der Unterhaltung mithören zu können. Leider begann er zu zittern, aber das konnte ich auch nicht ändern.

Die Verbindung war schlecht, und ich konnte Morellis Stimme kaum erkennen: »Ja hallo, Gordy, hast du herausgefunden ...?«

»Boss, er war hier, ich hab ihn gesehen, ich hab den Kleinen gesehen.«

»Du hast ihn *gesehen*?«

»In Ihrem Zimmer – er war da, er war am Leben ...«

»Sei still und verschwinde von dort. Ich stelle das Boot bereit ...«

»Er ist immer noch oben bei Bobbi ...«

»*Waas*?«

»Ich hab sie zusammen erwischt, aber ich musste dort weg. Herrjesses, Sie hätten seine Augen sehen sollen.«

»Du hast sie allein gelassen?«

»Es ging nicht anders, ich musste da raus.«

»Dann schaff deinen Arsch wieder nach oben und hol sie da raus, hörst du? Hol sie da raus und bring sie zu mir ...«

An dieser Stelle setzte ich mich ab, tastete mich durch die Hintertür der Garderobe und verfestigte mich. Vor mir erstreckte sich der lange düstere Flur, der den Club vom Casino trennte. Von dort aus konnte man über die hintere Bühne zum Orchester gelangen, und am Ende lag die hintere Treppe. Ich eilte zum anderen Ende und musste mich wieder unsichtbar machen, weil zwei Männer rauchend auf der Treppe saßen. Ich verfestigte mich wieder im oberen Treppengang, flitzte in Morellis Zimmer und schloss die Tür hinter mir ab. Bobbi hatte sich gerade ein paar Sachen übergezogen.

»Gordy hat gerade eben bei Slick angerufen und uns verpetzt; er soll dich zur Yacht bringen.«

»Also?«

»Also denke ich nicht, dass er für dich eine Party schmeißen wird.«

»Mach dir keine Sorgen, ich weiß schon, wie ich damit fertig werde. Ich hatte eher befürchtet, dass Gordy dich sofort über den Haufen schießt.«

»Vergiss das jetzt mal, ich muss dich hier raus schaffen.«

»Der Laden wimmelt von seinen Jungs. Sag mir doch mal, wie du an ihnen vorbeikommen willst.«

»Ich will dich hier raushaben.«

»Ich weiß, aber ich bleibe hier. Mit Slick kann ich fertig werden, und ich lasse dich nicht hängen.«

»Bobbi ...«

»Wenn Gordy wieder raufkommt, musst du verschwinden. Slick wird mir nichts tun, aber dich wird er ganz bestimmt umbringen. Es ist mir egal, welche Vereinbarung ihr getroffen habt.«

Bevor ich die Geduld verlieren konnte, wummerte Gordy an die Tür. Diesmal war er nicht allein.

»Slicks Schrank – rein mit dir!« Sie schubste mich in die entsprechende Richtung. Ich kam mir vor wie bei der Aufführung einer französischen Farce.

»Bobbi, ich mache jetzt die Tür auf«, rief Gordy.

»Immer mit der Ruhe!« Sie machte zuerst auf.

Um des guten Benehmens willen blieb ich lange genug im Kleiderschrank, um mich aufzulösen. Dann glitt ich wieder hinaus und hielt mich an Gordy.

»Und? Was ist denn jetzt schon wieder?«, wollte sie wissen. Sie klang ganz und gar nicht wie eine Frau, die bei etwas Verbotenem ertappt worden war.

»Slick will dich sehen. Du machst eine kleine Bootsfahrt.«

Sie fragte nicht nach dem Grund. Während sie eine leichte

Jacke anzog, durchsuchten sie die Zimmer, dann brachten sie sie nach unten zu einem wartenden Wagen. Unsichtbar war ich mit von der Partie. Vielleicht wusste sie, wie man mit Slick umzugehen hatte, aber ich verfügte nicht über ihr Vertrauen in seine Wesensart. Ich erinnerte mich nur zu gut an den Burschen, den er mit seiner eigenen Pistole zu Brei geschlagen hatte.

Als wir die Docks erreichten, stand mir eine echte Herausforderung bevor: das offene Wasser des Sees. Sämtliche angeborenen oder vor kurzem erworbenen Instinkte schickten Notsignale, und ich ignorierte sie nur mühsam. Wie ein Pilotfisch klammerte ich mich an Gordy fest, als wir in das Ruderboot stiegen. Es war mir völlig gleich, wie kalt es ihm wurde.

Zwei Männer saßen an den Rudern, aber meine Anwesenheit erschwerte ihnen die Arbeit, und als wir bei der Elvira ankamen, keuchten sie vor Anstrengung. Bobbi wurde hinaufgereicht, dann mühte sich Gordy die Leiter hinauf, während ich an ihm klebte. Ich dachte schon, er werde herunterfallen, aber er war sehr stark, und jemand reichte ihm eine freundliche Hand und half kräftig mit. Wir stolperten auf Deck. Das Boot war groß genug, um mir eine gewisse Stabilität zu verleihen, aber mir standen immer noch die Nackenhaare hoch – falls ich in diesem Zustand überhaupt welche hatte. So groß die Yacht auch war, als ich an Bord kam, hatte sie gebebt.

»Wahrscheinlich frischt der Wind auf«, meinte jemand.

»Das habe ich auch gespürt, aber das war nicht der Wind, das war die Strömung.«

»Sind sie schon da?«, hörte ich aus der Nähe Morellis gereizte Stimme. Gordy ging darauf zu und ließ Bobbi vorangehen. Wir gingen nach unten.

Nach der Größe des Raumes zu urteilen, befanden wir uns in der Hauptkabine. Ich entdeckte eine unbesetzte Ecke und machte es mir dort zum Lauschen gemütlich. Zuerst war alles ruhig, und ich konnte mir vorstellen, wie Morelli Bobbi von oben bis unten musterte und versuchte, ihre Gedanken zu lesen.

»Wer war es?«

»Das weißt du doch schon, Slick, also was sollen die Spielchen?«

»Sag mir seinen Namen.«

»Fleming, der Bursche, auf den du mich neulich Abend angesetzt hast.«

Langes Schweigen.

»Also, was ist los? Sollte ich das etwa nicht? Er sagte, du hättest ihn geschickt.«

»Halt's Maul!« Wieder eine lange Pause, und als er dann sprach, war seine Stimme ruhiger und kälter. »Hast du mit ihm gebumst?«

»Nein.« Sie klang enttäuscht und angewidert. »Gordy kam dazwischen.«

»Dann raus mit dir. Geh in meine Kabine.« Es gab Bewegung, eine Tür öffnete sich und schloss sich wieder.

Morelli klang müde. »Gordy, sag mir, was du gesehen hast.«

Gordy war weniger aufgeregt als zu dem Zeitpunkt, als er den Anruf getätigt hatte. »Sie verpasste einen Auftritt, also sah ich nach ihr. Ich hörte sie durch die Tür und schloss sie auf. Er lag mit ihr im Bett und stieg ganz schnell wieder raus. Er hatte die Hose noch zugeknöpft, wenn das was zu bedeuten hat. Zuerst wusste ich nicht, wer es war, aber dann kam er ins Licht, und ich merkte, dass es der kleine Fleming war.«

»Weiter.«

»Ich weiß, dass er tot auf dem Bürgersteig lag. Du hast ihn gesehen. Wieso taucht er dann quicklebendig wieder auf? Hat er einen Zwillingsbruder, oder was ist hier los?«

»Hast du ihn reinkommen sehen?«

»Nein, und ich weiß auch nicht, wie er hätte reinkommen *können*. Vielleicht durch einen Geheimgang?«

Morellis kurze und hässliche Erwiderung ließ ihn verstummen. Es war noch gar nicht so lange her, da hatte er selbst nicht daran gedacht, nach Gängen dieser Art zu suchen. »Er könnte auch jemanden bestochen haben; das kommt vor. Wie sah er aus? War er irgendwie auffällig? Was hatte er an?«

»Hosen und Schuhe, ein Hemd oder einen Hut habe ich nicht gesehen, aber ich war nicht lange da.«

»Wie sah sein Gesicht aus?«

Gordy begriff nicht, worauf er hinaus wollte. »Es war ein ganz normales Gesicht, so wie wir ihn zurückgelassen hatten, aber Gott, seine Augen ...«

»Was war damit?«

»Ich schwöre dir, sie waren rot ... da war überhaupt kein Weiß zu sehen.«

»Rot? Nur rot?«

»Ich sah ihn so vor mir, wie du mich jetzt siehst. Die Beleuchtung war gut, sogar noch besser. Mir läuft's kalt den Rücken runter, wenn ich daran denke, wie er aussah.«

»Dann lass es bleiben«, blaffte er. Sie schwiegen kurz, dann ließ Morelli sich wieder hören. »Schau, ich weiß, dass an dieser ganzen Sache mit Fleming irgendwas nicht ganz koscher ist, aber es bringt nichts, wenn wir uns in die Hosen machen. Wir bleiben heute Nacht auf dem Boot, nachdem wir den Club zugemacht haben, und morgen kümmern wir uns ernsthaft um die Sache.«

»Sicher, Boss.«

»Ich bin dann in meiner Kabine.«

Ich folgte ihm hinaus. Der Weg war nicht weit. Er ging durch eine weitere Tür. Ich suchte mir eine Ecke dicht bei Bobbi, ohne sie zu berühren; sie saß auf einer Koje.

»Also?« fragte er.

»Also was?«

»Gordy hat euch beide zusammen gesehen.«

»Dass wir zusammen waren, heißt noch nicht, dass wir miteinander geschlafen haben.«

»Vielleicht hattet ihr keine Zeit zum Schlafen.«

»Was regst du dich eigentlich auf? Die Übernachtungsarrangements waren doch deine Idee, nicht meine, und seit ich eingezogen bin, hast du ein Dutzend andere Mädchen oben gehabt, und ich habe kein Wort dazu gesagt, nicht einmal, wenn ich im Nebenzimmer war.«

»Du würdest im selben Zimmer sein, wenn ich zwei auf einmal haben wollte. Du hast deinen Job viel zu gerne.«

»Zwei auf einmal, das ist lächerlich. Du behältst ihn doch keine fünf Minuten oben.«

»Man hat dich kalt erwischt, du Schlampe, also runter mit den Klamotten, und ich zeige die, welchen Schaden *ich* in fünf Minuten anrichten kann.«

»Nein.«

»Wenn du dich für einen Toten ausziehen kannst ...«

»Was soll das heißen? Hast du ihn umgebracht?«

»Ja, ich habe ihn umgelegt. Er wurde vor zwei Tagen auf der Straße erschossen, oder hat er dir das nicht gesagt?«

»Du bist doch verrückt.«

»Du kannst Gordy fragen, er war dabei. Bumst du gerne Leichen?« Stoff riss, und zwei Leiber rangen miteinander. Sie ohrfeigte ihn und fluchte, aber er zwang sie auf den Rücken. Ganz gleich ob sie nun seine Mätresse war, ich hatte das Gefühl, einschreiten zu müssen und wickelte mich um ihn wie eine Zeitung um eine Makrele.

Sekunden später erschauerte er zum ersten Mal. »Was machst du da?«, fragte er. Kein Wunder, dass sie auf diese allgemeine Frage keine Antwort gab.

Er löste sich von ihr, taumelte gegen eine Kabinenwand, und sein Herz schlug wie wild. »Du bist hier, nicht wahr? Warum kommst du nicht raus? Komm schon, Fleming! Ich weiß, dass du hier bist.«

Bobbi saß ganz still. Vermutlich gewann sie den Eindruck, mit einem gefährlichen Wahnsinnigen eingeschlossen zu sein. Ich wollte ihn nicht zu sehr bedrängen, also löste ich mich von ihm, damit er seine klappernden Zähne unter Kontrolle bekam. Beide rührten sich nicht; Morelli lauschte, und Bobbi starrte ihn an.

»Alles in Ordnung mit dir?«, fragte sie.

»Er war hier, ich weiß, dass er hier war. Er wollte nicht, dass ich dich anfasse.«

»Hier ist niemand, Slick. Niemand.«

»Hast du die Kälte nicht gespürt? Er war hier, wahrscheinlich ist er immer noch hier und beobachtet uns.«

»Du bist verrückt. Ich gehe in meine Kabine.«

»Nein! Du bleibst hier!«

»Wozu denn? Für weitere Grobheiten?«

»Wenn ich das so will, ja.«

»Es geht immer um das, was du willst, oder?«

Der Streit schaukelte sich wieder hoch, und da erkannte ich meinen Irrtum. Ihr Zank gehörte zu einer Art Ritual, und sie steigerten sich rasch in eine weitere Balgerei hinein. Bobbi war mit einem anderen zusammen gewesen, und Morelli erneuerte seinen Anspruch mit körperlichen Mitteln. Bobbi hatte gesagt, dass sie wisse, wie sie mit ihm umzugehen hatte, und was Morelli betraf, so ging es mich eigentlich nichts an, wie er seiner Männlichkeit Ausdruck verlieh, sofern er sie nicht ernstlich verletzte.

Mittlerweile brüllten sie sich an. Sie hatte ihn einen Schritt zu weit geführt, und dann war er wieder über ihr, und sie widmeten sich ernsthaft dem Sex. Mir gefiel die Sache nicht, aber ich überließ sie sich selbst und schwebte aus der Kabine. Bisher hatte sich niemand um den Krach gekümmert – offenbar war die Mannschaft dieses Getue gewohnt.

Gordy war immer noch in der Hauptkabine und bediente sich am Schnapsschrank, bevor er sich am Fensterplatz ausruhte. Er schien in den Raum hineinzusehen, was eine unbeobachtete Verstofflichung schwierig machte. Ich fand meine Ecke wieder, hoffte, dass sie außerhalb seiner direkten Blickrichtung liege und versuchte mich zu verfestigen.

Versuch war richtig. Es war vergleichbar mit dem Hochschieben einer Eisenbahn mit Lok und Passagieren auf einen Hügel. Das machte mir Angst. War mein verlängerter körperloser Zustand dauerhaft geworden? Ich versuchte es noch einmal mit aller Kraft. Die Eisenbahn bewegte sich, aber es erschöpfte mich. Beim dritten Versuch konzentrierte ich mich, indem ich mir jeden einzelnen Körperteil vorstellte und ihn zum Erscheinen zwang. Es gab Gewicht. Arme fühlte sich so an, Beine trugen, Augen ...

Ich bildete mich im gleichen Tempo, in der erkalteter Karamell fließt. Ich war schwach vor Anstrengung.

Gordy entdeckte mich sofort, aber er war überrascht, und es kostete nur wenig Mühe, ihm zu sagen, dass er still sein und sich schlafen legen solle. Ohne einen Mucks sackte er zur Seite, und ich konnte mich ungestört verschnaufen.

Da ich nun wieder voll da war und meine verschärften Sinne auf Hochtouren arbeiteten, waren mir die gewaltigen Wassermengen um mich herum sehr deutlich und dringend bewusst. Da ich wieder Nackenhaare hatte, richteten sie sich vom Scheitel bis zum Pürzel auf. Dagegen konnte ich nichts machen, also versuchte ich meine Situation zu ignorieren. Sofern mir das möglich war.

Die Kabine war kleiner, als ich dachte, und ich wusste, dass ich schon einmal hier gewesen war. Meine linke Hand, Bewahrerin meines Gedächtnisses, zuckte unwillkürlich. Ich versuchte sie mit der Rechten ruhig zu halten. Draußen hörte ich Gesprächsfetzen der Mannschaftsmitglieder, aber ich konnte nicht erkennen, wie viele an Bord waren. Weiter weg waren einige ferne und unmissverständliche Geräusche von sich aufbäumenden Leibern zu hören, und wenn ich von den Begleitlauten ausging, hatte man dort Spaß.

Ein Rundblick durch die Kabine offenbarte mir die Bar, einen Tisch und Stühle und einen Safe an einer Wand. Da ich eine ähnliche Alarmanlage vermutete, untersuchte ich den kleinen Arbeitstisch daneben. Der Schalter befand sich fast an der gleichen Stelle. Er lag in der Ausstellung, und obwohl sich vermutlich nichts Wertvolles an Bord befand, war der Safe doch einen Blick wert, solange ich die Gelegenheit hatte.

Es war wenig wahrscheinlich, dass er sich mit derselben Kombination wie der Safe im Club öffnen ließ, aber im Augenblick fiel mir nichts Besseres ein. Die Bolzen rasteten jedoch an den gleichen Stellen ein, bis ich bei der letzten Ziffer ankam und wieder probieren musste. Zwischen den Klicklauten schweiften meine Gedanken ab. Ich machte mir Sorgen über meine Schwierigkeiten bei der Verstofflichung. Der offensichtliche Grund war der, dass ich mich über freiem Wasser befand, aber mir machte das unlogische Schuldgefühl zu schaffen, dass ich zum ersten Mal das Blut eines Menschen getrunken hatte. Trotz meines mehr als glücklichen Erlebnisses mit Bobbi stellte sich mir die Frage, ob ich dadurch nicht doch irgendwie zu einem Ungeheuer geworden sei. Laut Büchern, Filmen und sogar Lexika war ich ein durch und durch böser Schmarotzer. Über Vampire war eine ganze Masse an schlechter Presse erhältlich, und das machte mir verständlicherweise Sorgen. Ich hatte lediglich meine begrenzte Erfahrung dagegenzusetzen.

Ich fühlte mich nicht böse. Nun ja, ich war ein Räuber, aber im Gegensatz zu anderen Raubtieren ließ ich meine Beute am Leben und in einem Fall sogar ziemlich beseligt zurück. Ganz sicher fühlte ich mich besser. Vielleicht lag es nur an der Euphorie des Liebesspiels, aber ich fühlte mich stärker. Vielleicht war Menschenblut die perfekte Speise; in jedem Fall war sie sicher aufregender und angenehmer zu beschaffen.

Der letzte Bolzen klickte, und die Tür schwang auf. Im Safe lagen ein Geldbündel und unbeschriftete Umschläge mit Unterlagen. Das sah eher nach etwas für Escott aus, und vielleicht ergab sich keine zweite Gelegenheit, also faltete ich alles zusammen und stopfte es mir in die Taschen. Das Geld ließ ich liegen. Ich war ein Reporter mit einer Mission, kein Dieb.

»Keine Bewegung«, sagte Gordy hinter mir. Meine Aufmerksamkeit war erlahmt, und ich hatte ihn nicht mehr im Auge behalten. Dann sagte er, ich solle mich umdrehen.

Zum zweiten Mal in dieser Nacht blickte ich in seine Kanone. Er saß noch am Fenster, aber wenn es nach seinem pochenden Herzen ging, war er jetzt alles andere als entspannt. Trotzdem war er im Angesicht des Übernatürlichen bemerkenswert ruhig. Ich bezweifelte, dass ich auch nur ansatzweise den gleichen Mumm gehabt hätte. Ich dachte kurz darüber nach, ihn wieder schlafen zu schicken, und verwarf die Idee. Besser, auf Morelli zu warten. Es war Zeit, einen Schlussstrich zu ziehen.

Er rief nach jemandem auf Deck, dass man Morelli holen solle. Bei den schnaufenden Geräuschen aus der hinteren Kabine würde eine solche Unterbrechung ungelegen kommen. Vermutlich hätte ich die Dinge auch für den einen wichtigen Moment verzögern können, aber warum sollte einer meiner Mörder Spaß haben? Ich lauschte und bemühte mich um eine ausdruckslose Miene, als der Laufbursche an die Tür klopfte. Atemlos sagte Morelli ihm, dass er verschwinden solle. Der Laufbursche übermittelte seine kurze Nachricht. Morelli sagte ihm, dass er sich zum Teufel scheren solle. Der Bursche zog ab, seine Aufgabe war erledigt, und der Schaden war angerichtet. Morelli musste sich ziemlich anstrengen, um in die richtige Stimmung zu kommen, und jetzt war seine Konzentration gründlich im Eimer. Kurze Zeit später gab er auf, und es wurde ruhiger. Eine Minute später kam er hereingestürmt und war stocksauer. »Gottverdammtnochmal, Gordy! Was ...«

Gordy deutete wortlos mit der freien Hand auf mich.

Morelli wurde totenblass. Allmählich gewöhnte ich mich daran, ihn mit dieser Gesichtsfarbe zu sehen. Mit den zerzausten Haaren und nur einem Bademantel bekleidet sah er schon ziemlich zerknautscht aus. Mein Anblick machte es nicht besser.

»Oh Gott, das ist er«, sagte er laut, aber nur zu sich selbst.

»Das ist der, den ich gesehen habe, Slick, nur seine Augen sind nicht mehr rot.«

Niemand rührte sich. Vielleicht befürchtete Morelli, dass ich wieder verschwinden könnte. Es war ein verführerischer Gedanke, aber wenn es nicht klappte, wollte ich das nicht vor ihnen tun. Je weniger Schwächen ich zeigte, desto besser.

»Sieh dir seine Klamotten an, da sind die Löcher und das Blut.« Gordy verlagerte sein Gewicht, um gegebenenfalls besser auf mich schießen zu können.

Morelli sah mich genau an. Er nahm meine Kleidung zur Kenntnis. Ich hatte das Hemd immer noch nicht zugeknöpft, und es hing mir vorne heraus. Außerdem bemerkte er, dass Escotts Schminkarbeit sich aufgelöst hatte.

»Er sieht schon leibhaftig genug aus«, sagte er in dem Versuch, sich Mut zu machen. Sein Blick fiel auf meine Brust. »Der Kleine kann es aber nicht sein, der Bursche hier ist niemals angeschossen worden.«

Ich musste doch sehr bitten.

»Oder wir haben uns auf der Straße geirrt«, sagte Gordy. »Joe hat ihn gar nicht getroffen, und der Kleine hat sich tot gestellt.«

»Und was ist mit dem ganzen Rest?«

»Irgendein Trick, wie du schon sagtest. Er hat die Jungs vielleicht betäubt und dann den Safe ausgeraubt. Sieh doch, dabei habe ich ihn gerade erwischt.«

Morelli sah an mir vorbei. »Wo sind die Papiere?«

»In seinen Taschen.«

»Ausleeren«, sagte er zu mir. Zum ersten Mal hatte er mich direkt angesprochen. Ich rührte mich nicht. Wenn er seine Papiere haben sollte, konnte er sie sich verdammt noch mal selbst holen. Er schnauzte mich wieder an, verlor die Geduld und legte selbst Hand an. Trotz seiner Wut näherte er sich mir wie einer tickenden Bombe und ließ Gordy reichlich Zielfläche, für den Fall, dass ich irgendetwas vorhatte. Er warf das Zeug auf den Tisch und wühlte weiter herum. Meine Brieftasche kam zum Vorschein. Es war die alte. Ich hätte sie zu Hause lassen sollen, aber man kann nicht an alles denken. Er musterte die Ausweise, die er darin fand.

Der Schock war fast greifbar. Die Brieftasche in seiner zitternden Hand sollte eigentlich bei einer mit Gewichten im Lake Michigan versenkten Leiche liegen. Er ließ sie fallen, und womöglich traten seine Augen noch weiter hervor als bei seinem Eintreten in die Kabine.

Gordy spürte die Veränderung. »Was ist los? Slick?«

Morellis rasende Gedanken waren auf seinem Gesicht zu lesen. Er versuchte es zu begreifen, die Realität wieder in die richtigen Bahnen zu lenken, und schaffte es nicht.

Ich lächelte.

Er brach zusammen. »Erschieß ihn, Gordy! Schieß!«

Die Pistole war bereits auf meine Brust gerichtet. Aus reinem Instinkt warf ich mich zur Seite. Die Kugel erzeugte einen kurzen grellen Blitz, als sie in meinen Schädel schmetterte und einen weißglühenden Schmerz hinterließ. Die Gewalt des Einschlags und mein Schwung trugen mich unkontrolliert nach vorne, und mit einem satten Krachen schlug ich mit dem Kopf und der ganzen Wucht meines Gewichts an die scharfe Ecke des Holztisches. Im Vergleich damit war die Kugel ein kleiner Piekser gewesen.

Schiere Agonie umfing mich, und ich konnte mich nicht rühren.

Jemand drehte meinen Körper um. Meine Augen starrten in das helle Licht. Ich konnte sie nicht schließen.

»Ich muss ihn nur gestreift haben«, sagte Gordy. »Da ist eine Wunde, aber kein Loch. Allerdings könnte ich schwören, dass ich ihn voll getroffen habe.«

»Ist er tot?«

Eine schwere Hand legte sich auf meine Brust, dann drückte er mir die Augen zu. Ich konnte mich nicht rühren und wollte es auch nicht. »Er ist tot; sieh selbst.«

Ehe er dazu kam, waren rasche Schritte zu hören, und die Tür wurde aufgestoßen. »Slick?« Das war Bobbis Stimme, und sie klang verängstigt. »Oh mein Gott.«

»Verschwinde, verdammt noch mal! Nein, warte – schau ihn an. Ist er derjenige? Ist er das?«

»Ja.« Ihre Stimme klang Tränen erstickt. Ob aus Trauer um mich oder aus Schock konnte ich nicht sagen.

»Halt den Mund, raus mit dir!«

Ja, Bobbi, geh, dann musst du nicht sehen, wie ...

»Ich sagte, raus!« Die Tür schlug zu. Sie entfernte sich über den Gang und versuchte die Schluchzer zu unterdrücken.

Ich hatte schon einmal solche Schmerzen erlitten; in dieser Kabine hatte ich hilflos in der Hitze gelegen unter Stimmen und Fragen, die Luft war dick gewesen vor Schweiß und Rauch, und mein eigener Gestank hatte mir die Lungen versengt.

Ich glitt in den Albtraum und umarmte die grauenhafte Erinnerung wie eine Geliebte.

Geliebte – Bobbi –

Nein, Maureen.

Maureen ...

10

Wir lachten über einen Scherz. Es war schön, ihr Lachen zu hören, sie tat es so selten, aber als ich mich zu ihr wandte, war sie fort, und das Lächeln in mir erlosch.

Als der Zug anhielt, erwachte ich, weil die Bewegung aufgehört hatte. Ich kannte den Traum. Früher hatte ich ihn gehasst, aber jetzt nicht mehr, weil ich die schattenhafte Erinnerung an Maureen brauchte, um zu wissen, dass ich sie einst geliebt und mich lebendig gefühlt hatte. Vielleicht hatte sie diesmal aber auch nur Lebewohl sagen wollen. New York mit seinen guten und schlechten Erinnerungen lag nun hinter mir, und ich wollte neu anfangen. Das sagte ich mir jedenfalls, als ich mich mit meinen zwei Koffern in der Hand durch den vollen Bahnhof drängte. So sehr gelogen war es gar nicht, weil ich kein großer Lügner war, aber für den Augenblick war es das Beste und musste eben reichen.

Heute war Chicago nicht windig, es war Hochsommer, und die Luftfeuchtigkeit hatte ein tödliches Niveau erreicht. Der Weg aus dem Bahnhof war unangenehm, die Taschen zogen mir die Arme in die Länge, und der Gehsteig warf mir die Hitze wieder ins Gesicht, als sei ich dran schuld. Ich arbeitete emsig an einem Hitzschlag, bis ein Hotel mit dem richtigen Preis auf dem Außenschild mich in seinen Schatten lockte. Es war billig, aber noch keine Flohburg. Wenn das Geld später knapp wurde, endete ich vielleicht in einer solchen, aber jetzt noch nicht.

Ohne Begleitung latschte ich die Treppen hinauf und suchte nach der Tür, die zu meinem Schlüssel passte. In diesen Zeiten der anhaltenden Wirtschaftskrise konnte sich das Hotel den Luxus eines Pagen nicht leisten. Das Zimmer war nicht übler, als ich es erwartet hatte, klein und unpersönlich, mit einem durchgelegenen Bett, das am Boden festgeschraubt war, einem hässlichen Kleiderschrank und einem dazu passenden Sessel, aber es hatte ein eigenes Bad und ein Telefon und einen Ventilator, den ich sofort einschaltete. Ich riss das Fenster auf, um den spätnachmittäglichen Straßengestank einzulassen, und schälte mich aus meinem feuchten Anzug. Ich ließ mir kaltes Wasser in die Wanne und stieg hinein. Später würde ich einen

Hamburger erlegen und die Zeitungen lesen, um festzustellen, welche meiner Dienste würdig sei.

Das Wasser stieg gerade über meinen Brustkorb, als das Telefon klingelte.

Ich stöhnte auf und fluchte. Ich gehöre zu den Leuten, die immer ans Telefon gehen müssen, egal was sie gerade tun. Da musste sich jemand verwählt haben: Der einzige Mensch, den ich in Chicago kannte, war der Mann am Empfang im Erdgeschoss. Ich torkelte hinaus, hinterließ eine nasse Spur, nahm den Hörer auf und sagte hallo.

»Jack Fleming?« Die Stimme war mir nicht vertraut.

»Am Apparat, was gibt's?«

»Jack, hier ist Benny O'Hara aus New York. Vielleicht wissen Sie noch, in Rosies Bar vor etwa einem Jahr ...«

Benny O'Hara, ein kleiner Kerl mit langen Ohren, der mir einen Tipp über eine Brandstiftung für fünf Piepen und einen Drink gegeben hatte. Ich hatte den Cops Bescheid gegeben, sie erwischten die Kerle, und ich staubte einen Exklusivbericht für die Zeitung mit Nennung meines Namens ab.

»Yeah, am vierten Juli, es sollte so aussehen, als ob das Feuerwerk daran schuld gewesen sei, damit sie die Versicherung einstreichen konnten. Ich erinnere mich.«

»Hör'n Sie, ich habe Sie aus dem Bahnhof kommen sehen und bin Ihnen gefolgt. Vielleicht können Sie mir helfen ...«

Immer wieder das Gleiche. Er brauchte ein bisschen Butter aufs Brot, aber diesmal konnte ich es mir nicht leisten. »Tut mir Leid, Benny, eigentlich wollte ich gerade gehen ...«

»Nein, warten Sie, bitte, es ist wichtig!« Er klang verzweifelt. Aus reiner Neugier blieb ich dran. »Sie müssen mir zuhör'n. Ich hab' was Großes für Sie, einen echten Knüller, glauben Sie mir.«

»Ich höre zu.«

»Können Sie runterkommen und mich auf der Straße treffen? Ich kann es nicht alles übers Telefon erklären. Bitte, Jack?«

»Was wird es mich kosten?«

»Sie meinen, was wird es Ihnen einbringen? Die Sache ist brandheiß.«

»Schon wieder Warmsanierung?«, witzelte ich.

»Bitte, Jack!« Für Witze war er nicht in Stimmung.

»In Ordnung, in einer Minute bin ich draußen.«

»Kommen Sie einfach raus, geh'n Sie nach rechts und weiter geradeaus. Ich hole Sie dann ein.«

Es klang übermäßig dramatisch. Vielleicht hatte er wirklich etwas Wichtiges für mich. Wenn ich mit einer heißen druckreifen Story bei einem Redakteur vorsprach, standen meine Aussichten auf einen Job umso besser, und die Bezahlung würde sich ebenfalls verbessern. Es war einen Versuch wert. Ich sagte Benny ohne allzu begierig zu klingen, er solle auf mich warten, und hängte ein.

Abgetrocknet und angezogen verließ ich das Hotel, folgte seinen Anweisungen und hielt unterdessen unter den Gesichtern um mich nach seinem Ausschau. Einen Block später tauchte er neben mir auf.

»Seh'n Sie mich nicht an, Herrjesses!«, sagte er leise.

Der kurze Blick, den ich auf ihn erhaschte, war keineswegs beruhigend. Er sah schon immer halb verhungert aus, das war ganz normal, aber jetzt war er ausgemergelt und schien unter Zuckungen zu leiden. Ich fragte mich, wann er das letzte Mal geschlafen habe.

»Geh'n Sie einfach weiter, dann sage ich Ihnen alles.«

»Für wie viel?«

»Ich sag's Ihnen. Wenn ich fertig bin, können Sie's nehmen oder bleiben lassen.«

Das war für ihn ganz ungewöhnlich. Wenn ich zuvor nicht auf dem Sprung gewesen war, so war ich es jetzt. »Wer verfolgt Sie?«

»Noch niemand, glaub' ich, aber wir können nichts riskieren. Gehen Sie einfach weiter.«

Ich ging weiter.

»Haben Sie je von Lucky Lebredo gehört?«

»Nein.«

»Er ist ein hiesiger Spieler, ihm gehört die Hälfte vom *Nightcrawler.*«

»Ihm gehört ein Kriechtier?«, fragte ich ausdruckslos.

»Das ist ein Nachtclub«, sagte er entnervt. »War früher mal'n großer Flüsterladen; als er ihn dann in die Finger bekam, verlegte er sich schwer auf den Spielbetrieb.«

»Natürlich illegal.«

»Ist LaGuardia ein Italiener?* Jedenfalls kennen ihn hier ein paar Leute, aber er hält sich weitgehend bedeckt und bleibt den Gangs aus dem Weg, also wissen nicht so viele Leute über ihn oder seinen Anteil am Club Bescheid.«

»Worum geht es also, Benny?«

»Hat Rosie Ihnen gesagt, was ich beruflich mache?«

»Sie sagte, dass Sie als Schlosser arbeiten«, gab ich mit unbewegter Miene zur Antwort.

»Rosie ist ein fabelhaftes Mädel ...«

»Benny ...«

»Okay! Ich komm' gleich drauf. Ich muss eine Gelegenheit ergreifen, wenn sie sich bietet, denn dieser Tage gibt es für Schlosser nicht mehr so viele davon. Ich penne bei einem Freund von mir, und jeden Mittwoch hält er ein Zimmer frei für'ne richtig fette Pokerrunde. Die Typen benutzen Tausenddollarscheine wie andere Leute Streichhölzer. Manchmal dauert das Spiel tagelang. Meistens sind es Leute von außerhalb, die ein bisschen Spaß haben wollen, und die Besetzung wechselt jede Woche, aber Lucky verpasst kein Spiel. Wenn es um Poker geht, ist er völlig verrückt, und er gewinnt immer.«

»Von solchen Leuten habe ich schon gehört.«

»Den Jungen müssen Sie sehen, sonst glauben Sie's nicht. Ich schwöre, einmal ging er mit achtzigtausend Dollar nach Hause. Sie können sich ja denken, dass er die nich' in seiner Einkommensteuer angibt.«

»Wieso sind Sie bei der Spielrunde dabei?«

»Ich spiel' nich'. Mein Freund sagt ihnen, dass ich 'n Leibwächter bin. Er leiht mir 'ne Knarre für den Abend oder wie lange es eben dauert, und ich hänge 'rum und guck' wie'n harter Kerl. Einige von den Gimpeln nehmen mir das sogar ab, behandeln mich wie Capone persönlich, und geben auch noch gutes Trinkgeld. Jedenfalls halte ich die Augen offen, und eines Abends sag ich mir: Folge Lebredo doch mal nach Hause, nur um ihn zu beschützen, versteh'n Sie.«

»Ich verstehe schon.«

»Na ja, er geht also in sein Haus, und für einen Typen mit so

* In der Tat war er das. Fiorello Henry LaGuardia (1882-1947) war von 1933 bis 1945 Bürgermeister von New York; nach ihm wurde ein Flughafen benannt.

viel Geld ist das kein dolles Haus, also denk ich mir, dass davon ganze Haufen unverbraucht und ungeschützt herumliegen. Vielleicht möcht' er jemanden einstellen, der für ihn darauf aufpasst, wenn er mal nicht da ist.«

»Und Sie beschlossen, sich für den Job zu bewerben?«

»Natürlich, aber als ich in der Nacht darauf wieder kam, war er nich' da, vielleicht war er im Club, aber ich versuchte es trotzdem mal an der Tür. Und Sie können's sich nich' vorstellen, aber die ging doch glatt auf. Dachte mir, vielleicht stimmt hier was nich', also hab ich mich erstmal umgesehen, ob auch keine Einbrecher drinne sind.«

»Erzählen Sie weiter.«

»Gott sei Dank war'n da keine, und das war auch gut so, denn – ich schwöre, dass es die Wahrheit ist – da ging er doch glatt raus und hat den Safe weit offen stehen lassen. Ich meine, wie unvorsichtig kann man denn noch sein?«

»Tsk-tsk. Wirklich unvorsichtig.«

»Nun ja, da dacht' ich mir, es wär ja `ne Schande, wenn das ganze Geld in die falschen Hände fällt, also sollt' ich mich vielleicht für ihn darum kümmern.«

»Sehr umsichtig von Ihnen.«

»Nich', das dacht' ich auch. Da lagen 'ne Menge große Scheine herum, und ich hab nix, um sie wegzupacken, also nehm' ich mir den großen Umschlag aus dem Safe, der so leer aussieht. Da sind nur zwei Blatt Papier drin, die nehmen kein' Platz weg, also stopf' ich das Geld da rein und nehm' den gesamten Kladderadatsch mit. Als ich wieder in meine Bude komm', zähl ich die Sachen durch, und dabei seh' ich mir die Blätter genauer an.«

»Und was stand drauf?«

»Sie sehen so aus, als ob 'n Kind mit 'ner Schreibmaschine rumgespielt hat. Auf beiden Blättern steht wirres Zeug aus Kommas, Zahlen, Fragezeichen und anderem Kram, auf beiden Seiten geht das so. Ich denke mir gleich, das ist ein Code, und ich mag Rätselspiele, also versuche ich mich mal dran.«

»Und?«

»Und es war gar nich' so leicht, aber ich schaffte es, und das Zeug auf diesen Seiten reicht aus, dass der gesamte Staat hier hochgeht.«

»Was ist es also?«

»Eine Erpressungsliste. Da steh'n große Namen drauf, die würden Sie nicht auf so was vermuten. Da steh'n die Namen, wo sie wohnen, die Stelle, wo das Zeug liegt, das gegen sie verwendet wird, alles. Ich hab's nachgeprüft.«

»Ach hören Sie schon auf, Benny?«

»Ich schwör's! Ich hab' sie hier, und jetzt muss ich sie loswerden.«

»Warum? Und warum ich?«

»Weil Sie nich' auf der Liste steh'n, weil Sie neu in der Stadt sind und keiner von den Kerlen Sie kennt.«

»Welche Kerle?«

»Einer von Luckys Jungs und andere. Die gehören zur Paco-Gang und sind schon seit Tagen hinter mir her. Ich komm nich' aus der Stadt raus. Die Bahnhöfe werden überwacht. Ich kann kein Auto kaufen, kein Boot, nicht mal'n Fahrrad, ohne dass sie es rausfinden.«

»Und das wollen Sie mir aufhalsen? Geben Sie es an die Cops.«

»Merken Sie denn gar nichts? Auf der Liste stehen auch Cops – Richter, Anwälte, Zeitungsleute – jeder, der was zu verbergen hat, steht drauf. Wenn ich zu ihnen gehe, begraben sie die Sache und mich dazu. Ich hab's versucht. Aber Sie sind sauber, Sie können was damit anfangen, Sie können daraus 'ne Story machen.«

»Und was wollen Sie von mir?«

»Nur etwas Hilfe, um aus der Stadt rauszukommen. Danach kann ich selbst auf mich aufpassen.«

Was das Nachdenken über langfristige Konsequenzen von auf die Schnelle getroffenen Entscheidungen anging, war ich schon immer ein Schwachkopf gewesen. »Was haben Sie sich so gedacht?«

»Sie sind 'n ehrlicher Kerl, also kann ich Ihnen vertrauen. Ich geb' Ihnen ein paar Scheine, und Sie kaufen mir einen Wagen, aber auf ihren Namen, und dann fahren wir aus der Stadt raus. Sie setzen mich in irgendeinem Kaff im nächsten Staat ab, dann mache ich mich alleine auf die Socken. Dafür behalten Sie den Wagen und die Liste. Lucky und seine Jungens kenn' Sie nicht, also sind Sie auch sicher.«

»Klingt ganz vernünftig. Wann?«

»Jetz' gleich. Ich muss heute noch raus, ehe meine Nerven zum Teufel sind. Geh'n Sie in die Gasse da vorne, und warten Sie dort auf mich. Wenn die Luft rein ist, bin ich inner Minute da.«

Ich betrat die Gasse und ging etwa bis zur halben Länge hinein, ehe ich stehen blieb und mich umdrehte. Es war schummrig und still. Ich nahm meinen Hut ab und wischte mit einem Taschentusch über das Schweißband. Meine einzige Gesellschaft bestand in einer einohrigen Katze, die den Müll durchkämmte. Durch die Mitte der Gasse lief ein schmales Rinnsal, und über mir hing irgendwelche Wäsche schlaff und lustlos zum Trocknen aufgespannt. Ich hoffte nur, dass Benny sich beeilte.

Lange bevor ich es aufgesteckt hätte, tauchte seine dürre Gestalt am anderen Ende der Gasse auf. Sein Gang war ein sonderbares Hüpfen, als ob er immer wieder losrennen wolle und es sich in allerletzter Sekunde anders überlege. Schnaufend schloss er zu mir auf. Sein Blick flitzte unruhig in alle möglichen Richtungen. Bei all der Knete, die er für sich in Anspruch nahm, sah er ziemlich heruntergekommen aus, und sein Verhalten war ungefähr so gelassen wie das eines Kettenrauchers, dem die Kippen ausgegangen sind.

»Jetzt müssen wir vorsichtig sein«, warnte er mich und reichte mir einen Tausend-Dollar-Schein.

»Ist der echt?« Ich hatte noch nie einen gesehen.

»So echt wie die Federn von Sally Rand*. Vielleicht wollen Sie ihn in kleinere Scheine einwechseln, aber dafür bekommt man schon einen richtig guten Wagen. Ich kann ihn nicht eintauschen, weil ich nun mal nich' besonders fein aus der Wäsche schaue, aber für Sie is' das leicht.«

So leicht nun auch nicht, aber wenn ich meinen besseren Anzug anlegte, konnte ich in jeder Bank auftreten. »Okay, wo ist also diese Liste?«

»Genau hier, und Sie können sie gerne haben.« Er förderte zwei gefaltete Blätter zutage und reichte sie mir.

Ich faltete sie auseinander. Wie er sie schon beschrieben

* Die Tänzerin Sally Rand (1904-1979) war eine *der* Attraktionen der Weltausstellung, die 1934 unter dem Motto »A Century of Progress« in Chicago stattfand. Bei ihren Striptease-Auftritten arbeitete sie mit riesigen Federn oder halb durchsichtigen, nicht weniger großen Luftballons.

hatte, standen dicht an dicht Schreibmaschinenzeichen und -zahlen drauf.

»Wie lese ich dieses Zeug?«

»Is' ganz einfach, man muss nur substituieren ...«

Links von uns hustete jemand. Es war ein seltsam regelmäßiges Husten, dreimal kurz nacheinander. Bennys kleiner Körper zuckte, und drei große rote Löcher erschienen in seinem Kopf, seinem Brustkorb und seinem Bauch. Er fiel seitwärts in das kleine Rinnsal, blieb reglos im Wasser liegen, und im Blick seiner hervorstehenden Augen lag eine Überraschung, die nicht mehr vergehen würde.

Angst ist ein fabelhaftes Aufputschmittel. Drei lange Blocks weiter wetzte ich immer noch volle Kraft voraus über den Bürgersteig und ließ eine Spur der Unruhe und gelegentlich auch der Verwüstung hinter mir, als ich diverse Hindernisse auf meinem Weg überwand. Ich sah mich nicht um. Die Versuchung war vorhanden, aber sie hätte mich Tempo und den Vorsprung gekostet. Das Risiko konnte ich nicht eingehen. Allerdings forderten die Hitze und mangelnde Ausdauer ihren Tribut, und ich musste langsamer werden; mein Durchschneiden des Nachmittagsgewühls war sowieso zu auffällig. Ich bog in ein großes Kaufhaus ein und versuchte mich im Gehen etwas zu sammeln.

Ich hielt die Liste und den Tausend-Dollar-Schein immer noch in den Händen. Ich steckte beides in meine Brieftasche und dachte daran, einen Cop zu rufen. Das war aber vielleicht keine gute Idee, da ich als Zeuge nichts taugte. Gott helfe mir, ich hatte Benny sterben sehen, aber seinen Mörder hatte ich nicht einmal aus dem Augenwinkel gesehen. Nach dem, was er gesagt hatte, konnten es auch mehrere sein. Welche Geschichte konnte ich also erzählen? Dass ich Geld von einem Dieb angenommen hatte, um ihm aus der Patsche zu helfen? Die Wahrheit half mir hier nicht weiter, und aus Erfahrung wusste ich, dass ich ein lausiger Lügner war. Ich lief weiter und hoffte darauf, dass mir etwas einfiel, bevor mir jemand das Licht ausknipste.

Ich begann gerade, mich sicher zu fühlen und sah mich um. Auch wenn ich in dieser Stadt fremd war, konnte ich sie dennoch mühelos erkennen. Ich hatte ihre Sorte schon bei Gegenüberstellungen in New York gesehen. Körperlich sahen sie vielleicht wie alle anderen aus, aber da gab es eine schwer zu bestimmende Eigenschaft, die sie von anderen Menschen unterschied. Vielleicht die Gnadenlosigkeit eines Raubtiers, aber ich hatte für eine Analyse dieser Eigenschaft keine Zeit, weil sie auf mich zu kamen.

Ich entdeckte die Hinterausgänge, raste durch die Warenräume, verstörte die Angestellten und platzte auf eine schmale Straße, wo die Lastwagen ihre Fracht ablieferten. Die schmale Straße führte auf eine breitere mit mehr Menschen und hoffentlich auch größerer Sicherheit. Ich hörte, wie rennende Schritte näher kamen, und tauchte in der Menge unter.

Dieses Spiel zogen wir eine gute Stunde lang durch. Sie waren zu fünft, drei waren zu Fuß, und zwei saßen in einem dunkelgrünen Ford, der mir folgte, nachdem ich in ein Taxi gestiegen war. Sie waren schlau und professionell. Ich kannte mich in ihrem Territorium nicht aus und hatte kaum eine Chance davonzukommen, aber ich musste es versuchen, wenn ich nicht das gleiche Schicksal wie Benny erleiden wollte.

Ich dachte daran, das Zeug vor ihren Augen einfach von mir zu werfen. Vielleicht war das alles, was sie haben wollten, und ich war nicht wichtig genug, dass man sich um mich weiter kümmern musste. Die Idee klang gut, aber es gab nicht den geringsten Hinweis darauf, dass die anderen mitspielen würden. Also rannte ich weiter.

Allmählich wurde ich sehr müde. Das Taxi setzte mich auf der Michigan Avenue ab, und obwohl ich etwas Zeit gewonnen hatte, musste ich doch bald untertauchen. Ich musste mich ausruhen, musste nachdenken und brauchte einen sicheren Ort, an dem ich beides tun konnte. In dem Moment sah ich auf und entdeckte das riesige Kalksteingebäude der Stadtbibliothek von Chicago. Bibliotheken waren für mich oft ruhige Zufluchtsstätten gewesen, also ging ich hinein.

Das Erdgeschoss nützte mir nichts, es war zu übersichtlich, zu viele Zeitungen und Menschen, die darin lasen. Ich stieg die Treppe hinauf. Das nächste Stockwerk war eine Zuflucht für Relikte aus dem Bürgerkrieg, aber nicht für mich. Schnaufend stieg ich zum zweiten Obergeschoss hinauf und wurde mit dem tröstlichen Anblick langer Buchregale belohnt. Ich tauchte hinein wie ein Fisch ins Wasser und suchte mir einen Aussichtspunkt, von dem aus ich die Avenue und die Treppe im Auge behalten konnte.

Ich schuldete dem Taxifahrer einen Verdienstorden, dass er den grünen Ford lange genug losgeworden war, damit ich in Deckung gehen konnte. Unten sah ich das grüne Dach des Wagens, der eine halbe Stunde lang die Avenue auf und ab fuhr, bis er es schließlich aufgab und davonfuhr. Keine gefährlich aussehenden Typen kamen herein, und ich entspannte mich und zog mich tief zwischen die Regalreihen zurück.

Zuerst wollte ich die Liste loswerden und dann aus der Stadt verschwinden, vielleicht sogar für eine Weile nach Hause kommen und mich ausruhen. Ich konnte einen ausführlichen Bericht schreiben und ihn an den Distriktstaatsanwalt, die Feds, die Zeitungen schicken, an alle, die sich vielleicht fragten, warum man Benny O'Hara umgelegt hatte. Möglicherweise richtete ich damit nichts aus, aber im Augenblick war es das Einzige, was ich zu riskieren bereit war. Wenn einem direkt vor der Nase ein Mensch in Stücke geschossen wird, wird jedem das Rückgrat labberig, und ich habe mich nie für besonders tapfer gehalten. Die letzten Stunden hatten mir eine derartige Angst eingejagt, dass ich schon kurz davor war, meinen Zeitungsberuf an den Nagel zu hängen und Dad zu Hause im Laden zu helfen.

Im Augenblick bekam ich jedoch allmählich Hunger und hatte das Gefühl, dass der versprochene Hamburger schon lange überfällig sei. Der Verstand fängt den Schrecken heraus, aber der Körper macht mit den Grundbedürfnissen weiter, als sei nichts geschehen.

Ich stellte mich auf die Zehenspitzen und legte die beiden Blätter weit hinten auf ein Regal. Die Reihe war leer; niemand hatte mich gesehen. Ich merkte mir, in welchem Abschnitt ich mich befand und verließ den Saal. Ich wusste, dass sie jetzt so sicher waren, wie sie es je sein würden.

Ich fand eine Hintertreppe und nutzte sie, um mich ganz vorsichtig wieder auf die Straße zu wagen.

Die Luft schien rein zu sein, keine grünen Fords, keine harten Männer, aber viele lange Blocks hielt ich mit den dichtesten

Menschenmengen Schritt, ehe ich mich genug entspannte, um nach einem Café zu suchen. Ein kleiner Laden mit viel Betrieb namens Blue Diamond roch gut, also ging ich hinein und fand sogar einen leeren Tisch im hinteren Teil. Statt eines Burgers bestellte ich ein Steak mit allem Drum und Dran, und während des Essens machte ich mir Notizen in meiner persönlichen Kurzschrift auf einer Serviette. Ich zog das Essen in die Länge, trank Kaffee und bestellte noch eine weitere Portion Nachtisch, um die Kellnerin nicht zu verärgern. Als es dunkel war, ließ ich ihr ein gutes Trinkgeld zurück und wagte mich wieder auf die Straße.

Taxis waren teuer, aber der lange Fußweg zu meinem Hotel war meinen Füssen zu viel. Außerdem hatte ich keine Ahnung, wo es lag, ich wusste nur die Straße, in der es befand. Ich nannte sie dem Fahrer und hoffte, dass er die kürzeste Strecke fuhr. Es dauerte nicht lange, er kannte sein Geschäft und setzte mich, soweit ich das beurteilen konnte, an der richtigen Ecke ab, obwohl sie im Dunkeln ganz anders wirkte. Meine Nerven waren immer noch überreizt, und ich war müde. Eine schlechte Kombination.

Ich hielt die Augen offen, machte mir aber keine allzu großen Sorgen. Die Männer, die hinter mir her waren, konnten gar nicht wissen, wo ich wohnte, denn Benny war ja so vorsichtig gewesen. Der arme Benny.

Und dann war ich der arme Jack.

Wie aus dem Nichts tauchten zwei der Männer vor mir auf. Sie mussten die gesamte Straße überwacht haben; sie hatten gewusst, dass ich zurückkommen würde. Ich wurde praktisch von den Beinen gehoben und im Laufschritt nach vorne geschoben. Der grüne Wagen rollte heran, eine Tür wurde aufgerissen und ich hineingestopft. Der gesamte Vorgang dauerte nicht länger als fünf oder sechs Sekunden, und dann wurde ich in unbekannte Gefilde kutschiert.

Auf dem Rücksitz fingen wir drei einen kleinen Ringkampf an, weil ich mein Bestes tat, um aus dem Wagen zu springen, und sie taten eben ihr Bestes, um das zu verhindern. Einmal schaffte ich es sogar, den Türgriff zu berühren, aber eine Faust traf mich seitlich am Kopf, und eine andere wühlte nach meinen Nieren.

»Hey, gebt Ruhe da hinten!«, raunzte der Fahrer.

Einige weitere Schläge, und ich war nicht mehr in der Verfassung, die Diskussion fortzusetzen. Sie stießen mich auf den Boden des Wagens und drückten mich mit dem Gesicht nach unten. Ihre schweren Füße drückten ziemlich heftig auf meinen Rücken und meine Beine. Mir war schwindelig von den Schlägen, ich hatte Angst, und die schaukelnden Wagenbewegungen waren unter diesen klaustrophobischen Bedingungen nicht gerade hilfreich.

»Mir wird gleich übel«, sagte ich zum Wagenboden.

»Was hat er gesagt?«

Etwas lauter wiederholte ich meine Worte.

Vom Vordersitz erklang Gelächter, aber die Burschen auf der Rückbank fanden es gar nicht so witzig. Der, der meinem Kopf am nächsten saß, nahm mir den Hut ab, drehte ihn um und schob ihn mir unter die Nase.

»Wenn du mir irgendwo Kotze draufschmierst, drücke ich dir die Augen raus«, sagte er warnend.

Ich würgte die Galleflüssigkeit herunter und versuchte, Luft in die Lunge zu bekommen. Es war eine lange harte Fahrt, aber ich schaffte es, mein Abendessen unten zu behalten. Einmal hielten wir an, und der Fahrer stieg für ein paar Minuten aus, wobei er den Motor laufen ließ. Der Wagen schaukelte, als er sich wieder hinter das Steuer zwängte.

»Frank sagt, wir sollen ihn zum Boot bringen, dann macht ihr Jungs 'ne Fliege, bis er wieder nach euch fragt. Georgie, du bringst den Wagen für mich zum Haus zurück.«

»Wann bekommen wir unser Geld?«

»Heute Abend am Boot, wie gewöhnlich.«

»Komm schon, Fred, wir sind den ganzen Tag hinter diesem Kerl hergerannt.«

»Dann mach das mit Frank aus. Ich zahle hier nicht die Rechnungen.«

Jemand band mir einen Stofffetzen um die Augen, und mit den Armen auf dem Rücken gefesselt wurde ich vom Rücksitz herausgezerrt. Zwei Männer mussten mich festhalten, weil ich kein Gleichgewicht halten konnte. Ich roch und hörte das

Wasser um mich plätschern und hatte sofort Visionen vom Lake Michigan und von Zementschuhen. Ich versuchte mich loszureißen, kassierte dafür einen Magenschlag, der mir die Luft nahm, und wurde ein paar Stufen hinabgezerrt. Die nächsten paar Minuten waren verwirrend: Ich wurde auf etwas gezogen, das sich lebendig anfühlte. Ich verlor wieder das Gleichgewicht und konnte ohne meine Arme den Sturz nicht abfangen. Mein linker Ellbogen knallte gegen etwas Hartes, ebenso wie meine Knie. Ich versuchte mich herumzuwerfen, um hochzukommen, schaffte es nicht, und mein Kopf fuhr zurück, und das harte Ding traf mich hinter dem Ohr. Trotz der Augenbinde flammten Lichter vor mir auf, bevor die Finsternis alles verschlang.

Ich fühlte mich, als hätte ich wochenlang geschlafen und käme erst jetzt wieder zu mir. Einige Männer unterhielten sich, und es ärgerte mich, dass sie das in meinem Schlafzimmer taten. Ich wollte ihnen sagen, dass sie gefälligst verschwinden sollten, aber mein Mund machte noch nicht mit.

»Auf Eis, heil und ganz«, sagte ein Mann. Mir fiel ein, das er Fred hieß.

»Das nennst du heil und ganz?«, erklang die undankbare Erwiderung.

»Er hatte sich gewehrt, was soll ich dazu sagen?«

»Seid ihr Jungs schon bezahlt worden?«

»Nein, Mister Paco.«

»Okay, hier, und haltet den Mund. Zieht ab und vergesst, dass der heutige Tag je geschehen ist. Fred, du bleibst hier. Georgie, bring den Wagen nach Hause.«

»Alles klar.«

Männer schlurften davon. Es klang nicht so, als ob der Raum besonders groß sei, und ich hatte immer noch das Gefühl, als ob sich alles um mich bewege, was ich meinem halbbewussten Zustand zuschrieb. Mein Kopf tat mir weh, mir war schlecht, und je wacher ich wurde, desto mehr Schmerzen machten sich bemerkbar. Mir fielen noch weitere Dinge ein, und keines davon war angenehm.

»Was haben sie mit ihm gemacht?«, fragte Paco.

»Er ist gestürzt, als wir ihn auf das Boot brachten.«

»Weck ihn auf.«

Etwas Wasser spritzte mir über das Gesicht. Da begriff ich, dass sie von mir gesprochen hatten. Ich bäumte mich auf und wurde vollständig und schmerzhaft wach. Ich konnte mich deshalb nicht viel bewegen, weil ich fest an einen Stuhl gebunden war, aber die Augenbinde war herunter. Was ich sah, war allerdings nicht sehr beruhigend.

Der große Klumpen mit dem Wasserglas in der Hand war Fred. Der kleinere, bulligere Mann hinter ihm war Paco. Keiner der beiden machte ein freundliches Gesicht.

Der Raum war lang und hatte eine niedrige Decke. Die Wände waren sonderbar geschwungen. Ich schloss daraus, dass wir uns auf einem Boot befanden, einem großen Boot. Das erklärte auch die Bewegungen und meinen schwachen Magen; ich war ein schlechter Seemann.

»Er ist wach«, sagte Fred. Er und Paco entfernten sich aus meinem Sichtfeld. Mein Stuhl stand in der Mitte des nackten Bodens vor einem Tisch. Auf dem Tisch lehnte noch ein Mann, dünner und dunkelhäutiger als seine Freunde. Er stieß sich ab und trat zu mir heran. Mit einem Klicken erschien ein Messer mit einer langen, schmalen Klinge in seiner Hand. Die Schneide war so scharf, dass der bloße Anblick schon schmerzte. Ich versteifte mich, als er sich zu mir herunterbeugte.

»Ganz ruhig, Kumpel«, sagte er und durchschnitt die Stricke. Als sie von mir abfielen, konnte ich mich kaum rühren, aber ich versuchte einige Bewegungsübungen. Das war keine gute Idee. Als das Blut seine Arbeit wieder aufnahm, wechselten sie rasch von völliger Taubheit zu gemeinen Nadelstichen.

»Willst du was zu trinken?«

Ich brachte ein Nicken zustande. Er gab ein Zeichen, und Fred reichte mir einen gut eingeschenkten doppelten Whiskey. Wasser wäre mir lieber gewesen, aber ich nahm, was ich kriegen konnte. Es war gutes Zeug und wärmte mich angenehm von innen. Mein Wohltäter lächelte auf mich herab, und ich hätte zurückgelächelt, aber er steckte das Messer nicht weg. Fred nahm mir das Glas fort und stellte es auf die Theke der Wandbar. Er sah Paco an, als warte er auf ein Zeichen. Paco sah zum dritten Mann, dessen Aufmerksamkeit auf mich gerichtet war.

»Ich denke, du weißt, warum du hier bist«, sagte er. Er hatte lange dicke Wimpern. Es waren die Augen einer Frau, und ihr Blick gefiel mir nicht. »Steh auf.«

Ich hatte keinen Grund, mich zu sträuben, allerdings schwankte ich ein wenig und musste mich am Stuhl festhalten. Fred kam zu mir, leerte mir die Taschen und verteilte den Inhalt auf dem Tisch. Sie gingen alles durch. Ich verabschiedete mich von dem Tausend-Dollar-Schein. Sie sahen mich an, und Fred feixte.

»Ich wusste doch, dass die kleine Krabbe ihm was zugesteckt hatte.«

»Was hast du sonst noch?«, fragte Paco.

Sie fanden die Serviette mit meinen gekritzelten Notizen, aber das war nicht, was sie wollten.

»Er ist ein Reporter«, sagte der Dritte. Fred lachte. Sie sahen sich interessiert einen alten Presseausweis an, den er aus meiner Brieftasche geholt hatte. Er las meinen Namen. »Wie lange warst du schon nicht mehr in New York, Jack R. Fleming?«

»Hören Sie, ich weiß nicht, was Sie von mir wollen, ich bin erst heute aus dem Zug gestiegen ...«

»Hat der kleine Galligar dich hergerufen, damit du ihm hilfst?«

»Galligar?« Wahrscheinlich Bennys Name in Chicago. »Ich weiß nicht, wovon Sie reden. Der kleine Bursche quatscht mich einfach auf der Straße an. Er tischt mir eine verrückte Geschichte auf, die aus dem *Black Mask* stammen könnte. Ich glaube ihm nicht, und er sagt, er gibt mir tausend Eier, wenn ich ihn aus der Stadt bringe. Ich denke mir, dass der Schein vielleicht falsch ist und er mich über den Tisch ziehen will, dann schießt ihn jemand ab, und ich bin abgehauen.«

»Warum erzählst du mir nicht die Geschichte?«, fragte er, während er meine Notizen überflog.

»Er sagte nur, dass ein paar Kerle hinter ihm her sind, weil er den falschen Leuten Kohle abgenommen hat.«

»Wer ist L. L.?«

»Louie Long oder Lang, glaube ich, es fällt mir jetzt gerade nicht ein.« Müde ließ ich mich auf den Stuhl sinken. Die Initialen dienen nur der Gedächtnisstütze, später denke ich mir etwas dazu aus.«

»Was meinst du damit?«

»Ich bin Reporter, aber ich schreibe auch Erzählungen. Etwas aus dem Leben Gegriffenes dieser Art ist zu gut, um es nicht auszuschlachten. Ich wollte die ganze Sache als Geschichte aufmachen und sie an eins der Detektiv-Hefte verkaufen, vielleicht sogar ein Buch daraus machen. Wenn ich von der Bezahlung eines Reporters leben wollte, müsste ich verhungern, also schreibe ich auch Geschichten.«

Sie starrten mich an. Ein paar Sekunden lang dachte ich schon, dass sie mir die Story glaubten, dann brach Paco in Gelächter aus. Die anderen beiden schlossen sich ihm an, und meine Hoffnung erstarb.

Als Nächstes zwangen sie mich zum Ausziehen, und ich schwankte einige Minuten lang herum ohne etwas anderes am Leib als Gänsehaut, während sie meine Kleidung untersuchten. Nacheinander warfen sie mir alles zurück, sogar meine Brieftasche und meine Papiere. Nur nicht den großen Schein, der weiterhin auf dem Tisch lag.

»Ich weiß, dass er sie hatte, Mister Morelli«, sagte Fred und sprach damit zum ersten Mal den Namen des dritten Mannes aus. Der Versprecher schien ihn nicht zu stören, und das beunruhigte mich. Ich hatte den Namen schon gehört und auch einiges von seinem Besitzer. Aber ich sah keinen Vorteil darin, sie das wissen zu lassen; ich war der Ansicht, dass meine größte Hoffnung darin bestand, Unwissenheit vorzutäuschen. »Die anderen, die mit bei mir waren, werden Ihnen das bestätigen.«

»Habt ihr ihn die ganze Zeit sehen können?«

»Nun, eigentlich nicht, aber wir waren gleich hinter ihm, und wir hatten ihn ...«

»Halt die Klappe, Fred«, sagte Paco. »Ihr habt ihn lange genug verloren, dass er sie irgendwo verstecken konnte.«

»Was verstecken?« Ich versuchte frustriert und zornig zu klingen. Es war leicht.

»Die Liste.«

»Welche Liste?«

»Die, die Galligar dir zugesteckt hat.«

»Alles, was er mir zusteckte, war eine halbgare Geschichte und das Geld da, und dann hat ihn jemand erschossen. Ich dachte, dass man mich auch erschießt, also rannte ich los. Nehmen Sie das Geld, ich will es gar nicht, lassen Sie mich bloß gehen.«

Morelli meldete sich, ehe Paco etwas entgegnen konnte. »In Ordnung, Fleming, wir lassen dich gerne laufen, und das Geld kannst du auch behalten. Ich gebe dir sogar einen Tausender drauf für den ganzen Ärger, den wir dir bereitet haben. Du sagst uns, wohin du die Liste geschafft hast, und du kannst gehen.«

»Ich habe keine Liste!«

»Das glaube ich dir. Sag uns einfach nur, wo sie ist.«

»Ich weiß es nicht.«

Er seufzte. »Dann haben wir ein Problem.«

Er hatte kein Problem, er trat nur zur Seite, damit Fred mehr Platz zum Ausholen hatte. Ich versuchte zurückzuschlagen und ein paar dreckige Tricks zum Einsatz zu bringen, aber er war zu groß, zu erfahren und zu schnell. Bei unserem Herumgetolle in der Kabine machten wir ein paar Sachen kaputt, aber das machte niemandem etwas aus, weil ich derjenige war, der über das Zeug fiel. Ich wollte zur Tür, aber das merkte er, packte mich von hinten, wirbelte mich herum und drosch mir in den Bauch. Er trat zurück, um wieder zu Atem zu kommen, und ich sackte zu Boden. Ich konnte mich nicht mehr rühren. Eine Minute später hob er mich an und ließ mich in den Stuhl plumpsen.

Morelli neigte sich in mein Sichtfeld. »Möchtest du jetzt reden?«

Ich konnte nicht antworten. Tatsächlich war mir im Augenblick nur nach einem zumute. Er sah es kommen, sagte »Oh Scheiße!« und trat hastig zurück. Ich hatte gerade genug Kraft, um mich über die Stuhllehne zu beugen, ehe ich die Steakmahlzeit und den doppelten Whiskey auf seinem Deck verteilte.

Von ihnen hielt das keiner für besonders komisch. Ich schon, aber ich lachte nicht. Ich hing bloß über der Stuhllehne und versuchte nicht auf das Zeug zu sehen. Der saure Geruch erfüllte den Raum und trieb Morelli und Paco hinaus. Sie kamen zu dem Schluss, dass Fred an der Schweinerei schuld sei, und befahlen ihm, es aufzuwischen. Das machte ihn nicht glücklich, und er fluchte die ganze Zeit. Die meisten seiner farbigen Verwünschungen gingen in meine Richtung.

Als Fred fertig war, schleifte er mich an Deck. In der Ferne schimmerten Lichter, viel zu weit, dass ich in meinem Zustand dorthin schwimmen konnte. Er hatte auch gar nicht vor, mir das Überbordgehen zu gestatten. Er stieß mich gegen eine Reling und drückte mich nach vorne, dass mein Kopf direkt über dem Wasser hing. Mit einem dicken Arm um meinen Hals zwängte er mir den Mund auf und einen Finger tief in die Kehle. Ich bäumte mich auf, röchelte, bis er ihn rauszog, und übergab mich würgend in das schwarze Wasser. Das machte er noch zweimal, bis er überzeugt war, dass ich mich ausgekotzt hatte, dann ließ er mich auf das Deck fallen.

Ich war völlig erschöpft und japste wie ein Hund. Ich hasste Fred mehr als ich es je für möglich gehalten hatte. Wenn ich eine Waffe gehabt hätte oder auch nur kräftig genug gewesen wäre, hätte ich ihn mit Freuden umgebracht.

Die Gelegenheit ergab sich leider nicht. Er schleifte mich wieder nach unten.

Morelli und Paco waren wieder da. Morelli hockte ganz wie zuvor mit einer halben Hinterbacke auf dem Tisch. Paco stand an der Bar und nippte an einem Bier. Fred trug mich praktisch zum Stuhl und ließ mich hineinfallen. Bis auf einen leicht scharfen Geruch deutete nichts auf das vorherige Geschehen hin.

»Du siehst nicht so gut aus, Fleming«, sagte Morelli. Er hatte immer noch das Messer in der Hand. Er trennte damit die Spitze von einer Zigarre ab und verbrachte etwa eine Minute damit, sie ordentlich zum Ziehen zu kriegen. Den Rauch blies er in meine Richtung. »Also willst du jetzt reden, oder soll Fred dir noch ein paar verpassen?«

Ich wollte weder das eine noch das andere, also hielt ich den Mund. Fred verpasste mir noch ein paar. Gelegentlich hörte er auf, um ein bisschen zu verschnaufen, und Morelli stellte seine Frage, bekam keine Antwort, und dann fing Fred wieder von vorne an. Ich hegte die leise Hoffnung, dass er müde würde und es irgendwann einfach ließ, aber als es so weit war, kam Paco an die Reihe – und er hatte einen Schlagring aufgezogen.

Das war eine böse Überraschung. Gerade, als ich dachte, dass es unmöglich stärker schmerzen könnte, schlug er ihn mir hart in die Rippen. Beim ersten Mal schrie ich auf, und das ermunterte ihn. Er war noch unverbraucht, leicht angeheitert und hatte Spaß an der Sache. Ich fiel aus dem Stuhl, und er trat mich solange, bis Fred mich wieder hinein setzte. Sie gingen vorsichtig mit mir um. Sie ließen mein Gesicht in Ruhe, denn das Sprechen würde mir mit einem geschwollenen, zermatschten Mund recht schwer fallen, und schließlich sollte ich ja reden. Aber ich wusste, wenn ich redete, war ich so gut wie tot. Eine ganz einfache Schlussfolgerung, die ich sogar in meiner gegenwärtigen Verfassung leicht begriff. Ich hielt also den Mund und ließ sie mich zusammenschlagen. So sehr wollte ich am Leben bleiben. Nach einer Weile reagierte ich nicht mehr auf die Schläge, und Morelli sagte ihm, er sollte es lassen. Guter alter Morelli, mein Freund, dachte ich, bevor ich das Wachsein einstellte.

Sie machten ein Päuschen, aßen etwas und legten wieder los. Die Kabine glich allmählich einem Ofen, und obwohl die Fenster offen standen, war die Luft mittlerweile eine unerträgliche Mischung aus Schweiß, Zigarrenrauch und Schnapsdunst. Überrascht sah ich den klaren blauen Himmel und Sonnenlicht, das durch weiße Wolken stach. Es musste eine unwirkliche Erscheinung sein. Menschen schlugen doch an solchen Tagen andere Menschen nicht zusammen. Dann erschnupperte ich etwas von meinem eigenen Gestank und wurde eines Besseren belehrt.

Irgendwann gab mir Morelli etwas Wasser. Meine Zunge schien jemand anderem zu gehören. »Du kannst dir eine Menge Ärger ersparen, Fleming. Sag mir nur, wo du sie versteckt hast.«

Ich muss gefiebert haben. Ich hörte, wie jemand kurz lachte und sagte: »Wo die Sonne nicht scheint.«

Er schüttete mir das restliche Wasser ins Gesicht. Es fühlte sich gut an, bis ich das Bewusstsein verlor, und das war noch besser.

Ich erwachte. Ein scharfer Hauch versengte mir die Nasenlöcher. Ich schüttelte den Kopf, aber er blieb. Irgendwo hatten sie Riechsalz aufgetrieben und hielten mich damit wach. Mittlerweile war es auch nötig, ich sackte ihnen immer wieder weg.

»In Ordnung, hör auf«, sagte Morelli, als ich endlich die

Augen öffnete. Er hatte noch mehr Wasser und gab es mir. Es schmeckte komisch, aber ich trank es ohne nachzudenken.

Sie ließen mich in Ruhe, und ich begann von den Schmerzen wegzutreiben, schaffte es aber nicht ganz. Das Zeug im Wasser ließ mich nicht. Mein Herz begann heftig zu klopfen, neuer Schweiß brach mir aus, und mir blieb die Luft weg. Die Schmerzen, die nach einigen Ruhestunden nachgelassen hatten, setzten wieder ein. Zu meiner Schande rannen mir die Tränen über das Gesicht. Fred und Paco hielten das für sehr komisch. Morelli saß bloß herum, rauchte eine weitere Zigarre und ließ sie die Arbeit tun.

Am Nachmittag machten sie Pause.

»Ich denke nicht, dass er es weiß«, sagte Paco. Er trank wieder ein Bier.

»Sei nicht blöde. Er weiß es, aber er will nicht reden. Wenn er es nicht wüsste, dann würde er uns irgendwas anderes erzählen oder sagen, dass er es nicht weiß. Aber dieser Bursche redet überhaupt nicht. Er weiß Bescheid.«

Fred gähnte. »Ich muss schlafen«, sagte er zu niemand Besonderem. Er verließ die Kabine.

»Wir sollten vielleicht Gordy holen«, sagte Paco. »Er kennt sich mit so etwas aus.«

»Nee, Lucky lässt ihn nach Galligar suchen.«

Paco lachte. »Dafür braucht er Kiemen. Meine Jungens haben es ihm gut besorgt.«

»Du meinst wohl, sie haben es vermasselt. Wenn sie daran gedacht hätten, beide zusammenzuschießen, säßen wir hier nicht herum.«

»Ich weiß, aber wir bringen ihn schon zum Reden. Man sollte nicht glauben, dass er so stur ist, oder? Dämlich, aber er hat Mumm.«

Ihre Stimmen wurden leiser und verstummten. Ich träumte von Benny, einem missmutigen jüdischen Katholiken, der nun ohne Totenmesse von keiner seiner beiden Kirchen begraben worden war, einem ganz normalen Burschen aus Hell's Kitchen, der sich nur ein paar Dollar hatte schnappen wollen.

Ich träumte von einer Flucht. Wenn ich mit einer Schwimmweste über Bord gehen konnte, schaffte ich es vielleicht bis zum

Ufer. Die Aussicht aufs Ertrinken war einer weiteren Sitzung mit Fred und Paco sogar vorzuziehen. Ich musste lediglich vom Boden hochkommen. Nicht zu schaffen, sie hatten ihre Arbeit nur zu gut erledigt.

Ich träumte von Maureen mit ihrem dunklen Haar und dem seltenen Lachen, von einem nervösen Mädchen, das sich immer wieder umsah, aber Liebe brauchte und diese auch voll und ganz erwiderte. War sie jetzt in Sicherheit?

Ich träumte, aber ich konnte nicht ruhen.

Stunden später schlug ich die Augen auf. Die Lider schienen die einzigen Körperteile zu sein, die ich noch bewegen konnte. Ich fühlte mich wie ein zerschlagenes Glas, das von schwachem Leim zusammengehalten wurde. Bei einer falschen Berührung fiel alles auseinander. Das Atmen tat weh, und die Luft erhitzte mir die Lungen. Die Fenster waren immer noch offen, aber es gab keinen Durchzug.

Ich dachte nicht richtig nach, weil sogar das weh tat, aber ich wollte zu einem Fenster.

Wenn ich erst einmal dort war, wollte ich darüber nachdenken, was ich danach tat.

Es war nur zehn Fuß entfernt. Drei Schritte für einen gesunden, aufrecht stehenden Mann, für mich ein paar Meilen. Darunter war ein gepolsterter eingelassener Sitz. Sobald ich dort war, wollte ich ... aber es fiel mir nicht mehr ein.

Ich kroch sechs Zoll voran und ruhte mich aus. Ich musste es langsam angehen, damit der Leim hielt. Wieder sechs Zoll, dann eine Pause. Noch einmal. Meine Schultern schmerzten unter der Anstrengung, aber alles andere tat mir ebenfalls weh. Also sollten sie doch still sein und mitmachen, damit wir – was? Fenstersitz. Er war etwas näher gerückt. Sechs Zoll und dann Pause. Fenstersitze haben Fenster, Fenster haben Luft, wir brauchen Luft. Oh Gott, es tut so weh ... Sei still. Sechs Zoll und Pause. Wieder Tränen, Kraftvergeudung, aber sie hörten einfach nicht auf. Der Blick verschwommen, wegen der Tränen, oder weil es weh tat? Wo war das Fenster? Ausruhen. Nicht bewegen, einfach liegen bleiben und sterben, das geschieht ihnen recht. Wut. Wie konnten sie es wagen, mich so zu erniedrigen? Wie konnten sie es wagen, mich zum Kriechen zu zwingen? Diesmal zwölf Zoll. Zorn war gut, bleibe wütend und fliehe. Kriech weiter und hasse sie dafür. Kriech weiter, damit du wiederkommen und ihnen dasselbe antun kannst. Krieche ...

Aber der Leim gab nach, bevor ich die Hälfte der Strecke geschafft hatte, und lange Zeit gab es nichts mehr.

»Herrje, man soll's doch nicht glauben, dass er so weit gekommen ist.« Mein Bewunderer war Paco. Ich sah auf seine Schuhe. Ich hoffte, dass er mir einen ordentlichen Tritt gegen den Kopf gab und es zu Ende brachte, aber den Gefallen tat er mir nicht.

»Setzt ihn auf den Stuhl«, sagte Morelli.

Ach nein, nur keine Umstände.

Sie setzten mich auf den Stuhl.

Ich fiel wieder runter.

Sie fesselten mich an den Stuhl. An den Handgelenken und den Knöcheln. Seil aus grobem Hanf. Ich sah es an und wusste nicht, was es war.

»Fleming.«

Ach hau doch ab.

»Fleming.« Er drückte mir den Kopf in den Nacken. Ich hustete, als mir Whiskey in den Mund floss. Nachdem ich das letzte Mal etwas getrunken hatte, war etwas passiert, aber es fiel mir nicht mehr ein.

»Wach auf Fleming.«

Ich war schon wach, leider.

»Sieh mich an.«

Nein, spring du doch in den Teich. Um uns herum war ein großer Teich, und das kam mir wahnsinnig komisch vor. Lachen tat weh. Spar es dir für später auf und lache dann, wenn es ein Später gibt. Was war in dem Whiskey?

»Fleming, sieh mich an, oder ich schneide dir die Lider ab.«

Das ließ mich aufmerken, aber ich sah nicht ihn an, sondern das schmale Messer in seiner Hand. Ja, es war schon möglich, dass sie mir noch mehr weh tun konnten. Der Blick in seinen Augen, diesen dunklen Frauenaugen, versprach es mir. Mit leichter Hand und so sicher wie ein Chirurg fuhr er mit der

Klinge über meinen Handrücken. Aus dem Schnitt trat Blut hervor. Ja, er konnte mir weh tun.

»Fleming, du musst mit uns reden, du musst uns sagen, wo sie ist. Glaube mir, wir haben es bisher nur leicht angehen lassen. Bisher hast du nur böse Prellungen und blaue Flecke, und die heilen wieder. Wenn du nicht redest, wird es schlimmer, und dann werden wir in dir ein paar Dinge kaputtmachen. Du könntest innerlich verbluten. Sag uns, wo die Liste ist, und ich schwöre beim Grab meiner Mutter, ich schwöre, dass wir dich laufen lassen.«

Beinahe glaubte ich ihm. Rede und stirb, oder rede nicht und stirb trotzdem. Verdammt wollte ich sein, wenn ich ihm auch nur die Uhrzeit sagte. Sie würden mich nicht töten, nur dann, wenn ich es ihnen sagte, und die Befriedigung wollte ich ihnen nicht geben. Dämlich, hatte Paco gesagt. Jawohl, und stur obendrein.

»Fleming, hast du gehört? Verstehst du mich?«

Ich nickte oder versuchte es wenigstens. Mein Kopf fiel nach vorne, und ich konnte nur noch meinen Schoß sehen. Er drückte ihn zurück, und ich sah zur Decke, die sich jedes Mal bewegte, wenn ich blinzelte. Irgendetwas rutschte mir die Kehle hinunter. Ich würgte und hustete.

Kurz darauf begann mein Herz zu rasen. Ich war etwas munterer. Fred hielt mir seine Hand vor die Augen.

»Siehst du den hier?«, fragte er.

Jawoll. Ein Schlagring. Er ließ mich einen langen Blick darauf werfen.

»Mr. Morelli sagte, ich brauche mich nicht mehr zurückzuhalten.«

Ich roch den Rauch einer neuen Zigarre. »Rede, Fleming.«

Nein. Ich bin zu stur ...

»Fleming.«

Nein.

»Fred.«

Oh, *Gott.*

Er schlug mich zweimal, und wir spürten beide, wie die Rippe nachgab. Ich hörte jemanden schrill aufwimmern und verlor das Bewusstsein.

Als ich erwachte, war es wieder Tag. Ich lag am Boden, mir war heiß, und ich erschauerte. Mein ganzer Körper war ein einziger Schmerz, als ob meine Knochen für den Körper zu groß seien und hervorbrechen wollten. Fred sah mich an. In seiner Miene war so viel Mitgefühl zu sehen wie auf einer Betonwand.

»Was?«, fragte er und beugte sich herunter. Offenbar hatte ich etwas gesagt. Ich versuchte mich zu erinnern.

»Muss pinkeln.«

»Sag mir, wo die Liste ist, dann helfe ich dir.«

»Ich ... kann die Toilette ... oder den Fußboden benutzen ... willst du noch mal aufwischen?«

Das wollte er nicht. Schließlich musste er einen Behälter suchen, den er mir an den Fenstersitz brachte. Als er versuchte, mich aufzurichten, war es unerträglich. Ich lag hilflos da und sah zu, wie es in eine Blechdose tröpfelte. Es kam nicht viel, und es war dunkel von Blut. Mir wurde wieder übel, und ich war nur froh, dass ich nichts mehr im Magen hatte.

Er ging fort und sagte ihnen, dass ich wach sei. Irgendwie hielten sie mich wach, Stunden oder Tage verstrichen. Als das Fieber einsetzte, verlor ich den Faden. Morelli gab mir etwas Aspirin und ließ die anderen Pause machen. Mein Kumpel.

Jedes Mal, wenn ich Atem schöpfte, erinnerte mich die gebrochene Rippe an ihr Vorhandensein. Ab und zu dachte ich sogar an Flucht, aber wenn wir krank sind, träumen wir eben.

Soweit ich es mitbekam, bewölkte sich der Tageshimmel. Jemand sagte etwas Besorgtes über einen Sturm, aber niemand machte Anstalten, wieder an Land zu gehen. Nur Fred wollte nach Hause, ob bei Sturm oder Flaute. Ich hörte etwas Unheilverkündendes über einen letzten Versuch.

Man fesselte mich wieder an den Stuhl. Die drei sahen ziemlich zerknautscht aus, aber wenigstens hatten sie Wasser und Seife. Ich konnte mir vorstellen, wie ich aussah mit meinen dicken Bartstoppeln und ohne etwas zu essen während der letzten Tage, aber das war mir egal.

Morelli hielt seine kleine Rede, er musste sie mehrere Male wiederholen, bis ich sie verstand. Ich wollte nur, dass er die verdammte Zigarre ausmachte, damit ich endlich wieder atmen konnte.

Draußen hatte es zu regnen begonnen. Es wehte nur wenig Wind; es war die Art von alles durchtränkendem stetigem Niederschlag, den die Farmer mögen. Zu dumm, dass er hier draußen auf dem See verschwendet wurde. Es wurde dunkel. Sie schalteten die Lampen in der Kabine ein, und es wurde noch heißer.

»Rede, Fleming. Wo ist die Liste?« Er fuchtelte mit der brennenden Zigarre vor meinen Augen herum. Ich dachte, dass ich über das Empfinden weiterer Schmerzen oder sogar Furcht hinaus sei, bis er sie auf meine Handfläche drückte. Meine Zunge stemmte sich gegen die Zähne. Ich versuchte mich loszureißen. Meine Sicht verschwamm.

»Wo ist sie?« Wieder und wieder, bis meine Gelenke rot vor Blut und meine Hand rot vor Verbrennungen waren. Mein Hals schmerzte. Hatte ich geschrien?

»Rede, Fleming.«

Er trat zurück und ließ es Fred noch einmal versuchen. Fred hatte die Nase voll und wollte an Land. Er ließ es an mir aus und zerschmetterte mir noch eine Rippe. Ich spürte, wie sich in mir etwas löste. Endlich brachte er die Sache zu Ende und ich war von meinem Elend erlöst.

Aber ich wollte nicht sterben.

Wir saßen im Heck des Bootes. Sie hatten aufgegeben und waren auf dem Weg zum Ufer. Morelli stand im Schutz der Luke, die nach unten führte, Paco hielt mich aufrecht, und Fred band mir etwas an die Füße.

»Slick sagt, dass wir nicht weit vom Haus entfernt sind«, sagte Paco zu Fred. »Einer der Jungs rudert dich zum Dock. Du gehst zum Haus und holst des Wagen und triffst uns dann am Pier beim Club.«

»Kann er nicht seinen Wagen vom Club kommen lassen oder ein Taxi nehmen?«

»Er sagt, das geht nicht. Lucky hat seinen Wagen und sucht nach der verdammten Liste, und wir müssen zurück sein, bevor er spitzkriegt, was hier läuft. Taxifahrer wollen wir nicht dabei haben; sie haben Augen und Ohren.«

»Die ganze Arbeit und alles umsonst.«

»Nun ja, man muss halt wissen, wann man einpacken muss.« Er hob mein Gesicht zu sich. »Das ist deine letzte Chance, Fleming. Wo ist sie?«

Wo war was? Es fiel mir nicht mehr ein.

»Er ist schon fast hinüber, Frank.«

»Fleming? Ach, zum Teufel mit ihm. Halt ihn hoch, da ist noch etwas, das ich schon die ganze Zeit tun wollte.«

Fred zerrte mich hoch und hielt mich fest. Paco zog seine Pistole, eine große Pistole, und richtete sie auf mein Herz. Das erweckte endlich eine Reaktion von mir. Mein letzter Schrei übertönte den Knall, als er abdrückte.

Ich spürte nichts. Ein Zupfen und ein Aufbäumen meines Körpers und dann gesegnete Erlösung von den Qualen. Mein Körper wurde nach hinten gestoßen, überschlug sich, und ich versank rasch im kalten Wasser. Ein Blasenstrom stieg von mir zur Oberfläche auf. Das Gewicht an meinen Knöcheln zog mich in den kalten unerträglichen Druck hinab. Wenn ich geatmet hätte, wäre ich sicher erstickt.

Der Druck wurde stärker und immer stärker, und ich begann mich dagegen zu wehren. Etwas in mir wollte hinaus. Es packte meine reglose Gestalt, umfing sie ...

Ich schwebte. Ich war nur eine weitere Blase, die das Wasser zu einer wabernden Kugel zusammendrückte. Ich schwebte in den Himmel.

Jedenfalls bis zur Oberfläche. Das, was mich gerettet hatte, trieb mich jetzt über das Wasser. Irgendein Instinkt riss uns zum nächstgelegenen Ufer.

Mein Verstand stellte das nicht in Frage, es war ganz normal. Die sonderbarsten Dinge sind normal, wenn man träumt.

Dann war wieder Gewicht da. Festigkeit. Regen, der meine nassen Kleidungsstücke weiter durchnässte. Wind gegen mein Gesicht, der gleiche Wind, der die Wolken davonwehte.

Ich sah auf und blinzelte in Sterne, die so hell waren wie die Sonne.

11

Der Umriss eines Kopfes verdunkelte die Lampen einer Kabine. Er wirkte vertraut. Mit einer schwachen Bewegung griff ich danach. Meine Finger strichen über schweren Samt. Ich hörte, wie irgendwo in der Nähe eine Frau scharf die Luft einsog. Es war ein Geräusch, wie Frauen es machen, wenn sie die Schublade aufziehen und zwischen ihren Spitzenhöschen eine Kakerlake finden. Meine Finger schlossen sich um das Samt, aber ließen fast sofort wieder los; sie hatten keine Kraft. Der Lichtwinkel am Umriss veränderte sich und enthüllte knochige Züge.

»Gehen Sie es ruhig an, alter Junge, es hat keine Eile.«

Escott? Was zum Teufel machte er denn hier? Ich blinzelte und versuchte meine Augen zum Funktionieren zu bringen. Er sah selbst ein wenig grün um die Kiemen aus, und aus irgendeinem Grund trug er wieder seinen komischen purpurnen Bademantel. Ich hatte die gefalteten Aufschläge angefasst.

»Ist der nicht zu warm bei diesem Wetter?«, fragte ich wie ein Idiot.

»Zum Umziehen war keine Zeit.«

»Warum nicht?«

»Meine Einladung hierher geschah etwas plötzlich.«

Darüber dachte ich nach und blinzelte mich endlich wach. »Wovon, zum Teufel, reden wir hier eigentlich?«

»Sie haben eine Gehirnerschütterung. Gehen Sie es einfach ruhig an, und bald wird Ihnen alles klar.«

Er klang so, als sei alles in bester Ordnung, aber etwas ging hier vor, das ganz und gar nicht in Ordnung war, und ich konnte es nicht ruhig angehen, wenn ich nicht wusste, was los war. Ich setzte die Ellbogen auf und stemmte mich hoch. Escott half mir, ich setzte mich auf und lehnte mich mit dem Rücken gegen ein Tischbein. Ich tastete nach Beschädigungen und entdeckte eine blutige Stelle auf meinem Kopf. Sie war feucht, und die Haare klebten aneinander.

Escott rückte zur Seite, und ich konnte den Rest des Zimmers sehen. Für vier Augenpaare war ich der Mittelpunkt der Aufmerksamkeit.

Bobbi fiel mir als erste auf. Sie hatte den kleinen Japser

ausgestoßen, als ich mich geregt hatte. Das konnte man ihr nicht zum Vorwurf machen, da sie dachte, dass man mich umgebracht habe. Sie trug ein weites schwarzes Kleidungsstück, ihre Version von einem Bademantel. Ihr Gesicht war verkniffen und aschfahl, die hellbraunen Augen waren weit aufgerissen und zeigten das Weiße. Sie saß steif auf dem Fenstersitz, ihre Hände umklammerten den Kissensaum, und ihre Schultern drückten sich geradezu an die Ohren. Ich lächelte sie an und versuchte ihr durch ein Zwinkern Mut zu machen. Sie entspannte sich, aber nur ein wenig.

Neben ihr, allerdings nicht ganz nahe, saß Slick Morelli. Seine Augen waren ebenfalls geweitet, und sein gesamter Körper verströmte Anspannung. Er war der Verängstigtere der beiden. Für ihn war es das dritte Mal, dass ich von den Toten auferstanden war. Gott allein wusste, was in seinem Verstand vor sich ging, als er mich anstarrte.

Zu meiner Linken stand Gordy mit dem Rücken zur Kabinentür. Sein Kopf streifte fast die niedrige Decke, und er hielt seine schallgedämpfte 45er Automatik in der Hand. Sie war nicht auf mich, sondern auf Escott gerichtet. Vielleicht hatte er etwas gelernt; bei ihm war ich mir nie sicher. Sein Blick war eher besorgt als verängstigt und huschte gelegentlich zur Seite, dann wieder zu mir.

Das vierte Augenpaar lag tief in grauen Höhlen und musterte mich, ohne dass ihm eine Einzelheit entging. Diese Augen hätten einem Verhungerten gehören sollen, aber ihr Besitzer war alles andere als unterernährt, vielleicht chronisch unzufrieden, aber nicht unterernährt. Der braune kurze Bart, der die untere Gesichtshälfte umrahmte, tarnte die Zusatzkinne und ließ seinen Kopf so aussehen, als wachse er ohne Hals übergangslos aus den Schultern heraus. Die Haut auf seiner Schädeldecke war stumpf, und ich fragte mich, ob er kränkelte oder sich einfach nur zu oft rasierte. Von allen machte allein er einen entspannten Eindruck. Andererseits schien er offenbar genau zu wissen, womit er es zu tun hatte. In seinen Händen hielt er eine gespannte Armbrust, deren Bolzen direkt auf mein Herz zielte.

Escott folgte meinem Blick und machte ein zerknirschtes Gesicht. »Tut mir Leid, Jack. Die hat er aus meiner Sammlung.«

»Wie viel weiß er?«

»Ich fürchte, eine ganze Menge. Gestatten Sie mir, Ihnen Lucky Lebredo vorzustellen, den rechtmäßigen Eigentümer der Liste.«

»Ich weiß, dass er der Eigentümer ist.«

»Dann wissen Sie auch, dass ich sie wiederhaben will«, sagte er. Er sprach, als ob der allergeringste Kontakt mit mir, und sei er auch verbaler Natur, ihn besudeln würde.

»Wie haben Sie das herausgefunden?« Ich deutete auf seine Waffe.

Sein Blick huschte von mir zu Escott. »Sagen Sie es ihm.«

Escott seufzte und lehnte sich gegen das andere Tischbein. »Ich fürchte, das fing damit an, als Sie mich vor Sanderson und George retteten. Mister Lebredo erfuhr über Verbindungen, deren Art zu enthüllen er sich weigert, meinen Namen von Georgie Reamer. Er war an Pacos Aktivitäten interessiert und wollte wissen, warum ein so vergleichsweise unbedeutender Privatagent wie ich so dauerhaft beiseite geräumt werden sollte, und wie ich es geschafft hatte, einem solchen Schicksal zu entgehen. Georgie sagte, dass ich Hilfe gehabt hatte, also setzte Mister Lebredo einen Wachposten auf mich an, der mich beschattete. Er muss zudem sehr gut gewesen sein. Meine Ausflüge zu Ihrem Hotel wurden bemerkt, er erfuhr von unserer Verbindung und ließ Sie ebenfalls beschatten.«

»Sogar bis ...«

»Ja, sogar bis hierher.«

Lebredo hatte ein zutiefst angewidertes Gesicht aufgesetzt. Mir war das recht; ich konnte ihn auch nicht leiden.

»Er erfuhr von Ihrem Besuch bei Frank Paco und von dem kleinen Zwischenfall in der Gasse hinter dem Club, der mich etwas Blut gekostet hatte. Er erfuhr, dass Sie offenbar von Morellis Mann bei einem ungeschickten Versuch zur Beschaffung der Liste getötet worden waren. Am gleichen Tag suchte er Ihr Zimmer auf, um danach zu suchen, entdeckte Sie in Ihrem Schrankkoffer und fragte sich, wie Sie von der Straße dorthin gekommen waren. Die Erde in Ihrem Koffer kam ihm sehr sonderbar vor. Er ist kein unwissender Mann, auch nicht besonders abergläubisch, aber es bedurfte einigen Aufwandes, um die verschiedenen Informationsschnipsel zu einer logischen wenngleich unwahrscheinlichen Schlussfolgerung zusammenzusetzen. Als Sie Morelli heimsuchten, wurde seine Vermutung bestätigt, und heute Nacht beschloss er zuzuschlagen.«

»Also entführte er Sie, um Sie als Druckmittel zu verwenden?«

»Ja. Wie ich schon sagte, hatte ich kaum eine Wahl, als drei von seinen Leuten meine Tür eintraten. Mit den Nähten konnte ich mich auch nicht besonders gut zur Wehr setzen. Das mit der Armbrust tut mir schrecklich Leid.«

Ich sah Lebredo an. Er ließ mich meine Kopfschmerzen vergessen. Auf seinem Gesicht stand nichts außer Ekel, und das wurde mir rasch zu langweilig, also sah ich statt dessen Bobbi an, um festzustellen, wie sie mit all dem hier fertig wurde. Sie hielt sich recht gut, wenn man in Betracht zog, dass sie über mich etliches auf die grobe Art erfuhr, falls es für sie überhaupt einen Sinn ergab. Ihr Mund zog sich zusammen. Ich glaube, es sollte ein Lächeln sein. Zumindest hatte sie keine Angst vor mir, und das war auch schon etwas wert.

»Ich will die Liste haben«, sagte Lebredo mit ausdrucksloser Stimme. »Ich will sie noch heute Nacht.«

»Es kann reden«, sagte ich.

Die Armbrust bewegte sich leicht. Ich war einen Fingerdruck von einem dauerhaften Tod entfernt. »Gordy«, sagte er.

Der 45er ging los. Der große Schalldämpfer reduzierte den Knall auf ein erträgliches Niveau. Escott zuckte zusammen und riss die Hand zurück. Die Kugel war zwischen seine gespreizten Finger gegangen, mit denen er sich abgestützt hatte. Einer hatte einen Kratzer abbekommen, und er führte ihn zum Mund. Der Junge hatte echten Mumm, er zitterte nicht einmal. Hell und klar ruhte sein Blick auf Lebredo. Wenn sich ihre Rollen plötzlich vertauscht hätten, wäre Lebredo keinen leichten Tod gestorben.

Der fette Mann ignorierte ihn und richtete das Wort an mich: »Diese eine Warnung gebe ich Ihnen. Beim nächsten Mal schießt Gordy ihm den Arm ab.«

Alles war still. Herzen und Lungen arbeiteten heftig. Zu viele, dass ich sie hätte auseinander halten können, aber das brauchte ich auch nicht, um zu wissen, dass er nicht bluffte.

Ich holte kurz Luft. »Okay. Ich hole sie euch.«

»Jack ...«, sagte Escott.

»Es ist alles klar. Ich weiß es jetzt wieder. Zwischen Morelli und diesem Ort hier kam alles zusammen. Ich weiß, wo ich sie gelassen habe.« Ich sah Morelli an. »Ich weiß auch, was du und Paco und Sanderson mir angetan haben.«

»Aber das war nicht ...«, begehrte Morelli auf.

»Sei still, Slick«, sagte Lebredo.

»Aber es konnte doch nicht ...«

Seine Stimme hob sich geringfügig. »Ich sage es dir nicht noch einmal.«

Morelli hielt den Mund.

»Schon besser. Deine Skepsis ist verständlich, deine grenzenlose Dummheit allerdings nicht. Wenn du noch weitere Beweise brauchst, dann sieh dir den Hals des Mädchens an. Die Wundmale sind klein, aber nicht unsichtbar.«

Escotts Augenbrauen ruckten in die Höhe, und sein Mund klappte auf und wieder zu, bevor er zu dem Schluss kam, dass mein Liebesleben nur mich etwas angehe, und eine ausdruckslose Miene aufsetzte.

Morellis Einstellung war nicht ganz so liberal, und er zerrte an ihrem Halstuch. Bobbi versuchte ihn abzuschütteln, und er zwang sie zum Stillhalten. Als er die Male sah, ließ er sie los und durchquerte den Raum, um sich von ihr zu entfernen. Er wischte sich sogar die Hände an seiner Kleidung ab. Bobbi funkelte ihn böse an – diese Art von Zurückweisung gefällt keiner Frau, dann verhärtete sich ihr Blick, als sie Lebredo ansah.

»Du fetter stinkender Hurensohn.« Sie stand auf, ging zur Tür und blieb wenige Zoll vor Gordy stehen. Gordy sah Lebredo an, um einen Hinweis zu empfangen, schien erleichtert, als er einen erhielt, und trat beiseite. Sie riss die Tür auf und ging hinaus. Morelli wollte schon Einspruch erheben, aber Lebredo schnitt ihm das Wort ab.

»Wir sind auf einem Boot, wohin kann sie schon gehen? Ihre Treulosigkeit kann später verhandelt werden, oder muss ich dich daran erinnern, dass du sie eigentlich erst dazu ermutigt hast? Du hast vergessen, dass Frauen äußerst gefährliche Kinder sind, denen man nicht trauen kann.«

»Sei still!«

»Im Augenblick denken wir mal darüber nach, was wir mit dir machen. Du und Paco haben mich verraten, um die Liste selbst in die Hände zu bekommen ...«

»Und warum gingst du deswegen zu Paco, hä? Du hättest mich fragen können.«

»Ich bin nicht so dumm, einen Affen nach einer Banane auszuschicken, und dann zu erwarten, dass ich sie auch bekomme. Ich ging zu Paco, weil er seinen Anweisungen gehorchte, solange es genug Geld gab, aber er ging zu dir, und das war ein ganz großer Fehler. Er fand heraus, wonach er eigentlich suchte, dann habt ihr beide beschlossen, sie für euch zu behalten. Als ihr drei Tage verschwunden wart, hätte ich mir denken können, was da vor sich ging.«

»Wir haben sie trotzdem nicht bekommen.«

»Das war auch dein Glück. Ansonsten hätte ich sie mir von dir holen müssen, vielleicht sogar unter Anwendung derselben Methode, die ihr bei Fleming eingesetzt habt.«

»Versuch's nur; dann wirst du schon sehen, wie lange du noch am Leben bleibst. New York lässt dir das nicht durchgehen ...«

»Deine Freunde in New York und ich haben eine Absprache. Sie begreifen, wie wertvoll ich sein kann, auch wenn es dir nicht klar ist. Dafür habe ich gesorgt. Sie sehen sich neuerdings als Geschäftsleute und haben festgestellt, dass Hitzköpfe von deiner Sorte eine Belastung darstellen. Verlass dich nicht darauf, dass dein Kadaver gerächt werden wird. Deine tollpatschigen Maßnahmen haben dich nämlich in ein sehr schlechtes Licht gerückt. Dreimal befand sich dieser Mann in deinen Händen, und du hast versagt, weil du dir nicht die Mühe gemacht hast, nach seinen Schwachstellen zu suchen und sich ihrer zu bedienen.«

Morelli schüttelte den Kopf, ging zur Bar und schenkte sich einen Doppelten ein. Er stürzte ihn hinunter, goss sich einen weiteren ein und steckte dann eine von seinen Zigarren an.

»Mach das verdammte Ding aus«, sagte ich.

Offenbar war er überrascht, dass ich mit ihm sprach, aber auf meinen Befehl hin würde er sie nicht ausdrücken. Also paffte er weiter. Ich stand langsam auf, um Lebredo nicht zu erschrecken. Meinem Kopf ging es immer noch miserabel, aber jetzt war es erträglich. Ich ging zu Morelli, riss ihm die Zigarre aus dem Mund und zermalmte sie.

»Du hast dir da eine wirklich widerliche Gewohnheit zugelegt.«

Er schlug mir mit der Faust ins Gesicht, aber diesmal tat ich nicht so, als ob mir der Schlag wehgetan habe. Mein Kopf wurde leicht erschüttert, aber ihm kam es so vor, als habe er einen Baum niederschlagen wollen. Er schrie auf und umklammerte seine Hand. Ich packte ihn am Kragen und warf ihn durch den Raum. Er krachte gegen die Wand, sank zu Boden und regte sich nicht mehr. Ich ging zum Fensterplatz und ließ mich müde hineinsinken. Lebredo und Gordy hatten sich nicht von der Stelle gerührt, und das war mir recht.

»Also gut, gehen wir und holen Ihre stinkende Liste, damit die Sache endlich geklärt ist.«

»Wo ist sie?«, fragte Lebredo.

»Ich habe sie in der großen Bibliothek auf der Michigan Avenue versteckt, auf einem der Regale. Ich müsste euch zeigen, wo sie ist.«

Gordy schüttelte den Kopf. »So eine Geschichte hat er uns schon mal erzählt.«

»Da habt ihr auch noch nicht mit einer Waffe auf den Kopf meines Freundes gezielt.«

»Die Bibliothek hat geschlossen«, sagte Lebredo.

»Ich weiß schon, wie ich reinkomme. Holen wir sie, falls sie noch da ist.«

»Da sollte sie besser wohl sein.«

Morelli stöhnte und wälzte sich herum. Das reichte Lebredo; er wollte nicht hier bleiben und weiter herumdebattieren. Er nahm Gordys Waffe an sich, damit Gordy ein paar Stricke suchen konnte. Escott musste aufstehen, und die Hände wurden ihm auf den Rücken gebunden. Ein Knebel wurde ihm in den Mund gedrückt.

»Gordy ..« Das war Morelli. Er sah benommen aus. »Um Himmels willen, leg' Lebredo um.«

Gordy hielt inne, sah ihn jedoch nicht an. »Das kann ich nicht, Slick, du weißt, dass ich das nicht kann.«

Morelli kam schwankend auf die Beine und stützte sich auf den Tisch.

»Ich werde nicht vergessen, dass du das gesagt hast, Slick«, sagte Lebredo zu ihm. »Gordy weiß es besser, als mich zu hintergehen. Er weiß, welche Verteidigungsmaßnahmen ich getroffen habe, falls mir etwas zustößt, und du weißt es auch.«

»Verdammt ... du gottverdammter ...« Ein leises Klicken ertönte, und Morelli warf sein Messer. Es war das Letzte, was er sagte und tat. Lebredo duckte sich und schoss zweimal. Morelli fuhr unter dem Einschlag zurück und blieb reglos liegen. Er starrte uns an, und wir starrten ihn an. Lebredo gab die Waffe an Gordy weiter, und nacheinander verließen wir die Kabine.

Entweder hatte Lebredo Morellis Mannschaft unter Kontrolle, oder er hatte sie durch seine eigenen Leute ersetzt; jedenfalls stellte man uns ein Ruderboot bereit, ohne sich nach dem Schusswechsel unter Deck zu erkundigen. Zuerst stiegen Gordy und Escott ein; ein weiterer Mann folgte ihnen und setzte sich an die Ruder. Sie erreichten den Pier, ihre als Umrisse sichtbaren Gestalten verließen das Boot und stiegen langsam die Treppe hinauf. Am Rande des Lichtkegels der Straßenlaterne blieben sie stehen. Das Boot kehrte zurück, und ich stieg ein, hielt mich am Dollbord fest und versuchte, nicht an das schwarze Wasser um mich und die Armbrust hinter mir zu denken. Wir brauchten ewig, bis wir den Pier erreichten. Meine Anwesenheit machte es dem Ruderer schwer. Als wir endlich anlegten, schnaufte und schwitzte er vor Anstrengung. Dankbar erklomm ich die Stufen. Ich wollte nur noch sehr viel Land zwischen mir und dem Wasser haben.

An der Straße wartete Morellis großer Wagen auf uns. Escott und Gordy stiegen vorne ein, Lebredo hinten. Ich musste mich hinter das Steuer setzen, und als Erstes spürte ich, wie mir die Armbrust über den Nacken strich. Ich hätte herumfahren und das Ding packen können. Aber dann hätte Escott den Bauch voller Blei gehabt, und der passende See zum Versenken seiner Leiche war auch vorhanden. Der Pokerspieler Lebredo hatte alle guten Karten auf der Hand. Ich warf den Wagen an, schaltete so vorsichtig, wie ich nur konnte, und fuhr zur großen Bibliothek.

Ich gehorchte den Anweisungen und parkte in einer leeren Seitenstraße zwischen den Lichtkegeln zweier Straßenlaternen. Lebredo befahl mir auszusteigen. Ich stieg aus.

»Keine Tricks und keine Mätzchen. Du holst sie und kommst wieder hierher. Dann sage ich dir auch, wo dein Koffer mit der Erde ist.«

»Den haben Sie?«

»Frag deinen Freund.«

Escott nickte bestätigend und ließ die Schultern hängen. Er fühlte sich für den ganzen Schlamassel verantwortlich und konnte nichts tun, um es wieder zu richten.

Lebredo fuhr fort: »Du hättest ihn nicht gehabt, wenn du ihn nicht brauchtest. Ich habe ihn an einem sehr sicheren Ort verwahrt, nur für den Fall, dass Escott als Druckmittel nicht ausreichte.«

Während ich böse in sein ausdrucksloses Gesicht starrte, fielen mir viele Bezeichnungen für ihn ein. Vielleicht hätte ich ihn auch erledigen können, aber in meiner taktischen Position kam ich an Gordy nicht gut heran, und er sah allmählich nervös aus.

Ich stieß mich vom Wagen ab und marschierte zum Vordereingang der Bibliothek. Es war schon nach zwei, aber einige vereinzelte Autos fuhren immer noch die Avenue hinauf und herunter.

Einen Block weiter rüttelte ein Cop an Türknäufen, aber ihn konnte ich nicht um Hilfe bitten. Erklärungen nahmen zu viel Zeit in Anspruch, und Gordy konnte ihn mit Leichtigkeit niedermähen, falls Lebredo es ihm befahl. Vielleicht gehörte der Cop auch zu den Erpressungsopfern; Benny O'Hara hatte etwas in dieser Richtung angedeutet. Im Augenblick hatte ich keine anderen Möglichkeiten.

Ich schwebte hinein, verfestigte mich wieder, erkletterte leise die Treppen bis zum richtigen Stock und hielt nach einem Nachtwächter Ausschau. Ich trug immer noch die Überreste meiner Gespensterkluft, und wenn der Knabe mich zu Gesicht bekam, würde er mich entweder über den Haufen schießen oder vor Schreck einen Herzanfall erleiden.

Das Gebäude war groß, meine Schritte hallten laut in meinen Ohren, und das Geräusch ließ mir einen Schauer über den

Rücken laufen. Ich fand den richtigen Abschnitt und ging ganz nach hinten zu dem Regal von damals. Ich hob die Hand und tastete über das oberste Bord, aber meine Finger fuhren über nackte glatte Oberfläche. Da war nichts.

Ich entstofflichte mich halb und schwebte in die Höhe. Das Regal war blitzblank. Dass sie ausgerechnet jetzt hatten saubermachen müssen ...

Ich vergaß mich zu konzentrieren, verfestigte mich und landete leicht erschüttert auf dem Boden.

Das würde Lebredo mir nie abkaufen. Escott war so gut wie tot. Ich schäumte und schimpfte und brachte kaum einen klaren Gedanken zustande. Ich wollte den Laden auseinander nehmen, besonders den Schwachkopf, der hier sauber gemacht hatte. Nach all der Zeit konnten die Papiere überall sein, und wahrscheinlich lagen sie schon lange im Müll.

Mürrisch ging ich am Haupttisch vorbei. Die Papierkörbe waren leer. Weil mir nichts anderes einfiel, stöberte ich weiter herum. Einige Schubladen waren abgeschlossen, aber nachdem ich sah, dass die Handgriffe stabil genug waren, brach ich sie trotzdem auf und entdeckte die Kiste mit den Fundsachen.

Umschläge, Zeitschriften, ein Portemonnaie, Brillen und ein Stapel loser Blätter.

Die beiden Blätter, nach denen ich suchte, lagen daruntergemischt. Wenn ich geatmet hätte, wäre mir ein erleichterter Seufzer entfleucht.

Lebredos leblose Augen leuchteten geradezu auf, als er sah, wie ich zurückkam und in den Wagen stieg. Escott warf mir einen fragenden Blick zu, ich nickte und hoffte, dass Lebredo sein Wort hielt. Zugleich wusste ich, dass die Chancen dafür höchstens verschwindend gering waren. Ich fühlte mich nackt, drehte ihm den Rücken zu und musterte ihn im Spiegel.

»Gib sie her.«

Er nahm sie und lehnte sich zurück, um sie im schwachen Licht zu überfliegen. Escotts Augen waren geschlossen, und die Luft zischte langsam aus seinen zusammengedrückten Nasenlöchern. Er wollte, dass ich etwas tat, aber bis die Lage sich änderte, konnte ich nichts machen. Ich hoffte nur, dass Lebredo seinen letzten Zug nicht hier im Auto tat.

»Sehr gut«, sagte er, faltete sie mit einer Hand zusammen und steckte sie in seine Tasche. »Jetzt fährst du nach meinen Anweisungen weiter.«

Das war sie dann wohl: die spezielle einfache Fahrt ohne Rückticket, für die Chicago berühmt geworden war. Nur war ich jetzt der Chauffeur.

»Sie haben Ihr Zeug. Lassen Sie ihn laufen.«

»Nein.« Eine einfache Verweigerung, gegen die man nicht argumentieren konnte. »Lass den Wagen an und fahr los. Ich kann euch beide jetzt umbringen oder später, und ich denke, sogar du würdest noch etwas mehr Zeit bevorzugen.«

Sein unverhohlener Widerwille gegen mich beruhte ganz auf Gegenseitigkeit, aber ich ließ den Wagen an. Frustriert knirschte ich mit den Zähnen und den Gängen und folgte seinen Anweisungen. Die Strecke war mir vertraut. Ich wechselte ein paar verdutzte Blicke mit Escott, als ich der letzten Anweisung folgte und den Wagen auf die Einfahrt lenkte, die zu Frank Pacos Anwesen führte.

Ich bremste am Vordereingang. Gordy stieg aus und zerrte Escott hinterher. Lebredo wälzte sich vom Rücksitz und hielt die Armbrust auf mich gerichtet, als ich dem Wagen entstieg. Es war dunkel und still bis auf das Zirpen der Grillen und das Knirschen unserer Schritte auf dem weißen Kies.

»Ist mein Schrankkoffer hier?«

»Mach die Tür auf.«

Sie war nicht verschlossen, und die anderen folgten mir in eine Marmor verkleidete Eingangshalle. In der Luft hing immer noch ein scharfer Geruch nach Rauch, und die Decke hatte sich hier und dort unter dem Ruß verfärbt. Lebredo schaltete das Licht ein. Ich blinzelte gegen die plötzliche Helligkeit an. Er verschwendete keine Zeit, stellte sich breitbeinig hin und nahm mich ins Ziel.

Ich versuchte noch etwas Zeit zu erkaufen. »Warum hier?«

»Warum nicht? Pacos Männer entdeckten dich hier in der Brandnacht. Das haben sie oft genug herumgeplärrt, um vor der Anklage wegen Brandstiftung sicher zu sein, also weiß die

Polizei es auch. Man hat dich mit Paco und Morelli in Verbindung gebracht, und die Polizei wird zu dem offenkundigen Schluss kommen, dass Pacos Leute dich aus Rache umgebracht haben.«

»An einem viel zu offensichtlichen Ort, meinen Sie nicht?«

»Für das Büro des Bezirksstaatsanwalts ein schwacher Fall, aber ein oder zwei Vorschläge von mir, und die Ermittlungen werden eingestellt.«

»Sie stehen auch auf Ihrer Liste?«

»Ein paar Leute an den richtigen Stellen.«

»Sie wollen gar kein Geld von ihnen, nicht wahr? Sie brauchen es eigentlich nicht, Sie wollen den Menschen sagen, was sie zu tun haben, Sie wollen sie schwitzen lassen.«

»Ganz genau.«

»Aber das hier brauchen Sie nicht zu machen. Sie müssen doch erkennen, dass ich Ihnen sehr nützlich sein kann.«

»Aber die einzige Art und Weise, wie ich dich unter Kontrolle halten kann, ist über Escott und vielleicht über Miss Smythe möglich, und ein Arrangement dieser Art wäre kompliziert und unhandlich. Wenn ich keine völlige Kontrolle über jemanden erlangen kann, mache ich mir die Mühe nicht; meine derzeitigen Arrangements stellen mich durchaus zufrieden. Dich umzubringen ist viel einfacher. Du stellst eine zu große Bedrohung für mich und alle anderen dar.«

»Irgendwie habe ich nicht den Eindruck, das Sie es deshalb tun, um die Menschheit vor meinesgleichen zu retten.«

»Das stimmt. Ich tue es für mich.« Er drückte ab.

Diesmal befand ich mich nicht über fließendem Wasser. Sobald sein Finger die Druckbewegung zur Hälfte vollendet hatte, löste ich mich auf. Der Bolzen fuhr durch die Stelle, an der ich mich eben noch befunden hatte, und grub sich in die Wand dahinter. Zur gleichen Zeit löste sich ein Schuss.

Escott.

Ich fegte an Lebredo vorbei, verfestigte mich vor Gordy und nahm ihm die Pistole ab. Auch als ich ihn gegen Lebredo schleuderte, leistete er keinen Widerstand. Beide Männer taumelten, und Lebredos schwer zu balancierender Leib ging zu Boden.

Wegen meiner Verzögerung und Gordys Schnelligkeit erwartete ich schon, Escott tot oder schwer verletzt zu sehen, aber er stand mit aschfahlem Gesicht vor mir und sah zur offenen Vordertür. Gordy tat es ihm gleich, dann blickte er auf den schnaufenden Mann herunter, der sich auf dem Marmor wälzte.

»Hey – jemand hat Lucky erwischt.«

Das verdaute ich noch, als jemand draußen auflachte. Mit steifen Bewegungen trat Bobbi in die Halle. Mit beiden Händen umklammerte sie eine riesig wirkende Pistole. Ihr Mund war messerdünn und ihr Gesicht steinhart vor Hass. Wir wichen alle vor ihr zurück, nur Lebredo nicht, der sie böse, ungläubig und sprachlos anstarrte. Er hatte vergessen, seinen eigenen Rat über Frauen zu befolgen.

Gordy machte eine hilflose Handbewegung. »Bobbi, warum hast du das getan? Du weißt, was man mit mir machen wird?«

»Ich weiß, wie ich damit fertig werde«, sagte sie endlich. Sie hatte Schwierigkeiten mit dem Sprechen. Ihr Atem ging unregelmäßig, während sie mit den Tränen kämpfte.

Escott gab ein ungeduldiges Geräusch von sich. Ich entfernte den Knebel. Er brauchte einen Moment, um genügend Speichel zum Reden zu sammeln. Ich knotete ihm die Stricke an den Handgelenken auf. Er bedankte sich und wollte Lebredo untersuchen.

»Bleib weg von ihm!« Bobbis Stimme hob sich, bis sie fast kreischte. Hastig trat Escott zurück und sah mich an.

»Bobbi ...«, sagte ich.

»Ich habe ihn im Wagen gehört. Ich hörte, wie er Gordy sagte, was sie mit euch machen würden und wie sie Slicks Leiche fortschaffen.«

Lebredo richtete sich mühsam auf. »Gordy, nimm ihr die Pistole ab. Du weißt, was mit dir passiert, wenn ich sterbe.«

»Ach, seien Sie doch still«, sagte Escott gereizt. Damit lag er ganz richtig. Je mehr Lebredo jetzt die Klappe aufriss, desto schwerer machte er es sich.

»Gordy ...«

Bobbi machte ein kurzes zischendes Geräusch, als ob sie ihn beschimpfen wolle und ihr keine Bezeichnung einfiel, die schlimm genug war. Stattdessen drückte sie ab. Lebredo schrie auf und umklammerte seine Schulter.

»Um Gottes willen, Gordy!«

Wieder feuerte sie und traf ihn in die Seite. Sie kniff die Augen leicht zusammen, als ihr der Pulverdampf in das Gesicht trieb.

Lebredo bleckte seine kleinen stumpfen Zähne. »Du dreckige kleine Hure, ich sorge dafür, dass du ...«

Sie stieß einen halberstickten Wutschrei aus und feuerte noch einmal. Diesmal traf sie ihn voll ins Gesicht. Mit ausgebreiteten Armen stürzte er rücklings zu Boden. Sein dicker Bauch wabbelte noch etwas, dann lag er still.

Eine Zeitlang bewegte sich niemand. Bobbis Gesicht nahm wieder normalere Züge an. Irgendwie wirkte sie jetzt kleiner. Sie sah uns nicht an, wischte sorgfältig die Waffe mit dem Saum ihres schwarzen Umhangs ab, legte sie auf den Boden und ging hinaus.

Gordy kaute auf seiner Unterlippe herum und machte ein sorgenvolles Gesicht.

Escott seufzte tief, dann nahm er gelassen seine Armbrust auf, bemerkte ein paar Kratzer auf dem Holz und schnalzte mit der Zunge. Er durchstöberte Lebredos Taschen, wobei er die roten Spritzer sorgsam vermied, zog die Liste hervor und hielt sie mir hin.

Ich schüttelte den Kopf. »Behalten Sie sie, ich will das verdammte Ding nicht einmal sehen.« Ich gab ihm Gordys Pistole und ging nach draußen.

Bobbi stand mit verschränkten Armen gegen den Wagen gelehnt, eine Ferse ruhte auf dem Trittbrett. Ihre Haare waren ein verfilztes feuchtes Durcheinander, und ihre Schminke war durch heftiges Weinen verschmiert. Sie war wunderschön.

Ich zögerte, mich ihr zu nähern, aber sie sah auf und lächelte schwach. »Ich hatte schon befürchtet, dass ich zu spät komme. Ich dachte, sie hätten dich erledigt.«

»Wie bist du hierher gekommen?«

»Sobald ich die Kabine verlassen hatte, wickelte ich die Schuhe in dieses Kleid und sprang über Bord. Bis zum Pier ist es nicht weit, und nackt kann man besser schwimmen.« Jetzt überkam sie eine Art Schamgefühl, und sie zog sich den Umhang fester um die Schultern. »Ich wusste, dass er irgendwann den Wagen benutzen würde, also versteckte ich mich im Kofferraum.«

»Geht es dir gut?«

Sie nickte. »Ja, jetzt wieder. Ich dachte nicht, dass ich irgendetwas tun könnte ... aber als ich ihn reden hörte – es kommt mir so vor, als habe ich es gar nicht getan, als ob es jemand anderem passiert sei.«

»Er machte es leicht.«

»Ich wollte dir helfen und es für Slick tun. Er war ein Grobian, aber manchmal war er gut zu mir. Ich vermute, es geht doch nicht nur um das Körperliche.«

»Woher kam die Pistole?«

»Sie gehörte Slick. Er hatte immer eine Ersatzwaffe im Handschuhfach. Die Cops werden denken, dass er es tat.« Sie blickte zur offenen Haustür.

»Er konnte es nicht getan haben, wenn er tot auf der Yacht lag.«

»Er kann es, wenn wir Gordy dazu bringen, uns zu helfen.«

»Gordy? Aber ...«

»Lebredo hatte etwas gegen ihn in der Hand, deshalb musste Gordy den Laufburschen spielen. Wahrscheinlich liegt es bei seinem Anwalt. Du kannst dir vorstellen, welche Art Anwalt Lebredo hatte. Wir bieten ihm einfach mehr Geld und kaufen es ihm ab.«

»Und wenn er es nicht verkauft?«

»Dann kannst du dort einsteigen. Nach allem, was ich gehört habe, hast du dafür eine echte Begabung.«

»Macht es dir nichts aus, was ich bin?«

»Das ist mir egal. Du bist, was du bist. Du fällst kein Urteil über mich, und ich fälle keins über dich. Aber könntest du mir sagen, wie du so geworden bist?«

»Wegen einer Frau.«

Sie schüttelte den Kopf und lachte leise. »Ich glaube, wir fangen beide mit gleicher Punktzahl an. Ich bin so wegen eines Mannes.« Sie stellte sich auf die Zehenspitzen und küsste mich. »Komm, lass uns diese Sache hinter uns bringen. Ich bin müde.«

Bobbi war überzeugend, und wir schlossen mit Gordy einen Waffenstillstand. Er fuhr uns wieder zur Yacht, während sie ihm darlegte, was sie wegen Lebredos Anwalt unternehmen konnte. Gordy musste bloß Morellis Leiche in Pacos Haus schaffen, damit es so aussah, dass sie sich gegenseitig erschossen hatten. Vermutlich hatten sie das irgendwie auch.

»Mit etwas Glück«, sagte sie, »erfährt niemand vor Ablauf einiger Tage, dass sie tot sind, und bis dahin haben wir dein Zeug aufgetrieben.«

Gordy nickte umgänglich. Er vertraute ihr. Er zog die Bremse an und wollte schon aus dem Wagen steigen, als ich ihn an der Schulter packte.

»Wo ist mein Schrankkoffer?«

»Schrankkoffer?« Er verzog das Gesicht, und ich ließ ihn los.

»Lebredo nahm ihn an sich«, sagte Escott. »Wo ist er?«

»Aber er hatte ihn gar nicht, er sagte, das sei zu viel Aufwand. Er sagte mir, dass ich dabei mitspielen solle. Er erwähnte es nur, um euch im Zaum zu halten.«

Ich schüttelte den Kopf. »Er hat geblufft.«

Gordy zuckte die Achseln. »Poker war sein Lieblingsspiel.« Wir stiegen aus und sahen ihm nach, wie er über den Pier zum Ruderboot ging. Er sprach mit den Ruderern und erklärte ihnen die Lage.

»Hoffentlich denkt er daran, seine Pistole bei Lebredo zu lassen, damit die Kugeln zusammenpassen«, sagte ich.

»Vielleicht sollte er auch den Streifen und die unverbrauchten Patronen von eventuellen Fingerabdrücken befreien«, meinte Escott.

»Ich kümmere mich darum«, sagte Bobbi. »Vielleicht brauchen wir den Wagen. Kommt ihr beide gut nach Hause?«

»Ja, ich rufe dich morgen Nacht an. Versprochen.«

Sie küsste mich wieder und ging Gordy nach.

»Ein wirklich bemerkenswertes Mädchen«, stellte Escott fest, während wir langsam zu dem Wagen gingen, den ich in der Nähe des Clubs geparkt hatte.

»Das denke ich auch.«

»Ihnen ist bewusst, dass wir uns der Beihilfe schuldig gemacht haben?«

»Na ja, aber halten Sie es für angebracht, dass Bobbi in den Knast gehen soll?«

»Nicht eine Sekunde lang.« Er sah so aus, als wolle er noch mehr sagen, aber er war müde, und für ihn war es ein langer Weg gewesen. Mit einem dankbaren Seufzer ließ er sich auf den Beifahrersitz sinken, dann holte er die Liste hervor und musterte aus zusammengekniffenen Augen die mit Ziffern und Zeichen bedeckten Seiten.

»Benny sagte etwas von Substitution.« Ich ließ den Motor an.

»Dann sollte es nicht allzu schwer zu lösen sein.« Er nickte zum Osthimmel. »Sie werden sich beeilen müssen, das Morgengrauen wartet nicht.«

»Solche Sachen sollte eigentlich *ich* sagen.«

»Ja, aber Sie sind nicht so melodramatisch veranlagt wie ich.«

»Ist doch schade. Wenn ich mir überlege, was aus mir geworden ist, sollte ich es vielleicht werden.«

Seine Augenbrauen zuckten. »Sie denken doch nicht ernsthaft an die Anschaffung eines schwarzen Opernumhangs?«

Ich schmunzelte. »Machen Sie sich nicht lächerlich. Dafür haben wir die falsche Jahreszeit, und sie sind ohnehin viel zu teuer.«

Es schien ihn zu erleichtern.